LEE CHILD & ANDREW CHILD

Der Kojote

Lee Child · Andrew Child

Der Kojote

Ein Jack-Reacher-Roman

Deutsch von Wulf Bergner

blanvalet

Penguin Random House Verlagsgruppe FSC® N001967

1. Auflage 2024
Copyright © Lee Child and Andrew Child 2021
Published by Arrangement with Lee Child
and ANDREW CHILD LTD
Dieses Werk wurde vermittelt durch die Literarische Agentur
Thomas Schlück GmbH, 30161 Hannover.
Copyright der deutschsprachigen Ausgabe © 2024 by Blanvalet
in der Penguin Random House Verlagsgruppe GmbH,
Neumarkter Str. 28, 81673 München
Umschlaggestaltung: www.buerosued.de nach einer
Originalvorlage von Penguin Random House UK
Umschlagdesign: © Mark Owen/Trevillion Images (MON70555),
mauritius images/Christian Reister/imageBROKER (133668)
und www.buerosued.de.
HK · Herstellung: lor/DiMo
Satz: Uhl + Massopust GmbH, Aalen
Druck und Bindung: GGP Media GmbH, Pößneck
Printed in Germany
ISBN 978-3-7645-0877-7

www.blanvalet.de

1

Wie vereinbart bezog der Fremde pünktlich um dreiundzwanzig Uhr Position unter der Straßenlampe.

Diese Lampe war so leicht zu finden gewesen, wie man ihm im Vorfeld versichert hatte. Sie war die Einzige im gesamten Lager, die noch brannte – weit hinten am Ende, kaum zwei Meter von dem mit Bandstacheldraht gesicherten Metallzaun entfernt, der die Vereinigten Staaten von Mexiko trennte.

Er war allein. Und unbewaffnet.

Wie vereinbart.

Das Auto erschien um 23.02 Uhr. Es hielt sich in der Mitte zwischen den beiden parallelen Reihen aus abschließbaren Garagen. Auch sie bestanden aus Metall. Ihre Dächer waren von der Sonnenglut wellig, ihre Wände von Sandstürmen abgeschmirgelt. Fünf Garagen auf der rechten Seite, vier auf der linken. Dazu die Überreste einer weiteren Garage, deren rostige Trümmer einige Meter weit entfernt lagen, als sei vor Jahren etwas in ihrem Inneren explodiert.

Die Scheinwerfer waren aufgeblendet, was es schwierig machte, Marke und Modell des Autos zu erkennen. Und unmöglich, in sein Inneres zu sehen. Es fuhr weiter auf ihn zu, bis es nur mehr fünf Meter entfernt war und mit defekten Stoßdämpfern wippend in einer kleinen Wolke aus Sand und aufgewirbeltem Staub zum Stehen kam. Dann gingen die vorderen Türen auf. Beide. Und zwei Männer stiegen aus.

Nicht wie vereinbart.

Auch die hinteren Autotüren gingen auf. Zwei weitere Männer stiegen aus.

Erst recht nicht wie vereinbart.

Die vier Männer blieben stehen, um den Fremden zu begutachten. Ihnen war mitgeteilt worden, hier würde ein Hüne warten, was die richtige Beschreibung für diesen Kerl war: fast zwei Meter groß, über hundertzehn Kilo schwer. Mit Schultern wie ein Kleiderschrank, dazu Pranken wie Bärentatzen. Und äußerlich heruntergekommen. Sein Haar sah ungekämmt und zerzaust aus. Er hatte sich seit Tagen nicht mehr rasiert. Außer den Schuhen wirkte seine schlecht sitzende Kleidung billig. Seiner Erscheinung nach konnte man ihn irgendwo zwischen einem Landstreicher und einem Neandertaler einordnen. Sicher niemand, der vermisst werden würde.

Der Fahrer trat vor. Er war eine Handbreit kleiner als der Fremde und gut zwanzig Kilo leichter. Er trug schwarze Jeans und ein schwarzes ärmelloses T-Shirt, dazu schwarze Springerstiefel. Sein Schädel war kahl rasiert, aber seine untere Gesichtshälfte verschwand unter einem Vollbart. Die anderen drei Männer folgten ihm, bauten sich neben ihm auf.

»Das Geld?«, sagte der Fahrer.

Der Fremde schlug mit der flachen Hand auf eine Hüfttasche seiner Jeans.

»Gut.« Der Fahrer nickte zu dem Wagen hinüber. »Hinten einsteigen.«

»Wozu?«

»Damit wir dich zu Michael bringen können.«

»Das war nicht vereinbart.«

»Natürlich war's das.«

Der Fremde schüttelte den Kopf. »Der Deal war, dass du mir sagst, wo Michael ist.«

»Dir sagen. Dir zeigen. Was ist der Unterschied?«

Der Fremde schwieg.

»Los, komm schon! Worauf wartest du noch? Gib mir das Geld und steig ein.«

»Schließe ich einen Deal, halte ich mich daran. Das Geld kriegst du nur, wenn du mir sagst, wo Michael ist.«

Der Fahrer zuckte mit den Schultern. »Der Deal hat sich geändert, Mach, was du willst.«

»Dann lasse ich's bleiben.«

»Jetzt reicht's!« Der Fahrer griff hinter sich und zog eine Pistole aus seinem Hosenbund. »Schluss mit dem Unsinn. Steig ein.«

»Du wolltest mich nie zu Michael bringen.«

»Ohne Scheiß, Sherlock.«

»Du wolltest mich zu jemand anderem bringen. Zu jemandem, der mich ausfragen will.«

»Genug gequatscht. Steig ein!«

»Was bedeutet, dass du nicht auf mich schießen darfst.«

»Was bedeutet, dass ich dich nicht erschießen darf. Noch nicht. Aber ich kann dich anschießen.«

Der Fremde fragte: »Kannst du das?«

Ein Zeuge hätte ausgesagt, der Fremde habe sich kaum bewegt, aber irgendwie schaffte er es, die Entfernung zwischen ihnen in Bruchteilen einer Sekunde zu überwinden und das Handgelenk des Fahrers zu umklammern. Das er hochriss wie ein stolzer Angler, der etwas aus dem Meer holt. Er zog den Arm des Kerls bis weit über Kopfhöhe. Riss ihn so weit hoch, dass der andere auf Zehenspitzen stehen musste. Dann traf seine linke Faust die Rippen des Kerls. Mit aller Kraft. Ein Schlag, der ihn normalerweise von den Beinen geholt hätte.

Nach dem er nicht wieder aufgestanden wäre. Nur ging der Fahrer diesmal nicht zu Boden. Er konnte nicht. Er wurde an seinem Arm hochgehalten. Sein Füße verloren den Halt. Die Pistole fiel ihm aus der Hand. Seine Schulter wurde ausgerenkt. Angeknackste Rippen brachen. So entstand eine groteske Kaskade aus Verletzungen, von denen jede einzelne ausreichte, um den Mann außer Gefecht zu setzen. Vorerst merkte er jedoch kaum etwas davon, weil sein Oberkörper sich wie in Krämpfen wand. Stechende Schmerzen, die alle von derselben Stelle ausgingen, durchzuckten ihn. Sie kamen von einer dicht mit Nerven und Lymphknoten besetzten Region unter seiner Achselhöhle. Exakt von der Stelle, die der Fremde mit seiner kraftvollen Geraden getroffen hatte.

Der Fremde hob die Pistole des Fahrers auf und schleppte ihn zur Motorhaube seines Wagens. Er stieß ihn auf den matten Lack zurück, auf dem er sich auf dem Rücken liegend keuchend und schreiend wand. Dann sprach er die drei anderen Männer an. »Verpisst euch lieber. Sofort! Solange ihr noch Gelegenheit dazu habt.«

Der Kerl in der Mitte des Trios trat vor. Er hatte ungefähr die Größe des Fahrers, war vielleicht etwas breiter und bartlos, trug einen Bürstenhaarschnitt. Um seinen Hals hingen drei massive Silberketten. Und er grinste fies. »Einmal hast du Glück gehabt. Aber das passiert nicht wieder. Los, steig jetzt ein, bevor wir dir was tun.«

Der Fremde fragte: »Im Ernst? Noch mal?«

Aber er machte keine Bewegung. Er sah, wie die drei Kerle verstohlene Blicke wechselten. Wenn sie clever waren, rechnete er sich aus, würden sie sich für einen taktischen Rückzug entscheiden. Waren sie jedoch Profis, würden sie gemeinsam angreifen. Aber als Erstes würden sie versuchen, dass einer von ihnen in seinen Rücken gelangte. Der Kerl konnte vorgeben, nach dem verletzten Fahrer sehen zu wollen. Oder sich in den Wagen setzen, als gäbe er auf. Oder sogar weglaufen. Die beiden anderen würden inzwischen für Ablenkung sorgen. Sobald der Dritte in Position war, würden sie plötzlich gleichzeitig losstürmen. Ein koordinierter Angriff aus drei Richtungen. Bestimmt würde einer der Kerle verletzt werden. Möglicherweise sogar zwei. Aber der dritte hätte eine Chance. Vielleicht ergab sich irgendeine Gelegenheit, falls jemand professionell genug war, sie zu nützen.

Sie waren nicht clever und auch keine Profis. Sie zogen sich nicht zurück. Und keiner versuchte, in den Rücken des Fremden zu gelangen. Stattdessen trat der mittlere Kerl einen weiteren Schritt vor, allein. Er duckte sich, nahm eine Art allgemeiner Kampfsporthaltung ein, stieß einen schrillen Schrei aus. Täuschte eine Gerade ins Gesicht des Fremden an. Versuchte im nächsten Augenblick, sein Sonnengeflecht zu treffen. Der Fremde schlug seine Faust mit der linken Hand beiseite und traf den Bizeps des Mannes mit seiner rechten Faust, deren Mittelfingerknöchel leicht vorgestreckt war. Der Typ wich mit einem Aufschrei zurück, weil sein Achselnerv überlastet und sein Arm vorübergehend nicht zu gebrauchen war.

»Hau lieber ab«, rief der Fremde, »bevor du dir selbst was tust«

Der Kerl machte einen Satz nach vorn. Diesmal versuchte er gar nicht, seinen Angriff zu tarnen, sondern holte mit dem gesunden Am zu einem wilden Rundschlag aus. Der Fremde beugte sich nach hinten. Die Faust des Kerls zischte vorbei. Der Fremde behielt sie im Auge, dann traf sein Mittelfingerknöchel den Trizeps des Mannes. Jetzt konnte er beide Arme nicht mehr gebrauchen.

»Verpiss dich«, sagte der Fremde, »solange du noch kannst.« Aber der Kerl gab nicht auf. Er riss sein rechtes Bein hoch. Erst den Oberschenkel, dann den am Knie abgeknickten Unterschenkel, um den Fremden mit aller Kraft zwischen die Beine zu treten. Aber das gelang ihm nicht mal ansatzweise, weil der Fremde mit einem fiesen halbhohen Tritt an den Knöchel des Kerls dagegenhielt, als er gerade die höchste Geschwindigkeit erreichte. Knochen gegen Zehenkappe. Die Schuhe des Fremden. Das Einzige an ihm, das nicht heruntergekommen wirkte. Vor vielen Jahren in London erworben. Mehrere Schichten Leder und Leim und Schuhcreme übereinander. Im Lauf der Zeit durch die Elemente gehärtet und jetzt so hart wie Stahl.

Der Knöchel des Kerls zersplitterte. Er wich mit einem lauten Aufschrei zurück. Dabei verlor er das Gleichgewicht und konnte es nicht zurückgewinnen, weil seine Arme wie gelähmt waren. Sein Fuß berührte den Boden. Die zersplitterten Knochenteile rieben aneinander. Heftige Schmerzen durchzuckten sein Bein und den ganzen Körper. Sie überstiegen alles, was sein System ertragen konnte. Obwohl er schon bewusstlos war, hielt er sich noch eine halbe Sekunde auf den Beinen. Dann fiel er auf den Rücken und blieb unbeweglich wie ein gefällter Baum liegen.

Die beiden letzten Männer machten kehrt und hasteten zu ihrem Auto. Sie liefen an den vorderen Türen vorbei, auch an den hinteren. Bis zum Wagenheck, wo jetzt der Kofferraumdeckel aufsprang. Der kleinere Typ verschwand kurz außer Sicht. Dann tauchte er wieder auf. Er hielt in jeder Hand etwas, das aussah wie zwei Baseballschläger, nur länger und dicker und an einem Ende quadratisch. Pickelstiele. In den richtigen Händen effektive Waffen. Er gab dem größeren

Mann einen, dann kamen sie auf den Fremden zu und bauten sich anderthalb Meter von ihm entfernt auf.

»Was hältst du davon, wenn wir dir die Beine brechen?« Der größere Kerl fuhr sich mit der Zungenspitze über die Lippen. »Dann könntest du weiter Fragen beantworten, aber nie wieder gehen. Nicht ohne Stock. Hör also auf, uns zu verarschen. Steig ein, damit wir losfahren können.«

Der Fremde hielt es für überflüssig, sie nochmals zu warnen. Er hatte sich von Anfang an klar ausgedrückt. Und sie hatten beschlossen, den Einsatz zu erhöhen.

Der kleinere Mann holte aus, schlug aber nicht zu. An seiner Stelle übernahm der Größere. Er legte sein ganzes Gewicht in den Schlag, was eine schlechte Technik war. Bei dieser Art Waffe sogar ein schwerer Fehler. Der Fremde brauchte nur einen Schritt zurückzutreten. Das schwere Ende des Pickelstiels zischte an seinen Rippen vorbei. Es setzte seine Kreisbahn unbeirrbar fort. Sein Schwung war so groß, dass der Mann ihn nicht anhalten konnte. Und weil er den Stiel mit beiden Händen umklammerte, war sein Kopf exponiert. Ebenso sein Oberkörper. Und auch seine Knie. Ein ganzes Menü einladender Ziele, alle verfügbar, alle völlig ungeschützt. An jedem anderen Tag hätte der Fremde die Wahl gehabt, doch diesmal blieb ihm keine Zeit. Der größere Mann hatte Glück, weil sein Kumpel ihm zur Hilfe eilte. Der Kleinere benutzte den Pickelstiel wie einen Speer, mit dem er auf den Bauch des Fremden zielte. Er täuschte den Stoß jedoch nur an und unternahm einen weiteren halbherzigen Versuch, weil er hoffte, den Fremden dadurch ablenken zu können.

Beim dritten Mal machte er Ernst. Dies war der entscheidende Angriff. Oder er wäre es gewesen, wenn er nicht einen Herzschlag zu lange gewartet, sich nicht umständlich in Stellung gebracht hätte. Als er dann zustieß, wusste der Fremde, was daraus folgen würde. Er trat zur Seite, bekam den Holzstiel in der Mitte zu fassen und ruckte gewaltig daran. Der Kerl wurde fast einen Meter weit nach vorn gezogen, bevor er begriff, was passierte. Als er losließ, war es schon zu spät und sein Schicksal besiegelt. Der Fremde riss den erbeuteten Pickelstiel blitzschnell hoch, schlug zu und traf die Schädeldecke des Kerls. Der Getroffene verdrehte die Augen. Seine Knie gaben nach, und er sackte leblos vor den Füßen des Fremden zusammen. Er würde nicht so bald wieder aufstehen. Das stand fest.

Der größere Mann sah zu Boden. Erschrak über den Zustand seines Kumpels. Schwang seinen Pickelstiel in Gegenrichtung und zielte auf den Kopf des Fremden. Mit noch mehr Schwung, weil er Rache wollte, zu überleben hoffte. Und verfehlte ihn erneut. Doch diesmal rettete ihn etwas anderes – die Tatsache, dass er als Letzter seines Teams noch auf den Beinen war. Als einzig verfügbare Informationsquelle. Nun hatte er strategischen Wert. Was ihm die Chance gab, noch mal zuzuschlagen. Das tat er, und der Fremde parierte seinen Schlag. Der Kerl machte weiter, versuchte es links und rechts, links und rechts wie ein durchgeknallter Holzfäller. Er schaffte ein Dutzend Schläge mit voller Kraft, bevor ihm die Luft ausging.

»Scheiß drauf!« Der Kerl ließ den Holzstiel fallen, griff hinter sich und zog seine Pistole aus dem Hosenbund. »Scheiß drauf, dass du Fragen beantworten sollst. Scheiß drauf, dass wir dich lebend mitbringen sollen.«

Der Mann machte einen Schritt rückwärts. Er hätte zwei machen sollen. Er rechnete nicht mit den überlangen Armen des Fremden.

»Hey, nicht so eilig.« Der Pickelstiel zuckte hoch und ließ

die Pistole in hohem Bogen durch die Luft fliegen. Dann war der Fremde bei dem Kerl und packte ihn am Genick. »Vielleicht fahren wir jetzt doch miteinander. Tatsächlich habe *ich* jetzt ein paar Fragen. Du kannst ...«

»Stopp!« Das war eine Frauenstimme. Selbstbewusst. Befehlend. Sie kam aus den Schatten neben der rechten Garagenreihe. Also gab es eine neue Akteurin auf der Bildfläche. Der Fremde war um zwanzig Uhr eingetroffen, drei Stunden vor der vereinbarten Zeit, und hatte jeden Fußbreit des Lagers abgesucht. Zu diesem Zeitpunkt war hier niemand versteckt gewesen, das wusste er mit Sicherheit.

»Lassen Sie ihn los.« Aus dem Dunkel löste sich eine Silhouette. Die einer Frau. Sie war ungefähr einen Meter fünfundsiebzig groß. Schlank. Leicht hinkend. Ihre Arme waren angewinkelt ausgestreckt, und sie hielt eine mattschwarze Pistole in den Händen. »Treten Sie von ihm weg.«

Der Fremde machte keine Bewegung. Auch sein Griff lockerte sich nicht.

Die Frau zögerte. Der andere Kerl stand zwischen ihr und dem Fremden. Keine ideale Position. Aber er war einen halben Kopf kleiner und stand etwas seitlich versetzt. So bot sich ihr ein Ziel: ein Rechteck auf der Brust des Fremden. Etwa fünfzehn mal zwanzig Zentimeter groß. Groß genug, rechnete sie sich aus. Und es befand sich mehr oder weniger an der richtigen Stelle. Sie holte tief Luft. Atmete leicht aus und drückte ab.

Der Fremde fiel nach hinten. Er landete mit ausgestreckten Armen und einem angewinkelten Knie auf dem Rücken. Sein Kopf war dem Grenzzaun zugewandt leicht zur Seite gedreht. Er lag völlig still. Sein Hemd war aufgerissen, zerfetzt. Die ganze Brust sah nass, schleimig und rot aus. Weil keine

Schlagader verletzt zu sein schien, spritzte kein Blut. Herzschlag war jedoch keiner mehr zu erkennen.

Überhaupt kein Lebenszeichen.

Die aufgeräumte, gepflegte Fläche, die jetzt The Plaza hieß, war einst ein Wäldchen aus Schwarznussbäumen gewesen. Sie waren dort jahrhundertelang unbehelligt gewachsen. In den Siebzigerjahren des 19. Jahrhunderts gewöhnte ein Händler sich jedoch an, seine Maultiere auf ihren Trecks von und nach Kalifornien in ihrem Schatten rasten zu lassen. Weil ihm das Wäldchen gefiel, baute er sich dort eine Hütte. Und als er für die mühseligen Trecks zu alt wurde, verkaufte er seine Tiere und blieb.

Andere Leute folgten seinem Beispiel. Aus der Hütte entstand ein Dorf. Das Dorf wurde zu einer Kleinstadt, die sich bald wie eine Zelle zweiteilte. Beide Hälften florierten, eine im Norden, die andere im Süden. Viele Jahre lang kannten sie nur stetiges Wachstum. Dann setzten Stagnation und Niedergang ein. Langsam, grimmig und unaufhaltsam. Bis sie in den Dreißigerjahren des vergangenen Jahrhunderts in den Genuss eines ganz unerwarteten Konjunkturprogramms kamen. Ein Heer von Landvermessern kreuzte auf. Dann Bauarbeiter. Straßenbauer. Sogar einige Maler und Bildhauer. Alle von der Arbeitsbeschaffungsbehörde Works Projects Administration entsandt.

Kein Einheimischer wusste, weshalb ihre kleine Doppelstadt ausgewählt worden war. Manche meinten, das müsse ein Irrtum sein. Irgendein Bürokrat habe eine Aktennotiz falsch gelesen und die Mittel dem falschen Ort zugewiesen. Andere vermuteten, in Washington sei jemand ihrem Bürgermeister einen Gefallen schuldig gewesen. Unabhängig davon beschwerte sich niemand über die neuen Straßen, die angelegt, die neuen Brücken, die gebaut, und die vielen Gebäude, die neu errichtet wurden. Das Projekt ging jahrelang weiter. Und es hinterließ dauerhafte Spuren. Die traditionellen Bogen aus Lehmziegeln wurden etwas eckiger, die Stuckfassaden etwas gleichförmiger. Das Straßennetz etwas regelmäßiger und die Annehmlichkeiten erheblich großzügiger. Die kleine Stadt bekam neue Schulen, ein neues Rathaus. Zwei Feuerwehrhäuser. Eine Polizeistation. Ein Gerichtsgebäude. Ein Museum. Und ein Klinikum.

Als die staatlichen Fördergelder ausblieben, ging die Einwohnerzahl über Jahrzehnte hinweg wieder zurück. Manche der Einrichtungen wurden obsolet. Manche wurden billig verkauft. Andere dem Erdboden gleichgemacht. Aber das Klinikum blieb die wichtigste Einrichtung für Gesundheitsfürsorge in weitem Umkreis. Dort gab es eine Arztpraxis, eine Apotheke und eine Klinik mit einem Dutzend Betten. Außerdem eine pädiatrische Abteilung mit Zimmern, in denen die Eltern kranker Kinder übernachten konnten. Und dank der Großzügigkeit der New-Deal-Planer auch eine im Keller des Hauptgebäudes versteckte Leichenhalle. Dort arbeitete Dr. Houllier am Morgen des folgenden Tages.

Dr. Houllier war zweiundsiebzig Jahre alt. Er hatte sein gesamtes Berufsleben lang der Stadt gedient. Anfangs als Mitglied eines Teams, aber jetzt war er als einziger Arzt übrig und von Geburtshilfe über einfache Erkältungen bis hin zu Krebsdiagnosen für alles zuständig. Und für den Umgang mit Verstorbenen. Deshalb war er heute Morgen zeitiger als sonst hier und seit den frühen Morgenstunden im Dienst. Seit man ihm telefonisch gemeldet hatte, außerhalb der Stadt habe es eine Schießerei gegeben. Dies war etwas, das Aufmerksamkeit erregen würde. Das wusste er aus Erfahrung. Er erwartete Besuch. Schon bald. Und er musste bereit sein.

Auf seinem Schreibtisch stand ein Computer, der jedoch ausgeschaltet war. Dr. Houllier zog es vor, seine Notizen handschriftlich abzufassen. So blieben ihm die Tatsachen besser im Gedächtnis. Und er hatte sich an ein von ihm selbst entwickeltes Format gewöhnt. Es war nichts Besonderes, aber es funktionierte. Besser als alles, war die Klugscheißer im Silicon Valley ihm jemals aufzudrängen versucht hatten. Und was in diesem Fall besonders wichtig war: Es hinterließ keine elektronische Fährte, die jemand aufnehmen konnte. Dr. Houllier setzte sich, griff nach dem Montblanc, den sein Vater ihm zur Promotion geschenkt hatte, und machte sich daran, die Ergebnisse seiner nächtlichen Arbeit niederzuschreiben.

Es gab kein Anklopfen. Keine Begrüßung. Keine Höflichkeiten. Die Tür ging einfach auf, und ein Mann kam herein. Derselbe wie immer. Anfang vierzig, kurzes lockiges Haar, beiger Leinenanzug. *Windhund* nannte Dr. Houllier ihn insgeheim, weil der Kerl mit nervös federnden Schritten ging. Seinen richtigen Namen kannte er nicht. Er wollte ihn auch gar nicht wissen.

Der Mann begann mit der Rückwand des Raums. Mit den Kühlfächern für Leichen. Dem *Fleischkühlschrank*, wie Dr. Houllier, der seit Jahrzehnten mit seinem Inhalt umging, ihn für sich bezeichnete. In die Wand waren fünf Stahltüren nebeneinander eingelassen. Der Mann blieb vor ihnen stehen und begutachtete jeden einzelnen der fünf Verschlusshebel, ohne sie jedoch zu berühren. Das tat er nie. Als Nächstes trat er an den Obduktionstisch in der Mitte des Raums. Ging an den Transportwagen aus Edelstahl neben dem Hochdrucksterilisator vorbei. Dann baute er sich vor dem Schreibtisch auf.

»Telefon.« Er streckte eine Hand aus.

Dr. Houllier gab ihm sein Handy. Der Mann überzeugte sich davon, dass es nichts aufnahm, steckte es ein und wandte sich der Tür zu. »Alles klar«, sagte er.

Ein weiterer Mann kam herein. *Mantis*, nannte Dr. Houllier ihn, weil er beim Anblick dieses Kerls mit seinen langen dünnen Gliedmaßen, dem hageren Körper und den hervorquellenden Augen immer an eine Gottesanbeterin denken musste. Die große dreieckige Brandnarbe an einer Wange und die an der rechten Hand fehlenden drei Finger, die sie wie eine Kralle wirken ließen, verstärkten diesen Effekt noch. Wie der Mann richtig hieß, wusste Dr. Houllier. Waad Dendoncker. Jeder in der Stadt kannte diesen Namen, auch wenn er dem Kerl selbst nie begegnet war.

Nach Dendoncker trat ein dritter Mann ein. Er hatte gewisse Ähnlichkeit mit einem Windhund, aber sein Haar war glatter, sein Anzug dunkler. Und er hatte ein Allerweltsgesicht und bewegte sich so unauffällig, dass Dr. Houllier nie eingefallen wäre, ihm einen Spitznamen zu geben.

Dendoncker blieb in der Mitte des Raums stehen. Im grellen Neonlicht war sein hellblondes Haar fast unsichtbar. Er drehte sich langsam einmal um die eigene Achse, suchte seine Umgebung ab. Dann wandte er sich an Dr. Houllier.

»Zeigen Sie ihn mir«, sagte er.

Dr. Houllier durchquerte den Raum. Nach einem Blick auf seine Uhr drückte er den Verschlusshebel des mittleren Kühlfachs herunter. Als er das auf Rollen laufende Schubfach herauszog, wurde ein mit einem Leinentuch bedeckter Leichnam sichtbar. Er war groß. Fast so lang wie die Stahlplatte, auf der er lag. Und breit. Seine Schultern passten gerade noch durch die Öffnung. Dr. Houllier zog langsam das Tuch weg, sodass der Kopf eines Mannes sichtbar wurde. Sein Haar war zerzaust, sein kantiges Gesicht wirkte aschfahl, die Augen waren zugeklebt.

»Weg da!« Dendoncker stieß Dr. Houllier beiseite. Er zog das Leichentuch ganz weg, ließ es achtlos zu Boden fallen. Der Tote war nackt. Wenn Michelangelos David ein Sinnbild männlicher Schönheit war, hätte der Kerl ein weiteres Exemplar dieser Serie sein können. Jedoch am anderen Ende des Spektrums. An ihm war nichts elegant. Nichts graziös. Aus diesem Körper sprachen nur Kraft und Brutalität. Sonst nichts.

»Daran ist er gestorben?« Dendoncker zeigte auf die Schusswunde in der Brust des Toten. Sie war leicht erhaben. Ihre unregelmäßig gezackten Ränder begannen, sich braun zu verfärben.

»Totgetrunken hat er sich nicht.« Dr. Houllier sah erneut auf seine Uhr. »Dafür kann ich garantieren.«

»Das war nicht seine erste Schusswunde.« Dendoncker deutete auf eine Narbe auf der anderen Brustseite. »Und dann *dies* hier.«

»Die Narbe an seinem Unterleib?« Dr. Houllier fuhr mit dem Zeigefinger darüber. »Sieht fast wie ein Seestern aus. Ich tippe auf einen Messerstich.«

»Das ist keine Messerwunde, sondern etwas ganz anderes.«

»Nämlich?«

»Unwichtig. Was wissen wir noch über ihn?«

»Nicht viel.« Dr. Houllier hob das Leichentuch auf und bedeckte den Toten locker damit, auch seinen Kopf.

Dendoncker zog das Tuch wieder weg, ließ es erneut zu Boden fallen. Er hatte die größte Narbe des Kerls noch nicht genug angestarrt.

»Ich habe mit dem Sheriff gesprochen.« Dr. Houllier trat an seinen Schreibtisch. »Der Mann war anscheinend ein Vagabund. Er hatte ein Zimmer im Border Inn und hat für eine Woche im Voraus bar gezahlt, aber er besaß kein Gepäck. Und er hat eine falsche Adresse angegeben. One East 161st Street im New Yorker Stadtteil Bronx.«

»Woher wissen Sie, dass sie falsch ist?«

»Weil ich selbst schon dort war. Das ist nur ein anderer Ausdruck für *Yankee Stadium*. Und der Kerl hat auch einen falschen Namen benutzt und hat sich im Gästebuch als John Smith eingetragen.«

»Smith? Das könnte sein echter Name sein.«

Dr. Houllier schüttelte den Kopf. Aus der oberen Schreibtischschublade nahm er einen verschließbaren Beutel, den er Dendoncker gab. »Hier, sehen Sie selbst. Der hat in seiner Tasche gesteckt.«

Dendoncker öffnete den Verschluss und zog einen amerikanischen Pass heraus. Der Reisepass war abgewetzt und verknittert. Er schlug die Seite zwei auf. Angaben zur Person.

»Der ist abgelaufen.«

»Spielt keine Rolle. Zur Identifizierung taugt er noch immer. Und sehen Sie sich das Foto an. Es ist alt, aber es zeigt denselben Mann.«

»Okay, mal sehen. Name: Reacher, Jack. Staatsangehörigkeit: Vereinigte Staaten von Amerika. Geburtsort: Berlin, Westdeutschland. Interessant.« Dendoncker betrachtete erneut den Toten auf der Stahlplatte. Die Narbe an seinem Unterleib. »Vielleicht war er nicht auf der Suche nach Michael, sondern wollte zu mir. Nur gut, dass diese verrückte Bitch ihn umgelegt hat.« Er wandte sich ab und ließ den Reisepass in den Papierkorb neben dem Schreibtisch fallen. »Befund?«

Dr. Houllier legte ihm eines seiner speziellen Formulare vor, das er vorhin ausgefüllt hatte. Dendoncker las alle Anmerkungen zweimal, dann knüllte er das Blatt zusammen und warf es auf den Pass im Papierkorb.

»Alles verbrennen.« Er wandte sich an die beiden Männer, mit denen er aufgekreuzt war. »Ihr entsorgt die Leiche an der üblichen Stelle.«

2

Erstmals begegnet war mir die Frau mit dem leichten Hinken vor zwei Tagen. Wir trafen uns auf einer Straße außerhalb der Kleinstadt mit dem schwach beleuchteten Lager und dem Klinikum, in dem Dr. Houllier arbeitete. Eine gottverlassene Gegend. Ich war zu Fuß. Sie fuhr einen Jeep. Ein altes Militärfahrzeug. Vielleicht noch aus dem Vietnamkrieg. Seine weiße Beschriftung war zu verblasst, um noch lesbar zu sein. Sein matter olivgrüner Lack war rissig und mit gelblichem Staub bedeckt. Er hatte weder Dach noch Türen. Seine Windschutzscheibe war nach vorn geklappt, aber nicht verriegelt. Die Gurte und Halterungen für Benzinkanister und Werkzeug waren schlaff und leer, die Reifen viel weiter abgefahren als gesetzlich erlaubt. Sein Motor lief nicht. Das Reserverad fehlte. Alles in allem kein Fahrzeug, das man als gepflegt bezeichnen konnte.

Die Sonne stand hoch am Himmel. Ein Thermometer hätte vermutlich keine dreißig Grad Celsius angezeigt, aber weil es nirgends Schatten gab, fühlte sich der Tag viel heißer an. Ich spürte einen dünnen Schweißfaden, der mein Rückgrat entlang nach unten lief. Bei auffrischendem Wind brannte mein Gesicht von Sandkörnern. Als ich an diesem Morgen aufgestanden war, hatte ich nicht geplant, weit zu marschieren. Aber Pläne können sich ändern. Und nicht immer zum Besseren. Auch die Pläne der Frau schienen eine ungünstige Wendung genommen zu haben. Eine schwarze Gummispur, die viel von dem restlichen Profil des Jeeps gekostet hatte, zeigte auf dem verblassten Asphalt deutlich, wo sie ins Schleudern geraten war. Sie war von der Fahrbahn abgekommen und gegen einen Baumstamm geprallt.

Dieses verkümmerte, schiefe, hässliche, fast unbelaubte Exemplar von Baum. Er würde nie einen Schönheitswettbewerb gewinnen, das stand fest. Aber er besaß offenbar Durchhaltevermögen. In meilenweitem Umkreis war er die einzige Pflanze, die mehr als Kniehöhe erreichte. Hätte die Fahrerin an irgendeiner anderen Stelle die Kontrolle verloren, wäre sie im Buschwerk am Straßenrand zum Stehen gekommen. Vermutlich hätte sie den Rückwärtsgang einlegen und ohne fremde Hilfe auf die Fahrbahn zurückkehren können. Die Landschaft sah aus, als hätte eine Gruppe von Riesen die Hände unter eine grobe grüne Decke geschoben und die Finger gespreizt.

Wie die Frau es geschafft hatte, genau diesen Punkt zu treffen, blieb rätselhaft. Vielleicht hatte die Sonne sie geblendet. Vielleicht war ein Tier vor ihr über die Straße gelaufen. Die Beteiligung eines weiteren Fahrzeugs war unwahrscheinlich. Vielleicht litt sie an Depressionen und fuhr absichtlich gegen den Baum. Aber was ihren Unfall verursacht hatte, war ein Problem, das ein andermal gelöst werden musste.

Die Frau war über dem Lenkrad zusammengesunken. Ihr linker Arm war nach vorn über die herabgeklappte Windschutzscheibe gereckt. Die Hand stand offen, wie hilfesuchend nach dem Baum ausgestreckt. Ihr rechter Arm hing zwischen den Knien herab. Ihr Blick ging nach unten in den Fußraum. Sie bewegte sich nicht im Geringsten. Blut war nirgends zu sehen. Auch keine äußerliche Verletzung, was gut war. Aber ich konnte auch keine Atemzüge hören. Weil ich's für angebracht hielt, ihren Puls zu ertasten oder sonstige

Lebenszeichen zu erkennen, trat ich an die Fahrerseite des Jeeps. Ich streckte langsam und vorsichtig eine Hand nach ihrem Hals aus, schob das Haar beiseite und versuchte, die Halsschlagader zu finden. Im nächsten Augenblick setzte sie sich auf. Blitzschnell. Sie wandte sich mir zu. Benutzte die linke Hand, um meinen Arm wegzuschlagen und ihre Rechte, um mit einer Pistole auf meinen Bauch zu zielen.

Sie wartete einen Augenblick, vermutlich um sich zu vergewissern, dass ich nicht ausflippen würde. Sie wollte meine volle Aufmerksamkeit. Das war offensichtlich. Dann sagte sie: »Einen Schritt zurücktreten. Aber nur einen.« Ihre Stimme klang ruhig und fest, ohne eine Andeutung von Panik oder Zweifel.

Ich trat zurück. Einen extragroßen Schritt. Plötzlich wurde mir klar, warum sie durchs Lenkrad in den Fußraum geschaut hatte. Zwischen Gaspedal und Getriebetunnel war ein kleiner Taschenspiegel eingeklemmt. Sie musste ihn so angebracht haben, dass er sie rechtzeitig warnte, wenn jemand sich dem Jeep auf der Fahrerseite näherte.

»Wo ist Ihr Kumpel?« Sie sah nach links und rechts.

»Ich bin allein«, entgegnete ich. »Außer mir ist keiner da.«

Sie warf einen raschen Blick in den Rückspiegel. Er war so eingestellt, dass sie jeden entdecken konnte, der sich von hinten anzuschleichen versuchte. »Sie haben nur einen Kerl geschickt? Echt jetzt?«

Das klang halb enttäuscht, halb gekränkt. Ich begann, sie zu mögen.

»Mich hat niemand geschickt.«

»Lügen Sie nicht!« Um ihren Worten Nachdruck zu verleihen, rammte sie die Pistole etwas nach vorn. »Außerdem spielt das keine Rolle. Einer von euch oder eine ganze Crew?

Der Deal bleibt immer gleich. Sagen Sie mir, wo Michael ist. Sofort! Und sagen Sie die Wahrheit, sonst schieße ich Sie in den Bauch und lasse Sie sterbend liegen.«

»Ich würde es Ihnen gern sagen.« Ich hob die Hände mit ihr zugekehrten Handflächen. »Leider gibt es dabei ein Problem. Ich kann nicht. Ich weiß nicht, wo Michael ist.«

»Erzählen Sie mir ...« Sie hielt inne und blickte sich nochmals um. »Wo ist Ihr Auto?«

»Ich habe keins.«

»Reden Sie keinen Unsinn. Dann eben Ihr Jeep. Ihr Motorrad. Irgendein Fahrzeug, mit dem Sie hergekommen sind.«

»Ich bin zu Fuß unterwegs.«

»Bullshit!«

»Haben Sie vorhin einen Motor gehört? Irgendein mechanisches Geräusch?«

»Okay«, sagte sie nach einer langen Pause. »Sie sind zu Fuß unterwegs. Von wo aus? Und weshalb?«

»Nicht so hastig.« Ich bemühte mich, meine Stimme freundlich und nicht bedrohlich klingen zu lassen. »Überlegen wir doch mal gemeinsam. Ich könnte Ihnen erzählen, wie ich den Tag von Minute zu Minute verbracht habe. Unter gewöhnlichen Umständen würde ich das bereitwillig tun. Aber ist meine Fortbewegungsart im Augenblick wirklich so wichtig? Vielleicht müsste die bessere Frage lauten: Bin ich der Mann, auf den Sie anscheinend warten? Der Mann mit Informationen über Michael?«

Sie äußerte sich nicht dazu.

»Bin ich's nämlich nicht, und der richtige Kerl kreuzt auf, solange ich noch hier bin, war ihre kleine Scharade mit dem Unfall vergeblich.«

Sie schwieg noch immer.

»Gibt es irgendein Gesetz, dass nur Leute, die Sie in einen Hinterhalt locken wollen, diese Straße benutzen dürfen? Ist sie für alle anderen gesperrt?«

Ich sah sie einen Blick auf ihre Uhr werfen.

»Schauen Sie mich an. Ich bin allein. Ich bin zu Fuß unterwegs. Ich bin unbewaffnet. Entspricht das Ihren Erwartungen? Erkennen Sie darin irgendeinen Sinn?«

Sie drehte den Kopf ein wenig nach rechts und kniff leicht die Augen zusammen. Im nächsten Moment hörte ich es auch. Ein Geräusch in der Ferne. Ein Fahrzeug mit rau laufendem, fast stotterndem Motor. Und es kam näher.

»Dies ist Ihre Entscheidung«, sagte ich.

Sie schwieg verbissen. Das Motorengeräusch wurde stetig lauter.

»Denken Sie an Michael«, fuhr ich fort. »Ich weiß nicht, wo er ist. Aber wenn jemand, der jetzt kommt und es wüsste, mich hier antrifft, ist Ihre Chance vertan. Dann erfahren Sie's nie.«

Sie schwieg weiter. Das Motorengeräusch wurde noch lauter. Dann deutete sie plötzlich auf die andere Straßenseite.

»Los, dort rüber mit Ihnen! Schnell. Ein paar Meter weiter zweigt ein Graben ab. Rechtwinklig. Wie ein ausgetrocknetes Bachbett. Legen Sie sich rein. Lassen Sie den Kopf unten. Kein Laut, keine Bewegung, verstanden? Machen Sie nicht auf sich aufmerksam. Tun Sie nichts, was mich verraten könnte. Sonst …«

»Keine Sorge.« Ich hatte mich schon in Bewegung gesetzt. »Ich weiß Bescheid.«

3

Der Graben lag genau dort, wo sie gesagt hatte. Er war leicht zu finden, kein Problem. Ich erreichte ihn, bevor das näher kommende Auto in Sicht kam. Das Bachbett war ausgetrocknet. Ich vermutete, dass es genügend Deckung bieten würde. Die wichtigere Frage lautete jedoch, ob ich mich überhaupt verstecken wollte. Oder lieber weitermarschieren?

Ich sah zu dem Jeep hinüber. Die Frau war wieder in Position, über dem Lenkrad zusammengesunken, ihr Kopf von mir abgewandt. Ich war mir ziemlich sicher, dass sie mich nicht in ihrem Spiegel sehen konnte. Aber selbst wenn sie mich beobachtete, würde sie kaum riskieren, auf mich zu schießen. Sie würde den Leuten, die es auf sie abgesehen hatten, nicht verraten wollen, dass sie hier auf der Lauer lag.

Abhauen war die einzig vernünftige Option. Das stand außer Zweifel. Aber dabei gab es ein Problem. Ich hatte Fragen. Sogar jede Menge. Zum Beispiel: Wer war diese Frau? Wer war Michael? Wer war hinter ihr her? Und würde sie tatsächlich jemanden mit einem Bauchschuss liegen und elend sterben lassen?

Ich blickte die Straße entlang. Entdeckte in der Ferne einen von einer Staubwolke umgebenen dunklen Punkt. Weil mir noch Zeit blieb, wuchtete ich einen Stein aus dem Bachbett. Er war ungefähr so groß wie ein Hohlblockstein. Ich stellte ihn zwischen mir und dem Jeep an den Straßenrand. Einen weiteren, ähnlich großen Stein lehnte ich so daran, dass zwischen ihnen eine dreieckige Lücke entstand. Nur ein schmaler Spalt.

Gerade breit genug, dass ich mit einem Auge hindurchspähen konnte. Angewandte Highschool-Physik. Mein Gesichtsfeld vergrößerte sich vor mir keilförmig, als schaute ich durch einen unsichtbaren Kegel. Ich hatte den Jeep und seine Umgebung deutlich im Blick. In Gegenrichtung verengte der Winkel sich jedoch so stark, dass niemand mich aus dieser Entfernung entdecken konnte.

Der näher kommende Wagen tauchte aus seiner Staubwolke auf. Ein weiterer Jeep. Ebenfalls ein ehemaliges Militärfahrzeug. Er kam stetig näher. Gemächlich und nicht überhastet. Aber an der Stelle, wo mir die Schleuderspuren aufgefallen waren, brach er leicht aus und stoppte ruckartig. Der Jeep war mit zwei Männern, Fahrer und Beifahrer, besetzt. Beide trugen kakifarbene T-Shirts, dazu kakifarbene Basecaps und verspiegelte Sonnenbrillen.

Zwischen den beiden entstand eine aufgeregte Diskussion. Sie gestikulierten viel, zeigten immer wieder auf den Baum. Das sagte mir, dass sie nicht damit gerechnet hatten, dass jemand vor ihnen hier sein würde. Oder dass sie niemanden in einem Jeep erwartet hatten, der suggerierte, dass sie zur selben Organisation gehörten. Oder vielleicht hatten sie keines von beiden erwartet. Ich dachte, dass sie diese neue Entwicklung telefonisch melden würden. Um neue Anweisungen zu erhalten. Oder dass sie clever genug sein würden, sich zurückzuziehen. Aber sie taten nichts dergleichen. Stattdessen gab der Fahrer Gas, fuhr ein kurzes Stück weiter und parkte auf der Fahrerseite des anderen Jeeps.

»Unglaublich!« Der Beifahrer sprang aus dem Wagen und blieb zwischen den beiden Fahrzeugen stehen. Aus dem Bund seiner Cargo Pants ragte ein Pistolengriff. Die Griffschalen waren alt und abgewetzt. »Sie?«

Der Fahrer ging vorn um den Jeep herum, gesellte sich zu ihm. Er stemmte die Arme in die Hüften. Auch er hatte eine Pistole. »Scheiße. Dendoncker wird angepisst sein.«

»Nicht unser Problem.« Der Beifahrer zog die Pistole. »Los, wir nehmen sie uns vor.«

»Lebt sie noch?« Der Fahrer kratzte sich an der Schläfe.

»Hoffentlich.« Der Beifahrer trat einen Schritt vor. »Wir haben ein bisschen Spaß verdient.« Er streckte die freie Hand nach dem Hals der Frau aus. »Hast du's schon mal mit 'nem Krüppel gemacht? Ich noch nicht. Hab mich oft gefragt, wie das wäre.«

Auch der Fahrer kam näher heran. »Ich ...«

Die Frau setzte sich auf. Drehte sich blitzschnell zur Seite. Riss ihre Pistole hoch und schoss dem Beifahrer ins Gesicht. Seine Schädeldecke wurde pulverisiert. Eben war sie noch da. Im nächsten Augenblick war sein Kopf von einem blassrosa Nebel umgeben. Die leere Mütze flatterte zu Boden. Sein Körper kippte nach hinten. Der ausgestreckte Arm beschrieb einen Bogen und traf den Fahrer im Fallen am Oberschenkel. Sein Nacken krachte auf den tief ausgeschnittenen Einstieg des Jeeps.

Der Fahrer wollte seine Pistole ziehen. Er bekam sie mit der rechten Hand zu fassen, wollte sie aus dem Hosenbund ziehen. Dann versuchte er, sie in Schussposition zu bringen. Das war voreilig, ein dummer Fahler, weil ihr Lauf noch im Gürtel steckte. Seine Hand verrutschte auf dem Griff. Die Waffe hing mit falscher Gewichtsverteilung locker zwischen seinen Fingern. Sie drehte sich und fiel. Er wollte sie auffangen. Und griff daneben. Er bückte sich tief, suchte in verzweifelter Hast den Boden ab. Dann sah er die Pistole der Frau, deren Mündung sich bewegte. Auf sein Gesicht zielte.

Er hörte zu suchen auf. Wich mit einem Satz zurück. Suchte Deckung hinter dem Jeep der Frau. Kroch einige Meter weiter, bis er den Asphalt erreichte, und rappelte sich dann auf. Er begann zu rennen. Die Frau drehte sich zur Seite, atmete tief durch und zielte. Sie drückte ab. Das Geschoss musste das rechte Ohr des Kerls fast weggerissen haben. Er ließ sich nach links fallen, wälzte sich weiter. Die Frau stieg aus dem Jeep. Dabei fiel mir zum ersten Mal auf, dass sie ihr rechtes Bein schonte. Sie wartete, bis der Kerl sich aufgerappelt hatte, dann schoss sie erneut. Diesmal blies sie ihm fast das linke Ohr weg. Er warf sich auf die andere Seite und versuchte, sich liegend wegzuschlängeln.

»Stopp!« Die Stimme der Frau klang, als verlöre sie die Geduld.

Der Kerl kroch weiter.

»Der nächste Schuss trifft«, sagte sie. »Aber nicht tödlich. Er zerschmettert Ihnen das Rückgrat.«

Der Kerl wälzte sich auf den Rücken, als könnte ihn das davor bewahren. Er machte ein paar Beinbewegungen, als versuchte er zu schwimmen. Aber die brachten ihn nur eine Handbreit weiter. Seine Arme und Beine erschlafften. Sein Kopf sank in den Staub. Er schloss die Augen, blieb einige Sekunden lang tief atmend liegen. Dann setzte er sich plötzlich auf und streckte beide Hände aus, als versuchte er, einen unsichtbaren Dämon abzuwehren.

»Lassen Sie uns miteinander reden.« Seine Stimme war schrill und zittrig. »Es gibt eine andere Lösung. Mein Partner. Ich hänge alles ihm an. Ich erzähle dem Boss, dass er alles genau geplant hat. Wir haben hier gewartet, niemand ist gekommen, er hat mich mit der Waffe bedroht – weil er schon immer der Verräter war –, aber ich war schneller. Wir haben seine Leiche. Das ist der Beweis, stimmt's? Was brauchen wir sonst noch?«

»Aufstehen.«

»Das funktioniert. Ich kann ihn überzeugen. Erschießen Sie mich bloß nicht. Bitte.«

»Aufstehen.«

»Sie verstehen meine Lage nicht. Ich musste …«

Die Frau hob ihre Pistole. »Stehen Sie auf, sonst schieße ich Ihnen ein Bein weg. Mal sehen, wie's *Ihnen* gefällt, *Krüppel* genannt zu werden.«

»Nein, bitte!« Der Kerl rappelte sich auf.

»Zurück.«

Der Kerl machte einen Schritt. Einen kleinen.

»Weiter.«

Er machte einen weiteren Schritt. Damit war er außer Reichweite, wenn er dumm genug war, schlagen oder treten zu wollen. Er stand mit geschlossenen Beinen und eng an den Körper gepressten Armen da. Eine unnatürliche Haltung, die mich an einen Straßentänzer erinnerte, den ich vor Jahren einmal in Boston gesehen hatte.

»Gut. Okay, ich soll Sie also leben lassen?«

»Ja!« Er nickte übereifrig wie eine Puppe mit Wackelkopf. »Bitte!«

»Also gut. Ich bin bereit, das zu tun. Aber zuerst müssen Sie etwas für mich tun.«

»Ich tue alles.« Der Kerl nickte weiter. »Was immer Sie wollen. Sie brauchen's nur zu sagen.«

»Sagen Sie mir, wo Michael ist.«

4

Der Kopf des Kerls hörte auf, sich zu bewegen. Er sagte kein Wort. Seine Beine waren noch immer geschlossen. Seine Arme lagen noch immer am Körper an. Seine Haltung wirkte noch immer unnatürlich.

»Sagen Sie mir, wo ich Michael finden kann. Tun Sie's nicht, erschieße ich Sie. Aber nicht so schnell wie Ihren Freund. Nein, ganz anders.«

Der Kerl gab keine Antwort.

»Haben Sie mal jemanden mit einem Bauchschuss gesehen?« Die Frau zielte jetzt demonstrativ auf den Bauch des Mannes. »Wie lange der Todeskampf dauert? Welche schrecklichen Schmerzen man bis zum bitteren Ende hat?«

»Nein.« Der Kerl schüttelte den Kopf. »Bitte nicht. Ich erzähle Ihnen alles.«

Dann wurde mir klar, weshalb der Mann so seltsam aussah. Das kam von seinen Händen, die er weiter an die Oberschenkel gedrückt hielt. Eine Hand war offen. Seine linke. Aber die rechte war mit leicht abgeknicktem Handgelenk zur Faust geballt. In dieser Hand hielt er etwas, das er zu verbergen suchte. Ich wollte eine Warnung rufen, aber das durfte ich nicht. Die Konzentration der Frau ausgerechnet in diesem Augenblick zu stören, hätte ihr nur geschadet.

»Nun?« Ihr Stimme klang schärfer als zuvor.

»Also. Michaels Aufenthaltsort. Okay. Das ist ein bisschen kompliziert, aber er ist …«

Der Kerl riss den rechten Arm hoch. Er öffnete die Faust,

schleuderte der Frau eine Handvoll Sand und Staub ins Gesicht. Sie reagierte blitzschnell, hob die linke Hand schützend vors Gesicht und drehte sich auf dem gesunden Bein weg. So konnte sie dem größten Teil der Sandwolke ausweichen. Aber nicht dem Mann selbst. Er stürzte sich auf sie, schlug ihren Arm weg und rammte sie mit einer Schulter. Er war nur eine Handbreit größer als sie, aber bestimmt zwanzig Kilo schwerer. Der Zusammenprall ließ sie zurücktorkeln. Die Frau konnte sich nicht auf den Beinen halten und fiel auf den Rücken. Ihre Pistole hatte sie noch in der Hand. Sie wollte sie hochreißen, aber der Kerl war bereits heran und trat auf ihr Handgelenk. Sie ließ nicht los. Er trat kräftiger zu. Und noch kräftiger, bis sie frustriert aufschrie und ihre Pistole fallen ließ. Er beförderte die Waffe mit einem Tritt zur Seite, dann stellte er sich breitbeinig über die Frau und ragte über ihr auf.

»So schnell kann's gehen, *Krüppel*. Auf nur einem gesunden Bein steht man schlecht, was?«

Die Frau lag still. Ich stand auf. Der Kerl kehrte mir den Rücken zu. Er war weniger als fünfzehn Meter von mir entfernt.

»Mein Freund hatte was mit dir vor.« Der Kerl machte sich an seinem Hosenschlitz zu schaffen. »Das war gewissermaßen sein letzter Wunsch. Ich denke, dass ich das durchziehen sollte. Einmal für ihn. Einmal für mich. Vielleicht öfter, wenn es mir gefällt.«

Ich kletterte aus dem Graben.

»Danach erledige ich dich.« Der Kerl zog seinen Gürtel heraus, warf ihn zur Seite. »Vielleicht schieße ich *dich* in den Bauch. Und sehe zu, wie lange *du* zum Sterben brauchst.«

Ich machte mich auf den Weg zur Straße.

»Das könnte stundenlang dauern.« Der Kerl fing an, seinen Hosenschlitz aufzuknöpfen. »Vielleicht sogar die ganze Nacht. Dendoncker ist das egal. Ihn kümmert auch nicht, in welchem Zustand du dich dann befindest. Er will nur, dass du tot bist, wenn ich dich anliefere.«

Ich zwang mich dazu, langsamer zu gehen. Ich wollte kein Geräusch auf dem losen Untergrund machen.

Die Frau veränderte ihre Lage ein wenig, dann streckte sie beide Arme seitlich aus. »Sie wissen also von meinem Fuß. Einen Goldstern für Beobachtungsgabe. Aber wissen Sie viel über Titan?«

Der Kerl hörte auf, an seiner Hose herumzufummeln.

»Ein sehr interessantes Metall.« Die Frau drückte beide Hände flach auf den Boden. »Es ist sehr widerstandsfähig. Sehr leicht. Und sehr hart.«

Die Frau riss ihr rechtes Bein mit angewinkeltem Knie hoch, rammte ihre Prothese in den Schritt des Mannes. Sie traf mittig. Wütend und mit voller Kraft. Der Kerl schrie auf und schlug laut keuchend der Länge nach hin. Er landete auf dem Bauch im Staub. Die Frau wälzte sich gerade noch rechtzeitig zur Seite, sonst wäre sie von ihm erdrückt worden. Sie wälzte sich weiter und holte sich ihre Pistole wieder. Dann benutzte sie beide Arme, um sich hochzustemmen.

Ich blieb, wo ich war: auf halbem Weg über die Straße, mit der verblassten gelben Mittellinie zwischen den Füßen.

Der Kerl drehte sich auf die Seite, krümmte sich in fetaler Haltung zusammen. Er wimmerte wie ein geprügelter Hund.

»Letzte Chance.« Die Frau hob ihre Pistole. »Michael. Wo ist er?«

»Michael ist Geschichte, Idiotin.« Der Kerl atmete keuchend. »Den können Sie vergessen.«

»Er ist Geschichte? Was soll das heißen?«

»Was glauben Sie? Dendoncker knöpft sich ein armes Würstchen zum Verhör vor, dann ... Muss ich noch deutlicher werden?«

»Nein, das genügt.« Ihre Stimme klang plötzlich ausdruckslos. »Aber ich will Gewissheit haben.«

»Er war in dem Augenblick tot, in dem er angefangen hat, Geheimnachrichten auszutauschen.« Der Mann hob den Kopf. »Sie wissen, wie Dendoncker ist. Er ist der paranoideste Mensch der Welt. Natürlich hat er das rausgekriegt.«

»Wer hat ihn ermordet? Sie?«

»Nein. Ehrenwort.«

»Wer sonst?«

»Ich dachte, das sollten wir tun. Dendoncker wollte, dass wir uns bereithalten, sobald er seine Fragen gestellt hatte. Wir haben uns gleich darauf vorbereitet. Keiner hält lange durch, wenn Dendoncker ihn sich vornimmt. Das wissen Sie. Wir haben uns also bereitgehalten. Aber dann haben wir erfahren, dass wir doch nicht gebraucht werden.«

»Warum nicht? Was hat sich geändert?«

»Das weiß ich nicht. Ich war nicht dabei. Vielleicht hat Michael zu zögerlich geantwortet. Oder ist frech geworden. Oder hatte einfach nur ein schwaches Herz. Jedenfalls hat Dendoncker uns doch nicht gebraucht. Und heute Morgen hat er uns auf Sie angesetzt.«

Die Frau schwieg einen Augenblick. Dann sagte sie: »Michaels Leiche. Wo ist sie?«

»Am üblichen Ort, denke ich. Dort ist noch viel Platz.«

Die Frau ließ leicht die Schultern hängen. Ihre Hand mit der Pistole sank herab. Der Mann rollte sich wieder zusammen. Er griff langsam und unauffällig nach einem Fußknöchel. Er zog etwas aus dem Stiefel und wälzte sich auf den

Bauch. Im nächsten Augenblick war er auf den Beinen. In seiner rechten Hand glitzerte etwas: eine breite, kurze Messerklinge. Er warf sich nach vorn. Sein erhobener Arm beschrieb einen waagrechten Bogen. Er versuchte, die Stirn der Frau aufzuschlitzen. Damit ihr Blut in die Augen lief. Damit sie nicht mehr sehen, nicht mehr zielen konnte. Sie beugte sich nach hinten. Eben weit genug, dass die Klinge sie verfehlte. Der Kerl nahm das Messer in die andere Hand, setzte zum nächsten Versuch an.

Diesmal zögerte sie nicht, sondern drückte ab. Der Mann fiel auf den Rücken. Er ließ das Messer fallen und hielt sich laut schreiend mit beiden Händen den Unterleib. Dort breitete sich ein dunkler Fleck aus. Sie hatte ihn in den Bauch geschossen. Genau wie angedroht. Sie trat näher an ihn heran, starrte auf ihn hinab. Dreißig Sekunden verstrichen quälend langsam. Bestimmt die längste halbe Minute im Leben des Kerls. Er wand sich stöhnend und keuchend und versuchte, den Blutstrom mit Händen und Fingern zu stoppen. Die Frau machte einen Schritt rückwärts. Dann hob sie ihre Pistole, zielte auf seinen Kopf. Und drückte ab. Noch mal.

Zumindest waren nun einige meiner Fragen beantwortet. Aber jetzt beschäftigte mich ein anderes Problem, das viel drängender war. Die Frau hatte eben zwei Männer erschossen. Ich hatte sie dabei beobachtet. Ich war der einzige Augenzeuge. Ich musste herausfinden, was sie deswegen unternehmen wollte. Was sie getan hatte, ließ sich zweifellos als Notwehr rechtfertigen. Sie hatte aus guten Gründen gehandelt, die ich nicht anzweifeln würde. Aber das konnte sie nicht wissen. Sich auf die Unterstützung eines Fremden zu verlassen, war ein Vabanquespiel. Und jedes Gerichtsverfahren hätte eigene Risiken enthalten. Das Talent der Anwälte. Die Einstellung der Geschworenen. Und sie hätte unweigerlich monatelang in Untersuchungshaft gesessen, bevor sie einen Gerichtssaal von innen sah. Auch keine erfreuliche Aussicht. Und eine gefährliche. Gefängnisse wirken sich im Allgemeinen nicht lebensverlängernd auf ihre Insassen aus.

Ich ging weiter auf sie zu. Umzukehren wäre zwecklos gewesen. Ein paar zusätzliche Meter zwischen uns würden keinen Unterschied machen. Die Waffe in ihrer Hand war eine Glock 17, eine der zuverlässigsten Pistolen der Welt. Mit einer Versagensquote von ungefähr zehntausend zu eins. Großartig für den, der sie in der Hand hielt. Weniger großartig für mich. Das Magazin enthielt siebzehn Schuss. Meines Wissens hatte sie fünf abgegeben. War das Magazin voll gewesen, hatte sie jetzt noch zwölf, von denen sie nicht mal ein Viertel benötigen würde. Sie schoss ausgezeichnet. Das hatte sie demonstriert. Und sie hatte kein Zögern erkennen lassen, wenn Gewalt nötig war. Das hatten die beiden tot vor ihr liegenden Männer auf die harte Tour erfahren.

Ich machte einen weiteren Schritt. Dann wurde auch meine neue Frage beantwortet, allerdings auf unerwartete Weise. Die Frau nickte mir zu, wandte sich ab, ging zu ihrem Jeep zurück und lehnte sich an sein Heck. Zuckte mit den Schultern. Seufzte. Hob ihre Pistole. Und drückte die Mündung an ihre Schläfe.

»Halt!« Ich war mit wenigen Schritten bei ihr. »Das brauchen Sie nicht zu tun.«

Sie erwiderte meinen Blick mit großen, klaren Augen. »Oh ja, das muss ich.«

»Nein. Sie haben nur getan, was …«

»Zurück.« Sie machte eine abwehrende Handbewegung.

»Außer Sie wollen voller Blut und Gehirnmasse sein. Ich gebe Ihnen drei Sekunden Zeit. Dann drücke ich ab.«

Ich glaubte ihr. Ich wusste nicht, wie ich sie daran hindern sollte. Mir fiel nur ein, sie zu fragen: »Warum?«

Sie betrachtete mich, als wäre die Antwort so offensichtlich, dass die dafür aufzuwendende Mühe sich kaum lohne. Dann sagte sie: »Weil ich meinen Job verloren habe. Ich habe mich blamiert. Meinetwegen sind Unbeteiligte zu Schaden gekommen. Und ich bin schuld am Tod meines Bruders. Ich habe nichts mehr, wofür es sich zu leben lohnt. Tot bin ich besser dran.«

5

Seinen Job zu verlieren, kann ein schwerer Schlag sein. Das weiß ich aus eigener Erfahrung. Aber dieses Gefühl ist nichts im Vergleich zum Verlust eines Bruders. Weniger als nichts. Das weiß ich, weil ich auch das schon erlebt habe. Und wenn man glaubt, für den Tod seines Bruders verantwortlich zu sein, muss die Last noch viel schwerer sein. Vielleicht unerträglich schwer. Vielleicht führt von dort kein Weg zurück. Das wusste ich nicht mit Sicherheit. Aber ich hoffte, dass ein Überleben möglich sein würde. Zumindest in diesem Fall. Ich sah keine Lösung, aber ich hoffte, dieser Frau helfen zu können. Mir gefiel, wie sie sich tapfer behauptet hatte. Ich wollte nicht, dass ihre Story mit einem Selbstmord am Rand einer einsamen Straße endete.

Ich blieb stehen und zählte im Stillen bis drei. Langsam. Die Frau drückte nicht ab. Ich stand in keiner Wolke aus Blut und Gehirnmasse. Das betrachtete ich als ermutigendes Zeichen.

»Ich habe gehört, was dieser Mann gesagt hat.« Ich wartete erneut einige Sekunden lang, ohne ihren Finger am Abzug aus den Augen zu lassen. »Michael ist Ihr Bruder?«

»*War* mein Bruder.« Die Pistole blieb an ihre Schläfe gedrückt.

»Sie waren auf der Suche nach ihm?«

»Deswegen ist er jetzt tot.«

»Sie haben ihn selbst gesucht, meine ich. Sie sind nicht zur Polizei gegangen.«

»Hat er auf der falschen Seite des Gesetzes gestanden? War

er kriminell? *Das* meinen Sie doch! Und die Antwort lautet Ja. Er war kriminell.«

Sie ließ die Pistole sinken. »Einen Goldstern dafür, dass Sie das rausgekriegt haben.«

»Und Sie?«

»Nein. Oder vielleicht doch. Theoretisch. Durch den Umgang mit Kriminellen. Aber nur, weil ich Michaels Gruppe unterwandert habe. Ich habe versucht, ihn dort rauszuholen. Er wollte raus. Wollte in ein normales Leben zurückfinden. Das hat er mich wissen lassen. Sie kennen ihn nicht, aber er war ein guter Mensch. Herzensgut. Sein letzter Einsatz hat ihn verändert. Was die Army gemacht hat, war falsch. Es hat ihn aus der Bahn geworfen. Ihn verwundbar gemacht. Ein paar Kerle haben sich an ihn rangemacht, ihn ausgenützt. Er hat ein paar schlechte Entscheidungen getroffen. Eindeutig. Die muss er sich vorwerfen lassen. Ich will ihn keineswegs entschuldigen. Aber das war eine vorübergehende Sache. Eine Episode. Der wahre Michael war noch immer da. Das weiß ich. Wenn ich ihn dort nur hätte rausholen können ...«

»Ich maße mir kein Urteil an. Ich verstehe, weshalb Sie vorher nicht zur Polizei gegangen sind. Aber jetzt ist alles anders.«

Die Frau äußerte sich nicht dazu.

Ich sagte: »Der Kerl, der Michael ermordet hat? Sorgen Sie dafür, dass er verhaftet wird. Gehen Sie zur Gerichtsverhandlung. Sagen Sie gegen ihn aus. Tun Sie alles dafür, dass er für den Rest seines Lebens hinter Gitter kommt.«

Sie schüttelte den Kopf. »Das würde nicht funktionieren. Der Mann, der Michael auf dem Gewissen hat, ist zu vorsichtig. Er hat garantiert alle Beweise beseitigt. Selbst wenn die Polizei mir glauben würde, könnte sie monatelang suchen, ohne das Geringste zu finden.«

»Vielleicht braucht die Polizei nichts zu finden. Wir könnten dem Kerl einen Besuch abstatten. Ich habe einen Namen gehört. Dendoncker?«

»Das ist das Arschloch.«

»Wir könnten mit ihm plaudern. Ich wette, dass er sehr bald den Drang verspüren würde, ein Geständnis abzulegen. Mit den richtigen Anreizen.«

Ein trauriges kleines Lächeln umspielte ihren Mund. »Glauben Sie mir, ich täte nichts lieber, als Dendoncker zu besuchen. Ich wäre sofort bei ihm. Aber das ist unmöglich.«

»Unmöglich gibt's nicht. Nur unzulängliche Vorarbeit.«

»Nicht in diesem Fall. An Dendoncker kommt niemand heran.«

»Woher wissen Sie das?«

»Ich hab's versucht.«

»Was hat Sie daran gehindert?«

»Als Erstes weiß kein Mensch, wo er sich gerade aufhält.«

»Dann müssen Sie ihn dazu bringen, zu Ihnen zu kommen.«

»Das klappt nicht. Er zeigt sich nur unter sehr speziellen Umständen.«

»Dann müssen Sie diese Umstände schaffen.«

»Das wollte ich schon. Aber es nutzt nichts.«

»Das verstehe ich nicht.«

»Er kommt nur aus der Deckung, wenn jemand, der ihm gefährlich war, tot ist. Auch wenn er jemanden nur für gefährlich gehalten hat. Selbst wenn das nur Einbildung oder ein Traum war. Diese Leute lässt er ermorden. Und danach muss er die Toten mit eigenen Augen sehen. Das ist eine Art Zwangsvorstellung. Er verlässt sich auf niemandes Wort. Er traut keinem Foto, keinem Video, keinem Totenschein, keinem Obduktionsbericht. Er glaubt nur den eigenen Augen.«

Ich überlegte eine Weile. Dann sagte ich: »Also zwei Leute.«

»Was?«

»Wenn das seine Arbeitsweise ist, sind zwei Leute nötig, um ihn zu schnappen. Sie und ich könnten es schaffen. Wenn wir zusammenarbeiten.«

»Bullshit. Sie wissen nicht, wovon Sie reden.«

»Doch, das weiß ich. Ich habe dreizehn Jahre lang nach Leuten gefahndet, die nicht geschnappt werden wollten. Und ich war gut darin.«

»Im Ernst?«

»Absolut.«

»Sie waren ein Kopfgeldjäger?«

»Raten Sie noch mal.«

»Doch kein Cop?«

»Ein Militärpolizist.«

»Wirklich? Sie sehen nicht wie einer aus. Was ist mit Ihnen passiert?«

Ich gab keine Antwort.

Auch die Frau schwieg sekundenlang. Dann fragte sie: »Welchen Unterschied sollte eine zweite Person machen? Ich sehe keinen.«

»Alles zu seiner Zeit. Im Augenblick lautet die wichtigste Frage: Dendoncker zu schnappen – lohnt es sich, dafür zu leben?«

Die Frau blinzelte mehrmals, dann blickte sie in die Ferne. Sie betrachtete eine ganze Minute lang nur den Horizont. Dann sah sie mir in die Augen. »Dendoncker stoppen … zu schnappen – das wäre ein Anfang, denke ich. Aber zwei Leute, die zusammenarbeiten. Sie und ich. Wieso würden Sie das tun?«

»Michael war ein Veteran. Auch Sie sind eine Veteranin.

Das sehe ich Ihnen an. Zu viele von uns sind schon gefallen. Ich will nicht untätig zusehen, wie ein weiteres Leben vergeudet wird.«

»Ich kann Sie nicht um Hilfe bitten.«

»Das tun Sie nicht. Ich biete sie an.«

»Das könnte gefährlich werden.«

»Eine Straße zu überqueren, kann gefährlich sein.«

Sie schwieg einen Moment. »Okay. Aber können wir das wirklich schaffen?«

»Klar doch.«

»Versprochen?«

»Natürlich«, sagte ich. »Würde ich eine Frau mit einer Pistole in der Hand anlügen?«

6

Ich drückte mir nicht selbst die Daumen, aber das hätte ich
vielleicht tun sollen. Ich hatte keine Ahnung, wie man Dendoncker schnappen könnte, und nicht die Absicht, eine Methode
zu finden. Außerdem keine Lust, mich mit einem Verrückten
einzulassen. Schließlich hatte er mir meines Wissens nichts
getan.

Andererseits reizte mich das ganze Szenario irgendwie. Der
Mann schien sich eine eigene Version von Catch-22 ausge-
dacht zu haben. Wer ihn ermorden wollte, kam nur in einem
Zustand an ihn heran, in dem er niemanden mehr ermorden
konnte. Das war raffiniert. Allein darin steckte eine Heraus-
forderung. Ich traute mir zu, eine Möglichkeit zu finden,
wenn ich angestrengt darüber nachdachte. Erst genügend
Informationen sammelte. Vielleicht die richtige Spezialaus-
rüstung einsetzte.

In Wirklichkeit war ich an keinem dieser Dinge interessiert. Aber das würde ich der Frau nicht sagen. Ich rechnete
mir aus, dass die Aussicht auf Rache an dem Mörder ihres
Bruders eine Rettungsleine sein würde, an der ich sie an Land
ziehen konnte. Vermutlich das einzige Mittel, das sich mir
bot. Die Leine zu kappen, bevor sie sicher an Land war, wäre
dumm gewesen. Schlimmer als dumm. Kriminell. Ich meinte
es vielleicht nicht ernst mit der Gefangennahme irgendeines
Menschen, den ich nicht mal kannte. Aber ich hatte wirklich
die Absicht, ihr zu helfen. Allzu viele Veteranen hatten schon
Selbstmord begangen. Jeder weitere wäre einer zu viel gewe-

sen. Konnte ich einen neuerlichen Suizid verhindern, würde ich es unbedingt tun.

Ich wollte die Sache langsam angehen. Der Frau Zeit lassen, bis sie einsah, dass die Polizei ihre beste Option war. Ich wollte sie täuschen, vorläufig, ja. Aber lieber getäuscht als tot.

Die Frau stieß sich von dem Jeep ab, stand einen Augenblick still und starrte zu Boden. Sie wirkte kleiner als zuvor. Gebeugt. Niedergeschlagen. Dann blickte sie wieder auf. Sie steckte die Pistole in ihren Hosenbund und streckte mir die Hand hin. »Ich bin Michaela. Michaela Fenton. Und bevor Sie etwas sagen – ja, Michael und Michaela. Wir waren Zwillinge. Unsere Eltern dachten, das sei originell. Wir nicht.«

Ich zuckte mit den Schultern. »Ich bin Reacher.«

Ihre Hand war lang und schmal und überraschend kühl. Die Finger schlossen sich um meine. Sie hatte einen kräftigen Händedruck, von dem ein winziger Schauder meinen Arm hinauflief.

»Nun, Reacher.« Sie ließ meine Hand los, schaute sich um. Ihre Schultern schienen noch mehr herabzusinken. »Diese Leichen. Mit denen sollten wir was tun, denke ich. Irgendwelche Vorschläge?«

Das war eine gute Frage. Hätte Dendoncker seine Leute auf mich angesetzt, hätte ich ihre sterblichen Überreste irgendwo zurückgelassen, wo er sie zu sehen bekam. Zum Beispiel auf dem Rasen vor seinem Haus. Oder in seinem Bett. Damit er genau verstand, welche Botschaft ich übermitteln wollte. Ich lasse nicht gern Raum für Missverständnisse. Aber Dendoncker hatte sie nicht auf mich angesetzt. Und wenn wir es wirklich darauf anlegten, ihn zu kriegen, waren subtilere Methoden erforderlich. Richtig wäre es gewesen, die Leichen zu verstecken. Um uns nicht in die Karten schauen zu lassen. Aber wir befanden uns mitten in der Wüste. Die Sonne stand hoch am Himmel. Gräber auszuheben stand nicht auf meinem Tagesplan, als ich morgens aufgewacht war, und ich fand, ich sei für heute flexibel genug gewesen.

Ich sagte: »Einer von ihnen muss ein Handy haben. Wir rufen die 911 an. Die Polizei soll sich um sie kümmern.«

»Ist das clever? Diese Kerle sind offenbar ... also, sie sind keines natürlichen Todes gestorben.«

»Tut nichts zur Sache.«

»Aber schickt die Polizei nicht eine Horde Ermittler? Spurensicherer? Den ganzen Apparat?« Sie machte eine kurze Pause. »Hören Sie, ich habe nichts dagegen, für das zu bezahlen, was ich getan habe. Ich akzeptiere die Strafe, die ich verdiene. Wenn's irgendwann so weit ist. Aber ich will nicht im Gefängnis landen, solange Dendoncker noch auf freiem Fuß ist. Und ich will nicht, dass uns irgendwelche großen Ermittlungen in die Quere kommen und daran hindern, ihn zu schnappen.«

Meine Agenda sah anders aus. Ich hoffte, dass die Polizei einen Haufen Leute schicken würde. So viele wie möglich. Ich wollte, dass es hier von ihnen wimmelte. Es ist nicht klug, jemanden entführen zu wollen, während man von der Polizei beobachtet wird. Ich zählte darauf, dass Fenton das erkennen würde. Nur eben noch nicht gleich.

»Das gehört alles zum Plan.« Ich setzte ein hoffentlich beruhigendes Lächeln auf. »Sie haben gesagt, dass Dendoncker paranoid ist. Sieht er die Polizei herumschnüffeln, gerät er in Panik. Macht vielleicht einen Fehler, den wir nutzen können.«

»Wenn Sie meinen ...« Das klang nicht überzeugt.

Ich kniete neben dem Mann nieder, den sie zuletzt erschossen hatte, und durchsuchte seine Taschen. Ich fand einen Schlüsselring mit einem kleinen Kunststoffwürfel, dessen Funktion unklar war, und mehreren Schlüsseln. Einer davon gehörte zu einem Ford. Zwei sahen wie Hausschlüssel aus. Die Nummer eins war ein Sicherheitsschlüssel von Yale. Er glänzte noch neu. Der andere war ein alter, verkratzter Buntbartschlüssel. Vermutlich für ein anderes Gebäude. Vielleicht für eine Garage oder einen Lagerraum. Der Kerl hatte auch ein Smartphone und eine Geldbörse, die weder Führerschein noch Kreditkarten enthielt, bei sich. Und er besaß zweihundert Dollar in Zwanzigern, die ich konfiszierte. Kriegsbeute. Das war nur fair.

In den Taschen des anderen Typs sah es ähnlich aus. Er hatte einen Schlüsselring mit dem gleichen Kunststoffwürfel. Einer der Schlüssel gehörte zu einem Dodge, zwei waren Sicherheitsschlüssel von Yale. Und einer war ein alter, verkratzter Buntbartschlüssel. Er hatte eine Geldbörse mit hundertzwanzig Dollar in Zwanzigern. Und ein Smartphone mit einem Sprung im Display. Ich drückte den Daumen des Mannes auf den Einschaltknopf und ließ ihn dort, bis der Bildschirm aufleuchtete.

»Wo sind wir genau?«, fragte ich Fenton.

Sie zuckte mit den Schultern. »Diesen Baum kennt eigentlich jeder … Augenblick, ich sehe mal nach.« Sie zog ihr Handy heraus, tippte und wischte über den Bildschirm und zeigte ihn mir dann. »Hier, unsere Position.«

Als der Dispatcher sich unter der Notrufnummer meldete, gab ich ihm die Koordinaten durch und behauptete, ich sei Zeuge geworden, wie zwei Kerle sich bei einem Streit gegenseitig erschossen hätten. Dann wischte ich meine Fingerabdrücke von dem Handy ab und warf es weg.

Fenton fragte ich: »Fährt Ihr Jeep noch?«

»Ja. Ich habe den Baum nicht berührt. Überzeugen Sie sich selbst.«

Ich ging nach vorn zur Motorhaube des Wagens und sah nach. Zwischen Stoßstange und Baumstamm hätte vielleicht ein Blatt Zigarettenpapier gepasst, aber nicht mehr. Sie musste eine verdammt gute Fahrerin sein.

Ich sagte: »Gut. Wir nehmen Ihren. Den anderen lassen wir hier stehen.«

»Wieso? Ein zweiter Wagen wäre vielleicht nützlich.«

»Stimmt.« Der belastete Jeep konnte wirklich nützlich sein. Als weiterer saftiger Köder, in den die Ermittler sich verbeißen konnten, doch nicht als Transportmittel. »Aber das Risiko wäre zu hoch. Dendoncker flippt bestimmt aus, wenn er nichts mehr von seinen Männern hört. Dann schickt er einen Suchtrupp los. Würde einer von uns in diesem Jeep gesehen, wäre unser Plan im Arsch.«

»Das stimmt wohl.«

Ich nahm die Pistolen der Kerle, dazu eine Basecap und eine Sonnenbrille an mich. »Ich bezweifle, dass die Kavallerie sehr bald auftaucht. Aber wir sollten trotzdem verschwinden.«

»Wohin?«

»Wo wir ungestört sind. Wir haben viel miteinander zu besprechen.«

»Okay.« Fenton ging zur Fahrerseite ihres Jeeps und klappte die Windschutzscheibe hoch. »Mein Hotel.« Sie ließ den Motor an, legte den Rückwärtsgang ein und blieb mit durchgetretener Kupplung und einem Fuß auf dem Bremspedal sitzen. Mit beiden Händen am Lenkrad. In Zwölf-Uhr-Position zusammengepresst. Sie kämpfte um Beherrschung.

Ihre Fingerknöchel waren weiß. Adern und Sehnen begannen hervorzutreten. Sie schloss die Augen, schien Mühe zu haben, genug Luft zu bekommen. Dann gewann sie die Kontrolle zurück. Allmählich. Sie lockerte ihren Griff. Öffnete die Augen, an deren Wimpern einige Tränen hingen. »Sorry.« Sie fuhr sich mit dem Handrücken übers Gesicht, dann wechselte sie mit dem rechten Fuß zum Gaspedal und ließ die Kupplung kommen. »Ich musste an Michael denken. Ich kann nicht glauben, dass er tot ist.«

7

Fenton nahm den Jeep hart ran. Die alte Federung ächzte und quietschte. Der Motor ratterte. Das Getriebe heulte. Aus dem Auspuff kamen dunkle Qualmwolken. Die Lenkung war so ausgeschlagen, dass sie ständig gegenlenken musste, nur damit wir auf der Fahrbahn blieben. Ich versuchte, mich auf die Straße vor uns zu konzentrieren, aber nach zehn Minuten ertappte sie mich dabei, wie ich ihren rechten Fuß ansah.

»USBV«, sagte sie. »Afghanistan.«

Damit meinte sie eine *Unkonventionelle Spreng- und Brandvorrichtung*. Diesen Ausdruck mochte ich nicht. Er war im Zweiten Golfkrieg üblich geworden. Vermutlich von irgendeinem staatlichen PR-Mann erfunden, der Sprengfallen als Low-Tech-Waffen hinstellen wollte. Primitives Zeug. Nichts, was einem Sorgen machen musste. Um zu suggerieren, sie würden von ungelernten Bauernlümmeln in Höhlen und Kellern zusammengebastelt.

Dabei war genau das Gegenteil richtig. Das wusste ich aus eigener Erfahrung. Vor vielen Jahren war ich in Beirut gewesen, als ein Lastwagen mit über einer halben Tonne Sprengstoff ein Kasernentor durchbrochen hatte. An jenem Tag waren zweihunderteinundvierzig US-Marines und -Soldaten gestorben und bei einem weiteren Anschlag in der Nähe achtundfünfzig französische Fallschirmjäger. Und seither waren die Dinger nur noch gefährlicher geworden. Die Bombenbauer haben jetzt Zugang zu komplizierter Elektronik. Ferngesteuerte Zünder. Infrarotauslöser. Abstandszünder. Sie sind

Meister im Tarnen und Täuschen geworden und noch brutaler, skrupelloser als früher. Außer Nägeln und Metallsplittern packen sie heute Bakterienstämme und Mittel zur Blutverdünnung in die Sprengladungen. Selbst wenn ihre Opfer die Detonation überleben, können sie anschließend verbluten oder an irgendeiner schrecklichen Krankheit sterben.

Ich schob diese Gedanken beiseite und fragte:»Army?«

Sie nickte.»Sixty-sixth Military Intelligence Group. Eine in Wiesbaden stationierte Aufklärungseinheit. Aber dies ist nicht passiert, als ich Uniform getragen habe. Daher hat's kein Purple Heart für mich gegeben.«

»Sie haben in einer Söldnertruppe gekämpft?«

Fenton schüttelte den Kopf.»Nicht ich. Zu diesen Leuten würde ich nie gehen. Vielleicht bin ich verrückt, aber ich glaube nicht, dass Kriege geführt werden sollten, um Gewinn zu machen.«

»Was sonst? In Afghanistan waren nicht viele Zivilisten im Einsatz.«

»Das ist eine lange Geschichte. Die erzähle ich Ihnen ein andermal. Und was ist mit Ihnen? Wie kommt ein ehemaliger Militärpolizist hierher? Zu Fuß? Von allen Straßen dieser Welt ...«

»Auch eine lange Geschichte.«

»Touché. Also will ich Sie ganz offen fragen: Sind Sie auf der Flucht? Sind Sie irgendeine Art Flüchtling?«

Ich dachte einen Augenblick über ihre Frage nach. An die letzte Stadt, in der ich gewesen war. Sie lag in Texas. Ich hatte sie am Morgen zuvor verlassen. Ziemlich eilig. Dort hatte es ein paar Probleme gegeben. Ein Brand. Ein zerstörtes Gebäude. Und drei Leichen. Aber mir konnte niemand etwas anhängen. Das war nichts, was sie wissen musste.

Ich sagte: »Nein, ich bin nicht auf der Flucht.«

»Auch wenn Sie das wären, würde ich Sie nicht verurteilen. Nicht nach allem, was Sie heute von mir gesehen haben. Aber Dendoncker zu stoppen, ist mein größter Wunsch. Das ist meine größte Aufgabe. Und wenn wir's tun, wird es Risiken geben. Wir müssen einander vertrauen können. Daher muss ich wissen: Warum sind Sie hier?«

»Aus keinem bestimmten Grund. Ich bin nach Westen unterwegs. Ein Mann hat mich als Anhalter mitgenommen. Doch dann musste er umkehren, in den Osten zurückfahren, also bin ich ausgestiegen.«

»Ausgestiegen? Oder rausgeflogen?«

»Ausgestiegen.«

»So eilig, dass Sie vergessen haben, Ihr Gepäck mitzunehmen? Kommen Sie, was ist wirklich passiert?«

»Ich habe kein Gepäck. Und ich hätte mit dem Mann weiterfahren können. Er hat mich dazu eingeladen. Aber ich mag nicht umkehren. Ich will weiter, immer weiter. Also bin ich ausgestiegen.«

»Okay. Bleiben wir beim ersten Punkt. Kein Gepäck? Wirklich nicht?«

»Was täte ich mit Gepäck? Was sollte ich darin transportieren?«

»Lassen Sie mich raten. Nehmen wir mal an, Sie seien quer durchs Land unterwegs ... wie wär's dann mit Kleidung? Nachtwäsche? Toilettenartikeln? Persönlichem Besitz?«

»Meine Kleidung trage ich. Toilettenartikel gibt es in Hotels. Und meinen persönlichen Besitz habe ich in den Taschen.«

»Sie besitzen nur diese Klamotten?«

»Wie viel mehr braucht ein Mann?«

»Keine Ahnung. Aber Kleidung zum Wechseln. Was machen Sie, wenn Ihre Sachen gewaschen werden müssen?«

»Ich werfe sie weg und kaufe neue.«

»Ist das nicht Verschwendung? Und unpraktisch?«

»Nein.«

»Wozu nicht mit nach Hause nehmen? Sie waschen?«

»Waschen ist nicht mein Ding. Waschsalons auch nicht. Oder Häuser.«

»Sie sind also obdachlos.«

»Wenn Sie so wollen. Tatsächlich habe ich keine Verwendung für ein Haus. Nicht im Augenblick. Vielleicht lege ich mir später mal eins zu. Vielleicht schaffe ich mir einen Hund an. Vielleicht werde ich sesshaft. Aber vorerst nicht. Noch lange nicht.«

»Sie machen also was? Streifen ziellos durchs Land?«

»Das kommt ziemlich hin.«

»Wie? Haben Sie wenigstens ein Auto?«

»Hab nie eines gebraucht.«

»Sie fahren lieber per Anhalter?«

»Das stört mich nicht. Manchmal nehme ich auch den Bus.«

»Sie nehmen den Bus? Wirklich?«

Ich gab keine Antwort.

»Okay. Zurück zu dem Mann, der Sie heute Morgen gefahren hat. Warum musste er plötzlich umkehren?«

»Er wollte einen Oldtimer, einen alten britischen Sportwagen. Er war in Texas gewesen, um einen anderen zu kaufen. Aber den hat er nicht genommen, weil der Verkäufer versucht hat, ihn reinzulegen. Irgendwas mit nicht zusammenpassenden Nummern. Ich weiß nicht, warum das eine so große Sache ist. Ich verstehe nichts von Autos. Also ist er wieder heimgefahren. In irgendein Nest im Westen Arizonas.

Er wollte Dampf ablassen. Dazu brauchte er einen Zuhörer. Also hat er mich aufgelesen. Vor einem Motel bei El Paso.«

»Augenblick! Wir sind hier weit von der Route entfernt, die aus El Paso nach Westen führt.«

»Im Radio hat's geheißen, die I-10 sei dicht. Irgendeine Massenkarambolage. Also sind wir über Nebenstraßen gefahren. Haben die Südwestecke von New Mexico abgeschnitten. Waren entlang der Grenze von Arizona unterwegs. Dann hat er einen Anruf bekommen. Von seiner Frau. Sie hatte einen Hinweis auf einen anderen Wagen bekommen. Diesmal in Oklahoma.«

»Aber Sie wollten weiter nach Westen? Wozu? Was gibt es dort für Sie?«

»Den Pazifik.«

»Das verstehe ich nicht.«

»Nennen Sie's eine Laune. Ich war in Nashville, Tennessee. Dort hat mir eine Band gefallen. Ich habe sie in ein paar Clubs gehört, und als ich dann weiterwollte, ist ein komischer Vogel an mir vorbeigeflogen. Im ersten Augenblick habe ich ihn für einen Pelikan gehalten. Er war keiner, aber ich musste bei seinem Anblick an Alcatraz denken. Und damit auch ans Meer.«

»Und Sie dachten, der Pazifik läge irgendwo am Ende dieser Straße?«

»Nein. Mir war die Warterei auf die nächste Mitfahrgelegenheit zu langweilig. Und ich habe am Straßenrand eine riesige Steinskulptur mit einem in diese Richtung zeigenden Pfeil gesehen. Einen Obelisken. Oder ein Denkmal mit Reliefs und komplizierten Mustern. Das hat mich neugierig gemacht, und ich hab mir überlegt: Wie sieht wohl die Stadt aus, wenn der Wegweiser schon so verrückt ist?«

»Das werden Sie gleich sehen«, sagte Fenton. »Wir sind fast da.«

8

Von dem einsamen Baum aus war die Straße stetig angestiegen, und als wir jetzt über eine Hügelkuppe fuhren, kam die Stadt in Sicht. Sie lag etwa eine halbe Meile entfernt unter uns ausgebreitet. Ich konnte Ansammlungen von Häusern mit hellem Putz und Terrakottadächern sehen. Es war schwierig, einen bestimmten Plan zu erkennen. Das Stadtgebiet schien aus zwei Ovalen zu bestehen, die den Eindruck vermitteln, als hätte ein Kind ein zittriges Venn-Diagramm hingekritzelt, und sich zum Teil überlagerten. Die Gebäude im linken Segment waren niedriger, überwiegend ebenerdig und auf größeren Grundstücken etwas planlos verteilt. Die im anderen Teil schienen höher und regelmäßiger angeordnet zu sein. Und wo die Ovale sich im Zentrum schnitten, standen die Gebäude noch höher. Ich konnte Torbogen, Gassen und Höfe sehen. Vielleicht war das die Innenstadt. Vielleicht gab es dort auch Bars und Restaurants. Falls in der Stadt überhaupt welche existierten.

Jenseits der Stadt ragte eine Reihe hoher Metallsäulen aus dem Boden und setzte sich nach Osten und Westen fort, so weit das Auge reichte. Sie wirkten solide. Beständig. Abweisend. Sie standen dicht nebeneinander, und ihre Spitzen wirkten scharf. Ich vermutete, dass das Land hinter dem Zaun zu Mexiko gehörte. Es sah nicht viel anders aus als das auf der US-Seite. Die Straße stieg erneut an und führte einige hundert Meter weit durch unbebautes Gebiet, eine Art Niemandsland. Auf dem nächsten Hügel standen dann die ersten Häuser. Auch in diesem Wohngebiet am Stadtrand herrschten hell verputzte Häuser mit Terrakottadächern vor.

»Was denken Sie«, fragte Fenton.

»Ich denke, dass ich irgendwas übersehe.«

Dendoncker hatte den Auftrag erteilt, Fenton zu ermorden. Auf seiner Lohnliste standen mindestens drei weitere Kerle. Fenton sprach von ihm, als wäre er ein Wiedergänger von Al Capone – und noch dazu verrückt. Das bedeutete, dass er an einem Ort residieren musste, an dem sich ein gewisses Verbrechensniveau halten ließ. Schutzgelder. Drogen. Prostitution. Vermutlich die häufigsten Sparten. Aber diese Kleinstadt sah wie ein verschlafenes Nest aus. Ein Ort, der einen von Schlaflosigkeit heilen konnte. Ich wäre überrascht gewesen, wenn es hier auch nur Probleme mit Ladendiebstählen gegeben hätte.

Ich fragte: »Ist Dendoncker hier geboren?«

Fenton gab keine Antwort. Sie schien in Gedanken versunken zu sein.

Ich wiederholte meine Frage: »Ist Dendoncker hier geboren?«

»Was?«, sagte sie. »Nein, in Frankreich.«

»Obwohl ihm ganz Amerika, vielleicht die ganze Welt zur Verfügung stand, hat er sich hier niedergelassen. Ich frage mich, weshalb. Was wissen Sie noch über ihn?«

»Weniger als mir lieb ist.« Fenton starrte sekundenlang schweigend nach draußen, bevor sie sich einen Ruck gab und meine Frage beantwortete. »Okay. Sein voller Name ist Waad Achmed Dendoncker. Sein Vater war Deutscher, seine Mutter Libanesin. Er hat bis zum achtzehnten Lebensjahr in Paris gelebt, ist dort zur Schule gegangen und hat dann Maschinenbau an der University of Pennsylvania studiert. Nach allen

Berichten ein hochintelligenter junger Mann. Hat seinen Master gemacht, wollte dann promovieren und gab dieses Vorhaben nach gut einem Jahr auf. Er ist nach Frankreich zurückgekehrt und hat sich ein paar Jahre lang in Europa und dem Nahen Osten herumgetrieben, bis seine Spur sich verlor.

Ich konnte keinen Hinweis mehr auf ihn finden, bis er 2003 im Irak aufgetaucht ist. Dort hat er für die Army als einer dieser Dolmetscher/Vermittler/Ausputzer gearbeitet. Ab 2007 hat die US-Regierung angefangen, Ortskräfte zurückzuholen, um sie vor Repressalien zu schützen. Dendoncker hat seinen Antrag im Mai 2008 gestellt. Weil die Überprüfung ziemlich gründlich ist, hat er sein Einreisevisum erst im April 2010 bekommen. Der Staat hat ihn nach Goose Neck, Georgia, geschickt und ihm einen Job in einer Geflügelschlachterei verschafft. Dort hat er unauffällig gelebt. Hat keinen einzigen Tag gefehlt. Er ist viel gereist, aber nur in den Südstaaten, und verbrachte viel Zeit in der Stadtbücherei. Nach einem Jahr hat er dann gekündigt und ist hierhergezogen.«

Fenton bog hinter den ersten Häusern links ab und schlängelte sich durch ein Straßenlabyrinth.

»Ich kann verstehen, dass er nicht den Rest seines Lebens Hühner zerteilen wollte«, sagte ich. »Aber das erklärt nicht, weshalb er sich dieses Nest ausgesucht hat.«

»Ich habe eine Theorie.« Fenton fuhr durch einen Torbogen auf einen Innenhof, der in einen Parkplatz umgewandelt worden war. »Gleich nach seiner Ankunft hat Dendoncker unter größter Geheimhaltung eine Firma gegründet. Sie gehört ihm über ein halbes Dutzend Briefkastenfirmen, weil er die Besitzverhältnisse strikt für sich behalten will. Dafür ist diese Kleinstadt ideal. Sie liegt einsam, wird nur durch eine einzige Straße erschlossen. Ihre Einwohnerschaft geht seit

Jahren zurück. Die Einheimischen sagen, dass sie sich in eine Geisterstadt verwandelt. Außerdem liegt der nächste Grenzübergang meilenweit entfernt. Der Zaun ist unüberwindbar. Hier hat es seit über einem Jahrzehnt keinen Grenzdurchbruch mehr gegeben. Also gibt es nichts, wofür irgendeine staatliche Stelle sich interessieren müsste.«

»Was für eine Firma hat er gegründet?«

»Einen Catering-Dienst. Er heißt *Pie in the Sky, Inc.*« Fenton hielt sich rechts und fuhr auf den letzten freien Platz. Er lag zwischen einem mattweißen Kastenwagen und einer fensterlosen Wand, und sie fuhr so weit vor, dass der Jeep ziemlich versteckt war.

»Wieso würde er sich aus dem Scheinwerferlicht raushalten wollen? Glauben Sie, dass er sich vor dem Gesundheitsinspektor versteckt?«

»Es geht nicht darum, was er kocht. Oder wie. Sondern für wen. Seine Firma ist auf Bordverpflegung spezialisiert, aber nicht für die großen Fluggesellschaften. Er beliefert nur Privatjets. Dendoncker hat Verträge mit einem halben Dutzend Charterunternehmen. Seine Leute packen das fertige Essen in Trolleys, transportieren sie zum Flughafen, bringen sie an Bord und holen später die leeren Behälter wieder ab. Manchmal stellt er sogar das Kabinenpersonal.«

Natürlich konnte dieses Geschäftsmodell völlig harmlos sein. Leute, die in Charterjets herumfliegen, müssen ebenso essen und trinken wie Economy-Passagiere auf einer 737. Vielleicht versteckte Dendoncker sich in seinem Keller, weil mehrere Exfrauen hinter seinem Geld her waren. Oder er war ein großer Steuervermeider. Oder die Firma hatte einen ganz anderen Zweck. Privatjets stehen eher nicht auf Flughäfen wie JFK oder LAX. Auf kleineren Plätzen sind die Sicherheitskontrollen viel lascher. Für Fluggäste wie für Zulieferer. Ich konnte mir vorstellen, dass dieses System Dendoncker bestimmte Möglichkeiten eröffnete. Und weshalb er sein Kommen und Gehen tarnen wollte.

Fenton stellte den Motor des Jeeps ab. »Vielleicht schmuggelt er Drogen. Diamanten. Waffen. So ziemlich alles.«

Ich fragte: »Irgendwelche Beweise?«

»Bisher nur einen Verdacht. Aber der ist nicht unbegründet. Nehmen Sie meinen ersten Tag in Dendonckers Team. Ich sollte kurzfristig eine andere Frau vertreten. Eine Flugbegleiterin, die krank geworden war. Vielleicht hat sie auch nur gewusst, was passieren würde. Das ganze Erlebnis war krass. Wir waren zu zweit, dazu vier Passagiere. Reiche Arschlöcher. Sie haben ständig versucht, uns zu begrapschen. Haben anzügliche Bemerkungen über Zusatzleistungen gemacht, die sie gut bezahlen würden. Einer von ihnen war von meinem Bein fasziniert. Hat immer wieder versucht, es zu berühren. Ich war kurz davor, ihn auf die Toilette mitzunehmen und damit zu erschlagen. Nicht mal das Essen konnte ihn davon ablenken. Oder die Drinks. Es war obszön. Das teuerste Zeug, das Sie sich vorstellen können. Kaviar – Kolikof Albino. Schinken – Jamón ibérico. Käse – Pule. Champagner – Boërl & Kroff. Cognac – Lecompte Secret. Von allem tonnenweise. Ein Dutzend große Behälter. Und jetzt wird's interessant: Wir haben nur zehn geöffnet. Zwei sind unberührt geblieben.«

»Vielleicht war zu viel bestellt. Oder Dendoncker hat die Rechnung künstlich aufgeblasen.«

»Nein. Ich wollte mir den Inhalt ansehen, während meine Kollegin sich auf der Toilette befand, aber sie waren versiegelt. Mit kleinen Bleisiegeln an kurzen, dünnen Drähten. Unter den Verschlüssen kaum sichtbar. Daraufhin habe ich die anderen Trolleys kontrolliert, aber von denen war keiner versiegelt gewesen.«

»Was ist mit den versiegelten passiert?«

»Die wurden am Zielflughafen ausgeladen. An ihrer Stelle kamen zwei neue an Bord. Gleiche Größe. Gleiche Form. Gleiche Siegel.«

»Was wäre passiert, wenn Sie einen versehentlich geöffnet hätten?«

»Daran habe ich gedacht, aber die Maschine ist leer zurückgeflogen. Ohne neue Passagiere gab es keinen Grund, einen der Behälter zu öffnen. Und als ich über den Hinflug nachgedacht habe, ist mir klar geworden, dass meine Kollegin bestimmt hat, welche Trolleys geöffnet werden sollten. Das war auf den ersten Blick logisch. Ich war neu, sie hatte Erfahrung, sie kannte sich aus. Aber nachträglich hatte ich den Eindruck, sie hätte mich von den versiegelten Behältern ferngehalten. Und so war's auch bei allen späteren Flügen. Andere Passagiere. Andere Zielorte. Aber immer ein paar überzählige Behälter an Bord.«

Fenton stieg aus dem Jeep. Sie ging auf die Tür in der Mitte der langen Hofseite zu. Ich folgte ihr. Ich sah, dass die Gebäude, die den Hof umgaben, erst später miteinander verbunden worden waren. Alle wirkten jedoch gleich hoch, sodass sie unter ein gemeinsames Dach passten, das später aufgesetzt worden zu sein schien.

An allen ursprünglichen Gebäudeteilen waren Schilder angebracht. Ich sah, dass sie die ursprünglichen Besitzer oder Mieter bezeichneten. Hier standen viele Namen. Viele verschiedene Berufe. Ein Schmied. Ein Böttcher. Ein Eisenwarenhändler. Ein Krämer. Ein Lagerhaus. Ein ganzes Gebäude war ein Saloon gewesen. Dann fiel mir auf, dass die Schilder alle gleich groß, ihre Farben und Schriften einheitlich waren. Die Türen und Fenster waren unterschiedlich groß, aber im Stil gleich. Aus demselben Material. Alle identisch neu. Und neben jeder Tür befand sich ein gläsernes Rechteck, wie ein Tastenfeld ohne Tasten in die Mauer eingelassen.

Ich fragte:»Was ist das hier?«

»Mein Hotel. Wo ich mich einquartiert habe. Wo wir bleiben werden, denke ich.«

Ich blickte mich nach allen vier Seiten um.»Wo ist das Büro?«

»Es gibt keins. Die Anlage kommt ohne Personal aus. Das ist ein neues Konzept. Die Häuser gehören einer neuen Kette. Bisher in fünf Städten. Vielleicht auch sechs, das weiß ich nicht genau.«

»Wie bucht man also ein Zimmer?«

»Man bucht es online. Man bekommt niemanden mehr zu sehen, und man hat mit niemandem Kontakt. Das ist eben das Schöne daran.«

»Und wie kriegt man einen Schlüssel? Senden sie den mit der Post?«

Fenton schüttelte den Kopf.»Es gibt keinen Schlüssel alter Art. Man bekommt einen QR-Code geschickt.«

Ich schwieg.

»Sie wissen schon – wie ein zweidimensionaler Strichcode. Man hat ihn auf dem Display seines Smartphones, und die Scanner an den Türen lesen ihn. Klasse Sache!«

»Tatsächlich?«

»Allerdings. Vor allem wenn man mit einem gefälschten Ausweis bucht. Und einer gefälschten Kreditkarte. Und einer erfundenen E-Mail-Adresse. Dann kann einen niemand aufspüren.«

»Bei mir würde das nicht funktionieren. Ich habe keinen gefälschten Ausweis. Ich besitze keine Kreditkarte. Auch kein Handy.«

»Oh.« Sie zuckte mit den Schultern. »Aber lassen wir das vorläufig. Bestimmt fällt uns später etwas ein.«

»Hier gibt's Kameras.« Ich deutete auf zwei, die an der Mauer hoch über dem Jeep, mit Drahtkäfigen gesichert, montiert waren. »Jemand könnte Sie damit aufspüren.«

»Er könnte es versuchen. Die Kameras scheinen zu funktionieren. Aber wenn jemand versucht, auf ihre Aufnahmen zuzugreifen, sieht er nichts als Schnee. Das gehört zu den Vorteilen einer Ausbildung in Fort Huachuca. Von der kann man lebenslänglich zehren.«

9

Fenton rief etwas auf ihrem Smartphone auf, dann hielt sie das Display an den Scanner unter dem Namensschild *Carlisle Smith, Stellmacher*. Die Tür öffnete sich mit einem Klicken. Ich folgte Fenton hinein. Ich konnte mir nicht vorstellen, dass hier noch Knochenarbeit geleistet werden sollte. Das Zimmer war ganz in Pastelltönen gehalten und fiel durch üppig viele Kissen und nostalgische Schwarz-Weiß-Fotos auf. Dazu die übliche Hotelausstattung. Ein Bett. Eine Couch. Ein kleiner Schreibtisch. Ein Kleiderschrank. Ein Bad. Alles, was man für eine komfortable Nacht brauchte – bis auf eine Kaffeemaschine. Hier schien es keine zu geben. Aber einen Koffer, der an der Wand neben der Tür stand. Fenton bemerkte, dass ich ihn nachdenklich betrachtete.

»Alte Gewohnheiten.« Sie rollte ihn durchs Zimmer ans Fußende des Betts. »Immer auf dem Sprung.« Sie drehte sich zu mir um. »Ich dachte, ich würde heute weiterfahren. Hoffentlich mit Michael. Aber in Wirklichkeit hab ich's schon geahnt. Ich wusste, dass ich wieder allein abreisen würde. Ich musste mir nur noch Gewissheit verschaffen. Das Ganze war keine Überraschung, aber dort bei dem Baum hat es mich doch getroffen. Viel schlimmer, als ich erwartet hatte. Einen Augenblick lang war ich völlig erledigt. Tut mir leid, dass Sie das erleben mussten. Soll nicht wieder vorkommen. Wir müssen uns aufs Wesentliche konzentrieren. Setzen Sie sich, machen Sie sich's bequem.«

Die Uhr in meinem Kopf zeigte 15.01 Uhr an. Ich hatte

Hunger. Das Frühstück war lange her. In El Paso war ich früh aufgebrochen. Ich wusste nicht, ob Fenton heute schon irgendwas zu sich genommen hatte, und rechnete mir aus, dass Essen uns beiden nützen würde. Also schlug ich vor, etwas zu bestellen. Fenton widersprach nicht. Sie zog ihr Handy heraus. »Pizza in Ordnung?«

Sie setzte sich an den Schreibtisch und begann auf ihrem Handy herumzutippen. Ich wartete auf der Couch sitzend, bis sie unsere Bestellung durchgegeben hatte. Dann sagte ich: »Ich habe Ihnen erzählt, wieso ich hier bin. Jetzt sind Sie an der Reihe.«

Sie überlegte, als müsste sie ihre Gedanken ordnen. »Angefangen hat alles mit Michaels Nachricht, denke ich. Wie die meisten Zwillinge hatten wir immer ein enges Verhältnis zueinander, aber unsere Verbindung war abgerissen. Er war nicht mehr derselbe Mann wie früher. Nicht nach seinem Ausscheiden aus der Army. Das muss ich genauer erklären, glaube ich. Er arbeitete in einer Einheit, die Technical Escort Unit hieß. Das sind Spezialisten für Bombenentschärfung und den Umgang mit chemischen Waffen.«

»Von denen habe ich schon gehört. Stoßen Einsatzkräfte auf chemische Waffen, fordern sie ein TEU an.«

»Richtig, das sollten sie. Aber sie tun's nicht immer. Der normale GI weiß nicht, wie eine Giftgasgranate aussieht. Im Irakkrieg besaß der Feind keine. Nicht offizielle. Also waren sie nicht besonders gekennzeichnet oder trugen absichtlich falsche Markierungen. Außerdem sehen sie wie gewöhnliche Granaten aus. Vor allem wie Leuchtgranaten, weil sie ebenfalls über eine eigene Kammer für das Ausgangsmaterial verfügen. Und selbst wenn die Männer wissen, dass es sich um eine Gasgranate handelt, versuchen sie manchmal, sie selbst zu entschärfen. Sie wollen nicht warten. Auch beim besten Willen kann es bis zu zwölf Stunden dauern, bevor ein TEU reagiert. Manchmal auch vierundzwanzig. Das bedeutet einen weiteren Tag Gefährdung durch Sprengfallen und Scharfschützen. Und einen weiteren Tag, an dem keine anderen Gebiete durchkämmt und gesichert werden. In dieser Zeit können Zivilisten Munitionsfunde machen und möglicherweise verletzt oder getötet werden.

Deshalb hat Michaels Team das Gelände bei seiner Ankunft oft kontaminiert vorgefunden. Wie bei seinem allerersten Einsatz. Dabei handelte es sich um eine unterirdische, gemauerte Kammer. Einige Infanteristen waren buchstäblich hineingefallen, weil die Decke unter ihrem Gewicht nachgab. Die darin gelagerten Granaten waren alt und in schlechtem Zustand. Unsere Leute mussten eine Granate beschädigt haben, ohne es zu bemerken. Sie enthielt Senfgas. Einer von Michaels Kameraden hat etwas davon eingeatmet. Die Wirkung war schrecklich.«

»Ist er durchgekommen?«

»Mit knapper Not. Ein Hubschrauber hat ihn ausgeflogen. Im Lazarett haben die Ärzte ihn in ein künstliches Koma versetzt, bevor die schlimmsten Symptome auftraten. Das hat ihm viele Schmerzen erspart und vermutlich sein Leben gerettet.«

»Ist Michael auch kontaminiert worden?«

»Nicht bei dieser Gelegenheit. Aber später ist's doch passiert. Das TEU muss aufgefundene Gasgranaten beseitigen. Ist das Fundgebiet zu dicht besiedelt, müssen sie abtransportiert werden, bevor man sie sprengen kann. Und falls irgendwas an ihnen auffällig ist, müssen sie zur Untersuchung eingeschickt werden. Dabei hatte Michael Pech. Er hat zwei Granaten transportiert, die auf Anweisung der Eierköpfe zum Aberdeen Proving Ground gebracht werden sollten. Sie lagen hinten in seinem Humvee, um sie zu einem bereitstehenden Black Hawk zu fahren. Eine davon war undicht. Davon ist er krank geworden.

Er hat's geschafft, zum Stützpunkt zurückzukommen, aber die Sanitäter wollten nicht glauben, dass seine Symptome real waren. Er hatte keine Verbrennungen. Keine Blasen. Keine fehlenden Gliedmaßen. Man hat ihm vorgeworfen zu simulieren – oder drogensüchtig zu sein, weil seine Pupillen verengt waren. Alles, um die Schuld von der Army auf ihn abzuwälzen. Er hatte Krämpfe, Brustschmerzen, Magenprobleme, musste sich ständig übergeben. Zuletzt haben sie ihn nach Deutschland geschickt, in eine Spezialklinik. Dort musste er wochenlang behandelt werden.«

»Das ist krass.«

»Allerdings. Aber es kommt noch schlimmer. Michael, sein Kamerad mit dem Senfgas und noch ein paar andere, die ähnlich verwundet wurden … die Army hat ihnen jegliche Entschädigung verweigert. Für sie hat es auch kein Purple Heart gegeben. Wissen Sie, warum nicht? Das Giftgas ist nicht während eines Gefechts ausgetreten, deshalb galten sie nicht offiziell als verwundet. Als hätten sie sich ihre Verletzungen selbst zugefügt! Dabei zeichnet das Marine Corps unter genau gleichen Voraussetzungen seine Männer aus. Das war einfach nicht in Ordnung. Michael war demoralisiert und quittierte bei erster Gelegenheit den Dienst. Er hat sich ein paar Jahre lang rumgetrieben und muss auf die schiefe Bahn geraten sein. Ich habe immer wieder versucht, Kontakt mit ihm aufzunehmen, doch dann hatte ich eigene Probleme.« Sie schlug leicht auf ihr Bein. »Und ich hatte reichlich Arbeit.«

»Was machen Sie beruflich?«

»Ich bin Labortechnikerin. In einem Betrieb in Huntsville. Alabama.«

»Er hat Sie nach Afghanistan geschickt?«

Fenton nickte. »Ich war dort, um einige Probenentnahmen zu überwachen. Zeug, das wir zurückbringen und analysieren sollten. Mein Boss wusste, dass ich in der Army gedient hatte. Er dachte, ich würde schon zurechtkommen. Anschließend war ich längere Zeit außer Gefecht. Operationen. Physiotherapie. Und dann war ich eine Zeit lang down. Überwiegend mit mir selbst beschäftigt. Bis ich Michaels Nachricht bekommen habe. Die konnte ich nicht ignorieren.«

»Wie hat sie gelautet?«

»*M - Hilfe!* Das hat handschriftlich auf einer Karte aus dem Red Roan gestanden. Das ist ein Café hier in der Stadt.«

»Sie haben alles liegen und stehen lassen und sind hergekommen?«

»Ich habe alles liegen und stehen lassen. Aber ich bin nicht gleich hergekommen. Alte Gewohnheiten lassen sich nicht so leicht abschütteln. Als Erstes habe ich ein paar Nachforschungen angestellt und Kontakt zu seinen Freunden aufgenommen. Zu einigen Leuten, die ich von früher kannte. Habe rauszukriegen versucht, wo er hineingeraten, wo er überall gewesen war. Alle haben behauptet, das nicht zu wissen. Ein paar versprachen, sich zu erkundigen. Dann hat ein Kumpel aus der 66th mir von einem Kerl erzählt, der als eine Art Agent fungierte. Suchte man als Veteran Arbeit, die vielleicht nicht ganz legal war, konnte er einem weiterhelfen. Ich habe ihn aufgespürt und unter Druck gesetzt, bis er zugab, Michael indirekt an Dendoncker vermittelt zu haben. Wie im Lauf der Jahre schon mehrere Männer vor ihm. Oft wollte Dendoncker nur ehemalige Soldaten. Aber manchmal war er auf der Suche nach Leuten mit speziellen Fertigkeiten. Der Kerl konnte sich erinnern, einmal einen Scharfschützen vermittelt zu haben, der sich mit Gewehren Kaliber .50 auskannte. Michael wurde genommen, weil er sich mit Landminen auskannte.«

»Klingt fast so, als wäre Dendoncker ein Waffenschmuggler.«

»Das war auch mein erster Gedanke. Also bin ich hergekommen. Habe hier rumgestochert. Aber ich konnte keine Spur von Michael, Schmuggelringen oder anderen kriminellen Aktivitäten finden. In meiner Verzweiflung habe ich mich noch mal an den Agenten gewandt und ihn aufgefordert, mich Dendoncker zu vermitteln. Ich dachte, er würde mauern, aber er war superkooperativ. Er meinte, ich täte ihm sogar einen Gefallen. Dendoncker suche eine neue Mitarbeiterin. Ohne spezielle Anforderungen. Sie solle nur eine Frau sein. Ich war in Sorge, was das bedeuten könnte, aber meine Angst um Michael war stärker. Also habe ich gesagt: ›All right, ich nehme den Job‹.«

»Und Sie haben ihn einfach so bekommen?«

»Nein. Mein Hintergrund war nachprüfbar, aber ich habe ihn durch ein paar falsche Referenzen geschönt. Dann musste ich zu einem ›Interview‹ mit Dendonckers Vertrautem, einem riesigen, unheimlichen Mann. Er ist mit mir in die Wüste gefahren, wo ich beweisen musste, dass ich schießen, eine Pistole zerlegen und ein Auto fahren kann.«

»Aber hat Dendoncker Sie nicht mit Michael in Verbindung gebracht? Sie haben praktisch denselben Namen.«

»Nein, wir heißen nicht gleich. Michael heißt weiterhin Curtis. Als ich geheiratet habe, nahm ich den Namen meines Mannes an. Und ich behielt ihn, als er im Irak fiel.«

»Das tut mir leid.«

»Unnötig. Das war nicht Ihre Schuld.«

Michaela Fenton sah zur Seite. Ich wartete, bis sie sich mir wieder zuwandte.

Ich fragte: »Dendoncker wollte Michael als Fachmann für Landminen?«

»Das hat der Kerl mir gesagt.«

»In welchem Zusammenhang steht das mit einem Catering-Unternehmen?«

»Keine Ahnung. Ich vermute, dass Dendoncker eine Art Beschaffer ist. Er schmuggelt ins Land, was seine Kunden wünschen, und verkauft es ihnen. Wahrscheinlich braucht er manchmal Fachleute, die seinen Lagerbestand bewerten.«

»Aber Michael ist dabeigeblieben?«

Fenton nickte.

»Sie hatten keinen Kontakt zu ihm, auch nicht, als Sie bei Dendoncker gearbeitet haben?«

»Nein. Ich hab's versucht, aber ich musste vorsichtig sein. Dann habe ich vorgestern eine Frau gesehen, die ich kannte. Renée. Sie hat wie ich in seinem Catering-Unternehmen gearbeitet. Mit einer anderen Partnerin. In einer anderen Schicht. Und sie war schon länger dort. Sie kannte das Unternehmen besser als ich.«

»Woher kannten Sie die Frau?«

»Ich kannte sie nicht wirklich, hatte sie nur auf Fotos gesehen. Auf Bildern von Michaels alter Einheit.«

»Sie war dort, wo die Trolleys für Privatjets beladen werden?«

Fenton schüttelte den Kopf. »Nein, im Red Roan. In dem Café, aus dem Michael mir die Karte geschickt hatte. Ich bin ihr gefolgt, als sie Dienstschluss hatte. Hab sie in ihrem Hotel gestellt. Sie hat zugegeben, dass Michael noch in der Stadt war, noch für Dendoncker arbeitete. An irgendeinem speziellen Projekt, von dem sie angeblich nichts wusste. Sie konnte nur sagen, dass Michael gelegentlich zu Rests in die Wüste musste.«

»Landminen?«

»Schon möglich.« Fenton zuckte mit den Schultern. »Ich habe Renée aufgefordert, ein Treffen zwischen Michael und mir zu arrangieren. Sie hat sich geweigert. Das sei zu gefährlich, sagte sie. Also habe ich sie gebeten, Michael wenigstens eine Nachricht von mir zuzustecken. Dazu war sie bereit.«

»Was haben Sie geschrieben?«

»Ich habe mich kurzgefasst. ›Ich bin hier. Melde dich bei mir. Ich tue, was immer du brauchst.‹ Und ich habe eine E-Mail-Adresse angegeben, die ich eigens dafür eingerichtet hatte und die sonst niemand kannte.«

»Das war vorgestern?«

»Richtig. Sie hat gesagt, sie werde Michael die Nachricht vielleicht nicht sofort geben können. Dann ist heute Morgen eine E-Mail gekommen. Als ich sie gelesen habe, wusste ich sofort, dass Michael in höchster Gefahr schwebte. Ich habe das Schlimmste befürchtet. Aber ich musste mir erst Gewissheit verschaffen.«

»Woher wussten Sie das?«

»Das hat mir die Anrede gezeigt. Ich hatte meine Nachricht mit *Mickey* unterschrieben. So nennen mich Leute, die mich seit meiner Kindheit kennen. Diese E-Mail, mit der ein Treffen an dem Baum vorgeschlagen wurde – die ist an Mickey gegangen.«

»Und? Michael hat Sie selbstverständlich schon als Kind gekannt.«

»Das verstehen Sie nicht. Als Kinder spielten wir immer Soldaten und Spione. Aus irgendeinem Grund haben wir uns angewöhnt, den richtigen Namen des anderen nur zu benutzen, wenn wir in Gefahr schwebten. In dieser Nachricht stand mein richtiger Name. Also war Michael in Gefahr – oder die Antwort ist von jemandem gekommen, der unsere Angewohnheit nicht kannte.«

»Was ist aus der Frau geworden, die ihm die Nachricht zugesteckt hat?«

»Renée? Keine Ahnung. Ich war heute Morgen in ihrem Hotelzimmer, nachdem ich die E-Mail bekommen hatte. Der Kleiderschrank war leer, ihre Toilettensachen waren weg. Ich glaube, dass ihr etwas Angst gemacht hat, nachdem sie Michael die Nachricht gegeben hatte. Ich vermute, dass sie um ihr Leben gerannt ist.«

10

Fentons Handy machte *Ping!*, und im nächsten Augenblick wurde an die Tür geklopft. Sie flüsterte:»Pizza.« Ich trat ans Fußende des Betts, wo mich niemand sehen konnte, und hörte, wie Fenton die Tür öffnete und sich bei dem Ausfahrer bedankte. Dann holte sie ein Handtuch aus dem Bad, breitete es als Tischtuch übers Bett und stellte den riesigen quadratischen Karton darauf.

Wir aßen schweigend. Als wir fertig waren, fragte ich:»Sie haben gesagt, dass Dendoncker Leichen inspiziert. Wo? Am Tatort? Oder lässt er sie irgendwo hinbringen?«

»Das macht er immer in der Leichenhalle. Er mag es, wenn die Toten genau nach Vorschrift obduziert werden«, antwortete sie.

»Steht der Gerichtsmediziner auf seiner Gehaltsliste?«

»Weiß ich nicht, doch das könnte sein.«

»Also müssen wir drei Hürden überwinden, wenn wir diese Sache durchziehen wollen. Dendoncker davon überzeugen, dass einer von uns eine Gefahr für sein Leben darstellt. Ihn glauben machen, dass diese Person erschossen wurde. Und den Gerichtsmediziner dazu bewegen, dass er mitmacht. Ein ambitioniertes Vorhaben.«

»Zu diesem Schluss bin ich auch schon gekommen.« Fenton wischte sich einen Krümel vom Kinn. »Darüber habe ich beim Essen nachgedacht. Die Aufgabe ist schwierig, aber bewältigbar. Und ich weiß, wie eins und zwei zu schaffen sind, wenn Sie die Rolle des toten Kerls übernehmen.«

»Wie?«

»Okay. Die erste Hürde: Dendoncker davon überzeugen, dass Sie eine Gefahr für ihn sind. Das ist leicht. Sie brauchen nur als Mickey aufzutreten. Den fürchtet Dendoncker bereits. Er hat zwei Männer losgeschickt, um ihn überfallen zu lassen. Weil diese Kerle nicht zurückgekommen sind, muss Dendoncker Mickey jetzt erst recht für ein Problem halten.«

Ich sagte nichts.

»Die zweite Hürde: Dendoncker soll glauben, dass Sie tot sind. Das ist schwieriger, aber auch zu schaffen. Am besten arrangieren wir ein weiteres Treffen mit Mickey, zu dem ich in Dendonckers Auftrag komme. Dann ...«

»Wie arrangieren wir das?«

»Das Fundament ist schon gelegt. Dendoncker muss meine Nachricht abgefangen haben, weil er an die Mailadresse geschrieben hat. Aber er weiß nicht, dass ich die Absenderin war, sonst wäre das erste Treffen überflüssig gewesen. Er hätte seine Kerle gleich auf mich angesetzt. Also schreibe ich eine weitere Nachricht. Die Schrift ist identisch, was ihn endgültig überzeugen wird.«

»Eine Nachricht mit welchem Inhalt?«

»Das gestrige Treffen hat nicht geklappt, also wollen wir's noch mal versuchen.«

»Er wird wissen, dass das nicht stimmt. Dass seine Männer verschwunden sind, ist eine Tatsache. Und wenn er Informanten bei der Polizei hat, weiß er, dass sie tot sind.«

»Natürlich weiß er das. Aber das ist der springende Punkt. Ob Mickey ihn belügt, ist ihm egal. Er will nur die Gefahr, die er darstellt, möglichst schnell eliminieren. Was soll er sonst tun? Mickey unbehelligt neue Pläne schmieden lassen, nur weil er nicht die Wahrheit gesagt hat? Nein, er wird die

Chance, ihn zu liquidieren, gierig ergreifen. Er wird das vorgeschlagene Treffen akzeptieren und einen Hinterhalt vorbereiten. Wieder mal.«

»Was ist, wenn Sie recht haben? Nehmen wir mal an, dass Dendoncker zusagt. Was dann? Er schickt wieder zwei Kerle? Womöglich mehr?«

»Nein. In der nächsten Nachricht schreibe ich, dass Mickey weiß, dass er nicht mit Michael in Verbindung steht. Aber er ist bereit, zehntausend Dollar für Informationen über Michaels Aufenthaltsort zu zahlen. Und er will sich nur mit mir allein treffen.«

»Wie wollen Sie Dendoncker die Nachricht zuspielen?«

»Ich gebe sie seinem Stellvertreter und verlange gleichzeitig einen Termin bei ihm. Ich erzähle ihm, dass mich ein Mann vor dem Café Red Roan angesprochen hat. Dabei beschreibe ich Sie. Das ist plausibel, weil sie annehmen müssen, die letzte Nachricht habe Michael von Renée erhalten, die jetzt geflüchtet ist. Und wenn sie anbeißen, bieten sie ein weiteres Treffen an. Zu dem kommen wir beide, und ich erschieße Sie. Zumindest berichte ich das anschließend Dendoncker.«

Ich überlegte kurz. »Für Sie ist das ein hohes Risiko, wenn sie Ihnen nicht glauben.«

»Nein, das befürchte ich nicht.« Fenton zählte die Punkte an den Fingern ab. »Das Szenario, dass jemand aus Dendonckers Crew eine Nachricht zugesteckt bekommen hat? Stimmig. Die Handschrift der Nachrichten? Stimmt überein. Die Mailadresse, unter der Dendoncker antworten soll? Stimmig. Die Nachricht, die zu einem Treffen führt? Stimmig. Das Ganze ist plausibel. Ich kann es Dendoncker verkaufen. Vergessen Sie nicht, dass ich solches Zeug früher oft gemacht habe.«

Ich äußerte mich nicht dazu.

»Okay«, sagte Fenton. »Ja, es gibt ein Risiko. Aber ob ich es eingehe, ist meine Entscheidung.«

»Das ist nur fair. Und vielleicht klappt es tatsächlich, ein weiteres Treffen zu vereinbaren. Aber was ist, wenn sie Ihnen einen Begleiter mitgeben? Oder wenn ein versteckter Kerl das Treffen beobachtet? Sie können nicht einfach eine Schießerei melden. Wir müssen eine arrangieren. Und sie muss echt aussehen.«

»Das ist nicht schwer. Ich hab's schon mal gemacht. Vor vielen Jahren im Kosovo. Ich war dort im Einsatz. Wir brauchten eine Handhabe gegen einen örtlichen Gangster, daher haben wir ihm vorgespielt, er habe einen Mann erschossen, der sich als US-Diplomat herausstellte. Wir hatten nur Kunstblut in einem Spezialbehälter, einen Zünder, einen Sender und etwas Gewebeband. Das alles hat die Army geliefert, aber ich weiß, aus welchem New Yorker Geschäft das Zeug gekommen ist. Ich könnte es mir schicken lassen. Außerdem brauchen wir Platzpatronen, von denen ich einige mitgebracht habe. Ich wusste nicht, was Dendoncker von mir verlangen würde, und dachte, ich würde vielleicht vermeiden müssen, die falschen Leute zu erschießen.«

Der Trick mit Platzpatronen und Theaterblut konnte funktionieren. Das wusste ich aus Erfahrung. Nur nicht im Kosovo. Und nicht mit einem Diplomaten.

Ich sagte: »Dann bleibt noch der Gerichtsarzt. Der kann ein Problem sein, wenn er zu Dendoncker hält. Bei ihm müssen wir vorsichtig sein.«

»Ja, das stimmt. Allerdings vermute ich, dass er sich dazu überreden ließe, sich krankzumelden. Wenn der Anreiz groß genug ist.« Fenton blinzelte mir zu. »Aber das heben wir uns am besten für später auf. Erst mal sehen, ob Dendoncker wirklich anbeißt.«

»Außerdem brauchen wir eine Wunde, die täuschend echt aussieht. Dendoncker muss sie für echt halten – und wenn's nur für eine Minute ist.«

»Auch kein Problem. Agenten im verdeckten Einsatz benützen oft welche, um einen Handschellenschlüssel oder eine Klinge zu verbergen – für den Fall, dass sie gefangen genommen und durchsucht werden. Solche angeblichen Wunden überstehen sogar Leibesvisitationen. Das ist angewandte Psychologie. Menschen vermeiden es instinktiv, Wunden zu berühren. Verkauft werden sie von dem Geschäft, das Theaterblut liefert. Ich kann ein paar mitbestellen.«

Fenton räumte die leere Pizzaschachtel weg und legte ihren Koffer aufs Bett. Sie klappte ihn auf, nahm eine Briefkarte und einen Gelschreiber aus einem Seitenfach und setzte sich an den Schreibtisch.

»Das ist die gleiche Karte wie die zuvor.« Sie begann zu schreiben. »Ich habe zehn mitgenommen – um für alle Fälle vorbereitet zu sein.«

Nach zwei Minuten legte sie den Stift beiseite und zeigte mir die Karte. Auf der Vorderseite war ein Pferd abgebildet. Ein Rotschimmel, vermutete ich. Fenton hatte ihren Text auf die Rückseite neben die Adresse des Cafés geschrieben. Ich las ihn durch und nickte. Sie legte die Karte weg, griff nach ihrem Handy und schrieb eine Textnachricht.

»Ich habe mitgeteilt, dass mich eben ein Unbekannter angesprochen und gebeten hat, einem gewissen Michael eine Nachricht zu überbringen. Drück uns die Daumen!«

Die Antwort kam binnen einer Minute. »All right«, sagte Fenton. »Das war Dendonckers rechte Hand. Er will, dass wir uns treffen. Ich soll die Nachricht ihm übergeben. Es scheint zu klappen.«

Sie stand auf und nahm eine Jacke aus ihrem Koffer. Um ihre Pistole zu verbergen.

Ich fragte:»Wo trefft ihr euch?«

»The Border Inn.« Sie ging zur Tür. »Das ist mein anderes Hotel. Ein ganz normales Haus. Ich habe dort ein Zimmer unter meinem echten Namen gebucht, aber nur zur Tarnung. Ich bleibe nie dort. Machen Sie sich keine Sorgen. Ich bin bald wieder da.«

Die Tür schloss sich hinter ihr, und in dem Zimmer war es plötzlich still. Es fühlte sich leer an, aber ein Hauch ihres Parfüms blieb zurück und erinnerte mich daran, dass sie hier gewesen war. Ich streckte mich auf der Couch aus. Ich wollte im Kopf etwas Musik hören. Das hilft immer, mir die Zeit zu vertreiben. Diesmal entschied ich mich für John Primer. Er spielte in Muddy Waters' Band bis zu dessen Tod. Dann spielte er vierzehn Jahre lang in Magic Slim's Band bis zu dessen Tod. Einen besseren Gitarristen als John findet man selten. Aber obwohl ich mir Mühe gab, gelang es mir nicht, seine Musik heraufzubeschwören, weil ich mir Sorgen machte. Um Michaela Fenton. Dass sie es schaffen würde, Dendonckers Mann hinters Licht zu führen. Oder noch schlimmer: Dass sie es nicht schaffen würde. Dann würden diese Leute sie umbringen. Wenn sie Glück hatte.

Ich ermahnte mich selbst, mich nicht solchen trübseligen Gedanken hinzugeben. Fenton war beim militärischen Nachrichtendienst ausgebildet worden und mit allen Wassern gewaschen. Ich traute ihr zu, jedem alles aufzuschwatzen. Nur machte dieser Gedanke mich noch besorgter.

Eigentlich wusste ich fast nichts über sie, nur das, was sie mir erzählt hatte, also nur das, was sie mir hatte anvertrauen wollen. Ich stand auf und begann, das Zimmer zu inspizieren. Das machte mir keinen Spaß. Obwohl sie mich hereingebeten hatte, kam ich mir wie ein Eindringling vor. So war mir immer zumute, wenn ich das Zimmer eines Toten durchsucht hatte. Ich konnte nur hoffen, dass dies keine Vorahnung war.

Ich checkte den Inhalt ihres Koffers. Alles war sorgfältig zusammengelegt oder gerollt. Kleidung. Toilettensachen. Reservemunition für ihre Glock. Eine zweite Fußprothese. Eine blonde Perücke. Eine Brille mit Fensterglas. Ein Verbandpäckchen. Aber nichts, was darauf schließen ließ, sie habe mich belogen. Ich sah unter der Matratze nach. Kontrollierte die Vorhangsäume. Schaute unter die Couch. Und fand nichts. Ich wollte mich wieder setzen, blieb jedoch stehen. Die Lösung lag auf der Hand: Ich sollte gehen, das Zimmer verlassen und nie zurückkommen. Damit wäre ihr Plan erledigt gewesen. Er brauchte zwei Personen. Fenton konnte ihn unmöglich allein durchführen.

Ich machte einen Schritt in Richtung Tür. Und blieb wieder stehen. Was würde Fenton tun, wenn es ihr nicht gelang, Dendoncker zu liquidieren? Ich stellte sie mir mit ihrer Pistole an der Schläfe vor. Wieder. Dieses Bild gefiel mir nicht. Es gefiel mir ganz und gar nicht. Also nahm ich wieder auf der Couch Platz und wartete.

Es gab kein Geräusch wie von einem Schlüssel im Schloss. Nur ein gedämpftes Klicken nach einer Stunde und zwölf Minuten. Dann öffnete sich die Tür, und Fenton kam herein. »Ich denke, dass sie's geglaubt haben.« Sie sah auf ihr

Handy. »Noch keine Bestätigung. Aber ich habe die Zeit, die ich auf den Mann warten musste, gut genutzt. Ich habe das Theaterblut und die anderen Sachen bestellt, per Expressversand. Die Sendung kommt morgen früh. Ich hoffe nur, dass sie sich nicht schon heute Abend treffen wollen.«

11

Fenton zog einen blauen Seidenpyjama an und schlüpfte unter die Bettdecke. Ich streckte mich angezogen auf der Couch aus. Sie setzte eine Schlafmaske auf und lag still. Aber ich glaubte nicht, dass sie sofort einschlief. Ihre Atmung war zu schnell, zu flach, zu angespannt.

Ich blieb ebenfalls noch stundenlang wach. Irgendetwas beunruhigte mich. Ich konnte es nicht genau benennen, aber im Innersten meines Gehirns blinkten rote Warnleuchten. Sie verhinderten, dass ich zur Ruhe kam. Erst gegen vier Uhr morgens fielen mir die Augen zu. Geweckt wurde ich um sieben Uhr von Fenton, die meinen Namen rief. Sie saß im Bett, hatte die Schlafmaske hochgeschoben. Ihr Haar war zerzaust, und sie hielt ihr Smartphone in einer ausgestreckten Hand.

»Elf Uhr abends.« Ihre Stimme klang ein wenig heiser. »Heute. Sie wollen Sie treffen. Wir haben's geschafft!«

Dies war nicht der Start in den Tag, den ich mir erhofft hatte. Ich war erst fünfzehn Sekunden wach, und schon hatten wir nur noch eine Hürde zu bewältigen.

Ich ging zum Du über und sagte: »Am besten antwortest du gleich. Erinnere sie daran – du allein, unbewaffnet, Geld nur gegen Informationen.«

Fenton schrieb eine kurze Textnachricht. Zwei Minuten später war wieder ein *Ping!* zu hören. »All right. Sie sind einverstanden.«

Eine weitere Minute später gab ihr Handy einen anderen Ton von sich, der eine Textnachricht ankündigte. Fenton las sie, dann hielt sie mir das Smartphone hin. »Sie haben den Köder geschluckt! Dendonckers Stellvertreter schreibt mir, dass ich mich für einen Job heute Abend bereithalten soll.« Fenton ließ sich in die Kissen zurücksinken und tippte auf ihrem Handy herum. »Okay, ich habe mal nachgesehen, welche Gerichtsmediziner es in der Stadt gibt. Genannt wird nur ein Name – ein Dr. Houllier. Als Arzt scheint er hier für alles zuständig zu sein. Seine Praxis hat er im Klinikum. Das ist das große Gebäude in der Stadtmitte. Wir warten die Lieferung aus New York ab und suchen ihn dann dort auf. Sie soll vor Mittag eintreffen. So haben wir noch genug Zeit.«

»Wir können nicht beide hingehen«, erwiderte ich. »Was ist mit der Lieferung? Muss jemand dafür unterschreiben?«

Fenton nickte.

»Das machst am besten du. Ich gehe hin und rede mit dem Doktor.«

Fenton benutzte ihr Smartphone, um uns ein Frühstück zu bestellen. Ich duschte inzwischen. Während ich mich anzog, hörte ich ein Klopfen an der Tür, und als ich das Bad verließ, roch ich Kaffee. Wundervoll! Nichts geht über den ersten Becher des Tages. Fenton hatte auch Burritos bestellt. Wir aßen schweigend. Dann sammelte ich die Pappteller ein, nahm die Sonnenbrille mit, die ich gestern einem der Männer abgenommen hatte, und ging zur Tür.

»Keine Waffe?« Fenton machte ein besorgtes Gesicht.

»Ich suche ein städtisches Gebäude auf, da gibt es bestimmt Metalldetektoren an den Eingängen.«

»In diesem Nest? Das glaube ich nicht.«

»Das Risiko lohnt sich nicht. Und ich brauche keine. Ist der Doktor in Ordnung, kann ich ihn dazu überreden, uns zu helfen. Hat Dendoncker ihn in der Tasche, benötige ich mehr als nur eine Waffe, um ihn zu überzeugen.«

Ich trat ins Freie und verließ den Hof durch den Torbogen, durch den Fenton hereingefahren war. Es war ein herrlicher Morgen. Perfekt für einen Spaziergang. Sonnig, aber nach der kalten Wüstennacht noch nicht zu warm. Der Himmel leuchtete so blau, dass man seine Farbe auf einem Gemälde für kitschig gehalten hätte. Die Straßen sahen schmal und gewunden aus, die Gebäude auf beiden Seiten wirkten alt und solide. Als wären sie im Lauf der Zeit seitlich der Wege entstanden, auf denen Menschen mit ihren Pferden, Eseln, Maultieren oder Planwagen unterwegs gewesen waren.

Hier gab es keine erkennbare Planung. Nichts Verkünsteltes. Man konnte sich vorstellen, wie die Leute in diesen Häusern gelebt, sich um ihre Familien gekümmert und ihre Arbeit verrichtet hatten. Ich sah zu den Dächern empor. Auf manchen befanden sich Satellitenschüsseln, aber ich sah keine Mobilfunkmasten. Das verstärkte den Eindruck, an diesem Ort sei der Fortschritt vorbeigegangen. Hier hatte sich vermutlich seit Jahrzehnten nichts mehr verändert. Nichts außer der Ankunft Dendonckers.

Das Klinikum, ein massives Gebäude aus hellem Kalkstein, war problemlos zu finden. Seine Erbauer müssen stolz darauf gewesen sein. Hier hatten echte Handwerker gearbeitet. Das konnte man an Details des Eingangs, der Fenster und der Fensterstürze erkennen. Drinnen war ein Äskulapstab als Mosaik in den weißen Steinboden eingelassen. Eine große Kugellampe hing genau darüber. Die Kuppel über der Eingangshalle zeigte Szenen aus der Medizingeschichte von den Höhlenmenschen bis zur Zeit zwischen den Weltkriegen. Dem Stil nach hätte dieser Bau eine Bibliothek oder ein Gerichtsgebäude sein können. Doch wenn man die Augen schloss, wusste man sofort, dass man sich in einer Klinik befand. Der Geruch war unverkennbar.

Die nicht besetzte Rezeption bestand aus einem frei stehenden Teakholzschreibtisch mit in jahrelanger Arbeit auf Hochglanz polierten Platte, auf der ein zugeklappter Laptop, ein in Leder gebundener Terminkalender und ein Notizblock lagen. An der Wand hinter dem Schreibtisch hing ein gerahmter Wegweiser durchs Haus – eine altmodische Ausführung mit weißen Einzelbuchstaben, die in Rillen in burgunderrotem Samt gedrückt waren. Die Leichenhalle war nicht bezeichnet, vermutlich kein Ort, für den eine Klinikleitung werben wollte.

Ich trat durch die Tür rechts neben dem Wegweiser. Sie führte auf einen von schlichten Holztüren gesäumten Korridor. Die Türen trugen Nummern, waren aber nicht durch Schilder gekennzeichnet. Am Ende des Korridors ging eine Treppe nach unten. Ich benutzte sie. Einerseits, weil der Wegweiser alle möglichen Ambulanzen, Untersuchungsräume und Stationen in den Obergeschossen angezeigt hatte, andererseits rein aus Instinkt. Mir erschien es passend, dass die Toten unter der Erde aufbewahrt wurden.

Unten befand sich ein weiterer Korridor. Er wurde durch Leuchtstoffröhren, die in kurzen Abständen an der Decke hingen, hell beleuchtet. Doch hier gab es nur zwei Türen nebeneinander. An beiden stand *Leichenhalle*. Als ich mich ihnen näherte, vernahm ich eine Stimme. Sie gehörte einem Mann, der anscheinend Gesellschaft hatte. Ich verstand nicht alle Worte, aber die gestelzte Redeweise ließ mich erkennen, dass der Mann doch allein war. Er diktierte etwas, vermutlich

in ein Aufnahmegerät. Wahrscheinlich einen Obduktionsbericht. Ich wollte anklopfen, ließ es dann aber sein. Es wurde
Zeit, den Tatsachen ins Auge zu blicken.

Nichts, was ich zu Dr. Houllier sagen konnte, würde den
geringsten Unterschied machen.

Ich wandte mich ab, ging wieder nach oben und trat auf
die Straße hinaus.

12

Ich richtete es so ein, dass ich auf dem Rückweg am Café Red
Roan vorbeikam. Nur aus Neugier. Es war mit Pferdemotiven
dekoriert und passte schlecht zu den benachbarten Gebäuden. Ich fand es wenig attraktiv, weshalb ich zu einem Diner
in derselben Straße weiterging. Er war kleiner, bodenständi-
ger. Ich bestellte zwei Kaffee, schwarz, und nahm sie ins Hotel
mit. Fenton riss die Tür auf, als ich anklopfte.

»Nun?« Sie ließ die Tür zufallen. »Wie war's?«

Ich gab ihr einen der Becher. Die Behälter mit Theaterblut,
die Minizünder, das Material für imitierte Wunden und auch
ihr Pistole lagen auf dem Bett. Auf dem Nachttisch stand ein
Glas voller Patronen.

»Du hast die Glock mit Platzpatronen geladen?«

Fenton nickte. »Ja. Aber der Gerichtsmediziner? Wie bist
du mit ihm verblieben?«

In solchen Situationen waren Platzpatronen besser als
scharfe Munition. Aber aus kurzer Entfernung waren auch
sie gefährlich. Hat die Mündung beim Abdrücken Kontakt
mit dem Kopf, kann der austretende Gasstrahl tödlich sein. In
der Army hatte ich wegen zwei solcher Fälle ermittelt. Im ersten Fall war irgendein Idiot leichtsinnig gewesen. Der zweite
hatte sich als ein Mord erwiesen.

Ich stellte meinen Kaffee auf den Schreibtisch. »Michaela,
wir müssen über etwas reden. Dieser Plan … er wird nicht
funktionieren. Es wird Zeit, über einen Plan B nachzudenken.«

»Der Gerichtsmediziner wollte nicht mitmachen?« Fenton stellte ihren Becher so energisch ab, dass Kaffee auf den Nachttisch schwappte. »Warum nicht? Was war problematisch? Hast du ihm richtig zugesetzt?«

»Ich will dich nicht belügen. Ich habe nicht mit dem Mann gesprochen. Das wäre zwecklos gewesen. Der Plan hat zu viele andere Schwachstellen. Er ist undurchführbar. Wir müssen eine Alternative finden.«

»Du hast selbst von drei Hürden gesprochen. Die Bedrohung, der Tod und der Gerichtsmediziner. Die Nummern eins und zwei habe ich beseitigt. Ich kann nicht glauben, dass du für die Nummer drei zu feig warst! Ich wusste, dass ich selbst hätte hingehen müssen. Man soll keinen Mann die Arbeit einer Frau machen lassen. Ich gehe jetzt los und kümmere mich selbst darum.«

Sie griff nach ihrer Pistole. Ich vertrat ihr den Weg und sagte: »Ob einer von uns mit ihm redet, spielt keine Rolle. Oder wenn's keiner tut. Das Ergebnis bleibt gleich. Der Mann steht auf Dendonckers Gehaltsliste oder nicht. Er ist uns wohlgesinnt oder nicht. Vielleicht müssten wir ihn überreden, ihm drohen oder ihn bestechen. In jedem dieser Fälle gibt es keine Erfolgsgarantie. Können wir ihm überhaupt trauen, selbst wenn er angeblich helfen will? Was ist, wenn er sich die Sache später anders überlegt? Was ist, wenn er kalte Füße bekommt? Nehmen wir mal an, er würde tatsächlich wegbleiben – was macht Dendoncker dann? Fasst er die Leiche an? *Meinen Körper?* Bohrt er einen Finger hinein? Benutzt er ein Skalpell? Hackt er etwas davon ab? Schießt er auf ihn?«

Fenton gab keine Antwort.

»Und Dendoncker kommt bestimmt nicht allein. Wie viele

Kerle bringt er voraussichtlich mit? Wie sind sie bewaffnet? Wer ist außer ihnen in dem Gebäude?«

Sie zuckte mit den Schultern.

»Und wie geht's weiter, wenn wir ihn uns schnappen? Wir brauchen eine gewisse Zeit, um ihn zu einem Geständnis zu bewegen. Wo würden wir ihn hinbringen? Wie lange würde das dauern? Wo befindet sich die nächste Polizeistation, wenn wir mit ihm fertig sind?«

»Ich verstehe, was du meinst.« Fenton verschränkte die Arme. »Aber es könnte trotzdem klappen.«

»Natürlich könnte es das. Nichts ist unmöglich. Ich gebe dem Plan eine Fifty-fifty-Chance. Nicht mehr. Mit hohem Risiko von Kollateralschäden.«

»Die riskiere ich.«

»Aber ich nicht. Jedenfalls nicht, solange es Alternativen gibt.«

»Es gibt keine Alternative. Wir müssen wie geplant weitermachen. Okay, wir tauschen die Rollen. Ich melde mich krank. Bei dem Treffen spiele ich die Rolle von Mickey. Ich spiele die angeblich Erschossene. Lass mich in die Leichenhalle bringen. Ich nehme mir Dendoncker selbst vor, wenn er aufkreuzt.«

»Das funktioniert nicht. Meldest du dich krank, schicken sie jemand anderen zu dem Treffen. Der dich umlegt, richtig erschießt, wenn du ihm nicht zuvorkommst. Womit niemandem geholfen ist.«

»Okay, dann gehst du eben mit zu dem Treffen. Du lauerst im Dunkel, bis irgendjemand auftaucht. Dann erschießt du mich mit Platzpatronen, bevor ein anderer es tun kann. Wer geschossen hat, ist denen egal, solange ich nur tot bin. Oder sie mich für tot halten.«

»Was ist, wenn jemand dir den Puls fühlt?«

Fenton schwieg.

»Oder wenn jemand sich mit einem kräftigen Schlag auf den Schädel vergewissert, dass du tot bist.«

Sie öffnete den Mund ... und schloss ihn wieder, ohne ein Wort gesagt zu haben.

Ich fragte: »Wollen wir nicht lieber dafür sorgen, dass Dendoncker hinter Gitter kommt? Ich kenne einen FBI-Agenten, dem man vertrauen kann. Mit ihm könntest du zusammenarbeiten und dabei selbst im Hintergrund bleiben. Nur Informationen liefern. Bist du nicht genau dafür ausgebildet?«

»Das würde zu lange dauern. Wir müssen es heute Abend schaffen. Ich finde einen Weg. Mit dir oder ohne dich.«

»Warum ist das so dringend? Michael wirst du am besten gerecht, wenn du dir die Zeit nimmst, alles richtig zu machen. Was ist zum Beispiel mit den Leuten, die für seine Überprüfung zuständig waren? Die es Dendoncker ermöglichten, in die Vereinigten Staaten zu kommen. Sie müssen über eine Menge Einfluss verfügen. Und falls sie einen Fehler gemacht haben, würden sie ihn bestimmt gern korrigieren wollen. Schon um nicht in Verlegenheit zu geraten.«

»Hier geht's nicht nur um Michael. Das war von Anfang an so.«

»Nein? Um wen denn sonst noch?«

»Ich kenne keine Namen. Unbeteiligte.«

»Die Veteranen in Dendonckers Crew?«

»Nein. Irgendwelche Fremden.«

»Wer? Was für Fremde?«

Fenton holte tief Luft. »Reacher, es gibt etwas, das ich dir nicht erzählt habe. Ich weiß, wozu Dendoncker diese Flugzeuge benutzt. Was er mit ihnen transportiert ... Bomben, Sprengsätze.«

»Woher weißt du das?«

»Das weiß ich, weil Michael sie gebaut hat.«

13

Fenton schob die Behälter mit Kunstblut beiseite und setzte sich aufs Bett. Sie stützte den Kopf in die Hände. Ließ ihre Ellbogen auf den Knien ruhen. So blieb sie über eine Minute unbeweglich sitzen. Dann richtete sie sich auf.

»Ich habe dich nicht belogen, Reacher. Ich habe dir nur nicht die ganze Wahrheit gesagt.«

»Dann solltest du's jetzt tun. Wenn du möchtest, dass ich bleibe.«

»Okay. Gehen wir in die Zeit zurück, als ich aus der Army ausschied. Ich bin zum FBI gegangen. Special Agent geworden. Mein Spezialgebiet war die Bewertung von Beweismitteln. Ich habe mit mehreren Außenstellen zusammengearbeitet, war erfolgreich und wurde daher ins TEDAC versetzt. Du weißt, wie es arbeitet?«

»Die Abkürzung bedeutet Terrorist Explosive Device Analytical Center. Das TEDAC analysiert von Terroristen benutzte Sprengsätze. Man könnte sagen, dass es Spurensicherung auf dem Schlachtfeld betreibt. Angefangen hat alles im Zweiten Golfkrieg. Unsere Truppen hatten schwere Verluste, bis jemand auf die Idee gekommen ist, Beweismaterial zu sammeln und nach Quantico zu schicken. Dort wurde ein Team zusammengestellt, das alles Material ausgewertet hat. Es entwickelte eine Methode, Sprengfallen zu entdecken. Sich vor ihnen zu schützen. Sie zu entschärfen. Nach einiger Zeit konnten es die Bombenbauer identifizieren. Manchmal sogar Einzelpersonen. Oder bestimmte Werkstätten. Die sichergestellten Komponenten erzählen eine Story. Auch die Bauweise ist verräterisch. Manchmal kann sogar bedeutsam sein, wie ein Draht verdrillt wurde.

Das Team war so erfolgreich, dass man es verstärkte und ihm einen neuen Stützpunkt in Alabama zuwies. Heute operiert es ohne zeitliche Begrenzungen weltweit. Es tauscht Informationen mit unseren Partnern aus. Dank TEDAC sind in letzter Zeit in aller Welt Bombenbauer verhaftet worden: London, Berlin, Addis Abeba. Aus dem Ausland wird weiteres Material aus früheren Jahren angeliefert. Zum Beispiel aus dem schottischen Lockerbie, habe ich gehört. Und aus dem Jemen. Sogar aus Beirut ist schon welches eingetroffen – von dem schweren Bombenanschlag, der dort in den Achtzigerjahren auf eine Unterkunft von US-Marines verübt wurde.«

Das war ein weiteres unheimliches Echo aus der Vergangenheit. Im Lauf der Jahre hatte ich oft an den Mann gedacht, dessen Kiefer mir den Unterleib aufgerissen hatte. Und an die anderen Marines, die an jenem Tag gestorben waren. Aber ich hatte mir nie viel Gedanken um das Beweismaterial gemacht. Ich wusste, dass es damals gründlich untersucht worden war. Von Fachleuten mit den besten damals verfügbaren Instrumenten und Methoden. Ich hatte erwartet, dass der verbliebene Rest nach gründlicher Auswertung aller Spuren entsorgt worden war. Auf den Müll geworfen oder – besser – verbrannt. Ich hätte mir nie vorstellen können, dass noch etwas in die Vereinigten Staaten zurückgebracht werden könnte – so lange nach den Leichen.

Sie sagte: »Es gibt eine Initiative namens ICEP, die solche Ermittlungen erleichtern soll. Das International Collection and Engagement Program. Ich habe daran mitgearbeitet.

Spezialisten werden als Ausbilder in Partnerländer entsandt. Eines davon war Afghanistan. Weil ich in der Army gewesen war, bin ich hingeschickt worden. An einen Anschlagsort, der nicht richtig inspiziert worden war. Dabei ist das eine klassische al-Qaida-Taktik. Die Terroristen bringen mehrere Sprengladungen an. Manche sind leicht zu finden, andere nicht. Der Rest ist Geschichte. Zumindest für meinen Fuß.«

»Daher hast du angefangen, in einem Labor zu arbeiten?«

»Richtig. Aber ich bin im Bureau geblieben. Außendienst kam nicht mehr infrage, also hat man mich umgeschult. Jetzt bin – oder war – ich auf Biomaterial spezialisiert. Ich habe ältere Sprengsätze auf Fingerabdrücke untersucht, Haare und andere DNA-Quellen sichergestellt. Die Arbeit war eintönig, langweilig, aber manchmal sehr lohnend. Wie vor einem Monat. Wir hatten einen Hinweis bekommen, ein Mitarbeiter einer Ölgesellschaft in Kuweit sympathisiere mit der al-Qaida im Irak. Das Bureau hat einen verdeckten Agenten auf ihn angesetzt, dem gegenüber er damit geprahlt hat, er habe im Keller des berüchtigten Gefängnisses Abu Ghraib Bomben gebaut. Die Kollegen haben Daten und Orte kombiniert, Material ausgewertet, das bis dahin noch nicht verarbeitet war, und ich habe seinen Fingerabdruck am Fragment eines Sprengsatzes entdeckt.

Ein Goldstern für mich, lebenslängliche Haft für ihn. Mit diesem Ergebnis konnte ich sehr zufrieden sein. Nicht jedoch mit meinem letzten Fall. Ein nicht detonierter Sprengsatz war bei uns angeliefert worden. So was ist eine regelrechte Bonanza. Alles ist intakt, die Fülle an Hinweisen überwältigend. Diese Bombe bildete keine Ausnahme. Allerdings war sie aus verschiedenen Gründen besonders auffällig. Erstens wurde sie in den Vereinigten Staaten entdeckt, kam also nicht aus dem Ausland. Zweitens war ein GPS-Chip eingebaut, damit die Terroristen wussten, wann sie sich ihrem Ziel näherte, sodass sie die Bombe zünden konnten. Aber der diente nur als Back-up, denn drittens hatte die Bombe einen eingebauten Transponder.«

»Ich weiß nicht, was das ist.«

»Okay, ich erklär's dir kurz. Das System besteht aus zwei Geräten. Eines sendet ein Funksignal, das andere eine Antwort darauf. Das eine war in die Bombe eingebaut, das andere wäre der Zielperson ohne ihr Wissen untergeschoben worden. Ich glaube, dass es die Detonation des Sprengsatzes auslösen sollte.«

»Was wäre gewesen, wenn jemand anders dieses Signal gesendet hätte?«

»So funktioniert die Sache nicht. Jedem Paar ist ein Zahlencode zugeordnet. Stimmt er nicht überein, passiert nichts. Deshalb ist die Bombe vermutlich nicht detoniert. Der zweite Sender war noch nicht in Reichweite, als man sie entdeckte. Was ein glücklicher Zufall war. Wegen der vielen Menschenleben, die dadurch gerettet wurden. Und wegen des vierten Fundes: ein Fingerabdruck direkt an dem Transponder. Er ist zur Auswertung bei mir gelandet.«

»Wessen Fingerabdruck war das?«

»Es war Michaels.«

»Was hast du gemacht?«

Fenton schwieg einen Augenblick. Sie sah zu Boden. Dann hob sie den Kopf, erwiderte meinen Blick. »Ich war natürlich schockiert. Ich habe den Abdruck noch mal kontrolliert. Und dann ein drittes Mal. Aber das Ergebnis war eindeutig. Er gehörte Michael.«

»Könnte …«

»Das war noch nicht alles. Ich sollte auch die Karte aus dem Red Roan untersuchen. Sie war unbeschrieben. Den Hilferuf habe ich erfunden, weil ich die Sache mit der Bombe unterschlagen hatte. In dem Gehäuse ist auch ein Kondom gefunden worden. Noch in seiner Hülle. Keine Ahnung, wozu. Vielleicht sollte es so aussehen, als wären zufällig irgendwelche Dinge reingefallen, wenn einer von Dendonckers Kerlen den Sprengsatz kontrollierte. Für mich stand jedenfalls fest, Michael empfand Reue und wollte aussteigen. Er wusste, wo ich arbeitete. Er kannte mein Spezialgebiet. Er wusste, dass ich seinen Fingerabdruck finden würde. Der war sehr prominent, wirklich unübersehbar. Und das kommt selten vor. Moderne Bombenbauer tragen Handschuhe, weil ihnen klar ist, was wir heutzutage alles feststellen können … Also – und darauf bin ich nicht stolz – bin ich in Panik geraten. Ich habe den Abdruck vernichtet. Und den Transponder. Und die Karte aus dem Red Roan. Und ich habe gekündigt. Den Rest kennst du. Alles andere, was ich erzählt habe, ist wahr.«

»Hast du noch mehr rausbekommen?«

Sie schloss kurz die Augen, dann schüttelte sie den Kopf.

»Nein. Ich hatte nie Kontakt zu Michael.«

Ich nahm einen Schluck Kaffee und wog ab, was Fenton mir erzählt hatte. Ein Sprengsatz mit eingebautem Transponder war gefunden worden. Ein Fingerabdruck. Eine Geschäftskarte. Und ein Kondom. Aber keine Nachricht. Irgendetwas passte hier nicht zusammen. Ich sagte: »Der Sprengsatz. Wo ist er entdeckt worden?«

»Auf einem Privatflugplatz.«

»Wer war die Zielperson?«

»Keine Ahnung.«

»Wie groß war er?«

»Klein genug, um sich verstecken zu lassen. Groß genug, um beträchtlichen Schaden anzurichten. Je nach dem Ort der Detonation wäre es ein Wunder gewesen, wenn es weniger als fünfzig Tote gegeben hätte.«

»Und wenn er an Bord eines Flugzeugs detoniert wäre? Wenn das Flugzeug das Ziel gewesen wäre? Um es über einer Großstadt abstürzen zu lassen. Oder einem Einkaufszentrum. Oder einem vollen Stadion.«

»Möglich, aber unwahrscheinlich. Die Bombe, die wir untersucht haben, war mit Stahlkugeln vollgepackt. Also waren Personen das Ziel. Hätte der Anschlag einem Flugzeug gegolten, würde man ein granatförmiges Projektil erwarten, das den Rumpf durchschlagen oder zumindest viele Systeme beschädigen kann.«

»Ja, das klingt logisch. Wie sieht's mit weiteren Anschlägen aus? Falls es weitere Sprengsätze gibt?«

Fenton zuckte mit den Schultern. »Morgen. Nächste Woche. Nächstes Jahr. Können wir es uns leisten, einfach abzuwarten?«

»Wie viele Bomben hat Michael gebaut?«

Ein erneutes Schulterzucken. »Jede Zahl ist denkbar. Vielleicht über ganz Amerika verteilt.«

Potenziell waren Hunderte von Toten denkbar. Vielleicht sogar Tausende von Opfern. Die technischen Mittel besaß Dendoncker. Die Gelegenheiten konnte er sich verschaffen. Und draußen im Land gab es zahlreiche Gruppierungen, die über genügend Geld verfügten, um ihn für seine Arbeit gut zu bezahlen. Eine Fifty-fifty-Chance mit hohem Risiko von Kollateralschäden erschien plötzlich gar nicht mehr so unattraktiv. Ich trank meinen Kaffee aus. »Warte hier auf mich. Ich muss jetzt doch mit dem Gerichtsmediziner reden.«

14

Ich ging schneller. Die Sonne brannte heißer. Die Gebäude
schienen zusammengerückt zu sein. Die leeren Gehsteige
wirkten schmaler. Die Atmosphäre war fast bedrückend. Ich
erreichte die Klinik und betrat die Eingangshalle. Dort hatte
sich nichts verändert, außer dass jetzt eine Frau an der Rezeption saß. Ihr Alter war schwer zu schätzen. Kurz vor der
Pensionierung, dachte ich. Ihr volles silbergraues Haar war zu
zahlreichen Zöpfen geflochten. Wie bei einem Modell aus den
Sechzigerjahren lief ihre Brille an den Schläfen spitz aus. Zu
ihrer schlichten cremeweißen Bluse trug sie eine diskrete Per-
lenkette. Sie sah auf, als ich hereinkam, aber als sie bemerkte,
dass ich auf die Tür zum Keller zuhielt, schaute sie weg. Wahrscheinlich eine Folge der Tatsache, dass Dendonckers Kerle
hier ein- und ausgingen. Aber ich war nicht glücklich darüber,
für einen seiner Leute gehalten zu werden.

Auf dem unteren Korridor blieb ich stehen, um an der Tür
der Leichenhalle zu horchen. Ich konnte Musik hören, klassische Musik. Eine Klaviersonate. Von Beethoven, vermutete
ich. Ich klopfte an und trat ein, ohne eine Aufforderung abzuwarten. Im nächsten Augenblick stoppte mich der Gestank
wie eine unsichtbare Mauer. Lauter Dinge, die ich schon früher gerochen hatte: Blut, Körperausscheidungen, Desinfekti-
onsmittel, Konservierungsstoffe. In ihrer Gesamtheit so stark,
dass ich erst einmal innehielt.

Vor mir stand ein Mann in der Mitte des Raums. Er war
weißhaarig, trug einen weißen Arztkittel und eine goldgerän-

derte Brille an einer dünnen Kette. Er hielt sich so schlecht, dass er fast einen Buckel hatte. Hinter ihm waren fünf Stahltüren in die Wand eingelassen. An einer Seitenwand befand sich ein Schreibtisch, mit einem Computer, der ausgeschaltet war. Daneben ein Stapel Vordrucke. Und ein luxuriöser Füller. Gleich neben dem Mann stand ein Metalltisch, dessen Platte aus Edelstahl erhöhte Ränder aufwies. Auf ihr lag die Leiche eines nackten Mannes. Seine Schädeldecke war abgesägt, der Brustkorb geöffnet und der Unterleib aufgeschnitten. Blut lief durch die Rinnen auf beiden Seiten des Tischs ab und verschwand in einem Ausguss. Auf einem Wägelchen aus Edelstahl lagen spitze und scharfe Instrumente. Einige davon waren blutig. Auf einem zweiten Wägelchen sah ich Stahlschalen mit glitschigen rotbraunen Organen und eine Waage, auf der ein Gehirn lag.

Der Mann nahm seine Brille ab und funkelte mich wütend an. »Wenigstens haben Sie angeklopft. Das ist schon etwas. Also, wer sind Sie? Was wollen Sie?«

Seine direkte Art ermutigte mich, ebenso direkt zu antworten. »Mein Name ist Reacher. Sie sind Dr. Houllier?«

Der Mann nickte.

»Ich bin gekommen, um Sie um Ihre Hilfe zu bitten.«

»Aha. Wobei? Ist jemand krank? Verletzt?«

»Ich möchte Sie bitten, morgen nicht zum Dienst zu erscheinen.«

»Ausgeschlossen! Ich arbeite seit über vierzig Jahren hier und habe keinen einzigen Tag gefehlt.«

»Ihr Einsatz ist bewundernswert.«

»Schmeichelei bring Ihnen nichts.«

»Okay, versuchen wir's anders. In dieser Stadt lebt ein Mann, den Sie bestimmt kennen. Waad Dendoncker.«

Dr. Houlliers Augen verengten sich. »Was ist mit ihm?«

»Wie gut sind Sie tatsächlich mit ihm bekannt?«

Der Arzt ergriff ein blutiges Skalpell und fuchtelte damit herum. »Noch so eine Andeutung, dann vergesse ich meinen Eid und schneide Ihnen das Herz raus. Egal, wie groß Sie sind.« Er deutete auf die Leiche auf dem Stahltisch. »Da sehen Sie, dass ich mich darauf verstehe.«

»Sie sind also kein Fan von ihm.«

Dr. Houllier ließ das Skalpell klirrend fallen. »Ich will Ihnen ein bisschen über meine Geschichte mit Waad Dendoncker erzählen. Erstmals mit ihm zu tun hatte ich vor zehn Jahren. Ich war hier unten bei der Arbeit. Dann ist die Tür aufgeflogen, und zwei seiner Kerle sind hereingekommen. Ohne anzuklopfen, ohne sich zu entschuldigen. Sie haben mir stumm einen Umschlag überreicht, mit einem Foto meines Bruders. Vor seinem Haus in Albuquerque. Ich bin ledig, wissen Sie. Unsere Eltern waren längst tot. Donald war mein einziger Angehöriger. Und der Kerl hat mich gewarnt, wenn ich meinen Bruder jemals wiedersehen wolle, müsse ich mitkommen.«

»Also sind Sie mitgegangen?«

»Selbstverständlich. Sie haben mich in einen klapprigen alten Militärjeep gesetzt und sind mit mir in die Wüste rausgefahren. Vielleicht zehn Meilen weit. Da draußen ist das schwer zu beurteilen. Sie haben gehalten, als wir eine kleine Gruppe von Männern erreichten. Dendoncker, ein paar seiner Kerle und zwei andere. Niemand hat mir etwas erzählt, aber ich habe gemerkt, dass sie Kunden waren. Sie wollten Handgranaten kaufen. Anscheinend hatten sie eine Demonstration verlangt. Eine Grube war ausgehoben worden. Darin hockten zwei Personen, zwei Frauen. Beide waren nackt.«

»Wer waren sie?«

»Keine Ahnung. Der Kerl, der mich gefahren hat, hat später gesagt, sie hätten für Dendoncker gearbeitet. Angeblich hatten sie einen Befehl verweigert. Dies war jetzt die Folge. Dendoncker hat eine Handgranate in die Grube geworfen. Ich habe Schreie gehört, als sie reingeflogen ist. Dann eine Detonation. Die anderen sind alle hingelaufen. Sie wollten die Wirkung sehen. Ich wollte das nicht, aber Dendoncker hat mich dazu gezwungen. Glauben Sie mir, ich hatte schon alle möglichen Verletzungen gesehen. Auch bei Mord- oder Verkehrsopfern. Aber dies war schlimmer. Der unbeschreibliche Zustand dieser Frauenleichen … Er hat mich angewidert. Ich musste mich auf der Stelle übergeben.

Ich hatte Angst, Dendoncker würde erwarten, dass ich mich irgendwie um die sterblichen Überreste kümmere. Aber dann ist einer der Kerle mit einem Jeep mit Schneeräumschild gekommen. Damit hat er die Grube zugeschoben. Dendoncker und seine Kunden sind dageblieben, um das Geschäftliche zu regeln. Die beiden anderen Kerle haben mich in die Klinik zurückgebracht und angekündigt, in ein bis zwei Tagen würde eine Leiche angeliefert werden. Ich sollte eine Obduktion vornehmen, aber keine offiziellen Aufzeichnungen machen. Und mich bereithalten, Fragen zu beantworten.«

»Von Dendoncker?«

»Korrekt.«

»Und wenn Sie sich geweigert hätten?«

»Sie haben gesagt, dann würde eine weitere Grube ausgehoben. Sie würden meinen Bruder reinwerfen und mich dazu zwingen, bei der Detonation der Handgranate zuzuschauen. Sie haben gedroht, mir die Lider abzuschneiden, um sicherzugehen, dass ich alles genau sehe.«

»Die Leiche, von der Sie gesprochen haben. Ist sie angeliefert worden?«

»Drei Tage später. Ich konnte kaum mehr schlafen, weil ich mir ausgemalt habe, in welchem Zustand sie sein würde. Letzten Endes war der Mann nur erschossen worden. Zum Glück – jedenfalls für mich.«

»Wie viele seither?«

»Siebenundzwanzig. Meistens erschossen. Manche erstochen. Ein paar mit eingeschlagenem Schädel.«

»Und Dendoncker hat sich jede Leiche angesehen?«

Dr. Houllier nickte. »Er kommt jedes Mal. Regelmäßig wie ein Uhrwerk. Allerdings ist er etwas ruhiger geworden. Anfangs wollte er eine detaillierte Untersuchung. Mageninhalt. Spuren auf der Haut und unter den Fingernägeln. Hinweise auf Drogenkonsum. Solche Sachen. Jetzt ist er mit einem Kurzbericht zufrieden.«

»Aber er will sie noch immer selbst sehen?«

»Korrekt.«

»Warum?«

»Dafür kommen mehrere psychische Störungen infrage. Ich will nicht versuchen, ihn zu analysieren. Das ist nicht mein Fach. Und er ist mir unheimlich. Wenn er hier aufkreuzt, will ich, dass er möglichst schnell wieder verschwindet.«

Ich schwieg.

»Streichen Sie das. In Wirklichkeit will ich, dass er gar nicht mehr herkommt. Aber dazu kann ich ihn nicht zwingen. Also finde ich eine Methode, damit zu leben.«

»Ich habe ein Mittel, ihn zu stoppen. Dafür brauche ich nur diesen Raum.«

»Wenn Sie Dendoncker stoppen und dafür diesen Raum benutzen wollen, muss jemand sich totstellen. Sie?«

Ich nickte, dann erzählte ich ihm von meiner angeblichen Schusswunde und den Requisiten, mit deren Hilfe wir sie real erscheinen lassen wollten. »Wo soll diese Schießerei stattfinden?«

Ich nannte den Treffpunkt, den Fenton in einer Textnachricht von Dendonckers Mann erfahren hatte.

»Aha. Und wie wollen Sie Ihre Leiche von dort hierherbringen?«

Das hatte ich mir noch nicht überlegt. Hat man einen Plan voller Löcher, kommen von selbst immer mehr dazu.

»Das wissen Sie nicht, stimmt's?«

Ich sagte nichts.

»Wann sollen Sie angeblich erschossen werden?«

»Heute Abend kurz nach elf Uhr.«

»Okay, dann bringe ich Sie selbst her.«

»Nein, Sie dürfen nichts damit zu tun haben. Denken Sie an Ihren Bruder.«

»Donald ist letztes Jahr gestorben.«

»Hatte er eine Frau? Kinder?«

»Keine Kinder. Seine Frau kann ich nicht leiden. Und sie ist ohnehin todkrank. Krebs im letzten Stadium. Würde Dendoncker sie suchen, wäre sie tot, bevor er rauskriegt, in welchem Hospiz sie liegt. Ich gebe Ihnen eine Nummer, unter der Ihre Partnerin mich anrufen kann. Direkt, ohne Umweg über die 911, was die Sache einfacher macht.«

»Sie wollen wirklich mitmachen?«

»Ja. Dendoncker kommt allerdings erst morgens. Das bedeutet, dass Sie hier schlafen müssen. Für den Fall, dass er die Klinik überwachen lässt, darf der ›Tote‹ sie nicht verlassen und später wiederkommen. Ich bin frühzeitig da und richte Sie fürs Kühlfach her. Leider haben Sie einen Gefährten, deshalb kann ich die Temperatur nicht erhöhen. Aber ich kann Ihnen ein leichtes Beruhigungsmittel geben, damit Sie nicht zu zittern anfangen. Und ich klebe Ihnen die Augen zu. Für alle Fälle. Wie lange können Sie die Luft anhalten?«

Ich hatte einmal etwas über eine Minute lang die Luft angehalten. Aber das war unter Wasser gewesen. Schwimmend, um mein Leben kämpfend. Diesmal würde es anders sein. Ohne körperliche Anstrengung. Nur wie tot daliegend.

»Neunzig Sekunden«, sagte ich. »Maximal zwei Minuten.«

»All right. Ich achte auf die Uhr. Ich lenke Dendoncker ab, wenn er sich übermäßig viel Zeit lässt. Im Allgemeinen hakt er die Sache schnell ab, deshalb bin ich nicht allzu besorgt. Beantworten Sie mir noch eine Frage. Aber bitte ganz ehrlich. Was haben Sie mit ihm vor, nachdem Sie ihn gestoppt haben?«

»Wir übergeben ihn der Polizei.«

Houllier war einen Augenblick lang sichtlich enttäuscht.

Ich fragte: »Kommt Dendoncker im Allgemeinen allein? Oder bringt er Bodyguards mit?«

»Ich nenne sie Gorillas. Zwei. Erst kommt einer rein, um alles zu kontrollieren. Danach folgen Dendoncker und der zweite Typ.«

»Waffen?«

»Keine sichtbaren.«

»Das ist gut. Aber selbst wenn Ihr Bruder aus dem Spiel ist, bleibt ein Risiko. Für Sie. Daheim wären Sie viel sicherer. Oder außerhalb der Stadt.«

Houllier schüttelte den Kopf. »Nein. Dendoncker hatte zu lange die Oberhand. Ich habe mir vorgenommen, Widerstand zu leisten, wenn das mal möglich wäre. Nach Donalds Tod bin ich nur noch für mich selbst verantwortlich. Und nun scheint der richtige Augenblick gekommen zu sein.«

»Danke, Doktor. Ich bin Ihnen wirklich dankbar. Aber falls Sie sich die Sache anders überlegen …«

»Das tue ich nicht.«

»Okay, dann bis heute Abend.«

»Lassen Sie mich noch etwas sagen, Mr. Reacher. Als Arzt habe ich geschworen, niemandem zu schaden. Sie dagegen nicht. Vor allem im Fall Dendoncker nicht. Hoffentlich verstehen Sie, was ich meine.«

15

Wie vereinbart bezog ich pünktlich um dreiundzwanzig Uhr Stellung unter der Straßenlampe.

Der Abend war kühl, fast kalt. Ich hielt mich seit drei Stunden in dem Lager auf, um sicherzustellen, dass ich allein war. Ich hätte mir nur eine Jacke gewünscht, weil ich lediglich ein gelbes T-Shirt trug. Es war riesig, saß sogar bei mir sehr locker. Aber ich brauchte ein T-Shirt in Übergröße. Ich brauchte Platz, um den Beutel mit Theaterblut zu verbergen, den ich mit Gewebeband auf meine Brust geklebt hatte. Ich durfte nicht riskieren, dass eine Jacke schief saß und kein Einschussloch an der richtigen Stelle aufwies.

Um 23.02 Uhr fuhr ein Auto vor. Seine Scheinwerfer waren aufgeblendet, sodass weder Marke noch Modell zu erkennen waren, aber ich konnte sehen, dass es sich um keinen Jeep handelte. Kein Wagen, in dem ich Fenton erwartet hätte. Falls sie dieses Auto fuhr. Ich konnte auch nicht hineinsehen. Im nächsten Augenblick gingen die vorderen Türen auf. Beide. Und zwei Männer stiegen aus.

Nicht wie vereinbart.

Auch die hinteren Autotüren öffneten sich. Zwei weitere Männer stiegen aus.

Erst recht nicht wie vereinbart.

Ich begutachtete die Kerle. Sie waren alle zwischen eins achtzig und eins fünfundneunzig groß. Jeder zwischen neunzig und hundert Kilo. Ich sah nichts, was mir Sorgen bereitete.

Aber ich achtete vor allem darauf, ob Fenton hinten aussteigen würde.

Das tat sie nicht.

Entweder war sie zurückgestellt worden, weil Dendoncker sich für mehr Feuerkraft entschieden hatte, nachdem er am Vortag zwei Männer verloren hatte. Oder sie war endgültig aus dem Spiel genommen worden, weil Dendoncker unseren Plan durchschaut hatte. Ich bezweifelte, dass irgendeiner der Kerle vor mir das wissen würde. Paranoide Bosse teilen ihre Erkenntnisse im Allgemeinen nicht mit ihren Killern. Also entschied ich mich für eine andere Methode. Ich würde ihre Zahl verringern und den zuletzt noch Stehenden davon überzeugen, es liege in seinem Interesse, mich in der Nahrungskette nach oben zu begleiten.

Dieser letzte noch Stehende würde nicht der Fahrer sein. Das stand verdammt fest. Er trat vor und begann sofort mit einer dämlichen Nummer, die mich dazu bringen sollte, ins Auto zu steigen. Das würde nicht passieren. Zumindest nicht gleich jetzt. Als der Typ merkte, dass er mich nicht bluffen konnte, wechselte er die Methode. Er versuchte es mit Gewalt. Er zog seine Pistole. Immer ein Fehler, wenn man auf Armlänge vor jemandem steht. Vielleicht verwechselte er Körpergröße mit Langsamkeit oder war einfach nur dumm. Oder er überschätzte sich selbst. Jedenfalls schoss meine Hand nach vorn, packte ihn am Handgelenk und neutralisierte seine Waffe. Dann neutralisierte ich ihn mit einer schnellen, ansatzlos geschlagenen Geraden.

Für den Fall, dass die anderen Kerle clever genug waren, um gemeinsam anzugreifen, hob ich die Pistole des Fahrers auf. Aber das waren sie nicht. Der Typ in der Mitte des verbliebenen Trios versuchte es als Nächster. Er schrie mich an, als glaubte er, mich damit erschrecken zu können, täuschte eine kurze Gerade an und versuchte es dann mit einem Magenhaken. Ich blockierte seine Faust und trieb meinen Mittelfingerknöchel schmerzhaft in seinen Bizeps.

Ich gab ihm die Chance zu verschwinden. Das erschien mir nur fair. Aber er nutzte sie nicht. Stattdessen versuchte er, mit einem wilden, verrückten Schlag meinen Kopf zu treffen. Ich wich mühelos aus, bevor ich auch den anderen Arm lähmte. Ich gab ihm eine weitere Chance. Zum Dank dafür versuchte er, mich zwischen die Beine zu treten. Ich knallte meinen Stiefel mit dem Innenrist an sein Schienbein, nutzte seinen Schwung gegen ihn aus. Mindestens ein Knochen splitterte. Vielleicht auch das Wadenbein. Er schrie auf, hopste sekundenlang umher und brach dann ohnmächtig zusammen, als zersplitterte Knochenenden sich berührten. Jetzt waren's nur noch zwei.

Diese Kerle versuchten den Einsatz zu erhöhen. Sie holten Axtstiele aus ihrem Kofferraum. Der Größere der beiden versuchte es mit einem gewaltigen Rundumschlag. Der ging meilenweit daneben. Dann mischte sich sein Kumpel ein. Er begann mit kurzen Stößen. Nach zwei angetäuschten Versuchen wollte er meinen Bauch treffen. Aber das signalisierte er zu deutlich. Ich bekam den Axtstiel zu fassen, riss ihn ihm aus den Händen, drehte ihn um und ließ ihn auf seinen Schädel krachen, als wollte ich Holz hacken.

Der letzte Kerl geriet in Panik. Er versuchte ein paar wilde Schläge, aber er hatte keine Chance, mich wirkungsvoll zu treffen. Als ihm das klar wurde, zog er seine Pistole. Aber wie zuvor der Fahrer stand er zu dicht vor mir. Ich schlug ihm die Waffe aus der Hand. Ich packte ihn mit einer Hand am Genick und begann, ihm seine Optionen zu erklären. Dann hörte ich eine Stimme, die mich anwies, damit aufzuhören.

Das war Fenton. Sie kam aus der Deckung, die eine Garagenreihe rechts von mir bot. Ihre Arme waren leicht gebeugt ausgestreckt, und sie hielt ihre Glock in beiden Händen. So versuchte sie, unseren Plan wiederzubeleben. Aber der letzte Kerl stand zwischen uns. Das war nicht ideal. Er war jetzt ein Zeuge. Er würde nicht glauben, dass ich erschossen worden war, wenn Fentons Kugel erst seinen Körper durchschlagen musste, um mich zu treffen. Ich hätte ihn von mir wegstoßen können, aber das wäre auch verdächtig gewesen. Realistischer erschien mir, ihn näher zu mir heranzuziehen. Ihn als Schutzschild zu benutzen.

Ich blickte zu Fenton, dann auf meine eigene Brust hinunter. Rechnete mir aus, dass sie den richtigen Bereich sehen konnte. Oder jedenfalls ungefähr. Unter den jetzigen Umständen war ein Schuss die beste Option. Ich versuchte, sie durch Gedankenkraft zum Abdrücken zu bewegen und verfolgte, wie sie tief Luft holte und leicht ausatmete. Ich machte mich auf den Knall gefasst. Nach einem leichten Stoß gegen die Brust spürte ich nasse Kälte und ließ mich nach hinten fallen. Ich hatte schon oft gesehen, wie Leute tödlich getroffen wurden. Manche sacken zusammen und bleiben wie schlafend liegen. Andere fliegen durch die Luft und landen mit verdrehten Gliedmaßen. Ich wählte eine Art Mittelweg, breitete die Arme aus, ließ ein Knie erhoben und warf mich nach hinten.

»Ihr habt mich nicht gebraucht, was?« Fenton kam näher.

»Keine Sorge, wir haben's nicht eilig. Du kannst dir mit deiner Entschuldigung Zeit lassen. Sieh nur zu, dass sie gut klingt.«

»Was zum Teufel hast du gemacht?«, fragte der Kerl wütend. »Dendoncker wollte ihn lebend. Er hatte Fragen.«

Fenton machte eine kurze Pause. »Dendoncker wollte ihn lebend, wie? Wäre ich nicht aufgekreuzt, hätte nur dieser Kerl überlebt. Diese drei Idioten sind außer Gefecht, und mit dir wär's auch bald so weit gewesen.«

Ich spürte Finger am Hals. Sie waren lang und schlank. Ein bisschen kalt. Mich durchlief ein kleiner Schauder.

»Jedenfalls ist er tot. Daran ist nichts mehr zu ändern.« Fenton griff um mich herum und gab vor, meine Hüfttaschen zu kontrollieren. »Keine Geldbörse, ganz wie erwartet. Abgekartetes Spiel von Anfang an. Was für ein Arschloch. Okay, ich rufe die 911 an und lasse die Leiche abtransportieren. Du kannst inzwischen Dendoncker anrufen. Schieb meinetwegen alles auf mich – unter einer Bedingung: Du musst deine Kumpel selbst einladen. Ich habe einen weiten Rückweg zu meinem Auto, nachdem der Krankenwagen da war.«

16

Ich hatte mehr Nächte, als ich zählen konnte, an seltsamen, gruseligen Orten verbracht, aber bis dahin noch keine in einer Leichenhalle. Tatsächlich war sie weniger unbehaglich als befürchtet. Zumindest körperlich. Dr. Houllier gab mir eine Isoliermatte und einen Schlafsack. Dann konnte ich schlafen, bis er um sechs Uhr morgens zurückkam. Er brachte mir Kaffee mit, und während ich ihn trank, machte er sich daran, die angebliche Schusswunde aus der speziellen Formmasse herzustellen. Houllier achtete darauf, die Größe richtig hinzukriegen. Die Form. Die gezackten Ränder. Die Farben, eine Mischung aus hellem Rot und geronnenem Braun. Als er damit zufrieden war, klebte er sie mir an. Als Nächstes bekam ich meine Spritzen. Je eine in die Arme. In die Beine. In Brust und Magen. Er rollte mein Bettzeug zusammen und versteckte es im äußersten rechten Kühlfach. Dann schaute er auf die Wanduhr.

»Okay, es wird Zeit.«

Er öffnete die mittlere der fünf Türen und zog das Schubfach aus Edelstahl heraus. Ich zog mich ganz aus, und Houllier versteckte meine Sachen in dem Fach mit dem Bettzeug. Ich legte mich hin. Er bedeckte mich mit einem Leichentuch und klebte mir die Augen mit Heftpflaster zu.

Houllier sagte: »Alles Gute! Versuchen Sie, meine Leichenhalle nicht zu zerlegen, wenn Dendoncker hier aufkreuzt.«

Er zog das Tuch bis über meinen Kopf und schob die Lade ins Kühlfach zurück. Bis zum Anschlag. Ich hörte, wie die schwere Tür geschlossen wurde, fühlte, wie das Licht ausgesperrt wurde. Ich konnte die Dunkelheit förmlich spüren. Die Haut zwischen meinen Schulterblättern begann zu prickeln. Ich hasse beengte geschlossene Räume. Schon immer. Das ist ein Relikt aus grauer Vorzeit. Ich zwang mich dazu, mir den weiten Raum um mich herum vorzustellen. Hinter den Türen lag ein großer Kühlraum. Keine einzelnen Fächer. Also gab es reichlich Platz. Ich begann, mich besser zu fühlen. Bis ich mich an die verstümmelte Leiche erinnerte. Ich fragte mich, ob sie rechts oder links von mir lag. Einerseits hätte ich sie gern gesehen, andererseits war ich froh, dass das nicht ging.

Ich hatte seit fast einer Stunde so dagelegen, als die Kühlfachtür geöffnet wurde. Es gab keine Vorwarnung. Ich spürte plötzlich Licht. Die Lade wurde herausgezogen, langsam und vorsichtig, das Leichentuch von meinem Gesicht zurückgeschlagen. Dann hörte ich eine nasale Stimme, die scharf »Weg da!« befahl. Das Tuch wurde ganz weggerissen. Ich hörte es zu Boden fallen. Dann sprach die nasale Stimme wieder. Ich vermutete, dass sie Dendoncker gehörte. Er fragte nach meiner Todesursache. Dr. Houllier antwortete. Dann wurden meine älteren Wunden angesprochen. Die Narben, die sie hinterlassen hatten. Wie sie entstanden sein konnten. Was sonst über mich bekannt war.

Sechzig Sekunden, ohne zu atmen. Unbehaglich. Aber gut zu schaffen.

Das Leichentuch bedeckte mich wieder. Meinen Körper. Dann mein Gesicht. Aber bevor ich Luft holen konnte, wurde es erneut weggerissen. Dann folgte eine Debatte über meine angebliche Identität. Meine wahre Identität. Meinen richtigen Namen. Ein Hin und Her aus Fragen und Antworten. Zuletzt spürte ich Dendoncker näher herankommen. Ich konnte ihn nicht sehen, aber ich wusste, dass er mich anstarrte.

Neunzig Sekunden, ohne zu atmen. Ich brauchte Luft. Dringend. Meine Lunge begann zu brennen. Mein Körper sehnte sich verzweifelt nach Bewegung.

Ich hörte Dendoncker sagen, bestimmt sei ich nicht auf der Suche nach Michael, sondern nach ihm gewesen. Er war also paranoid *und* narzisstisch veranlagt. Eine charmante Kombination. Kein Wunder, dass er kein guter Teamplayer war. Ich hörte Papiere rascheln. Der Kerl stellte weitere Fragen. Dann ging es darum, dass mein Reisepass verbrannt werden sollte. Und meine Leiche beseitigt. Dendoncker sprach lauter und schärfer, als erteilte er Anweisungen. Offenbar wollte er den Fall abschließen.

Zwei Minuten, ohne zu atmen. Meine Lunge konnte nicht mehr. Ich holte keuchend tief Luft. Zog die Pflaster von den Augen und setzte mich auf.

Außer mir waren vier Personen anwesend. Lauter Männer. Alle mit vor Überraschung aufgerissenen Mündern. Einer von ihnen war Dr. Houllier an seinem Schreibtisch. Zwei Männer in Anzügen, beide Ende dreißig in der Nähe der Tür. Und einer ziemlich in der Mitte des Raums, der mich anstarrte. Ich schätzte ihn auf Anfang sechzig. Er hatte ein hageres Gesicht mit der dreieckigen Narbe einer alten Brandwunde auf der linken Wange. Auffällig waren seine hervorstehenden Augen und seine anomal langen Arme und Beine. An seiner rechten Hand fehlten drei Finger. Er benutzte seinen Daumen und den verbliebenen Finger, um die Lünette seiner Armbanduhr zu umfassen. Ich fragte: »Dendoncker?« Er reagierte nicht. Ich sprang von der Lade. Er griff in seine Jackentasche und zog eine Waffe heraus. Einen Revolver NAA-22S. Eine wirklich winzige Waffe mit kaum zehn Zentimeter langem Lauf. Ich nahm sie ihm ab, warf sie in das Kühlfach und stieß ihn in die hinterste Ecke des Raums. Er sollte möglichst weit von der Tür entfernt sein, damit er nicht hinausschlüpfen konnte, während ich mit seinen Männern beschäftigt war.

Die beiden kamen auf mich zu. Heller Anzug, lockiges Haar, von links. Dunkler Anzug, glattes Haar, von rechts. Sie waren keinen Meter voneinander entfernt. Jetzt griffen sie in ihre Jacken, wollten ihre Pistolen ziehen. Aber dazu kamen sie nicht mehr, weil ich schneller war. Ich holte mit beiden Fäusten aus und traf ihre Kinne gleichzeitig. Vielleicht nicht mit voller Kraft, weil das Beruhigungsmittel mich etwas einschränkte. Aber das spielte keine Rolle. Unsere gegenläufige Bewegungsrichtung wirkte, als wären sie gegen einen Lastwagen gerannt. Sie landeten in einem Gewirr aus Armen und Beinen und bewegten sich nicht mehr. Ich blickte mich nach Dendoncker um, der weiter in der Ecke stand. So erinnerte er mich flüchtig an ein Insekt, an eine Gottesanbeterin in einem Terrarium im Zoo.

Ich hörte ein Geräusch hinter mir. Es stammte von der Tür. Sie flog mit solcher Gewalt auf, als würde sie durch eine Detonation aufgerissen. Dann stürmte ein Kerl herein. Ich hatte den Eindruck, er komme seitlich durch die Tür, so breit sah er aus. Und er maß gut zwei Meter. Sein Gewicht schätzte ich auf mindestens hundertfünfzig Kilo. Sein Schädel war kahl wie eine Billardkugel. Augen, Mund und Nase wirkten auffällig klein und verkniffen und auf seinem breiten Gesicht zusammengedrängt. Er hatte winzige abstehende Ohren. Glänzende rosa Haut. Ein schwarzer Anzug mit weißem Hemd, aber ohne Krawatte. Was schade war. Krawatten lassen sich dazu benutzen, Leute zu strangulieren.

Der Kerl kam auf mich zu. Er stampfte mit eigenartigen Stakkatobewegungen heran wie ein Roboter. Als er sich mir näherte, wurden seine Schritte zu Tritten und seine Armbewegungen zu Boxhieben. Dies alles wiederholte sich stetig und unaufhaltsam, als demonstrierte er eine Kampfsportart. Ein faszinierendes Bild. Bestimmt vernichtend, wenn einer seiner Schläge traf. Und wahrscheinlich tödlich, wenn man von mehr als einem getroffen wurde.

Ich wich zurück, um etwas Zeit zu gewinnen. Dendoncker wollte sich an mir vorbeidrücken. Ich packte ihn und schleuderte ihn hinter mich, ohne darauf zu achten, wo er landete. Ich durfte nicht riskieren, die heranstampfende menschliche Dreschmaschine eine Sekunde lang aus den Augen zu lassen. Dendoncker versuchte es erneut, diesmal auf der anderen Seite. Ich stieß ihn wieder zurück. Der Koloss kam unaufhaltsam näher. Ich rechnete mir aus, dass er eine Zeit lang mit mir spielen wollen würde, indem er mich gegen eine Wand oder in eine Ecke drängte und mich dort in aller Ruhe erledigte, weil ich nicht länger ausweichen konnte. Und er schien nicht darauf zu achten, außer Reichweite irgendwelcher Schläge zu bleiben, die ich vielleicht anbringen konnte.

Ich machte einen weiteren Schritt zur Seite. Dann stieß ich mich mit dem hinteren Fuß in Gegenrichtung ab und flitzte um ihn herum. Unterwegs brachte ich einen Nierenhaken an. Das war ein wuchtiger Schlag, von dem die meisten Leute zu Boden gegangen wären. Dieser Kerl ließ sich nicht mal anmerken, ob er ihn gespürt hatte. Auch er machte einen weiteren Schritt, dann leitete er eine umständliche Kehrtwende ein. Sie begann mit den Armen, die sich mehrfach kreuzten und zuletzt wieder öffneten. Gleichzeitig drehte er sich auf den Fußballen. Er versuchte einen neuerlichen Tritt, aber ich war schon wieder in Bewegung. Ich hatte mich schneller herumgeworfen, mich energischer vom Boden abgestoßen. Bevor er noch mal zutreten konnte, rannte ich mit gesenktem Kopf gegen ihn an.

Ich rammte ihn wuchtig genug, um ihn trotz des Gewichtsunterschieds zurückzuwerfen. Er geriet ins Stolpern. Ich wollte einen Schlag anbringen, bevor er sich wieder fing. Dabei dachte ich an seinen Kehlkopf. Dies war nicht der Augenblick, als Gentleman fair zu kämpfen. Aber bevor ich zum Angriff übergehen konnte, stießen die Beine des Kerls an die noch ausgefahrene Schublade des Kühlfachs. Er fiel rücklings darauf. Mit solcher Wucht, dass die Verriegelung gelöst und die Lade eingefahren wurde. Weil der Kerl schräg gefallen war, passte er nicht durch die Tür. Sein Kopf prallte an den Stahlrahmen. Nicht so fest, dass er k. o. ging, aber fest genug, um ihn einen Augenblick lang zu betäuben. Und mehr als einen Augenblick brauchte ich nicht.

Ich war sofort bei ihm und traf eine Kopfseite des Kerls mit einem Ellbogenstoß, in den ich meine ganze Kraft, mein ganzes Gewicht legte. Die Wirkung dieses Treffers war perfekt. Seine Arme und Beine zuckten hoch, dann sackten sie herab und hingen schlaff auf beiden Seiten der Stahllade herunter. Die Zunge hing ihm aus dem Mund. Um sicherzugehen, wartete ich noch ein paar Sekunden, bevor ich mich nach Dendoncker umsah.

Er war nirgends zu sehen. Außer Dr. Houllier und den drei bewusstlosen Männern war niemand da.

»Sie war so schnell.« Dr. Houlliers Stimme klang ausdruckslos. »Eine Frau. Leicht hinkend. Sie hat Dendoncker eine Pistole an den Kopf gehalten. Ihn aus dem Raum gezerrt. Sie hat das hier zurückgelassen.«

Dr. Houllier gab mir eine Tragetasche aus einem Supermarkt. Sie enthielt das Hemd, das ich vor dem riesigen gelben T-Shirt angehabt hatte und das jetzt ruiniert war, und ein einzelnes Blatt Papier. Ich faltete es auseinander und las die kurze handschriftliche Mitteilung.

Reacher,
ich muss mich bei dir entschuldigen. Ich bin zu spät zu dem Treffen gekommen, weil Dendoncker mich zum Schein mit einem Auftrag weggeschickt hat. Und ich hab's nie darauf angelegt, dich zu benutzen. Ich hoffe, dass du dich nicht ausgenutzt fühlst. Aber ich fürchte, dass diese Sache sehr bald sehr hässlich werden könnte, und es gibt Dinge, die ich nicht von dir verlangen kann. Ich bin froh, dass wir uns wenigstens kurz begegnet sind, und hoffe, dass du's bald bis ans Meer schaffst.
XOXO
PS: Du hast mir das Leben gerettet. Dafür bin ich dir dankbar, und ich werd's mein Leben lang nicht vergessen.

17

Ich knüllte die Mitteilung zusammen und warf sie in den Abfallkorb. Löste die aufgeklebte falsche Schusswunde von meiner Brust ab. Zog mir das T-Shirt, das Fenton gekauft hatte, über den Kopf. Trat an die Tür des Kühlfachs rechts außen, in dem Dr. Houllier meine Kleidung versteckt hatte. Öffnete sie und zog mich vollständig an. Und holte meinen Pass aus dem Abfallkorb.

»Wohin wollen Sie?«, fragte Dr. Houllier. »Augenblick! Was haben Sie wegen der Frau vor? Und was mit Dendoncker?«

Aus meiner Sicht hatte ich zwei Möglichkeiten zur Wahl: Ich konnte Fenton laufen lassen. Oder ich konnte versuchen, sie zu finden. Und ich sah keinen Sinn darin, sie aufzuspüren. Ich hatte keinen Zweifel daran, dass sie sich gegen einen klapprigen alten Mann würde behaupten können. Oder gegen mehrere starke junge Kerle, wenn's sein musste. Ich bezweifelte auch nicht, dass sie tun würde, was sie für richtig hielt, um die von Dendoncker geplanten Bombenanschläge zu stoppen. Sie war entsprechend vernetzt. Sie brauchte lediglich weitere Informationen. Wie sie an die herankam, blieb ganz ihr überlassen. Vielleicht würde sie dabei eine rote Linie überschreiten. Vielleicht eine Menge roter Linien. Aber das war allein ihre Entscheidung. Ich war nicht ihr Gewissen, auch nicht ihr Beichtvater. Ich war ein bisschen sauer, weil sie mich reingelegt hatte. Zugleich musste ich aber auch zugeben: *Klasse gemacht!* Tatsächlich hatte ich sie gern und wünschte ihr alles Gute.

»Ich denke nicht daran, wegen der beiden aktiv zu werden«, sagte ich. »Will Fenton die Sache ab jetzt in die Hand nehmen, kann sie das gern tun.«

»Oh.« Dr. Houllier kratzte sich an der Schläfe. »Was wird dann aus diesen Gorillas? Die können Sie nicht auf meinem Fußboden liegen lassen. Vor allem den großen Typen nicht. Ich habe ihn mal behandelt, als eines seiner Opfer ihn verletzt hatte. Er heißt Mansour. Der Kerl ist ein Psychopath. Was tut er, wenn er aufwacht und mich hier vorfindet? Dass ich Ihnen geholfen habe, ist offensichtlich.«

»Keine Sorge, den Müll nehme ich mit, wenn ich gehe. Sie bekommen diese Kerle nie wieder zu sehen.«

Ich begann mit dem Kerl, den Dr. Houllier Mansour genannt hatte. Ich durchsuchte seine Taschen und wurde sofort fündig. Seine Schlüssel. Mindestens ein Dutzend an einem Ring mit einem Plastikanhänger. Vor allem einer war auffällig: ein Autoschlüssel mit dem eingeprägten Schriftzug *Lincoln*. Ich hoffte, dass er zu einem Town Car passte. Das sind geräumige Fahrzeuge mit viel Platz für Fahrgäste. Bei Bewusstsein oder nicht. Lebendig oder tot. Diese Tatsache hatte sich herumgesprochen, sobald der erste Wagen vom Band rollte. Seither war dieser Autotyp bei Leuten beliebt, die genau diese Eigenschaft zu schätzen wussten. Zu denen im Augenblick auch ich gehörte.

Ich rechnete mir aus, dass ich die drei Männer fesseln und in den Wagen laden konnte. Das Auto irgendwo abstellen und die 911 anrufen würde. Ich stellte mir vor, dass alle drei ein ellenlanges Vorstrafenregister aufwiesen. Andererseits hatte mir die Reaktion der hiesigen Polizei auf meine Meldung, an dem einsamen Baum lägen zwei Tote, nicht sonderlich imponiert. In der ganzen Stadt hatte ich noch keinen uniformierten Cop gesehen. Oder einen Kriminalbeamten. Oder ein zur

Spurensicherung eingesetztes Fahrzeug. Das erinnerte mich an ein Gespräch, das ich vor einiger Zeit mit einem Mann in Texas geführt hatte. Seine Theorie lautete, ein Polizeibeamter, der in einer abgelegenen Gegend den Auftrag erhalte, sich um ein paar aufgefundene Leichen zu kümmern, müsse bei seinem Boss schlecht angeschrieben sein. Was wiederum bedeutete, dass er keinen großen Ehrgeiz hatte, gründlich zu ermitteln. Er würde es darauf anlegen, den Fall rasch und endgültig abzuschließen. Damit der Boss wieder eine bessere Meinung von ihm bekam. Und um sicherzustellen, dass nächstes Mal garantiert ein anderer losgeschickt wurde, wenn es draußen in der Wildnis ein Problem gab.

Vielleicht hatte der Mann recht gehabt. Vielleicht sollte ich den Lincoln lieber anderswo abstellen. Unmittelbar am Highway. Oder in einer größeren Stadt. Oder in einer richtigen Großstadt. Ich wollte niemandem zusätzliche Arbeit bereiten, aber ich wollte das richtige Ergebnis. Außerdem war ich hungrig. Mit leerem Magen Pläne zu machen, ist eine schlechte Idee. Man gerät zu leicht mit seinen Prioritäten durcheinander. Ich überlegt mir, dass es besser wäre, erst zu essen und mich dann zu entscheiden.

Ich sagte: »Das war ein ereignisreicher Morgen. Ich könnte ein Frühstück brauchen. Leisten Sie mir Gesellschaft?«

Dr. Houllier verzog das Gesicht, als hätte er etwas Übles gerochen. »Essen? Jetzt? Nein, vielen Dank. Ich brächte nichts hinunter.«

Ich wollte Mansours Schlüsselbund einstecken, aber das Bündel war ganz durcheinander, groß und schwer. Als ich es zu ordnen versuchte, ragte vor allem ein Schlüssel heraus. Ein Buntbartschlüssel, wie ihn die Kerle von gestern in der Tasche gehabt hatten.

Ich fragte:»Wo bekommt man hier den besten Kaffee?«
Dr. Houllier blinzelte, dann zuckte er mit den Schultern.
»Sie könnten's in der Prairie Rose versuchen. Dort soll er recht
gut schmecken. Wenn Sie das Gebäude verlassen, gehen sie
nach links. Ungefähr hundert Meter weit. Sie können's gar
nicht verfehlen.«
»Danke, das mache ich.« Ich sah mich in der Leichenhalle
um.»Haben Sie vielleicht etwas, mit dem ich diese Kerle fesseln könnte?«
Dr. Houllier überlegte kurz.»Warten Sie hier, ich habe eine
Idee.«
Ich nutzte die Zeit, um Mansours übrige Taschen zu durchsuchen. Ich fand seine Geldbörse. Sie enthielt Bargeld, aber
keinen Ausweis. Nichts mit einer Adresse. Ich versuchte es
mit seinem Smartphone. Es forderte eine Gesichtserkennung
an. Ich hatte keine Ahnung, was das war, aber aus einer Laune
heraus hielt ich das Handy vor das Gesicht des Bewusstlosen.
Eine Sekunde später war das Display entsperrt. Leider gab
es keine Anruferliste. Und keine Kontakte. Nichts, was mir
hätte nützen können. Also schnappte ich mir seine Pistole
und ging zu den drei Kerlen in Anzügen. Sie hatten ähnliche
Dinge in den Taschen. Pistolen, Geldbörsen, Handys und
Schlüsselbunde mit Plastikanhängern. Und einem Buntbartschlüssel. Diese Schlüssel wirkten abgewetzt und verkratzt.
Ich hielt sie nebeneinander und stellte fest, dass sie identisch waren. Ich verglich sie mit Mansours Schlüssel, der genau zu den anderen passte. Ich vermutete, dass die Schlüssel
etwas mit Dendonckers Organisation zu tun haben mussten.
Ich war neugierig, aber diese Frage musste nicht beantwortet werden. Dendoncker wurde von Fentons Glock in Schach
gehalten. Seine Crew war auf dem Weg ins Gefängnis. Und

ich würde diese Stadt verlassen, sobald ich etwas im Magen hatte.

Die Tür ging wieder auf. Ohne Anklopfen, aber diesmal fast behutsam. In dem Spalt erschien Dr. Houllier. Er hatte die Hände voller Bandagen. Alle waren identisch, alle in Klarsichthüllen aus Kunststoff verpackt. Die Hüllen waren glatt. Als er versuchte, mir die Bandagen zu übergeben, fielen sie herunter und rutschten über den Fußboden. Ich half ihm, sie aufzusammeln, und stellte fest, dass es sich um Kreppbandagen handelte. Alle Packungen trugen ein Firmenzeichen und waren mit der Größe bedruckt. Zehn Zentimeter mal viereinhalb Meter.

»Die sind elastisch«, erklärte Dr. Houllier. »Sie sind dehnbar, aber praktisch unzerreißbar. Ihr Mischgewebe aus Baumwoll- und Polyurethanfasern macht sie so haltbar. Meistens dienen sie dazu, Gliedmaßen ruhigzustellen. Normalerweise nach Verstauchungen. Wir benutzen sie jedoch bei Schlangenbissen. Man muss die Bisswunde sehr stark abbinden, damit das Gift sich nicht ausbreiten kann.«

Ich riss eine Packung auf und versuchte, die Kreppbandage zu zerreißen.

»Doppelt genommen sind sie natürlich noch haltbarer«, sagte Dr. Houllier.

Die erste Bandage benutzte ich dazu, Mansours Knöchel zu fesseln. Ich überprüfte die Knoten und stellte fest, dass Dr. Houllier recht hatte. Sie würden halten. Nachdem ich Mansour die Handgelenke auf dem Rücken gefesselt hatte, wiederholte ich diesen Vorgang bei den drei anderen Kerlen. Dr. Houllier schaute mir bei der Arbeit zu, und als ich fertig war, sammelte er die leeren Plastikhüllen ein und warf sie in den Abfallbehälter. Die Pistolen, Geldbörsen und Schlüsselbunde der Männer ließ ich in den Sammelbehälter für Klinikmüll fallen.

Ich sagte:»Nehmen wir mal an, ich sei geheimnistuerisch und wollte die Klinik betreten und verlassen, ohne gesehen zu werden – wie würde ich das anstellen?«

»Durch die Notaufnahme. So habe ich Sie gestern Abend auch reingebracht.«

»Gestern Abend steckte ich in einem Leichensack. In dem hätten Sie mich ebenso gut durch den Kamin runterbringen können.«

»Oh. Natürlich. Nun, die Notaufnahme liegt auf der Rückseite des Gebäudes. Sie hat einen eigenen Eingang von der Straße aus. Dort gibt es ein Tor, das aber nicht abgesperrt ist, und man kann von außen nicht hineinsehen. Die Tür öffnet sich automatisch, und der Korridor teilt sich, bevor man die Notaufnahme erreicht. Eine Abzweigung führt zu einem Aufzug, mit dem man direkt in den Keller gelangt. Solange in diesem Augenblick kein Notfall eingeliefert wird, würde niemand wissen, dass Sie jemals hier waren.«

»Überwachungskameras?«

Dr. Houllier schüttelte den Kopf.»Die sind mehrmals vorgeschlagen, aber nie installiert worden. Daten- und Persönlichkeitsschutz. Das ist die offizielle Begründung. Aber natürlich stellt sich auch die Kostenfrage. Die ist der wahre Grund, wenn Sie mich fragen.«

Ich folgte Dr. Houllier aus der Leichenhalle und bis zum Ende des Korridors. Er drückte den Rufknopf des Aufzugs. Wir warteten schweigend nebeneinanderstehend. Nach weniger als einer Minute öffneten die Aufzugtüren sich ruckelnd. Die Kabine war geräumig. Sie war breit und tief und mit Edelstahl ausgekleidet. Wir fuhren ins Erdgeschoss hi-

nauf und gingen einen anderen Flur bis zu einer hohen zwei-
flügligen Glastür entlang. Sie öffnete sich automatisch, als wir
näher kamen, und entließ uns auf einen rechteckigen kleinen Hof. Auf dem rissigen Asphalt waren rote Linien angebracht. Ich erriet, dass sie den Anfahrtsweg für Krankenwagen bezeichneten. Ein Bogen fürs Abbiegen, ein weiterer
fürs rückwärts Heranstoßen an den Eingang. In der Ladebucht gab es Platz für zwei Fahrzeuge. Und ganz rechts an
der Begrenzungsmauer stand ein viertüriger Wagen so geparkt, dass er die Zufahrt nicht versperrte. Ein Lincoln Town
Car.

Seine Blinker leuchteten kurz auf, als ich auf das Schloss-
symbol von Mansours Fernbedienung drückte. Alle Türschlösser öffneten sich klickend. Die Limousine war ein älte-
res Modell, kantig und quadratisch. Natürlich in Schwarz. *In
universellem Schwarz* hätte im Verkaufsprospekt stehen können. Und als Bonus hatte sie dunkel getönte Scheiben. Vielleicht wegen des Klimas. Vielleicht wegen Dendonckers Para-
noia. Oder vielleicht nur, weil er fand, sie sähen cool aus. Das
wusste ich nicht. Und es war mir auch egal. Mir genügte, dass
niemand in den Wagen hineinsehen konnte. In der kleinen
Stadt war es ziemlich ruhig. Dass um diese Tageszeit plötzlich viele verletzte Bürger die Notaufnahme aufsuchen würden, war unwahrscheinlich. Ich rechnete mir aus, dass ich
den Lincoln unbesorgt eine weitere halbe Stunde abgestellt
lassen konnte.

Ich schloss den Wagen wieder ab und kehrte mit Dr. Houllier in die Leichenhalle zurück. Er half mir, Mansour auf eine
fahrbare Krankentrage zu heben. Ich schob ihn den Korridor
entlang, in den Aufzug und zur Notaufnahme. Von dort aus
ins Freie. Ich öffnete den Kofferraum und musste mich an-

strengen, um den Kerl halb hineinzuheben, halb hineinzu-
wälzen.

Ich machte einen weiteren Trip und kam mit dem Locken-
kopf in dem hellen Anzug zurück. Er war leichter zu hand-
haben. Ich brachte ihn dicht an die hintere linke Tür heran
und schob ihn wie einen Balken hinein. Dann holte ich den
glatthaarigen Kerl in dem dunklen Anzug. Ich versuchte, ihn
auf seinen Kumpel zu legen, aber er rutschte weg und sackte
mit dem Gesicht nach unten in den Fußraum. Ich ließ ihn liegen und brachte die Krankentrage in die Leichenhalle zurück.
Dann bedankte ich mich bei Dr. Houllier für seine Hilfe. Ver-
abschiedete mich von ihm und machte mich auf den Weg zum
Hauptausgang der Klinik.

18

Das Prairie Rose war so leicht zu finden, wie Dr. Houllier gesagt hatte. Es lag noch in der Innenstadt, aber am äußersten Rand, in einem einstöckigen Gebäude, und umschloss einen Innenhof. Die schienen hier groß in Mode zu sein. Das Café lag von Geschäften eingerahmt im Erdgeschoss unter irgendwelchen Büros. Die Einrichtung wirkte einfach und funktional. Zwölf Vierertische waren in drei parallelen Reihen zu vier Tischen angeordnet. Die Möbel sahen solide und strapazierfähig aus … Geschirr und Besteck waren schlicht und zweckmäßig. Nichts stach heraus, weder im Guten noch im Schlechten. Es gab keine Blumen, keine Ornamente, kein Krimskrams. Keine anderen Gäste. Dieses Lokal gefiel mir.

Ich setzte mich an den letzten Tisch der rechten Reihe. Nach einigen Minuten lief eine Bedienung durch die Schwingtür zur Küche. Zu ihrem rosa-weiß karierten Kleid mit weißer Rüschenschürze trug sie Sneakers von New Balance. Ebenfalls in Pink. Ich schätzte sie auf Anfang sechzig. Sie trug keinen Schmuck. Obwohl ihr Haar eher grau als silbern war, erinnerte mich etwas an ihr an die Rezeptionistin in der Klinik. Vielleicht ihre Schwester. Oder ihre Cousine. Sie drehte den vor mir stehenden Becher um, schenkte mir Kaffee aus einer Glaskanne ein und hob fragend eine Augenbraue. Ich bestellte eine doppelte Portion Ham and Eggs mit extra viel Schinken und ein Stück Apfelkuchen. Sie zog die Augenbraue noch etwas höher, kommentierte meine Bestellung aber sonst nicht weiter.

In einer Halterung neben dem Münztelefon an der Rück-
wand des Cafés steckten vier Exemplare einer Lokalzeitung.
Ich holte mir eines und blätterte es durch, während ich wartete. Sein Nachrichtengehalt war dürftig. Auf jeder zweiten
Seite wurde eine Bürgerbefragung angekündigt oder das
Ergebnis einer anderen Befragung gemeldet. Der Verleger
schien Interaktion mit den Lesern für wichtiger zu halten als
Nachrichten. Oder vielleicht war sie billiger. Nicht gespart
wurde an grafischen Darstellungen. Es gab Tortendiagramme,
Balkendiagramme, Streuungsdiagramme. Alle möglichen
anderen Diagramme, alle in lebhaft bunten Farben. Zur Illus-
tration aller möglichen Themen. Sollte in der Umgebung ein
Gürteltier-Reservat eingerichtet werden? Sollte der Grenzzaun frisch gestrichen werden? Gab es in der Stadt genügend
Recycling-Angebote? Sollte die Stadt mehr auf den Ausbau
von Windkraft- und Solaranlagen setzen?

Als mein Essen kam, war ich bei der letzten Seite mit dem
Polizeibericht angelangt. Ein hochtrabender Name für Mel-
dungen über Straftaten in der Stadt und ihrer näheren Umgebung. Ich las ihn sorgfältig durch. Nirgends eine Erwähnung
von Dendoncker. Oder von Schmuggel. Oder von Flugzeugen.
Oder von Bomben. Nur ein paar unbedeutende Vergehen. Die
meisten waren ziemlich harmlos. Und viele hatten zu einer
Festnahme wegen Trunkenheit in der Öffentlichkeit geführt.

Ich aß restlos auf, trank meinen Kaffee. Ich wartete auf
erneutes Nachschenken, als die Tür zur Straße aufging. Ein
Mann kam herein, den ich sofort erkannte. Er war der vierte
Kerl vom Abend zuvor. Der bei dem Treffen unter der Straßenlampe versucht hatte, mich mit einem Axtstiel niederzu-
schlagen. Und der Zeuge geworden war, wie ich erschossen
wurde. Meine Auferstehung schien ihn nicht sehr zu wun-

dern. Er ging einfach weiter auf mich zu. Er wirkte unrasiert und trug dieselbe Kleidung wie am Vortag. Und er hielt einen schwarzen Müllsack in der Hand.

In dem Plastiksack steckte etwas. Es war mindestens fünfundzwanzig Zentimeter lang und schwer genug, um die Seiten des Sacks zu spannen. Ich hielt die Tischkante mit beiden Händen umfasst. Sobald er nach einer Waffe griff, würde ich ihm den Tisch gegen die Beine rammen. Aber der Kerl zog keine. Er stand hämisch grinsend da. Hob den Müllsack hoch. Packte ihn mit einer Hand am unteren Ende. Leerte ihn aus und ließ etwas auf die Tischplatte krachen.

Der Gegenstand war in drei deutlich erkennbare Sektionen unterteilt. Ein Stecksockel aus Kohlefaser. In der richtigen Größe, um in einen Röhrenknochen zu passen. Ein Unterschenkel. Glänzend, aus Titan hergestellt. Und ein Stiefel. Genau wie der, den Fenton getragen hatte, als wir uns zuletzt gesehen hatten.

»Mitkommen, sonst fehlt der Frau bald mehr als ihre Prothese.« Der Kerl wandte sich ab, stapfte in Richtung Ausgang davon. »Sie haben dreißig Sekunden Bedenkzeit.«

Ich stand auf und holte eine Rolle Geldscheine aus der Hosentasche. Ich zog einen Zwanziger raus und ließ ihn auf den Tisch fallen. Damit waren zehn Sekunden um. Ich nahm Fentons Unterschenkel mit und ging zum Ausgang. Nun waren weitere zehn Sekunden vergangen. Ich wartete weitere neun Sekunden, bevor ich ins Freie trat. Der Kerl war noch da. Er stand neben einem viertürigen Mittelklassewagen. Das Fahrzeug wirkte staubig. Vermutlich war dies der Wagen, den die Kerle gestern Abend gefahren hatten, bei Tageslicht als Chevy Caprice zu erkennen. Ein ehemaliger Streifenwagen. Der an der Fahrertür montierte Suchscheinwerfer war ein untrügliches Kennzeichen. Der Lack sah matt und teilweise rissig aus, sodass ich mir ausrechnete, der Caprice sei auch längere Zeit als Taxi unterwegs gewesen.

Der Kerl öffnete mir grinsend die Beifahrertür. Er trat zur Seite und bedeutete mir einzusteigen. Ich kam langsam näher und nahm dabei Fentons Prothese in die rechte Hand. Trat in die Lücke zwischen dem Kerl und der Autotür. Dann legte ich meine Hand auf seinen Hinterkopf und knallte sein Gesicht aufs Autodach. Sein Mund traf den Türrahmen, sodass er mehrere Zähne verlor. Wie viele, konnte ich nicht sehen, weil er zu stark blutete. Ich zog die Pistole aus seinem Hosenbund. Riss ihn zu mir herum und traf sein Sonnengeflecht mit einem Haken, der eben stark genug war, um ihn nach Luft schnappen zu lassen. Dann schob ich ihn in den Wagen und schloss die Tür. Überzeugte mich davon, dass uns niemand beobachtet hatte. Ich ging zur Fahrerseite, stieg ein, fuhr den Sitz zurück, griff nach rechts und packte den Kerl an der Kehle. Und drückte zu. Ich spürte, dass seine Luftröhre nachzugeben begann. Seine Augen quollen hervor. Zwischen den Lippen wurde seine Zunge sichtbar. Aber er brachte keinen Ton heraus.

Ich sagte: »Die Sache funktioniert folgendermaßen. Ich stelle Ihnen eine Frage. Ich lasse Sie kurz überlegen. Dann lockere ich meinen Griff, damit Sie sprechen können. Tun Sie's nicht, erwürge ich Sie. Das tue ich auch, wenn mir Ihre Antwort nicht gefällt. Ist das klar?«

Ich machte eine Pause, dann lockerte ich meinen Griff.

»Ja.« Seine Stimme war ein heiseres Krächzen. »Völlig.«

»Die Frau ist gefangen genommen worden. Wie?«

»Dendoncker hat eine GPS-Armbanduhr. Mit eingebautem Sender. Er hat einen Notruf abgesetzt. Wir haben uns die Frau noch in der Klinik geschnappt und Dendoncker in Sicherheit gebracht. Das hat oberste Priorität. Als die anderen nicht zurückgekommen sind, hat Dendoncker mich auf die Suche nach Ihnen geschickt.«

»Wo ist die Frau jetzt?«

»Das weiß ich nicht.«

»Wollen Sie wirklich so abtreten? Hier? Jetzt?«

»Ich weiß es nicht. Ich schwör's!«

»Wo ist Dendoncker?«

»Das weiß ich nicht.«

»Wohin sollen Sie mich dann bringen?«

»Zum Haus. Mehr ist mir nicht gesagt worden.«

»Adresse?«

»Ich weiß keine Adresse. Für uns ist's immer nur ›das Haus‹. So nennen wir's.«

»Und wenn wir dort ankommen? Was dann?«

»Ich schicke eine Textnachricht, damit jemand Sie abholt.«

»Dieses Haus, ist es weit entfernt?«

»Nein.«

»Hier in der Stadt?«

»Ja.«

»Okay, Sie können es mir zeigen. Wir fahren gemeinsam hin. Dann können Sie diese Textnachricht senden.«

19

Ich hörte Motorengeräusch, das die Straße entlang näher kam. Ich sah in den Rückspiegel und entdeckte ein Auto, das auf uns zufuhr. Nicht schnell. Nicht langsam. Nur auf Streife. Wachsam auf der Suche nach Gesetzesverstößen. Der Wagen war ein Dodge Charger. Frontschürze, Kühlergrill und Motorhaube waren schwarz. Er hatte einen Kuhfänger und auf dem Dach eine schmale Lichtleiste mit Blinkleuchten. Eindeutig die Polizei. Vielleicht die einheimische. Vielleicht die State Police. Jedenfalls erschien sie zu einem denkbar ungünstigen Zeitpunkt.

Ich ließ den Hals des Kerls los, legte meine Hand in den Schoß, ballte sie zur Faust. »Keine Bewegung, sonst ...«

»Keine Sorge.« Der Kerl zog einen Straßenatlas aus dem Türfach. Er schlug ihn auf und hielt ihn so hoch, dass sein Gesicht verdeckt war. »Vom Regen in die Traufe? Ich bin doch nicht blöd.«

Der Streifenwagen kam näher. Wurde langsamer und hielt neben uns. Er war mit zwei Cops besetzt, die jedoch weder mich noch den Kerl mit Blut am Mund beachteten. Noch nicht. Sie schienen sich mehr für den Chevy zu interessieren. Die beiden waren nicht jung. Vielleicht hatten sie einmal dieses Modell gefahren. Vielleicht sogar diesen Wagen. Viele Cops hielten den Caprice für den besten Streifenwagen, den es je gegeben hatte. Vielleicht schwelgten sie in nostalgischen Erinnerungen. Oder sie langweilten sich. Ich konnte nur hoffen, dass sie nicht misstrauisch waren. Sie saßen eine Minute lang da und starrten. Zwei Minuten. Dann schaltete der Fahrer seine Blinkleuchten ein und raste mit Sirenengeheul davon.

Ich griff wieder nach dem Hals des Kerls. Er klappte den Atlas zu. Riss ihn mit beiden Händen hoch. Sein bunter Umschlag war glatt. Meine Hand rutschte von ihm ab und bekam nur seine Schulter zu fassen. Er stieß mir eine Ecke des Atlasses ins Auge, dann riss er sich los. Er tastete nach dem Türgriff, bekam die Tür auf und ließ sich aus dem Wagen fallen. Nachdem er sich auf dem Gehsteig abgerollt hatte, rappelte er sich auf und rannte los.

Ich sprang aus dem Wagen und nahm die Verfolgung auf. Der Mann war schnell. Er war hochmotiviert, dafür hatte ich gesorgt. Sein Vorsprung vergrößerte sich, bis er die nächsten Häuser erreichte. Wieder um einen Innenhof herum angeordnet. Die Fenster zur Straße waren alle mit Brettern vernagelt. Wäre der Kerl weitergerannt, hätte ich ihn nie eingeholt. Und ich hätte nicht riskieren dürfen auf ihn zu schießen. Nicht in einem Wohngebiet. Aber er rannte nicht weiter. Die Hoffnung, hier ein Versteck zu finden, war zu stark. Er flitzte durch den Torbogen und verschwand.

Ich legte die restliche Strecke so schnell wie möglich zurück und blieb kurz vor dem Torbogen stehen. Für den Fall, dass der Kerl eine zweite Waffe besaß, wollte ich nicht als Silhouette in der Einfahrt auftauchen. Ich ging in die Hocke und spähte um die Ecke. Ich sah eine Ansammlung heruntergekommener Gebäude, die an Fentons Hotel erinnerten, nur dass diese zwei Stockwerke hatten. Ein Baugerüst mit hohen Ecktürmen, die bis zum Dach hinaufragten, verband sie miteinander. Der Umbau hatte also schon begonnen. Aber ich hörte keinen Arbeitslärm. Überhaupt keine Geräusche. Die

Arbeit ruhte. Vielleicht war sie ganz eingestellt worden. Vielleicht war hier eine Immobilienblase geplatzt. Vielleicht hatte der Käufergeschmack sich verändert. Ich wusste nicht, welche Gesetzmäßigkeiten für solche Projekte galten. Als ich meinen Kopf höher reckte, entdeckte ich den Kerl. Er stand mitten auf dem Hof, schaute sich einfach nur um. Offenbar sah es hier nicht so aus, wie er gehofft hatte. Es gab keinen Ausweg. Und nirgends ein Versteck. Er bewegte sich ein paar Schritte nach links, dann ein paar nach rechts, als könnte er sich für keine Richtung entscheiden. Ich straffte die Schultern und trat durch den Torbogen. Er drehte sich um, als er mich hörte. Sein Gesicht wirkte blass, und er blutete stärker aus dem Mund als zuvor. Das kam von der Anstrengung, vermutete ich.

»Tun Sie, was ich sage, dann passiert Ihnen nichts.« Ich bemühte mich, ruhig zu sprechen.

Der Kerl machte einen Schritt auf mich zu, dann blieb er stehen. Seine Augen wanderten mehrmals zwischen dem Torbogen und mir hin und her. Er rechnete sich die Abstände aus. Die einzelnen Winkel. Versuchte abzuschätzen, ob er eine Chance hatte, an mir vorbeizukommen. Dann machte er abrupt kehrt. Im nächsten Augenblick rannte er zu dem Gerüstturm in der rechten Ecke des Innenhofs und begann hinaufzuklettern. Dass ich ihm nach oben folgte, kam nicht infrage. Er war leichter, viel beweglicher. Er wäre lange vor mir oben. Also würde mein Kopf schutzlos sein, wenn ich über den Rand sah, ohne mich verteidigen zu können. Der Kerl konnte mir mit einer Waffe in der Hand auflauern oder irgendetwas finden, das sich als Waffe benutzen ließ. Eine Gerüststange, einen Mörtelbrocken, einen Dachziegel. Oder er konnte es sich einfach machen und mir gegen den Kopf treten.

Nachklettern war nicht drin, doch ich dachte nicht daran, ihn entkommen zu lasen.

Ich rannte zu dem linken Eckturm und begann hinaufzuklettern. Schnell, aber vorsichtig. Dabei musste ich den Kerl im Auge behalten, damit er nicht etwa umkehrte. Ich sah, wie er die oberste Ebene erreichte, vom Gerüst aufs Dach kletterte und verschwand. Ich erhöhte mein Tempo. Dann befand ich mich oben und trat vom Gerüst aufs Dach. Hatte Mühe, das Gleichgewicht zu halten. Die Oberfläche war rutschig. Die alten Terrakottaziegel wirkten brüchig. Ich wusste nicht, ob sie mein Gewicht tragen würden. Der Kerl hatte schon fast die andere Seite erreicht. Er musste gehofft haben, dort einen weiteren Turm mit Zugang zur Straße zu finden. Ich bezweifelte, dass es einen gab. Versuchte, leise zu sein, als ich ihm folgte. Ich wollte nicht, dass er zurückflitzte, bevor ich in Position war, um ihn abzufangen. Der Kerl schaffte es bis zum Dachrand und spähte darüber hinweg. Ich kam näher heran. Er wandte sich mir zu. Sein Gesicht war noch blasser als zuvor.

Ich sagte: »Schluss jetzt. Hier geht's nicht weiter. Kommen Sie, wir klettern runter, und Sie zeigen mir das Haus. Dann lasse ich Sie laufen.«

»Halten Sie mich für verrückt?« Seine Stimme klang zittrig und schrill. »Haben Sie eine Ahnung, was Dendoncker mit Leuten macht, die ihn verraten?«

Er schien kurz davor zu sein, in Panik zu geraten. Ich war darauf gefasst, ihn k. o. schlagen und hinuntertransportieren zu müssen. Diesen Schlag hätte ich sehr vorsichtig auszuführen. Das war der kritische Punkt, weil ich nicht wollte, dass er anschließend zu lange außer Gefecht war. Ich trat einen Schritt näher. Er wandte sich ab. Und sprang über die Dachkante. Ohne im Geringsten zu zögern, machte er einen Satz ins Leere.

Ich hoffte, dass es dort doch ein Gerüst geben musste. Oder einen breiten Mauervorsprung. Oder ein niedrigeres Gebäude. Dann hörte ich ein dumpfes Klatschen, als schlüge eine nasse Hand im Zimmer nebenan auf einen Tisch. Ich erreichte die Dachkante und blickte in die Tiefe. Die Leiche des Mannes lag direkt unter mir auf dem Gehsteig. Ein Bein war verdreht. Ein Arm stand unnatürlich schief ab. Und um den zerschmetterten Kopf herum breitete sich eine rote Blutlache aus.

Ich ging zu dem Eckturm zurück und beeilte mich, auf den Hof zu gelangen. Dann hastete ich durch den Torbogen. Lief das Gebäude entlang, bis ich einen Durchgang auf die andere Seite des Komplexes fand. Dort lag der Mann unbeweglich vor mir. Weil es zwecklos war, seinen Puls ertasten zu wollen, begann ich, seine Taschen zu durchsuchen.

Ich fand keinen Ausweis und nichts Schriftliches mit einer Adresse. Aber er hatte ein Smartphone, das nach dem Sturz in die Tiefe noch funktionierte. Er hatte gesagt, er solle unsere Ankunft per Textnachricht ankündigen. Das brachte mich auf eine Idee. Fiel mir ein Grund ein, der plausibel genug klang, konnte ich dieses Treffen an einen anderen Ort verlegen. An einen Ort, den ich finden konnte und an dem ich im Vorteil war. Ich benutzte den Fingerabdruck des Kerls, um den Bildschirm zu entsperren. Aber das Handy war leer. Es gab keine Kontakte. Keine gespeicherten Rufnummern. Keine Nachrichten, die zu beantworten waren. Nichts, was ich hätte nutzen können. Ich war in eine Sackgasse geraten. Also wischte ich sein Smartphone mit meinem Hemd ab, wählte die 911 durch den Stoff hindurch. Tippte auf das grüne Telefonsymbol und legte das Handy auf die Brust des Toten. Und machte mich auf den Weg zu seinem Caprice.

Ich begann mit dem Ablagefach vor dem Beifahrersitz. Versicherungskarte und Zulassung fand ich als Erstes, die einzigen Stücke Papier dort drinnen. Beide waren auf eine Firma ausgestellt: Moon Shadow Associates. Registriert war sie in Delaware. Vermutlich eine der Scheinfirmen, von denen Fenton gesprochen hatte. Aber das half mir nicht weiter.

Ich schlug die Seite mit der Stadt im Autoatlas auf. Hier war nichts angekreuzt oder sonst wie gekennzeichnet. An die Ränder waren keine Adressen oder Telefonnummern gekritzelt. Ich versuchte es mit den Türfächern. Suchte die Fußräume vorn und hinten ab. Danach den Kofferraum. Unter dem Auslegeteppich und um das Reserverad herum. Nirgends ein Hinweis. Keine Quittungen aus Drugstores oder von Tankstellen. Keine Speisekarte für Essen zum Mitnehmen oder To-go-Becher aus einem Coffeeshop. Der Wagen war völlig steril.

Als ich mich wieder ans Steuer setzte, um zu überlegen, wo ich als Nächstes suchen sollte, streifte etwas meinen Oberschenkel. Die Schlüssel des Kerls, die vom Zündschloss herabhingen. Einer davon war ein abgewetzter und verkratzter Buntbartschlüssel. Ich verglich ihn mit dem an Mansours Schlüsselring. Sie waren identisch. Ich hatte vermutet, sie passten zu einer Garage, einer Werkstatt oder einem Lagerschuppen. Doch jetzt hatte ich eine andere Idee, was sich mit ihnen aufsperren ließ. Und ich hatte, das erkannte ich jetzt, einen weiteren Grund, besorgt zu sein. Seit der Kerl Fentons Prothese im Prairie Rose auf den Tisch geworfen hatte, war ich völlig darauf fixiert gewesen, sie zu finden. Aber der Kerl hatte gewusst, wo ich zu finden war. Und es gab nur eine Möglichkeit, wie er das hatte erfahren können.

20

Ich klopfte an die Tür der Leichenhalle und ging sofort hinein. Dr. Houllier war da. Allein. Er saß an seinen Obduktionstisch gelehnt auf dem Fußboden. Sein Kopf hing auf die Brust hinab. Er blutete aus einem Nasenloch und einem Mundwinkel. Sein Laborkittel stand mit abgerissenen Knöpfen offen. Seine Krawatte saß schief. Er hatte einen Schuh verloren. Sein rechtes Handgelenk war mit einem Kabelbinder an den Tisch gefesselt. Als ich auf ihn zutrat, hob er den Kopf und wandte sich voller Angst ab. Dann erkannte er mich und erwiderte meinen Blick.

»Alles in Ordnung mit Ihnen?«, fragte er atemlos. »Hat dieser Gorilla Sie gefunden? Tut mir leid, aber ich musste ihm sagen, wohin Sie gegangen sind.«

Ich erwiderte: »Sie haben richtig gehandelt. Mir fehlt nichts. Aber was ist mit Ihnen? Sind Sie verletzt?«

Dr. Houllier tastete sein Gesicht mit der freien Hand ab. »Nicht weiter schlimm. Vorerst. Der Gorilla hat gedroht, Sie zu erledigen und dann mich zu holen.« Ein Schauder durchlief ihn. »Um mich zu Dendoncker zu bringen.«

»Dieser Typ kommt nicht wieder.« Ich ging zu dem Autoklav und griff nach einem Skalpell. Dann trat ich an den Tisch, zerschnitt den Kabelbinder, steckte das Skalpell ein und half Dr. Houllier auf die Beine. »Aber vielleicht andere. Haben Sie ein Auto?«

»Ja, natürlich. Soll ich's Ihnen leihen?«

»Wo steht es?«

»Draußen auf dem Personalparkplatz.«

»Gut. Ich möchte, dass Sie sich reinsetzen und auf dem kürzesten Weg die Stadt verlassen. Fahren Sie nicht erst nach Hause. Halten Sie nirgends, um etwas einzukaufen. Kann ich mich darauf verlassen?«

Dr. Houllier berührte nochmals sein Gesicht. »Ich arbeite seit über vierzig Jahren hier …«

»Ja, ich weiß. Das haben Sie mir erzählt. Aber Sie müssen an Ihre Patienten denken. Denen können Sie nicht mehr helfen, wenn Sie tot sind. Diese Leute meinen es ernst.«

Dr. Houllier schwieg einen Augenblick. Dann fragte er: »Wie lange würde ich wegbleiben müssen?«

»Nicht lange. Einen Tag? Zwei? Geben Sie mir Ihre Handynummer. Ich rufe Sie an, wenn Sie gefahrlos zurückkommen können.«

»Nun, die Erde steht bestimmt nicht gleich still, wenn ich mal achtundvierzig Stunden nicht da bin.« Er trat an seinen Schreibtisch und kritzelte eine Telefonnummer auf eine Haftnotiz. »Was haben Sie jetzt vor?«

»Dinge, von denen Sie lieber nichts wissen wollen. Sie würden Ihrem hippokratischen Eid widersprechen. Das steht verdammt fest.«

Dr. Houllier zog seinen verlorenen Schuh an, warf den zerfetzten Laborkittel in den Abfalleimer, rückte seine Krawatte zurecht und ging zu seinem Parkplatz voraus. Auf der reservierten Fläche parkte ein weißer Cadillac. Ein richtiger Straßenkreuzer aus den Achtzigerjahren. Mit Kuhhörnern auf der Motorhaube hätte er hervorragend in irgendeine Seifenoper gepasst. Dr. Houllier setzte sich ans Steuer. Ich beobachtete, wie er davonfuhr. Dann machte ich mich auf den Weg in die Notaufnahme. Zum Glück stand der Lincoln noch genau dort, wo ich ihn zurückgelassen hatte. Das war eine große Erleichterung. Seit ich Dr. Houllier auf dem Boden der Leichenhalle gefunden hatte, war ich in Sorge gewesen, Dendonckers Mann könnte auf der Suche nach mir seine Kumpel entdeckt und befreit haben.

Ich öffnete die hintere Tür. Die Kerle in Anzügen waren beide wach. Sie begannen zu zappeln. Versuchten ins Freie zu gelangen. Oder an mich heranzukommen. Und sie versuchten zu sprechen. Aber ich konnte nicht verstehen, was sie sagen wollten. Anscheinend hatten ihre Unterkiefer gelitten. Ich zog das Skalpell aus der Tasche und hielt es hoch, damit sie sehen konnten, was es war. Dann warf ich es hinter dem Kerl im dunklen Anzug in den Fußraum, aus dem er es sich holen konnte. Mansours Schlüsselbund warf ich hinterher. Als Letztes knallte ich die Tür zu und ging wieder hinein ins Haus.

An der Frau mit den Perlen vorbei hastete ich zum Hauptausgang. Durchquerte den Empfangsbereich unter dem Globus und der Kuppel und trat auf die Straße hinaus. Ich lief um das Gebäude herum zu der Stelle, wo ich den Caprice zurückgelassen hatte. Er stand schräg gegenüber der Notaufnahme in einer schmalen Einfahrt zwischen zwei Gebäuden. Ich hatte einen Müllcontainer davorgeschoben. Das war keine großartige Tarnung, aber er verdeckte den Wagen teilweise. Besser als gar nichts.

Um von dem Lincoln zu dem Chevy zu gelangen, brauchte ich viereinhalb Minuten. Nach weiteren neun Minuten bewegte sich das Tor an der Zufahrt zur Notaufnahme. Es begann, zur Seite zu gleiten. Ich ließ den Motor des Chevys an. Als die Öffnung groß genug war, raste der Lincoln auf die Straße hinaus. Er bog rechts ab, sodass er nicht an mir vorbeifuhr. Ich wartete noch zwei Sekunden. Das war längst nicht genug, aber unter den jetzigen Umständen durfte ich nicht riskieren, länger zu warten. Ich kurvte um den Müllbehälter herum und nahm die Verfolgung auf.

Die Voraussetzungen für eine erfolgreiche Observation waren denkbar schlecht. Ich saß in einem Auto, das die Kerle vielleicht wiedererkennen würden. Es gab kaum Verkehr, der mir als Tarnung dienen, und kein Team, mit dem ich mich abwechseln konnte. Die Straßen waren kurvenreich und ohne erkennbares System angeordnet, sodass ich dicht dranbleiben musste. Das war leichter gesagt als getan. Wer auch immer den Lincoln fuhr, wusste genau, wohin er wollte. Er kannte die Route. Er wusste, wo er abbiegen, wann er bremsen musste oder wieder beschleunigen konnte.

Obwohl ich das Gefühl hatte, mit dem Chevy am Limit zu sein, vergrößerte der Lincoln seinen Vorsprung. Als er erneut abbog, verlor ich ihn aus den Augen. Ich gab noch etwas mehr Gas. Mehr als ich eigentlich verantworten konnte. Der Wagen schlingerte wegen seiner abgenutzten Stoßdämpfer, und die Reifen quietschten, als ich die Kurve nahm. Ein Kardinalfehler, wenn man versucht, keine Aufmerksamkeit zu erregen. Ich schaffte es auch um die nächste Ecke. Wieder mit quietschenden Reifen. Trotzdem verriet das Quietschen mich nicht, denn dort gab es niemanden, der mich hätte hören können.

Der Lincoln war nirgends zu sehen. Vor mir lag autofreier Asphalt, der zu einer T-förmigen Einmündung führte. Ich beschleunigte noch mehr, dann bremste ich scharf. Die Reifen quietschten erneut, und ich kam so zum Stehen, dass die Motorhaube ein Stück in die Querstraße ragte. Auf der Straßenseite gegenüber lag ein kleiner Blumenladen, in dem eine Frau das Schaufenster umdekorierte. Sie funkelte mich böse an, dann verschwand sie. Ich sah nach links. Und nach rechts. Nirgends eine Spur von dem Lincoln. Keine Schilder, die den Weg zu einem beliebten Ziel wiesen. Keine Fahrspuren, die erkennen ließen, welche Richtung bevorzugt wurde. Keinerlei Hinweis darauf, wohin der andere Wagen abgebogen war.

Ich wusste, dass ich nach Westen schaute. Bog ich also links ab, würde ich nach Süden gelangen. In Richtung Grenze. Das wäre eine weitere Sackgasse gewesen. Bog ich rechts ab, würde ich nach Norden kommen. Vielleicht in einem Bogen zu der langen Straße, die an dem Baum vorbeiführte. Und zum Highway. Weg von Dendoncker und seinen Leuten und seinen Bomben. Aber auch weg von Fenton.

Ich bog links ab. Die Straße wurde breiter. Läden und Geschäfte machten Wohnhäusern Platz. Die meisten waren ebenerdig und nach demselben Schema erbaut: quadratisch, mit Rauputz und großen Dachüberständen, die runde Dachbalken sehen ließen. Ihre tief in den Mauern sitzenden kleinen Fenster erinnerten an tief liegende Augen in müden alten Gesichtern. Alle Häuser verfügten über Veranden oder wenigstens ein Sonnensegel über der Terrasse, damit ihre Besitzer sich im Freien aufhalten konnten, ohne sich der Sonne auszusetzen. Im Augenblick hielt sich jedoch niemand draußen auf. Nirgends ein Mensch zu sehen. Auch kein schwarzer Lincoln. Überhaupt keine fahrenden Autos.

Wenige später zweigte rechts eine Seitenstraße ab. Ich fuhr langsamer und inspizierte sie gründlich. Dort bewegte sich nichts. Nach einem unbebauten Grundstück zweigte links eine Seitenstraße ab. Wieder nichts. Dann folgten eine größere Baulücke und eine weitere rechts abzweigende Straße. Ganz an ihrem Ende blinkte etwas rot. Die Bremsleuchten eines Autos, die erloschen, als der Wählhebel auf P gestellt und der Motor abgestellt wurde. Ich bog ab und fuhr langsam die Straße entlang. Der Wagen war ein schwarzer Lincoln, der vor dem letzten Haus rechts parkte. Etwa auf halber Strecke stand ein Kastenwagen einer Telefongesellschaft unter einem Telefonmasten. Weil keine Arbeiter zu sehen waren, hielt ich dahinter an. Ich beobachtete, wie drei Kerle aus dem Lincoln stiegen. Mansour war gefahren. Sie hasteten den Weg zur Haustür entlang. Mansour hielt seinen Schlüsselbund in der Hand. Er wählte einen Schlüssel aus. Den Buntbartschlüssel, vermutete ich. Er sperrte auf. Stieß die Tür auf. Und alle drei verschwanden im Haus.

Ich gab wieder Gas, fuhr um den Kastenwagen herum und hielt hinter dem Lincoln. Die Mauern des Hauses, vor dem er stand, wirkten von der Sonne ausgebleicht und rissig. Sie waren in einem dunkleren Orangerot gestrichen als die Nachbarhäuser. Dieses Haus hatte hellgrüne Fensterrahmen und ein tief herabgezogenes Dach. Es war von niedrigen und verkrüppelten Bäumen umgeben. Jenseits des Hauses befanden sich keine Häuser mehr. Auch nicht direkt gegenüber. Nur endlos weites, bis zur Grenze reichendes Ödland mit Sand, Geröll und vereinzelten Kakteen.

Ich zog meine erbeutete Pistole heraus und folgte dem Natursteinweg zum Hauseingang. Die Tür bestand aus schlichten Holzplanken, die wie am Strand einer Insel angeschwemmtes Treibholz aussahen. Ihre Oberfläche war sägerau. Die Sonne hatte sie fast weiß gebleicht. Ich legte eine Hand auf die Türklinke. Sie bestand aus Eisen, in dem sich durch häufigen Gebrauch über Jahre hinweg kleine Krater gebildet hatten. Die Haustür war abgeschlossen. Ich stellte mich seitlich daneben und klopfte, wie ich es früher als Militärpolizist gemacht hatte, als ich nicht um Einlass gebeten, sondern ihn gefordert hatte.

21

Als keine Reaktion erfolgte, klopfte ich erneut. Wieder nichts. Also zog ich die Schlüssel aus der Tasche, die ich in dem Chevy gefunden hatte, nachdem der Mann vom Dach der Baustelle gesprungen war. Ich wählte den Buntbartschlüssel aus und steckte ihn ins Schloss.

Der Schlüssel ließ sich leicht drehen. Ich drückte die Klinke hinunter und stieß die Haustür auf. Ihre Angeln brauchten Öl. Sie protestierten laut quietschend. Trotzdem kam niemand angerannt. Niemand fragte laut, wer an der Haustür sei. Niemand schoss durch die offene Tür. Ich wartete zehn Sekunden lang nur horchend. Im Haus blieb es jedoch still. Keine Schritte. Keine knarrenden Fußbodendielen. Kein lautes Atmen. Nicht einmal das Ticken einer Uhr. Ich trat über die Schwelle. Mein Plan war, Mansour zu erschießen, sobald ich ihn sah. Ich hatte keine Lust auf einen weiteren Kampf auf Leben und Tod. Und ich würde auch einen der beiden anderen erschießen, wenn sie versuchten, eine Waffe zu ziehen. Danach würde ich den Überlebenden zum Reden zwingen. Oder zum Schreiben, falls er wegen seines verletzten Kiefers nicht sprechen konnte. Und zuletzt würde ich auch ihn erschießen, weil niemand eine Vorzugsbehandlung verdient hatte.

Drinnen war es kühl. Der Temperaturunterschied im Vergleich zu draußen betrug geschätzt zehn Grad. Der Erbauer dieses Hauses hatte sein Handwerk verstanden. Die Mauern waren dick. Sie bestanden offenbar aus einem sehr kompakten Material. Der Bau konnte ungeheure Wärmemengen absorbieren. Das machte ihn tagsüber behaglich. Und er würde die Wärme nachts abgeben, was wiederum angenehm war.

Im Haus roch es modrig. Nach alten Teppichen und Polstermöbeln. Das war ein seltsamer verbliebener Effekt, denn die gesamte Einrichtung fehlte. Es gab keine Stühle, keine Tische, keine Sofas. Und erst recht keine Menschen. Der Raum, in dem ich stand, wirkte groß und quadratisch. Sein alter Parkettboden glänzte wie frisch gebohnert. Die Wände waren glatt und weiß. Die Balken der Holzdecke lagen frei. In die Wand vor mir war eine halb verglaste Tür eingelassen, die auf eine Terrasse hinausführte, über die eine Markise gespannt war. Rechts von mir befand sich eine Küche, die nur das Nötigste enthielt. Einige Schränke, Elektroherd, Kühlschrank, hölzerne Arbeitsplatte. In die lange rechte Wand waren zwei kleine und quadratische Fenster eingesetzt. Trotzdem erinnerten sie mich an die Bullaugen eines Schiffs. Die Wand links von mir wies drei geschlossene Türen auf … Und in der Mitte des Fußbodens klaffte merkwürdigerweise: ein großes Loch.

Das Loch war mehr oder weniger rund. Sein Durchschnitt betrug im Mittel etwa zweieinhalb Meter. Seine Ränder wirkten so rau und unregelmäßig, als hätte jemand es mit einem Pickel in den Fußboden geschlagen. Aus dem Rund ragte eine Leiter, eine altmodische Holzleiter, von der ich ungefähr einen Meter sah. Ihr Ende zeigte zu der Tür, durch die ich eben hereingekommen war. Ich näherte mich ihr vorsichtig, um keinen Lärm zu machen, und spähte in die Tiefe. Der Boden des Kellers war mit grauen Fliesen von etwa dreißig Zentimetern Seitenlänge bedeckt. Seine Wände verschwanden hinter einer Bretterschalung. Ich erkannte einen Boiler, einen Wassertank und jede Menge Kabel und Leitungen. Die Wasserleitungen bestanden aus Blei. Die Stromkabel waren dünn isoliert. Wer hier wohnte, konnte von Glück sagen, wenn er nicht vergiftet wurde oder einen tödlichen Stromschlag bekam. Die Heizung sah jedoch neuer aus. Und sie war groß, wahrscheinlich zu groß, um durch die ursprüngliche Falltür zu passen. Vielleicht hatte jemand deshalb das Loch in den Fußboden geschlagen.

Ich ging langsam einmal um das Loch herum. Beschrieb einen Vollkreis, um in alle vier Ecken des Kellers sehen zu können. Dort unten hielt sich niemand auf. Auch in der Küche nicht. Ich versuchte es mit der ersten Tür in der linken Wand, trat sie auf und duckte mich sofort seitlich weg. Der Raum dahinter war leer. Vermutlich hatte er als Schlafzimmer gedient, aber das ließ sich nicht mit Bestimmtheit sagen, weil er unmöbliert war. Die nächste Tür führte in ein Bad. Hier gab es eine Badewanne, ein Waschbecken, einen Einbau-Spiegelschrank. Tropfen aus dem undichten Wasserhahn ließen einen Fleck auf dem Porzellanbecken zurück, bevor sie in den Ausguss liefen. Das war die erste Bewegung, die ich bemerkte, seit ich das Haus betreten hatte. Aber ich musste noch das Zimmer kontrollieren, das am weitesten vom Eingang entfernt lag. Der natürlichste Platz, um Schutz zu suchen. Uralte Instinkte am Werk. Ich trat wieder die Tür auf und fand ein weiteres Schlafzimmer vor. Es war größer. Weiter von der Straße entfernt. Einladender, aber ebenso leer.

Hier gab es kein Versteck für drei Männer, auch kein Obergeschoss, keine weiteren Räume, keine großen Einbauschränke. Aber es existierte ein Ort, den ich weniger gründlich kontrolliert hatte als den Rest des Hauses. Einen Ort, den ich noch gar nicht betreten hatte. Ich stellte mich an das Loch im Fußboden. Sah wieder hinein. Entdeckte noch immer niemanden. Ich griff nach einem der Leiterholme. Dabei spürte ich ein Prickeln im Nacken. Die Vorstellung, unter der Erde zu verschwinden, gefiel mir nicht. Was war, wenn die Leiter unter meinem Gewicht zusammenbrach? Mich dort unten gestrandet zurückließ? Ich stellte mir den vor dem Haus stehenden Chevy vor. Sein Tank war zu drei Vierteln voll. Ich konnte dieses Haus weit hinter mir zurücklassen. Mich nie mehr danach umsehen. Aber dann stellte ich mir Fenton vor, Dendoncker und seine Bomben.

Ich atmete tief durch. Stellte den linken Fuß auf eine der Sprossen. Belastete sie allmählich mit meinem Gewicht. Die Leiter knarrte, aber sie hielt. Ich stellte den rechten Fuß auf die übernächste Sprosse. Stieg langsam in die Tiefe. Die Leiter schwankte. Sie bog sich durch, brach aber nicht.

Ich blieb an die Wand gedrückt stehen und suchte den Raum vor mir ab. Hier unten vergeudete ich meine Zeit, das war offensichtlich. Im Keller gab es kein Versteck für einen Kerl, geschweige denn für drei. Die einzigen toten Winkel gab es hinter dem Boiler und dem Wassertank, aber sie hatte ich schon von oben eingesehen. Hinter ihnen lauerte niemand. Ich drückte kräftig gegen beide, ohne sie verschieben zu können. Also tarnten sie keinen Eingang zu einem unterirdischen Geheimversteck. Ich suchte die Kellerwände nach Geheimtüren ab und den Boden nach einer getarnten Falltür. Aber ich fand nichts.

Ich stieg wieder die Leiter hinauf. Oben ging ich zur Terrassentür links neben der Küche. Sie war abgesperrt, aber der Buntbartschlüssel passte auch hier. Jenseits der Terrasse unter der Markise führte ein Fußweg zu der Parallelstraße hinter dem Haus. Die drei Männer waren nirgends zu sehen. Auch kein weiteres Auto. Wütend auf mich, knallte ich die Tür zu. Die Kerle hatten hier niemanden treffen und sich auch nicht verstecken wollen. Das Haus war ein klassisches Not-Aus zur Irreführung von Verfolgern. Ein uralter Trick. Man geht auf einer Seite rein, auf der anderen hinaus. Die Kerle mussten irgendwo ein weiteres Auto stehen gehabt haben. Wahrscheinlich waren sie schon über alle Berge gewesen, bevor ich aus dem Chevy steigen konnte. Und mit ihnen war alle Hoffnung dahin, Fenton bald aufspüren zu können.

22

Der abgerissene Kontakt zu Dendonckers Männern war ein gewaltiger Rückschlag. Daran gab es nichts zu beschönigen. Das ließ sich nicht leugnen. Und es hatte keinen Zweck, sich lange damit aufzuhalten. Was passiert war, war passiert. Ich konnte mich später noch mal damit befassen, wenn ich es für sinnvoll hielt. Aber im Augenblick kam es nur darauf an, die Fährte wiederaufzunehmen. Ich hatte keine Ahnung, wohin die Kerle verschwunden waren. Sie hatten eine ganze Stadt, um sich darin zu verstecken. Eine Kleinstadt, die sie viel besser kannten als ich. Oder sie waren aufs Land gefahren. Fenton hatte gesagt, Dendoncker sei paranoid. Ich hatte keine Ahnung, welche Vorsichtsmaßnahmen er treffen würde. Ich musste meine vielen Möglichkeiten einschränken. Das bedeutete, dass ich Informationen brauchte, falls überhaupt welche zu bekommen waren.

Ich raste in die Stadt zu dem Torbogen zurück, hinter dem der Hof von Fentons Hotel lag. Der Parkplatz direkt vor ihrem Zimmer – der alten Stellmacherwerkstatt – war frei. Ich stellte den Chevy ab und sprang aus dem Wagen. Das nächste Problem bestand daraus, die Tür zu öffnen. Es gab keinen richtigen Schlüssel. Kein Schloss, in das ein Dietrich gepasst hätte. Nur irgendeinen Code auf einem Smartphone. Auf *ihrem* Handy. Selbst wenn ich es gehabt hätte, wäre damit nichts anzufangen gewesen. Also griff ich auf die alte Methode zurück. Mit dem Rücken an der Tür lehnend schaute ich mich auf dem Hof um. Nirgends ein Fußgänger. Niemand in den

Autos. Niemand an den Fenstern. Hoffentlich hatte Fenton in Bezug auf Überwachungskameras recht gehabt. Ich winkelte das rechte Knie an und versetzte der Tür einen gewaltigen Tritt mit dem Innenrist.

Die Tür flog auf. Sie knallte an die Wand gegenüber, dann schloss sie sich fast wieder. Ich schlüpfte hindurch und drückte sie hinter mir zu. Fentons Bett sah frisch gemacht aus. Auch die Couchkissen waren wieder adrett angeordnet. Und ihr Koffer stand wie zuvor an der Tür auf dem Fußboden. Ich trat ans Fenster, zog die Vorhänge zu, griff nach dem Stuhl am Schreibtisch und klemmte ihn unter die Türklinke. Er konnte niemanden ernstlich aufhalten, verhinderte aber wenigstens, dass die Tür im Luftzug klapperte. Ihren Koffer trug ich zum Bett. Dann nahm ich den Hörer des Telefons auf dem Nachttisch ab und wählte aus dem Gedächtnis eine Nummer.

Mein Anruf wurde nach dem zweiten Klingeln angenommen. Der Kerl am anderen Ende telefonierte mit dem Smartphone. Seine Stimme klang hallend und körperlos, aber ich verstand ihn trotzdem recht gut.

»Wallwork«, sagte er. »Wer sind Sie?«

Special Agent Jefferson Wallwork war beim FBI. Unsere Wege hatten sich vor nicht allzu langer Zeit gekreuzt, als ich ihm bei einem Fall geholfen habe. Aus seiner Sicht waren die Ermittlungen erfolgreich gewesen. Er hatte selbst gesagt, er sei mir etwas schuldig. Er hatte gesagt, ich könne ihn jederzeit anrufen, wenn ich Unterstützung brauchte. Das war jetzt der Fall, fand ich.

Ich sagte: »Hier ist Reacher.«

Am anderen Ende herrschte kurzes Schweigen.

»Rufen Sie aus Höflichkeit an, Major? Ich bin leider ziemlich beschäftigt.«

»Ich bin kein Major mehr. Nur Reacher. Das habe ich Ihnen schon gesagt. Und nein, dies ist kein Anruf aus Höflichkeit. Ich brauche ein paar Informationen.«

»Dafür gibt es eine gute Quelle. Sie heißt Internet.«

»Ich brauche spezielle Informationen. Das Leben einer Frau steht auf dem Spiel.«

»Rufen Sie die 911 an.«

»Sie ist eine Veteranin, hat auch bei euch gearbeitet. Ihr Afghanistaneinsatz hat sie einen Fuß gekostet.«

Ich hörte Wallwork seufzen.

»Was brauchen Sie also?«

»Sie hat im TEDAC – Terrorist Explosive Device Analytical Center – Sprengsätze von Terroristen untersucht. Kennen Sie das?«

»Ich habe davon gehört.«

»Sie hat Wind von einem Plan bekommen, hier in den Vereinigten Staaten Bomben zu verteilen, denen potenziell viele Menschen zum Opfer fallen könnten. Der Mann dahinter heißt Dendoncker. Waad Achmed Dendoncker.«

»Was für Bomben?«

»Keine Ahnung. Welche, die detonieren.«

»Wie viele?«

»Weiß ich nicht. Zu viele.«

»Scheiße. Okay, ich setze die richtigen Leute darauf an.«

»Das ist noch nicht alles. Die Frau ist verschwunden. Ich glaube, dass Dendoncker sie gefangen hält, dass er sie umbringen will. Also brauche ich alle Adressen, die mit ihm und seinem Unternehmen zusammenhängen. Es heißt Pie in the Sky, Inc. Sie werden tief graben müssen. Es gehört ihm durch ein Geflecht aus Scheinfirmen. Eine davon nennt sich wohl Moon Shadow Associates.«

»Diese Frau – wie heißt sie?«

»Michaela Fenton.«

»Letzter bekannter Aufenthaltsort?«

»Los Gemelos, Arizona. Das ist eine Kleinstadt direkt an der Grenze.«

»Sie hat dort verdeckt ermittelt? Im Auftrag des TEDAC? Das ist unüblich. Normalerweise wäre die nächste Außenstelle zuständig. Was geht dort draußen vor sich? Wo befindet sich ihr Partner?«

»Sie hat keinen. Sie arbeitet nicht mehr im Bureau. Dies ist mehr eine Privatinitiative.«

Wallwork schwieg sekundenlang. »Das klingt nicht gut. Der letzte frühere Agent, von dem ich weiß, dass er's mit einer *Privatinitiative* versucht hat, sitzt jetzt in einem Bundesgefängnis. Seine Expartnerin hat versucht, ihm zu helfen. Das hat sie das Leben gekostet.«

Ich schwieg.

»Also gut. Ich werd's versuchen. Aber ich kann Ihnen nichts versprechen. Das TEDAC ist keine Organisation, die als auskunftsfreudig gilt. Diese Leute gehen mit verdammt sensiblen Dingen um. Stellt man dem Falschen die falsche Frage, ist man nicht nur beruflich erledigt. Man wird nicht nur gefeuert, sondern kann hinter Gittern landen.«

»Verstanden. Tun Sie nichts, was Ihnen schaden könnte. Hier ist noch etwas, dem Sie nachgehen könnten: Ich vermute, dass Dendoncker sein Unternehmen für Schmuggelzwecke benutzt. Ich weiß allerdings nicht, was oder für wen er schmuggelt.«

»Okay, das könnte nützlich sein. Ich habe einen Kumpel in der DEA. Und einen bei ATE. Ich werde beide darauf ansetzen. Bis wann brauchen Sie diese Informationen?«

»Gestern.«

»Kann ich Sie unter dieser Nummer erreichen?«

»Das müsste klappen. Zumindest für die nächste Zeit.«

Ich legte auf, überzeugte mich davon, dass das Telefon nicht stumm gestellt war und wandte mich wieder dem Bett zu. Dann öffnete ich den Reißverschluss von Fentons Koffer und klappte den Deckel auf. Wie zuvor war alles ordentlich zusammengelegt oder -gerollt. Ein Hauch von ihrem Parfüm stieg mir in die Nase. Als ich die Sachen herausnahm, kam ich mir noch mehr wie ein Eindringling vor als zwei Abende zuvor. Der Koffer enthielt dieselben Kleidungsstücke, Toilettenartikel und Requisiten, mit denen man sein Aussehen verändern konnte, wie zuvor. Ich fand nichts Neues. Keine Notizen. Keine Unterlagen. Keinen Brief, der mit »Wenn du dies liest …« begann.

Allerdings fehlten die Pistolen, die ich den Männern bei dem Baum abgenommen hatte. Und die Reservemunition für ihre Glock. Und ihr Verbandspäckchen. Das war nur vernünftig, wenn man bedachte, was sie geplant hatte. Alles andere in ihrem Koffer war mir vertraut. Auch der Stapel Karten aus dem Red Roan, von dem sie eine mit dem Fingerabdruck ihres Bruders in dem nicht detonierten Sprengsatz gefunden hatte. Zusammen mit einem Kondom. Irgendetwas daran hatte sich nicht stimmig angehört, als sie es erzählte. Es klang noch immer nicht glaubwürdig. Allerdings hätte ich keinen Grund dafür gewusst. Es glich einem fernen Summen in der Tiefe meines Verstands. Schwach, aber da.

Als ich begann, Fentons Sachen in den Koffer zurückzulegen, fiel mir Fentons in eine Bluse gewickelte Ersatzprothese in die Hände. Bei ihrem Anblick spürte ich Optimismus in mir aufsteigen. Ich lief zum Auto hinaus und schnappte mir die Prothese, die Dendonckers Kerl im Prairie Rose auf den Tisch geworfen hatte. Nahm sie mit ins Zimmer, um sie mit der aus dem Koffer zu vergleichen. Beide hatten Stecksockel aus Kohlefaser. Ich tastete sie prüfend ab. Ihre Konturen schienen identisch zu sein. Beide verfügten über Unterschenkel aus Titan von gleicher Länge. Unterschiedlich waren lediglich die Schuhe. Einer war ein Stiefel, der andere ein Sneaker. Nicht genug, um Dendonckers Behauptung, er halte Fenton gefangen, als Bluff zu enttarnen.

Ich verdrängte meine Enttäuschung und packte Fentons Sachen wieder ein. Gab mir dabei große Mühe. Stellte den Koffer erneut an die Tür, damit man ihn in aller Eile mitnehmen konnte. Dann durchsuchte ich das Zimmer nochmals. Kontrollierte alle Verstecke, die mir jemals untergekommen waren. Berücksichtigte jeden mir bekannten Trick, mit dem sich etwas verbergen ließ. Und fand nichts. So blieb ich mit Fentons Prothese auf dem Bett und dem Radiowecker auf dem Nachttisch zurück. Sein Cursor blinkte mutlos. Er zählte die Sekunden. Kostbare Zeit, die Fenton vielleicht nicht mehr hatte.

Ein Geräusch holte mich wieder in die Gegenwart. Das Telefon auf dem Schreibtisch zirpte. Der Anrufer war Wallwork.

Er sagte: »Wenigstens ein Teilerfolg. Die Schmuggelsache? In der bin ich nicht weitergekommen. Mein Kumpel in der DEA hat letzte Woche hingeworfen. Und der andere bei ATF ist krankgemeldet. Für längere Zeit. Er wurde angeschossen. Aber beim TEDAC sieht's besser aus. Ein ehemaliger Vorgesetzter arbeitet jetzt dort. Er vertraut mir. Er hilft, wenn er kann. Ich habe mich an ihn gewandt. Er hat noch nicht geantwortet. Aber ich bin sicher, dass er's tut.«

»Adressen?«

»Ich habe eine ganze Menge gefunden. Alle mit Verbindungen zu diesem Dendoncker und seinem Unternehmen. Die meisten dürften Scheinfirmen sein. Damit hatten Sie recht, glaube ich. Allerdings habe ich eine gefunden, die tatsächlich zu existieren scheint. In der Stadt, die Sie erwähnt haben.« Er nannte Straße und Hausnummer.

»Wo liegt sie im Verhältnis zur Stadtmitte?«

Ich hörte Wallworks Computertastatur klappern. »Eine Meile westlich. Einfach geradeaus. Es gibt nur diese eine Straße. Und Dendonckers Gebäude scheint das einzige Haus dort zu sein.«

»Okay. Sonst noch was?«

»Nicht in fünfhundert Meilen Umkreis. Und nichts, was keine Anwaltskanzlei oder ein Postfach ist.«

»Was ist mit Dendoncker persönlich?«

»Da wird die Sache ziemlich eigenartig. Es gibt keine Unterlagen darüber, dass er irgendwo in Arizona Grundbesitz hat. Ich habe bei der Finanzbehörde nachgefragt. Steuern zahlt er jedenfalls. Die Erklärungen reicht sein Steuerberater ein. Seine Adresse habe ich in den Akten gefunden.«

»Wie lautet sie?«

»Die hilft Ihnen nicht weiter. Ich habe sie mir auf Google Earth angesehen. Das Grundstück ist unbebaut. Ich versuche, den Eigentümer festzustellen, aber bisher stoße ich nur auf Scheinfirmen.«

»Ist Dendoncker verheiratet? Gehört alles vielleicht seiner Ehefrau?«

»Von einer Ehe ist nichts bekannt. An dieser Sache ist vieles faul, Reacher. Ich rate Ihnen, die Finger davon zu lassen. Ich weiß, dass Sie's nicht tun werden, aber seien Sie wenigstens vorsichtig.«

»Es gibt noch ein Haus, das Sie überprüfen könnten.« Ich nannte ihm die Adresse, zu der ich den Lincoln mit Mansour am Steuer verfolgt hatte.

Wallwork notierte sie sich. »Okay, wird gemacht. Ich melde mich wieder, sobald ich mehr weiß.«

23

Ich bedankte mich bei Wallwork, bevor ich auflegte, aber ich war nur höflich. Tatsächlich konnte ich mit seinen Informationen nichts anfangen. Zumindest kurzfristig. Ich rechnete mir aus, dass sein TEDAC-Kontakt auf Dauer Früchte tragen würde. Vielleicht in Bezug auf die von Dendoncker geplanten Bombenanschläge. Aber mir ging es jetzt um Fenton. Wallwork hatte nur eine Adresse von Dendonckers Unternehmen gefunden – ausgerechnet eine, die Fenton bereits kannte. Sie war nicht der Ort, den ich suchte. Für Dendoncker war er zu öffentlich. Seine Mitarbeiter holten sich dort Anweisungen für ihre Flüge ab. Aus diesem Grund war auch Fenton dort gewesen. Und das zu einem Zeitpunkt, als sie ihren Bruder aktiv suchte. Hätte er sich dort aufgehalten, hätte sie ihn garantiert gefunden. Das bedeutete, dass Dendoncker für seine »nasse Arbeit« eine andere Adresse haben musste. Vielleicht mehr als nur eine. Das hing vom Umfang seines Unternehmens ab. Und ich hatte eine Idee, wie ich dort reinkommen könnte. Natürlich ohne Erfolgsgarantie. Aber alles war besser, als hier herumzuhocken und darauf zu warten, dass das Telefon klingelte.

Im Red Roan war mehr los, als ich am Vortag im Vorbeigehen gesehen hatte. Der Lunchbetrieb lief noch auf Hochtouren. Unter beigen Sonnenschirmen saßen draußen zwei Paare auf zerbrechlich wirkenden Metallstühlen an runden Tischen. Zwei weitere Tische waren am Rand der Veranda zusammengeschoben worden. An ihnen drängten sich neun Personen.

Alle gut gekleidet, in unterschiedlichem Alter. Ich hielt sie für Kollegen, die anscheinend etwas feierten.

Nicht die Leute, die ich suchte. Das stand für mich fest.

In der Mitte der Barfassade stand eine zweiflügelige Tür offen. Gleich rechts dahinter befand sich das Pult einer Hostess. Es war unbesetzt. Also ging ich zu einer U-förmigen Sitznische weiter und rutschte so weit hinein, dass ich mit dem Rücken zur Wand saß. Der Raum war ein breites Rechteck. Die Theke und die Tür zur Küche lagen an einem Ende. Zwischen den Sitznischen und den Fenstern standen scheinbar willkürlich angeordnet quadratische Tische, jeder mit einem Kaktus in einem Blumentopf. Die hellen Rauputzwände verschwanden unter großformatigen Pferdebildern. Manche wurden auf der Prärie von Lassos schwingenden Cowboys geritten. Andere galoppierten bei Pferderennen. Wieder andere stolzierten hochmütig dreinblickend herum. Außer mir waren zehn Gäste anwesend: zwei Paare und zwei Dreiergruppen.

Nicht die Leute, die ich suchte. Das stand für mich fest.

Fenton war im Vorteil gewesen, als sie Michaels Freundin hier drinnen gesehen hatte, weil sie sie nach einem Foto erkannte. Ich kannte keinen von Michaels Freunden, doch ich rechnete mir einen anderen Vorteil für mich aus. Erfahrung. Ich hatte Übung darin, Soldaten in Bars zu entdecken. Vor allem wenn sie Dinge taten, die sie nicht hätten tun sollen.

Ein Ober kam an meinen Tisch. Er war ein hagerer junger Mann Mitte zwanzig mit lockigem rotem Haar, das er zu einem Dutt zusammengebunden hatte. Ich bestellte Kaffee und einen doppelten Cheeseburger. Eigentlich war ich nicht hungrig, aber die goldene Regel lautet: Iss, wann du kannst. Und so hatte ich etwas zu tun, außer in der Zeitung zu blättern, die ich schon beim Frühstück gelesen hatte, während ich darauf wartete, dass weitere Gäste eintrafen.

So saß ich eine halbe Stunde da und beobachtete meine Umgebung. Die beiden Paare zahlten und schlenderten hinaus. Eines der Trios folgte ihnen. Ein weiteres Paar kam herein: die Rezeptionistin aus der Klinik und ein Kerl in einem ausgebeulten Leinenanzug. Er hatte weißes Haar, ordentlich gescheitelt, und trug Ledersandalen. Die beiden setzten sich an den am weitesten von der Bar entfernten quadratischen Tisch. Ihnen folgte eine Gruppe von vier Typen, die Shorts und hellgraue T-Shirts trugen. Sie waren hager, drahtig und sonnengebräunt. Vermutlich hatten sie ihr Leben lang im Freien gearbeitet. Ich hielt sie für Stammgäste. Sie setzten sich an den Tisch gleich an der Bar. Der Ober erschien mit einem Tablett, auf dem vier große Biergläser standen. Er blieb am Tisch stehen und schwatzte ein paar Minuten mit ihnen, bis die nächsten Gäste eintrafen. Zwei Frauen. Eine trug ein ärmelloses gelbes Sommerkleid, die andere Cargo Pants und ein Yankees-T-Shirt. Beide waren Mitte dreißig und hatten schulterlanges braunes Haar. Beide sahen fit und athletisch aus. Sie bewegten sich locker und selbstbewusst. Und sie hatten Umhängetaschen, die groß genug waren, um eine Schusswaffe zu verbergen.

Vielleicht die Leute, die ich suchte.

Die Frauen entschieden sich für die übernächste Sitznische. Die Yankee-Anhängerin rutschte zuerst hinein und setzte sich mit dem Rücken zur Wand. Genau wie ich. Sie saß völlig still, doch ihre Augen waren in ständiger Bewegung, wanderten vom Eingang über alle besetzten Tische zur Bar und zur Küchentür. Dann ohne Pause wieder zum Eingang zurück. Die Frau in dem Sommerkleid rutschte nach ihr auf die

Bank. Sie warf einen Blick in die Getränkekarte und ließ sie auf den Tisch fallen.

»Weißwein«, bestellte sie, als der Ober an ihren Tisch trat. »Pinot Grigio, denke ich.«

»Einverstanden«, sagte die Yankee-Anhängerin. »Bringen Sie gleich die Flasche. Und beeilen Sie sich.«

Während die Frauen auf den Wein warteten, beobachtete ich sie aus dem Augenwinkel heraus. Sie steckten die Köpfe zusammen, sprachen miteinander, aber so leise, dass ich nicht verstand, was sie sagten. Niemand verließ die Bar. Niemand kam herein. Der Ober servierte ihren Wein. Auf dem Etikett prangte ein Elefant. Die Flasche war vom Kondenswasser nass. Er wischte sie mit einem Geschirrtuch ab, steckte es in seine Schürzentasche und goss zwei Gläser ein. Dann versuchte er, ein Gespräch zu beginnen. Die Frauen ignorierten ihn. Zuletzt gab er auf und zog sich an die Bar zurück. Die Frau in dem Sommerkleid trank ihren Wein in kleinen Schlucken. Sie blickte ihre Freundin an, begann wieder zu reden und gestikulierte dabei mit der freien Hand. Die Yankee-Anhängerin leerte ihr Glas mit zwei Zügen und schenkte sich gleich wieder nach. Sie sagte nicht viel, aber ihre Augen blieben in ständiger Bewegung.

Ich rutschte aus meiner Nische, trat an ihre und verharrte dort, wo der Ober gestanden hatte.

Ich sagte:»Entschuldigen Sie die Störung, aber ich habe ein Problem. Ich brauche Ihre Hilfe.«

Die Frau in dem Sommerkleid stellte ihr Glas ab. Ihre Hände ruhten leicht auf der Tischplatte. Die Yankee-Anhängerin nahm ihr Glas in die linke Hand. Ihre rechte berührte fast ihre Schultertasche. Ich wartete einen Augenblick, um zu sehen, ob sie darin verschwinden würde. Als sie das nicht tat, setzte ich mich. Ich beugte mich über den Tisch und sagte halblaut:»Ich suche einen Freund. Er heißt Michael. Michael Curtis.«

Keine der beiden ließ eine Reaktion erkennen. Die Augen der Yankee-Anhängerin suchten weiter den Raum ab.

Ich sagte:»Er steckt in Schwierigkeiten. Ich muss ihn finden. Schnell.«

»Wie heißt er gleich wieder?«, fragte die Frau in dem Sommerkleid.

»Michael Curtis.«

Sie schüttelte den Kopf.»Sorry, den kennen wir nicht.«

»Ich bin nicht bei der Polizei«, erklärte ich.»Oder beim FBI. Ich weiß nur, dass Michael hier ist und was er macht. Ich will ihm nichts Böses. Ich bin gekommen, um ihm das Leben zu retten.«

Die Frau zuckte mit den Schultern.»Tut mir echt leid, aber dabei können wir Ihnen nicht helfen.«

»Nennen Sie mir nur eine Adresse. Einen Ort, an dem ich zu suchen beginnen kann.«

»Sagen Sie, hören Sie schlecht?« Die Yankee-Anhängerin beobachtete nicht mehr ihre Umgebung, sondern starrte mir ins Gesicht.»Wir kennen diesen Michael nicht. Wir können Ihnen nicht helfen, ihn zu finden. Gehen Sie an Ihren Tisch zurück und belästigen Sie uns nicht weiter.«

»Nur eine Adresse. Bitte. Niemand erfährt, dass ich sie von Ihnen habe.«

Die Yankee-Anhängerin griff in ihre Umhängetasche. Sie wühlte kurz darin herum. Als ihre Hand wieder zum Vorschein kam, hielt sie etwas. Keine Waffe, sondern ein Smartphone. Sie schaltete es mit der Gesichtserkennung ein und tippte aufs Display. Und noch dreimal. Dann zeigte sie mir den Bildschirm, auf dem die Rufnummer 911 leuchtete. »Soll ich sie wählen? Oder lassen Sie uns jetzt in Ruhe?«

Ich hob abwehrend die Hände. »Sorry, dass ich Sie belästigt habe. Genießen Sie Ihren restlichen Wein.«

Ich ging an meinen Platz zurück, glitt wieder in die Sitznische und gab vor, weiter meine Zeitung zu lesen. Die Yankee-Anhängerin steckte ihr Smartphone ein und leerte ihr Glas mit einem Zug. Dann griff sie nach der Flasche, schenkte ihrer Freundin nach und nahm sich den Rest selbst. Die Rezeptionistin aus der Klinik und ihr Begleiter standen auf und gingen. Die vier Männer bestellten eine weitere Runde Bier. Neue Gäste tauchten nicht mehr auf. Der Ober näherte sich dem Tisch der Frauen. Die beiden winkten ab. Die Yankee-Anhängerin trank ihren Wein aus. Sie rutschte aus der Nische und folgte den Schildern zur Toilette. Die Frau in dem Sommerkleid stand ebenfalls auf. Sie bewegte sich in die Gegenrichtung. Auf mich zu. Sie blieb vor meiner Sitznische stehen, legte ihre Hände auf die Tischplatte und beugte sich nach vorn, bis sich unsere Köpfe fast berührten. »The Border Inn.« Sie sprach so leise, dass sie kaum zu verstehen war. »Kennen Sie es?«

»Ich könnte es finden.«

»Okay. Zimmer 212. In zwanzig Minuten. Kommen Sie allein. Es geht um Michael.« Sie richtete sich auf und ging auf ihren Platz zu. Dann machte sie kehrt, kam zurück und beugte sich nochmals über den Tisch. »Aber kein Wort davon, wenn meine Freundin zurückkommt! Diese Sache geht nur Sie und mich was an.«

24

Das Border Inn stand am Südostrand der Stadt. Ein weitläu-
figes einstöckiges Gebäude mit einem Flachdach, das hinter
einer Balustrade verschwand. Sein Name stand in verblasster
Leuchtschrift an der Fassade. Es wirkte auf den ersten Blick
recht schlicht, bis ich erkannte, dass ich mich dem Gebäude
von der ursprünglichen Rückseite näherte. Der Eingang befand sich auf der anderen Seite, war der Grenze zugewandt.
an dieser Mauer gab es alle möglichen fantastischen Schnitze-
reien und Symbole. Ganz oben unter der Balustrade war noch
schwach eine Beschriftung zu erkennen: GRAND CENTRAL
HOTEL 1890. So hatte das Etablissement wohl früher geheißen. Der damalige Besitzer musste damit gerechnet haben,
die Stadt werde sich nach Süden, nicht nach Norden ausbreiten. Heute war klar, dass er auf die falsche Straße gesetzt hatte.

Hinter dem Eingang lag eine geräumige rechteckige Hotel-
halle. Ihre Wände bestanden aus dunklem Holz. Die meisten
Paneele waren rissig und brauchten dringend neuen Firnis.
Einige der Terrakottafliesen des Fußbodens hatten komplexe
Muster in Orange- und Brauntönen. Von der Decke hing ein
Kronleuchter herab, der aus echtem Kristallglas zu bestehen
schien. Die Stücke wiesen einen kunstvollen Schliff auf, aber
viele waren von Alter und Staub matt und trüb. Mehr als die
Hälfte der Glühbirnen leuchtete nicht. Vielleicht waren sie
durchgebrannt. Oder es war eine bewusste Sparmaßnahme.

Die Rezeption befand sich genau gegenüber dem Haupteingang. Sie war fünf Meter breit und bestand ebenfalls aus

dunklem poliertem Holz. Dahinter saß ein Mann. Er hatte die Füße auf die Theke gelegt. Seine Stiefel waren lange, spitze Dinger aus Schlangenleder – mit Löchern in den Sohlen. Der Kerl trug ausgebleichte Jeans und ein blau kariertes Arbeitshemd. Dazu eine Lederweste, die er aufgeknöpft hatte. Seine Arme waren vor der Brust verschränkt. Ein breitkrempiger Stetson war tief in sein Gesicht gezogen. Er schien fest zu schlafen. Ich weckte ihn nicht. Das war nicht nötig. Weil ich wusste, wohin ich wollte, ging ich quer durch die Halle zu dem Korridor, der zur Treppe führte.

Zimmer 212 lag im Obergeschoss auf der Südseite des Gebäudes. Die Zimmertür stand einen kleinen Spalt weit offen. Um zu verhindern, dass sie sich schloss, hatte jemand ein dünnes Taschenbuch hineingeklemmt. Ich spähte durch den Spalt. Sah nichts Ungewöhnliches. Nur einen groben braunen Teppich, das Fußende eines Betts mit einer floralen Tagesdecke, ein Stück Fenster mit dazu passender Gardine. Keinen Menschen. Keine Waffen. Aber möglicherweise doch eine Falle. Es wäre sicherer gewesen, auf der Stelle umzukehren. Aber auf Nummer sicher zu gehen, würde Fenton nicht helfen. Ich brauchte Informationen, und die einzige mir bekannte Quelle dafür befand sich hinter dieser Tür.

Ich stellte mich seitlich neben sie und klopfte an.

»Herein.« Das war die Frau aus dem Red Roan. Ich erkannte ihre Stimme wieder.

So weit, so gut.

Ich stieß die Tür auf und trat über die Schwelle. Die Frau stand in der äußersten linken Zimmerecke. Der Raum war groß genug, dass ich sie durch den schmalen Spalt zwischen Tür und Türrahmen vom Korridor aus nicht hatte sehen können. Sie trug noch immer das ärmellose gelbe Sommerkleid.

Aber jetzt hielt sie eine Pistole in der Hand. Eine Beretta M9. Eine Waffe, mit der sie sehr vertraut war, wenn ich ihre Identität richtig einschätzte. Sie zielte damit auf meine Brust.

Sie hatte diese Begegnung sehr gut geplant. Sie war zu weit von mir entfernt, als dass ich hätte versuchen können, ihr die Pistole zu entreißen, bevor sie genügend Zeit gehabt hätte, mehrmals abzudrücken. Ich hätte nur versuchen können, mich durch einen Sprung rückwärts auf den Flur zu retten. Aber es gab keine Garantie dafür, dass ich schnell genug sein würde. Außerdem wusste ich nicht, wo sich ihre Freundin aufhielt. Sie konnte inzwischen den Korridor überwachen, sodass ich vom Regen in die Traufe gekommen wäre. Und ich brauchte die Informationen, die sie mir geben konnte. Unabhängig davon, ob sie bereit war, sie freiwillig mit mir zu teilen.

Ich schob das Buch mit einem Fuß beiseite. Ließ die Tür los und hob beide Hände mit nach vorn gekehrten Handflächen in Brusthöhe.

»Zum Bett.« Die Frau unterstrich ihren Befehl mit der Pistole.

Ich durchquerte das Zimmer.

Sie fragte: »Sehen Sie die Fotos?«

Auf dem Kopfkissen lagen Fotos. Ich griff danach. Es waren fünf Aufnahmen. Zehn mal fünfzehn Zentimeter. Farbig, fünf verschiedene Männer in Wüstentarnkampfanzügen.

»Zeigen Sie mir, wer Michael ist«, befahl sie. »Dann können wir miteinander reden.«

Ich schaute mir ein Foto nach dem anderen an. Langsam und sorgfältig.

»Zeigen Sie mir den falschen Kerl, bekommen die Geier heute Abend frisches Futter.« Ihre Beretta zielte weiter auf meine Brust.

Zwei der Männer waren Afroamerikaner. Einer war ein Latino. Die beiden anderen schienen Kaukasier wie Fenton zu sein. Das engte das Feld ziemlich ein. Einer von zweien war besser als einer von fünf. Aber nicht sicher genug, um beruhigend zu wirken. Ich stellte mir Fentons Gesicht vor. Michael und sie waren keine eineiigen Zwillinge. Das war offensichtlich. Und ich kannte ihn nicht persönlich. Ich hatte keine Ahnung, wie ähnlich sich die beiden sahen. Auf mein Gedächtnis konnte ich mich jedoch verlassen. Ich verglich die Augen der beiden Männer mit Fentons Augen, wie ich sie in Erinnerung hatte. Ihre Nasen. Ihre Münder. Ihre Kopfform. Ihre Größe. Dann überlegte ich mir, was ich tun würde, um jemanden als Lügner zu überführen.

Ich warf die fünf Fotos wieder aufs Bett.

»Was soll dieses Spiel?« Ich behielt ihren Zeigefinger am Abzug im Auge. »Keine dieser Aufnahmen zeigt Michael.«

Die Frau ließ ihre Beretta nicht sinken. »Wissen Sie das bestimmt? Sehen Sie sich die Fotos noch mal an, als hinge Ihr Leben davon ab. Das tut es nämlich.«

»Ich brauche mir die Fotos nicht noch mal anzusehen. Seins ist nicht dabei.«

»Okay. Vielleicht haben Sie recht. Woher kennen Sie ihn?«

»Durch seine Schwester Michaela.«

»Seine ältere Schwester?«

»Seine Zwillingsschwester.«

»Die bei welcher Einheit war?«

»Sixty-sixth Military Intelligence Group. Eine in Wiesbaden stationierte Aufklärungseinheit der Army.«

Die Frau ließ ihre Pistole sinken.

»Okay. Tut mir leid, aber ich musste sichergehen. Nehmen Sie bitte Platz.«

25

Ich ließ mich aufs Bett sinken. Die Frau kam aus ihrer Ecke, durchquerte das Zimmer. Sie setzte sich auf die Lehne eines Sessels, der aus den Fünfzigerjahren zu stammen schien und allem Anschein nach seit den Fünfzigerjahren nicht mehr gereinigt worden war. Die Beretta hielt sie weiter in der Hand.

Sie sagte: »Ich bin Sonia.«

»Reacher. Woher kennen Sie Michael?«

»Wir sind uns im Krankenhaus begegnet. In Deutschland.«

»In einem Lazarett?«

Sie nickte. »Warum ist Michael Ihrer Meinung nach in Schwierigkeiten?«

»Was glauben Sie?«

»Ich habe nie gesagt, dass ich das glaube.«

»Wieso führen wir dann dieses Gespräch?«

Sonia gab keine Antwort.

»Ich vermute, dass Sie seit drei Tagen nichts mehr von Michael gehört haben. Vielleicht seit vier.«

Sie schwieg weiter.

»Berücksichtigt man, dass Renée auch verschwunden ist, wundert es mich nicht, dass Sie anfangen, in Panik zu geraten. Gerüchte machen die Runde. Deshalb haben Sie sich mit Ihrer Freundin zu einem Lunch mit einer Flasche Wein verabredet. Deshalb sind wir jetzt hier.«

»Also gut, ich mache mir Sorgen. Ich kann Michael nicht erreichen. Es sieht ihm nicht ähnlich, einfach so abzutauchen.

Wäre nur Renée verschwunden, fände ich das seltsam genug, aber beide gleichzeitig?«

»Ich muss wissen, wohin Dendoncker ihn hätte verschleppen können.«

»Dendoncker? Wieso hätte er Michael irgendwohin verschleppen sollen?«

»Michael hatte keine Lust mehr, für Dendoncker zu arbeiten. Er wollte weg. Davon hat Dendoncker Wind bekommen. Er war deswegen stinksauer.«

»Ausgeschlossen!«

»So war's aber. Michael hat seiner Schwester eine Nachricht geschickt und sie um Hilfe gebeten.«

»Nein.« Sonia schüttelte den Kopf. »Sie sehen die Sache komplett falsch. Michael arbeitet nicht für Dendoncker. Dendoncker arbeitet für Michael.«

»Michael hat eine Schmuggelorganisation aufgebaut?«

»Natürlich nicht. Für die ist allein Dendoncker zuständig. Michael braucht nur Zugang zu Teilen seines Equipments. Und zu bestimmten Rohmaterialien.«

»Wieso?«

»Warum ist das relevant?«

»Wollen Sie ihm helfen oder nicht?«

Sonia verdrehte seufzend die Augen. »Es gibt ein bestimmtes Gerät, das Michael bauen muss, okay? Und transportieren. Heimlich. Und sicher. Dendoncker verfügt über die Infrastruktur. Michael hat mit ihm vereinbart, sie nutzen zu dürfen.«

»Okay. Welche weiteren Immobilien besitzt Dendoncker außer seiner Ranch westlich der Stadt?«

»Keine Ahnung. Ich arbeite nicht für ihn. Ich bin nur eine Freundin von Michael.«

»Wo lebt Dendoncker überhaupt?«

»Das weiß niemand. Vielleicht in Mexiko? Michael hat mal so was erwähnt. Aber ich habe keinen Schimmer.«

»Und wo lebt Michael?«

»Er hat hier ein Zimmer. Aber er benützt es nicht mehr häufig. Er schläft meistens in seiner Werkstatt, glaube ich.«

»Wo liegt die?«

»Keine Ahnung. Ich war noch nie dort.«

»Aber da baut er die Bomben?«

Sonia war sofort auf den Beinen. »Woher … was wissen Sie darüber?«

Ich stand ebenfalls auf. Sie hielt weiter ihre Pistole in der Hand. »Deswegen hat er seiner Schwester einen SOS-Hilferuf geschickt. Er war heillos in diese Sache verstrickt. Er wusste, dass er unrecht gehandelt hatte. Er wollte aussteigen, bevor es zu spät war.«

»Nein.« Sonia schüttelte den Kopf. »Das ergibt keinen Sinn. Hören Sie, Michael war kein Engel. Das will ich weiß Gott nicht behaupten. Er ist irgendwie auf die schiefe Bahn geraten. Dieses Unternehmen ist sein Versuch, sich zu rehabilitieren. Er glaubt hundertprozentig daran. Dass er aussteigen wollte, kommt überhaupt nicht infrage. Dazu hätte er gar keinen Grund. Sein Plan ist perfekt. Und er muss umgesetzt werden.«

»Gar keinen Grund? Vielleicht hat er eingesehen, dass die Ermordung unschuldiger Menschen nichts ist, was getan werden müsste.«

»Wovon reden Sie überhaupt? Niemand soll ermordet werden. Um Himmels willen, er ist ein Veteran. Kein Mörder.«

»Er plant, eine Menge Bomben detonieren zu lassen. Die könnten Hunderte von Opfern fordern.«

»Nein!« Sonia lachte beinahe. »Sie verstehen nichts.«

»Dann erklären Sie's mir.«

»Das kann ich nicht.«

»Doch, das können Sie. Aber Sie wollen nicht. Daraus schließe ich, dass Sie meine Hilfe nicht wollen.« Ich machte einen Schritt in Richtung Tür.

»Warten Sie. Also gut. Hören Sie, Michael hat ein paar Prototypen gebaut. Klar. Aber er baut nur eine endgültige Ausführung. Dafür benutzt er modifizierte Leuchtspurgranaten. Die stoßen Rauch aus. Das ist alles. Vielleicht bekommen davon ein paar Leute gerötete Augen, aber das ist schon das Schlimmste.«

»Er unterstützt Dendonckers Schmuggelorganisation. Und er hilft bei illegalen Waffenverkäufen mit. Nur um eine einzelne Rauchbombe platzieren zu können? Das nehme ich Ihnen nicht ab.«

Sonia ließ sich seufzend in den Sessel fallen. »Dendoncker ist ein Ganove. Das gestehe ich Ihnen zu. Ich war nicht glücklich, als Michael angefangen hat, für ihn zu arbeiten. Durchaus nicht. Aber Michael hat damals in einer Krise gesteckt. Sehen Sie, hätte Michael ihm nicht geholfen, hätte Dendoncker sich einen anderen gesucht. Und mit Blick auf das große Ganze ist das eben doch ein kleiner Preis.«

»Ein kleiner Preis wofür?«

»Erfolg. Für das Unternehmen Fanfare. So hat Michael es genannt.« Sonia beugte sich nach vorn. »Stellen Sie sich Folgendes vor! Am elften November ist Veterans Day. Im ganzen Land finden Gottesdienste und Paraden statt. Und bei einer der größten Gedenkveranstaltungen steigt plötzlich dichter Rauch auf. Wunderschöner roter, weißer und blauer Rauch. Das wird seine Sensation. Alle, die ihn mit eigenen Augen sehen, werden fragen: *Warum?* Ebenso jeder, der ihn im Fernsehen sieht. Das Internet wird voll davon sein. Und Michael wird zur Stelle sein, um darauf zu antworten. Mit mir neben sich. Dann kann das Pentagon uns nicht mehr ignorieren und die Regierung uns nicht mehr belügen.«

»In welchem Punkt belügen?«

»Chemische Waffen. Überall, wo wir kämpfen. Aber vor allem im Irak. Als der Krieg offiziell beendet war, hat das Pentagon einen Bericht erstellt. Zu einer Anhörung im Senat hat es einen Wichtigtuer entsandt, der kritische Fragen abbügelte. Offiziell sind nur sehr wenige chemische Waffen gefunden worden, sodass das Risiko für unsere Truppen minimal war. Was natürlich Bullshit ist. Das wissen wir nicht nur, weil wir die Leute waren, die an Vergiftungen und Verbrennungen erkrankt sind, sondern auch, weil die Army neue Vorschriften herausgegeben hat, während dieser Bericht zurechtgedoktert wurde. Vorschriften für die Behandlung von Soldaten, die chemischen Kampfmitteln ausgesetzt waren. Detaillierte Anweisungen, in denen steht, dass unsere Truppen auf ausländischen Kriegsschauplätzen weiter hohen Risiken ausgesetzt sind.«

»Sie wussten also Bescheid?«

»Sogar verdammt gut. Aber sie haben gelogen. Und warum? Wegen der Granaten. Man braucht Spezialgranaten. M110 sind die häufigste Ausführung. Sie sehen genauso aus wie herkömmliche M107. Noch mehr, wenn sie korrodiert oder absichtlich falsch bezeichnet sind. Sie enthalten zwei Kammern für unterschiedliche chemische Verbindungen. Beide sind einzeln ungiftig – aber tödlich, wenn sie sich vermischen. Und wer hat den Irakern diese Granaten geliefert? Die Vereinigten Staaten und ihre Verbündeten. Mächtige Konzerne. Die Regierung hat diese Geschäfte wissentlich ignoriert. In einem

Geheimbericht, den Michael gesehen hat, war die Rede von Hunderttausenden von gelieferten Granaten. Für die Politiker hätte das peinlich werden können. Also haben sie uns Soldaten unter den Bus gestoßen, um sich selbst zu retten. Aber das machen wir nicht mit. Jetzt nicht mehr.«

»Diese Spezialgranate. Michael benutzt sie für seine Rauchbombe?«

»Korrekt. Irgendwie passend, finden Sie nicht auch? Ausgleichende Gerechtigkeit?«

»Wissen Sie bestimmt, dass wir nur von einer Rauchbombe reden? Gibt es eine Möglichkeit, dass er heimlich echte Bomben baut, wenn die Granaten gleich aussehen?«

Sonia beugte sich noch etwas weiter nach vorn. »Dafür sollte ich Sie ohrfeigen. Oder erschießen. Ja, das weiß ich bestimmt. Halten Sie mich für eine Idiotin? Gleich sehen die Granaten nur für Laien aus, aber nicht für mich. Michael hat bisher drei Versuche gemacht. Draußen in der Wüste. Bei unterschiedlichen Winden. Ich war jeweils dabei. Glauben Sie, dass ich jetzt mit Ihnen reden könnte, wenn ich drei Meter von einer detonierenden Artilleriegranate entfernt gestanden hätte?«

»Vermutlich nicht. Wann soll die Sache also steigen – und wie wird die Bombe gezündet?«

»Mit einem Zeitzünder. Ausgelöst wird er durch ein Handysignal.«

»Michael ist also vor Ort?«

»Korrekt. Er fährt mit dem Auto hin. Und ich stoße dort zu ihm.«

»Wo?«

»Das ist sein Geheimnis. Er hat nicht mal mich eingeweiht.«

»Wann wollte Michael abfahren?«

»Morgen. Deshalb ist's umso merkwürdiger, dass er jetzt vom Radar verschwunden ist.«

»Wo lagert Dendoncker die Sachen, die Michael braucht? Das Rohmaterial?«

»Keine Ahnung. Wieso ist das Ihre fixe Idee? Dendoncker hält Michael nicht gefangen. Das würde keinen Sinn ergeben.«

»Sie haben gesagt, dass Michael hier ein Zimmer hat. Wissen Sie die Nummer?«

Sonia nickte zu der Wand hinter mir hinüber. »Gleich nebenan.«

»Wir sollten es uns mal ansehen.«

»Nicht nötig. Das habe ich schon getan.«

»Wann?«

»Vor ein paar Tagen.« Sonia schaute zu Boden. »Aber nicht, um zu schnüffeln Ich bin keine Frau, die einem Mann nachspioniert. Michael hat mich nicht wie vereinbart angerufen. Das bereitet mir Sorgen.«

»Was haben Sie gefunden?«

»Nichts Ungewöhnliches. Sein Bett war gemacht. Seine Toilettenartikel befanden sich im Bad. Seine Sachen haben im Kleiderschrank gehangen. Seine Reisetasche war da, sein Rucksack ebenfalls. Soweit ich sehen konnte, war alles da.«

»Besitzt Michael ein Auto?«

»Sogar zwei. Einen Privatwagen und einen alten Jeep, den Dendoncker ihm zur Verfügung gestellt hat. Beide stehen noch draußen. Beide sind innen und außen blitzsauber.«

Ich sagte nichts.

»Verstehen Sie jetzt, warum ich besorgt bin? Ist Michael aus eigenem Antrieb abgehauen, muss er's verdammt eilig gehabt haben, wenn er nichts mitgenommen hat oder mit dem eigenen Auto gefahren ist. Und hätte er mich dann nicht anrufen müssen? Um mich wissen zu lassen, dass er okay ist? Oder mich zu warnen, dass ich ebenfalls in Gefahr bin?«

»Wir sollten sein Zimmer noch mal inspizieren.«

»Wozu? Ich habe Ihnen schon gesagt, was es dort zu sehen gibt.«

»Ein neuer Blick schadet nie. Und wir finden Michael nicht, indem wie hier rumhocken und über ihn quatschen.«

26

Sonia verdrehte seufzend die Augen. Sie hob ihre Umhängetasche vom Fußboden auf und steckte die Beretta hinein. »Na schön. Kommen Sie mit.«

Sie sperrte die Tür ihres eigenen Zimmers mit einem altmodischen großen Schlüssel ab, der an einem schweren tropfenförmigen Anhänger aus Messing hing. Sie ließ ihn in ihre Tasche fallen, ging den Flur entlang und zog einen anderen Schlüssel heraus. Dieser war kleiner, glänzte wie verchromt und hatte einen dünnen Plastikanhänger mit dem Namen eines hiesigen Drugstores. Damit sperrte sie die nächste Tür auf, stieß sie ganz auf, trat über die Schwelle und blieb wie angewurzelt stehen. Ohne einen Laut von sich zu geben, bedeckte sie ihren Mund mit einer Hand. Ich trat neben sie und blieb ebenfalls stehen.

Michaels Zimmer war ein Spiegelbild ihres eigenen. Der zur Verfügung stehende Raum schien optimal genutzt. Die beiden Bäder in halber Zimmerbreite lagen so nebeneinander, dass etwaiges Wasserrauschen die Betten nicht erreichte. Aber während Sonias Zimmer tadellos aufgeräumt war, sah dieses aus, als wäre ein Tornado hindurchgefegt. Das Bett lag auf der Seite. Die Matratze war an einem Dutzend Stellen aufgeschlitzt, sodass graue Kunststofffasern herausquollen. Der Kleiderschrank lag von zerfetzten Kleidungsstücken umgeben umgestürzt auf seinen Türen. Der umgeworfene Sessel war ebenfalls aufgeschlitzt, die Vorhangstange von der Wand gerissen. Die Vorhänge lagen in Streifen geschnitten auf dem Fußboden.

Sonia sagte: »Wer war das? Wonach hat er gesucht? Das verstehe ich nicht.«

»Hat Renée hier auch ein Zimmer«, fragte ich.

»Ja. Am anderen Ende des Korridors. Sie glauben doch nicht etwa ...?«

»Ich habe keine Ahnung. Aber wir sollten nachsehen.«

Sonia schloss Michaels Tür und ging zu Zimmer 201 voraus. Sie drückte die Klinke herunter, dann schüttelte sie den Kopf.

»Abgesperrt«, sagte sie. »Warten Sie hier. Ich gehe runter und lasse mir den Generalschlüssel der Rezeption geben.«

Ich schüttelte den Kopf. »Nein, ich möchte niemanden in diese Sache hineinziehen. Haben Sie ein Messer in Ihrer Tasche? Oder eine Pinzette?«

Sonia wühlte in ihrer Umhängetasche, dann holte sie ein genarbtes schwarzes Lederetui heraus. Als sie den Reißverschluss aufzog, wurde eine ganze Reihe blitzender kleiner Instrumente sichtbar. Ich vermutete, dass dies ein Nagelnecessaire war, wusste aber nicht, wozu die meisten Instrumente dienten. Sie hielt mir das Etui hin. »Suchen Sie sich was aus.«

Ich wählte eine spitz zulaufende Pinzette und einen dünnen Holzstab mit abgeschrägtem Ende aus. Nachdem ich einen Schenkel der Pinzette um neunzig Grad hochgebogen hatte, ging ich vor der Tür in die Hocke und machte mich an die Arbeit. Das Schloss war alt und simpel, aber sehr solide. Aus der guten alten Zeit, als Dinge noch haltbar hergestellt worden waren. Ich stellte mir vor, wie es in einer großen, schmutzigen Fabrik in Birmingham, Alabama, vom Band gelaufen war. Eines von Hunderttausenden, die in ganz Amerika eingebaut worden waren. Vielleicht von Millionen. Wahrscheinlich weltweit in Gebrauch. Ein Qualitätsprodukt, aber nicht sonderlich kompliziert.

Ich tastete nach den Zuhaltungen und fand sie mühelos. Sie zur Seite zu schieben, war sehr viel schwieriger. Vermutlich hatte das Schloss seit dem Einbau nicht mehr viel Öl gesehen. Es war unbeweglich. Ich brauchte über eine Minute, bis es sich endlich drehte. Dann stand ich auf, öffnete die Tür und schaute ins Zimmer. Das Bild, das sich mir bot, war praktisch identisch mit dem in Michaels Zimmer. Aber es hatte keine Ähnlichkeit mit dem, was Fenton, wie sie sagte, hier gesehen hatte.

Das Bett, der Kleiderschrank, der Sessel und die Vorhänge waren demoliert, aufgeschlitzt und zerschnitten. Der einzige wirkliche Unterschied bestand darin, dass die Kleidungsstücke auf dem Fußboden keinem Mann, sondern einer Frau gehörten. Dieser Fund war keine große Überraschung. Er bewies nicht sonderlich viel. Aber er passte zu der Theorie, dass Renée verdächtigt wurde, Michaels Mitteilung Fenton zugesteckt zu haben. Man konnte nachvollziehen, weshalb Dendoncker den Auftrag erteilt hatte, beider Zimmer durchsuchen zu lassen. Ihn würde interessieren, ob es vielleicht weitere heimliche Verbindungen zwischen Michael und Renée gegeben hatte. Oder zu sonst jemandem.

Nichts von alledem bedeutete, dass ich meinen Kurs ändern musste. Aber ich entdeckte auch nichts, was mir hätte helfen können, Fentons Aufenthaltsort herauszubekommen. Mit Zugang zu einem forensischen Labor wäre ich vielleicht weitergekommen. Irgendeine mikroskopische Schmutz- oder Staubspur. Vielleicht verräterische Fasern. Sogar etwas DNA-Material. Angesichts der mir zur Verfügung stehenden Ressourcen – im Prinzip Nase und Augen – hatte es keinen

Zweck, Zeit und Energie zu vergeuden, indem ich die Trümmer durchsuchte. Das war frustrierend, aber die nüchterne Wahrheit. Die Zeit wurde knapp, und ich wusste allmählich nicht mehr, wo ich noch suchen sollte.

Als ich mich abwandte, um zu gehen, hätte ich beinahe Sonia umgestoßen. Sie stand mit weit aufgerissenen Augen und offenem Mund wie gelähmt hinter mir.

»Das verstehe ich nicht.« Sie ging um mich herum. »Das waren anscheinend dieselben Leute. Aber wieso? Was haben sie hier gesucht? Und wo sind Michael und Renée?«

Ich schwieg.

»Sind die beiden gemeinsam an irgendwas beteiligt? Augenblick! Sind sie …? Nein, das kann nicht sein. Das will ich ihnen nicht geraten haben!« Sonia trat ins Zimmer und beförderte Renées zerrissene Kleidung mit einem Tritt hoch in die Luft.

Ich fragte: »Michael und Sie? Sind Sie … mehr als Freunde? Haben Sie deshalb einen Schlüssel zu seinem Zimmer?«

Sonia wandte sich mir zu. Ihr sorgenvolles Gesicht wirkte angespannt. »Na ja, nicht offiziell. Wir sind nicht verheiratet oder verlobt oder sonst was. Wir haben's nicht vielen Leuten erzählt. Aber ja, wir sind ein Paar. Wir haben uns im Lazarett gefunden, haben einander gerettet. Er bedeutet mir alles. Ich will nicht mal daran denken, dass jemand ihn mir wegnehmen könnte …«

Dies war nicht das Szenario, das ich mir vorgestellt hatte. Ich dachte, ich würde es mit einer Bande gewissenloser Söldner zu tun bekommen. Leute, denen ich skrupellos Informationen abpressen könnte, um sie dann ihrem Schicksal zu überlassen, wenn ihr unausgegorener Plan sie mit sich in die Tiefe riss. Stattdessen hatte ich jetzt Mitleid mit dieser Frau. Vielleicht war sie naiv. Aber das stellte kein Verbrechen dar. Wahrscheinlich war sie auf einen Kerl reingefallen, der in einem kritischen Augenblick in ihr Leben getreten war. Er musste ziemlich überzeugend gewirkt haben, auch wenn er vorübergehend vom rechten Weg abgekommen zu sein schien.

Ich rechnete mir aus, dass ich Sonia unter diesen Umständen reinen Wein einschenken musste. Das ließ sich nicht vermeiden. Nicht ohne unnötig grausam zu sein. Aber dabei gab es ein Problem. Mein Talent als Überbringer von Todesnachrichten galt allgemein als unterentwickelt. Auf diesem Gebiet war ich so unbegabt, dass die Army mich damals zu einer speziellen Nachschulung geschickt hatte. Doch die hatte nicht viel geholfen. Seither hatte ich mir angewöhnt, schlechte Nachrichten an öffentlichen Orten zu überbringen. Die meisten Leute schrecken davor zurück, sich vor Publikum gehen zu lassen oder eine Szene zu machen. Aus Erfahrung wusste ich, dass Bars, Restaurants und Cafés für diesen Zweck am besten geeignet waren. Der ganze Vorgang des Bestellens, des Servierens, des Verzehrs und des Abräumens sorgt für natürliche Unterbrechungen. Er trägt dazu bei, die Realität einwirken zu lassen. Ich dachte an das Red Roan und überlegte, ob ich Sonia dorthin mitnehmen sollte. Diese Möglichkeit schien mir sehr verlockend. Letzten Endes entschied ich mich jedoch dagegen. Es würde einige Zeit dauern, bis wir dort eintrafen. Aber die Zeit war im Augenblick nicht mein Freund. Und erst recht nicht der von Fenton.

Ich fasste Sonia sanft am Ellbogen und schob sie wieder auf den Korridor hinaus. »Kommen Sie. Am besten gehen wir in Ihr Zimmer zurück. Ich muss Ihnen einiges erzählen.«

27

Sonia bekam den Sessel, doch sie hockte nur auf der Vorderkante. Ihr ganzer Körper war starr und steif. Ihre Anspannung war fast mit Händen zu greifen. Ich spürte, dass sie kurz davor war, ihre Beretta zu ziehen oder aus dem Zimmer zu flüchten. Ich setzte mich ihr gegenüber auf die Bettkante. So blieb mein rechter Fuß unauffällig in der Nähe ihrer auf dem Boden liegenden Umhängetasche mit der Pistole. Ich wollte nicht riskieren, als Überbringer schlechter Nachrichten über den Haufen geschossen zu werden.

Ich sagte: »Fangen wir mit der guten Nachricht an. Zwischen Michael und Renée hat es nichts gegeben. Das ist sicher.«

»Es *hat* nichts gegeben?«

»Dazu komme ich noch. Als Erstes müssen wir ein Stück weit in die Vergangenheit zurückgehen.«

Ich erzählte ihr die ganze Geschichte. Von dem Tag, an dem Fenton Michaels Hilferuf erhalten hatte, bis zu ihrem gescheiterten Versuch, Dendoncker zu entführen. Dazu gehörte natürlich auch, dass Dendonckers Mann ihr erklärt hatte, Michael sei tot. Als ich fertig war, schwieg Sonia eine Weile. Nur ihre Augen bewegten sich, während sie das Puzzle ganz zusammensetzte. Dann sagte sie: »Michael ist mit der Nachricht seiner Schwester geschnappt worden? Damit ist alles den Bach runtergegangen?«

»Sieht so aus.«

»Also hat Dendoncker Michael ermorden lassen?«

Ich nickte.

»Nein, das kann ich nicht glauben!«

Ich schwieg.

»Und Renée?«

»Ich denke, sie hat alles kommen sehen. Ich denke, dass ihr die Flucht gelungen ist.«

»Aber nicht Michael? Wissen Sie das bestimmt?«, fragte Sonia mit gepresster Stimme. »Todsicher? Ohne jeden Zweifel? Und wenn er noch so winzig wäre?«

»Ich habe seine Leiche nicht gesehen. Aber ich habe gehört, wie einer von Dendonckers Kerlen erzählt hat, dass der Boss Michael umgelegt hat. Und er hatte absolut keinen Grund, das zu erfinden.«

Sonia stand auf und trat ans Fenster. Sie kehrte mir den Rücken zu, zog den Vorhang halb um sich. »Ich weiß nicht, wie ich damit umgehen soll. Ich kann nicht glauben, dass er tot sein soll. Das muss ein Irrtum sein.«

Ich wusste nicht, was ich noch hätte sagen können.

Sonia wickelte sich aus dem Vorhang, fuhr herum und starrte mich an. »Warum haben Sie mir nicht gleich gesagt, dass Michael tot ist, wenn Sie's doch wussten?« Ihre geröteten Augen glänzten feucht. »Wieso haben Sie mich hingehalten? Wozu dieser ganze Bullshit, dass Sie mir helfen wollen, ihn zu finden?«

»Ich wusste anfangs nicht, auf welcher Seite Sie stehen.« Ich hob abwehrend die Hände. »Michael kann ich wahrscheinlich nicht mehr helfen, aber vielleicht seiner Schwester. Wenn ich sie rechtzeitig finde.«

»Trotzdem haben Sie mir Scheiß erzählt.« Sonia sank wieder in den Sessel und ließ den Kopf hängen. »Ich kann einfach nicht damit umgehen. Was soll ich bloß tun?«

177

»Ich würde Ihnen raten, die Stadt zu verlassen. Sofort. Ich muss jetzt weiter. Aber zuvor möchte ich Sie noch etwas fragen. Meine Frage wird Ihnen unsensibel erscheinen. Tut mir leid, dass ich sie ausgerechnet jetzt stellen muss. Aber sie könnte wichtig sein.«

»Fragen Sie nur.«

»Der Umschlag mit Michaels Nachricht an seine Schwester hat außer einer Karte aus dem Red Roan noch was enthalten, nämlich ein Kondom. Das kommt mir merkwürdig vor. Sagt Ihnen das etwas?«

»Nein. Michael hat bestimmt kein Kondom bei sich gehabt. Wir benutzten nie welche. Und er hätte seiner Schwester nie eins geschickt. Das ist krass.«

»Irgendwie ist es aber in den Umschlag gelangt.«

»Dann muss es jemand hineingeschmuggelt haben.«

»Nein, das glaube ich nicht.«

Sonia zuckte mit den Schultern. »Vielleicht hat Michael versucht, ihr etwas mitzuteilen. Dass sie besondere Vorsichtsmaßnahmen ergreifen solle. Er hatte eine Vorliebe für kryptische Botschaften. Für mich hat er oft welche hinterlassen. Die meisten habe ich ehrlich gesagt nicht verstanden. Ich musste sie mir immer von ihm erklären lassen.«

Ein Kondom als Warnung, extra vorsichtig zu sein? Das war möglich. In dem Sinn, dass es sich nicht ganz ausschließen ließ. Aber ich hielt es nicht für wahrscheinlich. Und als Erklärung passte es nicht richtig. Die Stimme in meinem Hinterkopf war noch immer nicht zufrieden.

28

Der Mann mit Löchern in den Stiefelsohlen hatte anscheinend doch keinen so festen Schlaf, wie ich geglaubt hatte.

Als ich die kleine Hotelhalle mit der Rezeption erreichte, lagen seine Füße nicht mehr auf der Theke. Er saß nicht mehr auf seinem nach hinten gekippten Stuhl. Tatsächlich war er spurlos verschwunden. Dafür trieben sich hier unten zwei andere Männer herum. Zwei der Kerle vom Vorabend. Die beiden einzigen, die noch gehen konnten. Diesmal warteten *sie* auf mich, das war klar. Beide schienen sich ein bisschen aufzublasen, als sie mich erkannten. Dann setzten sie sich in Bewegung. Der Fahrer von gestern trat vor die zweiflügelige Eingangstür, die jetzt geschlossen und vermutlich abgesperrt war. Der andere Kerl, den ich mit dem Axtstiel niedergeschlagen hatte, bewegte sich in Gegenrichtung, bis er mir den Weg zurück auf den Korridor versperrte. Diese Mühe hätte er sich sparen können. Ich hatte nicht die Absicht umzukehren.

Die Männer waren so gekleidet wie am Vorabend. Schwarze T-Shirts, schwarze Jeans, schwarze Springerstiefel. Aber der Fahrer trug jetzt einen Arm in einer Schlinge. Und beiden hing ein kleiner Rucksack aus festem Nylon über einer Schulter. Sandfarben, abgewetzt und fleckig, viel in Gebrauch. Und mit schwerem Inhalt.

Der Fahrer sagte: »Hinlegen! Auf den Bauch. Hände auf den Rücken!«

»Wieder?«, fragte ich. »Echt jetzt?«

»Hinlegen! Sofort!«

Ich blieb stehen. »Bist du als Baby mal auf den Kopf gefallen? Oder dein Boss? Ihr macht mir wirklich Sorgen. Buchstäblich alle Lebewesen auf dieser Welt können dazulernen, nur ihr anscheinend nicht. Was ist passiert, als du es das letztes Mal versucht hast? Als du sogar drei Helfer hattest? Nicht bloß einen.«

»Oh, wir lernen.« Der Fahrer nickte. Der andere Kerl nahm seinen Rucksack von der Schulter, öffnete ihn und zog einen Gegenstand heraus – eine schwarze Gasmaske. Sie bestand aus Butylkautschuk, wies traurig wirkende dreieckige Augenöffnungen auf und hatte einen links angesetzten Filter. Anscheinend eine Gasmaske M40, die U. S. Army und Marine Corps in den Neunzigerjahren eingeführt hatten. Nicht das neueste Design der Welt. Auch nicht das mit dem meisten Tragekomfort. Aber eine effektive Gasmaske. Der Kerl setzte sie auf und zog ihre Gummibänder fest.

Der Fahrer nahm seinen Rucksack zwischen die Knie, öffnete ihn und nahm eine identische Gasmaske heraus. Nachdem er sie mühsam mit einer Hand aufgesetzt hatte, blieb er einen Augenblick stehen. Mit den dreieckigen Sichtscheiben sah er wie ein deprimiertes Insekt aus. Als Nächstes holte er einen silbergrauen Behälter aus seinem Rucksack. Das Ding war ungefähr so groß wie eine Konservendose mit einem Ring und einem gebogenen Griff auf der Oberseite.

»Schon mal von CS-Gas gehört?« Die Maske bewirkte, dass die Stimme des Typs dumpf verzerrt klang.

Von CS-Gas hatte ich nicht nur gehört, sondern es selbst erlebt. Vor vielen Jahren, am letzten Tag eines Ausbildungsmoduls. Ein Dutzend von uns stand in einem abgeschlossenen Raum um einen Ausbilder herum. Dieser Mann stellte einen CS-Behälter auf den Tisch in der Mitte des Raums. Dann zog er den Sicherungsstift heraus und warf ihn in die Luft. Er selbst trug bereits eine Gasmaske: das ältere Modell M17, die damalige Standardmaske. Wir mussten warten, bis der Sicherungsstift zu Boden gefallen war. Danach blieben uns zwanzig Sekunden Zeit, unsere Gasmasken aufzusetzen, was wir alle schafften.

Dieser Teil der Übung war einfach gewesen. Der zweite Teil gestaltete sich schwieriger. Wir mussten unsere Maske abnehmen und laut Name, Dienstgrad und Stammnummer aufsagen. Einer nach dem anderen. Und wir durften die Maske erst wieder aufsetzen, wenn der Ausbilder nickte. Das war schlimm, wirklich schlimm. Aber noch schlimmer war, wenn der Ausbilder einen nicht leiden konnte. Wenn er vorgab, nichts zu hören. Wenn er einen alles wiederholen ließ. Einer von uns musste seinen Spruch dreimal aufsagen – mit Pausen zwischen den einzelnen Versuchen. Uns schienen sie eine Stunde zu dauern, aber für den armen Kerl mussten sie sich wie ein Jahr anfühlen. Als wir wieder ins Freie torkelten, war seine Uniformjacke vorn mit Tränen, Rotz und Speichel getränkt. Keine zehn Minuten später quittierte er den Dienst.

»Nun, wir nennen dies DS-Gas.« Der Kerl hielt den Behälter höher. »Dendoncker Special. Es ist wie CS auf Steroiden. Es verätzt einem die Augen so furchtbar, dass man blind wird, wenn man sie nicht rechtzeitig mit Kochsalzlösung ausspült. Und die Nase? Der Rachen? Die Lunge? Unerträgliche Schmerzen, dafür garantiere ich!«

Ich schwieg.

»Letzte Chance«, sagte er warnend. »Hinlegen! Tu dir selbst einen Gefallen. Sobald ich dieses Zeug benutze, verändert sich das Spiel. Dann musst du zu mir kriechen. Mich anbetteln, dein Augenlicht zu retten.«

Ich blieb stehen. »Das wird nicht passieren.«

»Komm schon, Mann.« Wegen der Gasmaske klang seine Stimme roboterhaft. »Wir reden hier von Wissenschaft. Gegen die kommt niemand an. Chemie muss man respektieren.«

»Chemie ist in Ordnung.« Ich war noch im Besitz der Pistole, die ich dem Kerl vor dem Café abgenommen hatte und selbst versucht hatte, sie zu gebrauchen. Damit wäre dieses Problem gelöst gewesen. Aber einen Schuss hätte man gehört. Und ich wollte keine Aufmerksamkeit erregen. Nicht in diesem Augenblick. Was ich vorhatte, setzte Ungestörtheit voraus. Daher bewegte ich mich kaum merklich nach links, bis sich der Fahrer direkt zwischen mir und der Eingangstür befand. »Aber mir war Physik schon immer lieber.«

»Ich hab dich gewarnt!« Der Fahrer zog den kleinen Bügel ab, mit dem der Sicherungsstift an dem gebogenen Griff fixiert war. Er nahm den Behälter in die linke Hand, steckte seinen rechten Zeigefinger durch den Metallring und riss kräftig daran.

Der Ring gab nicht nach.

Vermutlich war dies das erste Mal, dass der Kerl sich an einem Behälter dieser Art versuchte. Das Entsichern ist schwieriger, als es im Film aussieht. Der Sicherungsstift aus rostfreiem Stahl ist an einem Ende steil angewinkelt. Das muss so sein, denn niemand möchte ein versehentliches Auslösen riskieren. Der Kerl veränderte seine Armhaltung. Er hob den rechten Ellbogen, als verspräche er sich davon eine bessere Hebelwirkung. Ich wartete nicht ab, ob es klappte. Stattdessen stieß ich mich mit aller Kraft mit dem hinteren Fuß ab und stürmte auf ihn zu. So schnell ich konnte. Volldampf voraus. Geradewegs auf ihn zu. Ich legte die halbe Entfernung zurück. Drei Viertel der Strecke. Dann warf ich mich nach vorn.

Meine Schulter krachte gegen die Rippen des Kerls. Der Aufprall holte ihn von den Beinen. Wir krachten miteinander an die beiden Türflügel, mit der Bewegungsenergie von gut zweihundert Kilogramm. Und die Wirkung meines Gewichts wurde durch mein Tempo vervielfältigt. Dem war das alte Schloss nicht gewachsen. Die Tür sprang auf. Ein Flügel knallte draußen an die Wand, der andere wurde von den Angeln gerissen und flog sich überschlagend davon.

Der Kerl und ich gingen zu Boden: er auf dem Rücken liegend unter mir, ich auf ihm. Ich drückte seinen Brustkorb zusammen. Bei dem Aufprall war nicht zu überhören, wie einige seiner Rippen brachen. Vielleicht auch sein Schlüsselbein. Aber diese Verletzungen spielten keine Rolle. Er würde keine Schmerzen mehr empfinden, denn seine Schultern schlossen mit der Kante des Randsteins zur Straße hin ab. Dort hielt mein Gewicht sie fest. Aber sein Schädel bewegte sich zwölf bis fünfzehn Zentimeter weiter. Dann prallte der Hinterkopf auf den Asphalt. Der Schädel platzte auf wie eine Melone. Ich spürte etwas Klebriges im Gesicht. Der Kerl zuckte noch einmal kurz, dann lag er still.

29

Eine halbe Sekunde später spürte ich ein Gewicht auf meinem Rücken. Weit über hundert Kilogramm. Dann schlang sich ein Arm um meinen Hals. Das war der andere Kerl. Er musste uns nach draußen gefolgt sein und seine Chance erkannt haben, weil ich fast schon am Boden lag. Also hatte er sich auf mich gestürzt, mich zwischen sich und seinem toten Kumpel eingeklemmt. Nun streckte er sich, bis mein Hals sich in seiner Armbeuge befand, packte sein Handgelenk mit der anderen Hand und zog es zurück. Um die Hebelwirkung zu verstärken, stemmte er gleichzeitig sein Knie in meinen Rücken. Dabei setzte er seine ganze Kraft ein und strengte sich an wie ein Angler, der den Fang seines Lebens an Land zu ziehen versucht. Ich griff hinter mich, um seinen Kopf zu erreichen, aber er bog sich zu weit zurück. Das war clever. Er hatte diese Gefahr vorausgesehen und achtete darauf, außer Reichweite zu bleiben.

Er hatte es auf mich abgesehen. Ich hatte es auf ihn abgesehen. Keiner von uns gab eine Handbreit nach. Keiner von uns war kurz davor, einen Durchbruch zu schaffen. Offenbar war ihm diese Pattsituation bewusst. Mir passte sie ziemlich gut. Wenn er's darauf anlegte, mich auf Dauer zu zermürben, hatte er sich den falschen Gegner ausgesucht. Das stand fest. Das musste ihm klar geworden sein, denn er fing an, sich vor und zurück zu bewegen, um so den Druck zu erhöhen. Das verschaffte ihm einen Vorteil. Ich bekam plötzlich kaum noch Luft. Obwohl ich die Halsmuskeln anspannte, schien meine

Luftröhre kurz davor zu sein, zerquetscht zu werden. Mein Kehlkopf schmerzte. Meine Lunge begann zu brennen. Ich musste den Spieß umdrehen. Sofort.

Ich senkte die rechte Schulter und wälzte mich halb von dem Toten, auf dem ich noch immer lag. Gleichzeitig hob ich die linke Schulter. Ich konnte spüren, wie der Kerl auf mir versuchte, das Gleichgewicht zu halten, um nicht abzurutschen. Sobald er sich bewegte, warf ich mich in Gegenrichtung herum. Drückte die linke Schulter herunter. Riss die rechte Schulter hoch. Verdrehte dabei den ganzen Oberkörper. Berührte mit dem rechten Knie den Asphalt und stemmte mich darauf hoch. So kippten wir beide nach links. Wir hingen sekundenlang in der Schwebe, weil der Kerl meine Absicht erkannte und unsere Bewegung umzukehren versuchte. Aber dafür war es zu spät, auch wenn sein Arm weiter meinen Hals umschlang.

Wir machten gemeinsam eine halbe Rolle. Diesmal lag er unten, auf dem Rücken. Ich lag auf ihm. Ebenfalls auf dem Rücken. Mein Gewicht lastete auf ihm, nagelte ihn fest. Trotzdem versuchte er weiter, mich zu erwürgen. Er gab nicht auf, sondern bemühte sich im Gegenteil, noch fester zuzudrücken. Offensichtlich mit dem Mut der Verzweiflung. Ich stellte mir vor, dass er unter mir selbst nicht sehr gut Luft bekam. Und er konnte den Kopf nicht wegdrehen, weil der Asphalt ihn daran hinderte. Ich griff nach seinem Kopf, ertastete die Gasmaske. Sie befand sich in einem unmöglichen Winkel zur Straße. Dann wurde mir klar, dass der Mann sie hochgeschoben hatte, um besser atmen und sehen zu können. Ich riss sie ihm ab und ließ sie fallen. Ließ meine Hand über seine Stirn gleiten. Fand den Nasensattel. Legte meinen rechten Daumen aufs rechte Auge und meinen Zeigefinger aufs linke. Und begann zu drücken.

Ich drückte nicht allzu fest. Nicht gleich am Anfang. Er versuchte weiter, mir die Luft abzuschnüren. Ich verstärkte den Druck. Er wimmerte. Warf verzweifelt den Kopf hin und her. Aber meine Hand ließ sich nicht so einfach abschütteln. Ich drückte fester zu. Und noch fester. Seine Augäpfel waren kurz davor, eingedrückt oder aus ihren Höhlen gepresst zu werden. Normalerweise wäre das ein befriedigendes Resultat gewesen, aber unter den jetzigen Umständen musste ich vorsichtig sein. Seine Anwesenheit war ein Bonus, den ich nicht vergeuden durfte. Er musste weiter imstande sein, Fragen zu beantworten. Deshalb erhöhte ich den Druck von Daumen und Zeigefinger nicht weiter und machte ein Hohlkreuz. Schob die andere Hand zwischen unsere Körper, griff in seinen Schritt, bekam eine Handvoll zu fassen und drückte drehend und zerrend mit aller Kraft zu. Bis er kreischte und meinen Hals losließ.

Ich sprang sofort auf, bevor er sich die Sache überlegen oder etwas anderes versuchen konnte. Ich stampfte auf seinen Unterleib. Nicht allzu kräftig. Nur genug, damit er vorerst liegen blieb. Dann sammelte ich seine Pistole, seine Maske und den Gasbehälter ein, der dem anderen Kerl aus der Hand gefallen war. Der Sicherungsstift steckte noch. Ich hob seinen Rucksack auf und schaute hinein. Er enthielt eine Wasserflasche, eine Rolle Paracord, ein Multifunktionswerkzeug Leatherman in einem Lederetui und ein Bündel mit einem halben Dutzend praktisch unzerreißbarer Kabelbinder. Das Multitool und die Kabelbinder steckte ich ein. Die Pistole kam in den Rucksack. Dann stieß ich mit meiner Stiefelkappe ein Ohr des Kerls an.

»Ist das euer Auto?« Ich deutete auf die andere Straßenseite. Dort stand ein schwarzer Lincoln geparkt. Er sah wie das Town Car aus, mit dem die drei Männer vom Klinikum weggefahren waren.

Er drehte den Kopf zur Seite, um herauszufinden, was ich meinte, und nickte dann.

»Wo ist der Schlüssel?«

Er zeigte auf den Toten neben ihm.

»Her damit!«

»Ausgeschlossen.« Der Kerl war plötzlich kreidebleich. »Er ist tot. Ich fasse keinen Toten an.«

»Weigerst du dich, bist du nichts für mich wert.« Ich trat ihn erneut ans Ohr, diesmal etwas fester. »Willst du wie er enden?«

Der Kerl gab keine Antwort. Er wälzte sich nur zur Seite, richtete sich kniend auf und griff über seinen toten Kumpel hinweg. Er zog ihm den Autoschlüssel aus der Hosentasche und hielt ihn hoch, damit ich ihn sehen konnte.

»Gut. Jetzt schleppst du ihn ab und legst ihn in den Kofferraum.«

»Kommt nicht infrage! Ich fasse ihn nicht an.«

»Der Tote kommt in den Kofferraum. Du legst ihn dort rein – oder du wirst dazugelegt. Du hast die Wahl.«

Der Kerl schüttelte den Kopf, rappelte sich auf und schlurfte die wenigen Stufen hinunter. Er packte seinen toten Kumpel an den Händen, um ihn über die Straße zu schleifen. Aber schon auf dem Gehsteig schepperte eine bisher versteckte Pistole zu Boden. Er wollte sich darauf stürzen, war aber zu langsam. Ich stellte einen Fuß auf die Waffe und trat ihm mit dem anderen an den Kopf. Nicht allzu kräftig. Nur als Warnung. Aber das genügte. Er machte sich daran, den Toten weiterzuschleifen. Auf dem Asphalt blieb eine dunkle Blutspur zurück. Ich wartete, bis er die Straße halb überquert hatte, bevor ich mich bückte, die Pistole aufhob und sie zu dem anderen Zeug im Rucksack steckte.

Der Kerl ließ den Kofferraumdeckel aufspringen. Er kämpfte damit, die Leiche hochzuheben. Der Tote war schwer. Kopf und Gliedmaßen baumelten schlaff herab. Nach einiger Zeit gelang es dem Kerl, ihn mit einer Schulter am Kotflügel sitzend aufzurichten. Er stellte sich hinter ihn, umfasste den Oberkörper mit beiden Armen und zog ihn ganz hoch. Dann schob er ihn mit dem Kopf voraus hinein. Er knallte den Kofferraumdeckel sofort zu, als fürchtete er, ich könnte ihn ebenfalls hineinschieben, und warf sich herum. Seine Augen waren geweitet. Er atmete keuchend. Seine Unterarme waren blutverschmiert.

Ich sagte: »Sperr die Türen auf.«

Der Kerl drückte einen Knopf der Fernbedienung. Ich hörte das fast gleichzeitige vierfache Klicken, mit dem die Türschlösser entriegelt wurden.

»Leg den Schlüssel auf den Kofferraumdeckel.«

Der Kerl tat wie ihm geheißen.

»Steig ein. Setz dich ans Steuer.«

Ich nahm den Schlüssel, folgte ihm und trat an den Wagen heran, damit er die Fahrertür nicht schließen konnte. Dann zog ich einen Kabelbinder aus der Tasche und ließ ihn in seinen Schoß fallen. »Damit fesselst du deine rechte Hand ans Lenkrad.«

Er zögerte, dann schlang er den Kabelbinder um den Lenker und fädelte die Spitze in die dafür vorgesehene Öffnung ein. Er zog daran, bis die ersten Zähne zu greifen begannen. Schob seine Hand durch den Ring und zog den Kabelbinder etwas weiter zu.

Ich sagte: »Enger!«

Er gehorchte, ließ den Kunststoffring aber verhältnismäßig locker.

Ich beugte mich in den Wagen, griff nach dem eingefädelten Ende und zog kräftig daran. Der Kabelbinder schnitt in sein Handgelenk. Der Kerl grunzte.

Ich sagte: »Linke Hand ans Steuer.«

Er legte sie in Zehn-Uhr-Position aufs Lenkrad. Ich fixierte sie dort mit einem weiteren Kabelbinder. Dann packte ich ihn am Ellbogen und zerrte daran. Der Kerl grunzte wieder. Ich war beruhigt, weil seine Hand nicht durch den Ring passte. Also schloss ich die Fahrertür und stieg hinter ihm ein.

Ich fragte: »Wo ist Dendoncker?«

Der Kerl gab keine Antwort.

Ich setzte seine Gasmaske auf und zog umständlich die Bänder fest. Dann legte ich den Gasbehälter auf die Mittelkonsole zwischen den Vordersitzen.

»DS-Gas, hat dein Kumpel gesagt, bevor er gestorben ist. Wie CS-Gas auf Steroiden. Habe ich das richtig verstanden?«

Der Kerl nickte.

»Ich hab ihm nicht geglaubt. Ich denke, dass dieser Behälter leer ist. Eine Attrappe. Ich denke, dass ihr zu bluffen versucht habt. Ich denke, ich sollte den Stift rausziehen, um zu sehen, was passiert.«

Der Kerl rutschte unruhig hin und her, spreizte den Ellbogen ab und versuchte, den Behälter in den Fußraum zu befördern. »Nein«, sagte er. »Bitte. Das Ding ist echt. Bitte den Stift nicht rausziehen.«

»Dann beantworte meine Frage.«

»Das kann ich nicht. Dendoncker ... den verrät man nicht. Dafür ist kein Preis hoch genug.«

30

Ich klopfte mit einem Fingerknöchel auf den Gasbehälter. »Von diesem Zeug wird man blind, richtig? Seine Sehfähigkeit zu behalten – klingt das nicht attraktiv?«

Der Kerl schüttelte den Kopf. »Ich hatte einen Freund. Wir haben fünf Jahre zusammengearbeitet, für Dendoncker. Mein Freund ist jeden Monat einmal zum Walmart gefahren. Der nächste Markt liegt ungefähr hundert Meilen entfernt. Dort hat's ein spezielles Getränk gegeben, auf das er scharf war. Chai hat er's genannt. Aus Indien. Dendoncker sind seine Einkaufsfahrten verdächtig vorgekommen und er hat meinen Freund beschatten lassen. Der Kerl, der ihm nachgefahren ist, hat in dem Markt jemanden gesehen, der ein FBI-Agent hätte sein können.«

»Woran als FBI-Agent erkennbar?«

»Er war nicht definitiv einer. Aber er hätte einer sein können. Für Dendoncker war das genug. Damals wollte er gerade einen Posten Scharfschützengewehre Kaliber .50 verkaufen. An einen mexikanischen Drogenbaron. Solche Gewehre sind dort unten sehr begehrt. Damit ist viel Geld zu verdienen. Aber der Käufer wollte erst zahlen, nachdem er ein Gewehr in der Wüste ausprobiert hatte. Also hat Dendoncker meinen Freund an einen hundert Meter entfernten Pfahl festbinden lassen. Nackt. Wir anderen mussten durch Ferngläser zusehen. Das Gewehr hat einwandfrei funktioniert. Aber der Drogenbaron war ein miserabler Schütze. Er hat ein Dutzend Schüsse abgegeben. Hat meinen Freund am Bein getroffen.

An der Schulter. In die Rippen, in den Bauch. Er war nicht tot, aber Dendoncker hat ihn dort zurückgelassen. Hat die Leiche erst nach ein paar Tagen aus der Wüste holen lassen. Ich habe sie gesehen. Musste mich übergeben. Seine Augen waren ausgehackt. Schlangen hatten ihn in die Füße gebissen. Ein größeres Tier hatte ein Stück aus seiner Wade gerissen. Bei diesem Anblick habe ich mir geschworen, alles zu tun, damit mir so was nie zustößt.«

Ich klopfte erneut auf den Behälter.

Der Kerl versuchte, sich zu mir umzudrehen. »Bei anderer Gelegenheit wollte Dendoncker Schützenminen verkaufen. Einem anderen Drogenbaron. Der Mann war dabei, sein Hauptquartier auszubauen und zusätzlich zu befestigen. Auch er wollte die Ware in Aktion sehen. Also hat Dendoncker in der Wüste ein kleines Minenfeld anlegen lassen. Irgendein Typ – ich weiß nicht mehr, was er angeblich verbrochen hatte – sollte es durchqueren. Er ist keine zehn Meter weit gekommen, dann war er erledigt.«

»Wenn ich mit Dendoncker fertig bin, kann er keinem Menschen mehr etwas tun. Das steht verdammt fest.« Ich klopfte noch mal auf den Behälter. »Aber dieses Zeug? In diesem beengten kleinen Raum?«

Der Kerl beugte sich nach vorn und schlug mit der Stirn aufs Lenkrad. Einmal. Zweimal. Dreimal. »Ich könnt's dir nicht sagen, selbst wenn ich wollte. Ich weiß nicht, wo Dendoncker ist. Das weiß niemand.«

»Was weißt du also?«

»Wir hatten Befehl, dich ins Haus zu schaffen. Dann würde jemand kommen, um dich abzuholen. Keine Ahnung, wohin er dich gebracht hätte. Das geht weit über meine Lohngruppe hinaus.«

»Woher hätte er gewusst, dass er mich abholen kann?«

»Ich hätte eine Textnachricht geschickt.«

»An welche Nummer?«

Der Kerl ratterte eine zehnstellige Nummer herunter. Sie begann mit einer Vorwahl in Alaska. Vermutlich ein Wegwerfhandy, das seinen jetzigen Standort nicht preisgab.

»Welche Nachricht solltest du schicken? Wie lautet sie genau?«

»Es gibt keinen exakten Wortlaut. Nur, dass wir dich haben.«

»Wie lange würde es nach dem Abschicken dauern, bis jemand kommt?«

Der Kerl zuckte mit den Schultern. »Schwer zu sagen. Manchmal warten sie schon, wenn wir ankommen. Manchmal müssen wir fünf Minuten warten. Aber nie länger als zehn.«

»Und wo wartet ihr?«

»Im Haus.«

»Wo liegt dieses Haus?« Der Kerl beschrieb das Gebäude, zu dem ich den Lincoln schon mal verfolgt hatte.

»Immer dort?«, fragte ich. »Nie woanders?«

»Nein.« Der Kerl schüttelte den Kopf. »Die Übergabe muss dort stattfinden. Egal, wer kommt oder abgeholt wird – das Haus ist immer der Treffpunkt. Soviel ich weiß, gibt es nur diesen.«

»Bis wann solltet ihr mich spätestens abliefern?«

»Dafür stand kein Termin fest. Wir hätten so lange Zeit gehabt, wie wir gebraucht hätten, um dich zu erwischen.«

»Stell deinen Fuß aufs Bremspedal.«

Der Kerl blieb unbeweglich sitzen.

Ich klopfte leicht auf den DS-Behälter.

Der Kerl seufzte, streckte das rechte Bein aus und trat aufs Bremspedal.

Ich nahm die Gasmaske ab und steckte sie in den Rucksack. Ließ auch den Gasbehälter hineinfallen. Beugte mich zwischen den Rücklehnen über die Mittelkonsole nach vorn. Drückte den Kopf des Kerls mit meiner linken Hand an die Seitenscheibe, während ich mit der Rechten den Zündschlüssel ins Schloss steckte. Der Motor sprang grollend an, als ich den Schlüssel nach rechts drehte. Ich stellte den Wählhebel auf D und ließ mich auf den Rücksitz zurücksinken.

Ich sagte: »Fahr mich zu dem Haus. Je früher Dendonckers Kerle aufkreuzen, desto eher lasse ich dich laufen. Wenn du bis dahin keine Dummheiten machst.«

Seine Finger schlossen sich um das Lenkrad. Dabei störten die Kabelbinder, aber ich war sicher, dass er es schaffen würde, den Wagen zu lenken. Und die Unbequemlichkeit würde ihn davon abhalten, allzu viel über einen Fluchtversuch nachzudenken. Er wechselte mit dem rechten Fuß vom Brems- zum Gaspedal und fuhr an. Zuerst ging es die Hotelfassade entlang, dann bog er nach links in Richtung Stadtmitte ab. Langsam. Gleichmäßig. Ohne Dummheiten zu versuchen. Nach etwa fünfzig Metern erreichten wir die Ausfahrt zur Straße.

»Nein. Das kann ich nicht!« Der Kerl bremste und schlug das Lenkrad scharf links ein, wozu er den ganzen Oberkörper verdrehen musste. So wendete er in der Ausfahrt, bis wir in Gegenrichtung zur Grenze unterwegs waren. Dann setzte er sich auf. Gab etwas mehr Gas. Wurde schneller.

Ich zog meine Pistole, beugte mich zwischen den Sitzen nach vorn und hielt ihm die Mündung an die Schläfe.

»Nur zu«, forderte er mich auf. »Erschieß mich. Bitte. Tu mir den Gefallen.«

Wir waren wieder vor dem Hotel angelangt. Diesmal bog der Kerl nicht ab. Er fuhr geradeaus weiter – über den Randstein, über den mit Kakteen bestandenen sandigen Geländestreifen vor der Grenze. Hinter uns stieg eine Staubwolke auf. Wir wurden etwas langsamer. Wir holperten und schwankten. Für diese Art Gelände war ein Straßenkreuzer wie der Lincoln nicht geeignet. Er war zu lang. Hatte zu wenig Bodenfreiheit. Aber wir ackerten weiter. Der Kerl dachte nicht daran, den Fuß vom Gaspedal zu nehmen.

Wir hielten mit etwas über zwanzig Meilen in der Stunde direkt auf die Stahlbarriere der Grenze zu. Die Limousine war schwer, aber bei diesem Tempo konnte sie das Hindernis unmöglich durchbrechen. Sie bestand aus massiven Stahlstäben, die bestimmt tief verankert waren. Speziell dafür konstruiert, nicht durchbrochen zu werden. Dass einer von uns dabei verletzt wurde, war wenig wahrscheinlich. Jedenfalls nicht schwer.

Ich blieb zurückgelehnt sitzen und legte für alle Fälle den Sicherheitsgurt an. Der Kerl versuchte allem Anschein nach, den Wagen zu Schrott zu fahren. Bestimmt würde der Kühler beim Aufprall leck werden und wegen des hiesigen Klimas sofort ein Problem darstellen. Der Motor würde sehr schnell überhitzt sein und bis zu dem Haus auf keinen Fall durchhalten.

Ich überlegte, ob ich den Typen k. o. schlagen oder ihn würgen sollte, bis er das Bewusstsein verlor. Trotzdem würden wir wahrscheinlich gegen die Barriere prallen, was aber kein großes Problem zu sein brauchte. Sonia hatte gesagt, Michael habe in diesem Hotel zwei Autos stehen. Also ganz in der Nähe. Ich konnte eines davon benutzen. Mit diesem Kerl im Kofferraum. Er konnte noch nützlich sein. Nicht nur als Fahrer.

Zwanzig Meter vor der Grenze zog der Kerl ruckartig seine linke Hand zurück. Mit aller Kraft. Das Lenkrad zuckte. Wo die scharfe Kante des Kabelbinders in die Haut schnitt, begann sein Handgelenk zu bluten. Noch fünfzehn Meter. Der Kerl stieß den linken Arm entschlossen nach vorn, riss ihn sofort wieder zurück. Dabei platzte die Haut über dem Daumengelenk auf, sodass er vor Schmerzen laut aufschrie. Blut schoss aus der Wunde. Vielleicht trug es dazu bei, den Kunststoff zu schmieren. Vielleicht führte auch nur brutale Gewalt zum Erfolg. Jedenfalls bekam er seine Hand irgendwie frei.

Zehn Meter vor der Barriere griff der Kerl in seine linke Jackentasche. Holte einen Vierteldollar heraus, den er stehend zwischen Daumen und Zeigefinger hielt. Er platzierte ihn genau in der Lenkradmitte.

Fünf Meter vor der Stahlbarriere beugte er sich nach vorn. Hob den Kopf, sodass seine Kehle exponiert war und trat das Gaspedal durch.

Als wir frontal auf die Barriere prallten, wurden ungefähr ein Dutzend Airbags ausgelöst. Ihre Knalle waren lauter als der eigentliche Aufprall. Einer schoss aus der Tür neben mir und traf mich am Arm. Er war so heiß, dass ich mich fast daran verbrannte. Meine Sicht nach draußen war plötzlich versperrt. Ich kam mir vor wie in einer Wolke gefangen. Die Airbags begannen, allmählich schlaff zu werden, in der Luft hing weißer Staub wie von Talkumpuder. Dazu roch es nach Kordit. Ich schnallte mich ab. Öffnete meine Tür und stieg aus.

Der Motor war abgestorben, aber ich hörte ein lautes Zischen. Unter der Motorhaube quoll eine Dampfwolke hervor. Ich riss die Fahrertür auf. Der Kerl war in seinen Sitz zurückgeworfen worden. Sein Gesicht war rauchgeschwärzt und verbrannt. Die weit aufgerissenen Augen starrten ins Leere.

Eine Seite seines gebrochenen Unterkiefers war ausgerenkt. Seine Hemdbrust war blutgetränkt. Und er hatte ein gähnendes Loch in der Kehle, als hätte ihn ein Schuss getroffen. In gewisser Weise stimmte das, denn er hatte die Münze als Geschoss benützt. Die Explosivkraft des Airbags hatte sie tödlich beschleunigt. Vielleicht nicht ganz der Verwendungszweck, den die NHTSA im Sinn gehabt hatte, als sie Airbags zur Pflicht machte.

Ich griff in den Wagen. Zog dem Kerl das Smartphone aus der Tasche. Nahm seinen Rucksack mit und machte mich auf den Weg zurück ins Hotel.

31

Ich kam fünf Schritte weit, dann blieb ich stehen. Wegen des Handys des Kerls, das ich zu benutzen gedachte. Was bedeutete, dass ich es entsperren musste. Was Probleme aufwerfen konnte.

Das Handy war ein Smartphone, das nur aus einem Touchscreen bestand. Es hatte keine Tasten, die man drücken konnte. Als ich das Display berührte, begann es zu leuchten. Das Gerät in meiner Hand schien zornig zu summen, dann erschien die Meldung: *Gesichtserkennung fehlgeschlagen. Noch mal versuchen?* Gott sei dem Handy gnädig, das dein Gesicht erkennt, dachte ich. Dann kehrte ich zu dem Lincoln zurück. Blieb an der offenen Fahrertür stehen und hielt dem Toten das Smartphone vors Gesicht. Es summte wieder zornig. Ich ließ es kurz sinken, probierte es dann noch mal.

Ohne Erfolg.

Ich vermutete, dass der gebrochene Unterkiefer des Kerls das Problem war. Der explodierende Airbag hatte ihn so entstellt, dass sein Gesicht nicht mehr dem gespeicherten Bild entsprach. Seine Umrisse hatten sich zu stark verändert. Ich versuchte, sein Kinn zurechtzurücken, bevor ich ihm das Smartphone erneut vor die Nase hielt. Nichts zu machen. Ich drückte seinen Unterkiefer etwas zur Seite, aber auch so klappte das Entsperren nicht. Stattdessen summte das Gerät zorniger als zuvor und hatte dann eine neue Mitteilung für mich: *Für Gesichtserkennung PIN erforderlich.*

Unter dieser Zeile poppten sechs Kreise hoch. Sie waren klein und gelb und durch eine waagrechte Linie miteinander verbunden. Darunter erschienen zehn Kreise mit den Ziffern 0 bis 9, die als Standardtastatur angeordnet waren. Als ich die Null berührte, wurde der erste kleine Kreis grau. Also gab es für dieses Handy eine sechsstellige PIN. Viel zu viele mögliche Kombinationen, als dass man versuchen konnte, die richtige zu erraten. Nicht, ohne etwas über den Toten zu wissen. Irgendwas, das einen brauchbaren Hinweis gab. Ich gab die Null für alle Fälle noch fünfmal ein. Alle gelben Kreise wurden grau, und das Smartphone summte zornig. *PIN nicht korrekt.* Noch mal versuchen? Vielleicht, dachte ich, aber nicht jetzt. Nicht neben einem Auto stehend, in dem zwei Tote lagen. Und nicht, wenn es eine weitere Möglichkeit gab, die ich ausprobieren konnte.

Ich ging um den Wagen herum nach hinten und öffnete den Kofferraum. Durch die Wucht des Aufpralls war der andere Tote ganz nach vorn geworfen worden. Ich beugte mich hinein, packte ihn am Gürtel und zog ihn zurück. Dann durchsuchte ich seine Taschen. Fand ein weiteres Smartphone. Ebenfalls ohne Tasten, aber mit Gesichtserkennung. Ich wälzte den Mann auf den Rücken. Rückte ihn etwas zurecht, damit sein Gesicht nicht im Schatten lag. Hielt das Handy darüber. Es summte kurz und war dann entsperrt.

Gut, dass nun eines der Smartphones entsperrt war, aber nicht perfekt. Ich wusste nicht, wie lange es in Betrieb bleiben würde, bevor es sich automatisch abschaltete. Dreißig Sekunden? Eine Minute? Zehn? Alles kein Problem, solange ich mich in der Nähe des Lincolns befand und die Gesichtserkennung jederzeit wiederholen konnte. Das Dumme war nur, dass ich nicht in der Nähe des Wagens bleiben und hier auch das Handy nicht benutzen wollte. Ich wollte in dem Haus in Position sein, bevor ich eine SMS schickte, die weitere Männer Dendonckers anlocken sollte. Ich wollte beobachten, wie sie ankamen, um herauszufinden, wie viele es waren. Wie sie bewaffnet waren. Die Fahrt bis zu dem Haus würde einige Zeit dauern, vermutlich eine halbe Stunde. Mindestens. Der Chevy stand vor Fentons Hotel. Von dort aus war ich zu Fuß zum Red Roan gegangen und dann zum Border Inn. Um ihn mir zu holen, würde ich auf demselben Weg zurückgehen müssen. Oder mir die Schlüssel von einem von Michaels Autos holen. Und es gab noch ein paar Dinge, die ich vorhatte unterwegs zu erledigen.

Unter den gegenwärtigen Umständen sah ich keine Alternative. Ich musste die SMS schicken und den Dingen ihren Lauf lassen. Auch wenn ich das Haus erst nach den Männern erreichte, war der Schaden nicht allzu groß. Ich konnte das Ganze erst mal beobachten, einen Plan machen. Das würde sich auf Details, aber nicht auf das Ergebnis auswirken. In meiner jetzigen Stimmung war es mir egal, wie viele Kerle Dendoncker schickte oder wie sie bewaffnet waren. Sie würden alle im Krankenhaus landen. Oder in der Leichenhalle.

Ich rief den Messengerdienst auf und gab die Nummer ein, die der Kerl genannt hatte, als er berichtet hatte, welchen Auftrag sie hatten. Weil er gesagt hatte, es gebe keinen vorgeschriebenen Text, tippte ich ein: *Gefangener festgesetzt. Sind zum Haus unterwegs.* Dann fügte ich hinzu: *ETA 40 Minuten.* Ich hoffte, das würde einen Unterschied machen. Oder auch nicht. Einen Versuch war's jedenfalls wert.

Da ich nicht wusste, wie lange das Smartphone funktionierte, wählte ich Wallworks Nummer auf dem Rückweg ins Hotel. Er meldete sich nach dem ersten Klingeln.

»Hier ist Reacher. Ich verfolge eine Fährte, darum muss ich mich kurzfassen. Ich habe ein Update. Ich habe eine Frau befragt, die Verbindung zu einem Mitglied von Dendonckers Crew hat. Sie hat zugegeben, dass es einen Plan für einen Bombenanschlag bei einer Zeremonie am Veterans Day gibt. Aber sie behauptet, die Bombe solle als eine Art PR-Gag nur Rauch ausstoßen.«

»Nehmen Sie ihr das ab?«

»Wir wissen, dass Dendonckers Mann eine echte Bombe bauen kann. Das hat Fenton durch ihre Arbeit im TEDAC bewiesen. Also ist die Frau, mit der ich gesprochen habe, getäuscht worden – oder es gibt einen zweiten Anschlagsplan.«

»Auf welches Ziel?«

»Das wusste die Frau nicht.«

»Okay. Passen Sie auf sich auf. Ich gebe eine allgemeine Warnung heraus.«

»Gut. Haben Sie was für mich?«

»Die Adresse, die Sie mir genannt haben? Ich konnte sie zurückverfolgen. Es handelt sich um eine Briefkastenfirma. Noch eine. Keine Verbindung zu Dendoncker oder seinem Firmengeflecht. Keine weiteren Vermögenswerte. Sonderbar ist etwas anderes: Sie hat vor zehn Jahren den Besitzer gewechselt. Gleich nachdem Dendoncker in die Stadt gekommen ist. In der Lokalzeitung habe ich einen Bericht darüber gefunden. Der vorherige Besitzer muss ein netter alter Mann gewesen sein. Er hat viele Jahre in dem Haus gelebt und ist praktisch vertrieben worden. Das Gebäude war nicht mal auf dem Markt. Er hatte es nie verkaufen wollen. Aber dann hat ein Ungenannter – vermutlich Dendoncker – sich dafür interessiert. Aggressiv. Als hätte er's speziell darauf abgesehen.«

»Wozu? Jetzt lebt niemand dort. Es ist unbewohnt. Dendonckers Leute benutzen es als Übergabeort. In der Stadt stehen jede Menge Häuser leer. Wieso wollte er gerade dieses?«

»Vielleicht wollte Dendoncker dort einziehen und hat sich die Sache anders überlegt? Oder er hatte damit etwas anderes vor, das sich zerschlug. Dafür kann es Dutzende von Gründen geben.«

»Schon möglich. Aber tun Sie mir einen Gefallen: Stellen Sie fest, wem die Nachbarhäuser gehören. Überprüfen Sie die ganze Straße, um herauszufinden, ob noch jemand auffällig ist.«

Unser Gespräch war gerade zu Ende, als ich den Hoteleingang erreichte. Die Blutspur war noch zu erkennen. Sie sah jetzt angetrocknet und rostbraun aus. Der noch intakte Türflügel war geschlossen. Den abgerissenen hatte jemand reingeholt und an die Wand gelehnt. Ich ging durch die Lücke, die er hinterlassen hatte, und schaute mich in der Hotelhalle um. Der Mann mit den Cowboystiefeln war wieder da, hatte sie wieder auf die Empfangstheke gelegt. Dieselben Stiefel. Schlangenleder. Löcher in den Sohlen. Ich war froh, sie dort zu sehen. Weil das bedeutete, dass der nächste Punkt auf meiner Liste sich leicht würde abhaken lassen.

Der Mann saß auf seinem Stuhl zurückgelehnt. Seine Weste war wie zuvor aufgeknöpft, sein Hut wieder tief ins Gesicht gezogen. Und er schlief auch jetzt nicht wirklich. Ich verfolgte, wie sein Körper sich anspannte, als ich näher kam. Er hatte nicht erwartet, mich wiederzusehen. Das war offensichtlich. Vermutlich hatte er geglaubt, das Blut auf dem Fußboden sei von mir.

Ich fragte: »Wie viel?«

Der Mann tastete nach seinem Hut, schob ihn nach hinten

und tat so, als wäre er nur verwirrt, weil ich ihn plötzlich geweckt hatte. »Wie viel? Wofür?«

»Dass Sie Dendoncker angerufen haben, ihm gemeldet haben, dass ich hier bin. Wie viel hat er dafür bezahlt?«

»Nichts. Ich meine, ich weiß nicht, wovon Sie reden.«

Ich packte den Kerl an den Knöcheln und zog kräftig daran. Sein Hintern rutschte vom Stuhl, und er quiekte, als er auf die Fliesen knallte. Ich setzte mit einer Flanke über die Empfangstheke und stand nun breitbeinig über ihm. Er griff nach einem kleinen Fach, das von außen nicht zu erkennen war. Dort lag eine Schrotflinte versteckt. Eine alte L. C. Smith mit abgesägtem Lauf. Damit war sie handlicher und aus der Nähe weiterhin absolut tödlich.

Ich sagte warnend: »Finger weg!«

Als der Kerl weiter danach grapschte, trat ich ihm an den Kopf. Nicht fest. Mein Tritt war mehr ein Schubser, eben kräftig genug, um ihn auf den Rücken zu werfen. Um ihn zu entmutigen, stampfte ich dann auf seine Hand. Nur für den Fall, dass er nochmals den Drang verspürte, nach der Schrotflinte zu greifen.

Ich fragte: »Wie viel?«

Der Kerl wälzte sich von einer Seite zur anderen, hielt die zerquetschte Hand an seine Brust gedrückt. »Nichts zusätzlich. Er zahlt mir jeden Monat fünfhundert. Bar auf die Hand. Ich melde alles Ungewöhnliche. Oder außergewöhnliches Verhalten seiner Leute, die hier übernachten. Manchmal schickt er wie heute Morgen eine Suchmeldung raus. Ich hab eine Nachricht mit Ihrer Personenbeschreibung bekommen. Ich musste ihn anrufen, sobald ich Sie gesehen habe. Ich hatte keine andere Wahl. Mr. Dendoncker … er ist ein schlimmer Mensch.«

»Man hat immer eine Wahl. Recht oder Unrecht. Sie sind davon ausgegangen, nicht erwischt zu werden. Sie waren geldgierig. Sie haben schlechte Entscheidungen getroffen. Ich erkläre Ihnen jetzt, was passieren wird. Sobald sie wieder aufwachen, verlassen Sie die Stadt. Sofort! Und kommen nie mehr zurück. Das werde ich kontrollieren. Treffe ich Sie noch mal an, sorge ich dafür, dass Ihnen Dendoncker wie der Osterhase erscheint. Ist das klar?«

»Wenn ich aufwache? Morgen früh, meinen Sie?«

Ich packte den Mann vorn am Hemd und zog ihn hoch, bis er saß. Dann trat ich ihn erneut an den Kopf. Dieses Mal etwas stärker.

32

Ich klopfte an die Tür von Zimmer 212. Leicht, weil mein Klopfen freundlich klingen sollte. Als keine Antwort erfolgte, versuchte ich es noch mal.

»Verschwinden Sie!« Das war Sonias Stimme, die verändert klang. Ich konnte nicht beurteilen, ob sie wütend war. Oder traurig. Oder ängstlich. Dann drängte sich mir ein unerfreulicher Gedanke auf. Vielleicht war einer von Dendonckers Leuten dort drinnen bei ihr. Jemand konnte sich unbemerkt nach oben geschlichen haben, während ich unten mit den beiden anderen beschäftigt gewesen war. Wer wusste schon, was der Kerl an der Rezeption gemeldet hatte? Vielleicht hielt Sonia ihre Pistole in der Hand. Das bedeutete, dass ich nicht riskieren durfte, die Tür aufzubrechen. Was meine Möglichkeiten erheblich einschränkte. Bis mir einfiel, was Fenton über ihr Namensspiel mit ihrem Bruder erzählt hatte: *Aus irgendeinem Grund haben wir uns angewöhnt, den richtigen Namen des anderen nur zu benutzen, wenn wir in Gefahr schwebten.* Sonia und Michael waren ein Paar gewesen. Vielleicht hatten sie dieses Spiel übernommen.

Ich stellte mich seitlich neben die Tür und klopfte erneut an. »Heather? Bist du da drin? Alles okay?«

Ich wartete. Drinnen waren Schritte zu hören. Leichte, aber langsame Schritte. Im nächsten Augenblick wurde die Tür geöffnet. Vor mir stand Sonia. Sie trug noch immer das gelbe Sommerkleid. Und sie hielt keine Waffe in der Hand. Sie beugte sich in den Korridor hinaus, blickte nach beiden

Seiten und entdeckte mich. Ihre Augen waren gerötet, ihre Wangen tränenfeucht.

»Reacher?«, fragte sie und duzte mich nun. »Danke, dass du nach mir siehst. Aber mir geht's gut. Ich möchte nur allein sein. Also geh bitte, okay?«

»Ich will nicht nach dir sehen«, sagte ich. »Ich brauche deine Hilfe.«

»Oh, okay. Wobei?«

»Hast du ein Auto?«

»Natürlich. Willst du's ausleihen?«

»Wo steht es?«

»Auf dem Parkplatz hinter dem Haus.«

»Gut. Ich möchte, dass du mich fährst.«

»Wohin?«

»Liegt dein Notfallkit bereit?«

»Natürlich. Warum?«

»Nimm's bitte mit. Und deine Schlüssel. Alles Weitere erkläre ich dir unterwegs.«

Sonias Auto war ein Mini, der nicht umsonst so hieß. Selbst bei ganz zurückgefahrenem Beifahrersitz passte ich kaum hinein. Der kleine Flitzer war leuchtend rot mit weiß lackierten Felgen und hatte Old-Glory-Aufkleber auf dem Dach und an den Außenspiegeln. Unter den Umständen wünschte ich mir, ihr Wagen wäre etwas unauffälliger. Aber er passte wenigstens auf den Parkplatz des Hotels, der aus einem weiteren Innenhof bestand. Er war klein und beengt, und die Ausfahrt befand sich unter einem Torbogen im Osten. Ich vermutete, dass er ursprünglich dem Lieferverkehr gedient hatte und vor allem die innenliegenden Zimmer heller machen sollte.

Durch den Torbogen hindurch gelangten wir zu der Ausfahrt, die der Kerl mit dem Lincoln benutzt hatte, bevor er wendete. An der Straße bog Sonia nach links in Richtung Stadt ab, und ich berichtete, was sich seit dem Verlassen ihres Zimmers ereignet hatte. Sie erkannte sofort, welche Möglichkeit sich dadurch bot.

»Ich überwache die Rückseite des Hauses«, sagte sie. »Damit sich niemand rausschleichen kann. Oder hinein. Dazu noch eine Frage: Wie warne ich dich, falls ich jemanden entdecke?«

»Du hupst einfach.«

»Soll ich dich nicht lieber anrufen? Oder dir eine SMS schreiben? Sonst warne ich die anderen auch.«

»Ich besitze kein Handy.« Ich zog das Smartphone heraus, das ich dem Kerl im Kofferraum des Lincolns abgenommen hatte. Sein Display war wieder dunkel. »Zumindest keines, das ich benutzen kann.«

Sonia griff nach hinten, angelte ihre Umhängetasche vom Rücksitz des Minis und legte sie auf ihren Schoß. Sie wühlte mit einer Hand darin herum, zog ein Mobiltelefon heraus und gab es mir. »Hier. Du kannst das hier benutzen.«

Das Handy war ein Uraltmodell. Ich klappte es auf. Die untere Hälfte nahm eine Tastatur ein, mit richtigen Tasten. Die obere bestand aus einem kleinen Bildschirm. Das Gerät war sehr handlich. Schwarz und weiß. Und es verlangte nicht mal eine PIN.

»Auf diesem Handy hat Michael mich immer angerufen.« Sonia schloss kurz die Augen. »Er hatte auch so eins. Ich glaube, er war allmählich auch paranoid. Ihm hat die Idee von vielen Gesprächen zwischen Handynummern, die Dendoncker rauskriegen konnte, nicht gefallen.«

Sonia fuhr mich zu Fentons Hotel. Ich stieg in den Chevy um, und sie folgte mir durch das Straßenlabyrinth, bis wir die Kurve unmittelbar nördlich des Hauses erreichten. Dort blieb sie zurück, während ich auf der Straße nach Süden weiterfuhr. Am Straßenende parkten keine Autos. Überhaupt war nirgends ein Fahrzeug zu sehen. Das konnte bedeuten, dass Dendonckers Leute auf meine voraussichtliche Ankunftszeit reingefallen waren. Oder sie waren aus irgendeinem anderen Grund noch nicht da. Es bedeutete aber auch, dass ich den Chevy irgendwo anders abstellen musste. Er war zu auffällig, als dass ich ihn auf der Straße, die Dendonckers Kerle nehmen mussten, hätte parken können.

Ich wendete, fuhr zu der größeren Straße zurück und versuchte es mit der gegenüberliegenden Wohnstraße. Hundert Meter weiter stand ein riesiges Wohnmobil. Ein Oldtimer, den anscheinend seit Jahren niemand mehr bewegt hatte. Seine Reifen waren platt, die verschmutzten Fenster undurchsichtig. Sein Lack – beige mit braunen Streifen – wirkte ausgebleicht und wies Rostflecken auf. Ansprechend fand ich lediglich seine Größe. Er war wirklich groß genug, um ein normales Auto zu verdecken. Ich stellte den Chevy dahinter ab und ging zu Fuß zu dem Haus zurück.

Dort parkten noch immer keine Autos. Ich näherte mich ihm langsam, indem ich mich vom Nachbargrundstück aus durch einen Waldstreifen schlängelte. Dann konnte ich einen Blick durchs erste der quadratischen Erdgeschossfenster werfen. Niemand zu sehen. Ich schlich zur Vorderseite weiter, kroch unter dem großen Fenster hindurch und erreichte an der Tür vorbei die andere Seite des Hauses. Auch in dem kleineren Schlafzimmer befand sich niemand. Das Fenster zum Bad bestand aus Milchglas, sodass nichts zu sehen war. Ich duckte mich daran vorbei und sah ins Elternschlafzimmer. Auch dort drinnen war niemand.

Ich rechnete mir aus, dass die Kerle – falls sie schon im Haus waren – erwarten würden, dass die Haustür sich öffnete, damit ihre Kumpel mich abliefern konnten. Also schlich ich nach vorn zur Haustür zurück, steckte den Schlüssel ins Schloss und sperrte auf. Dann öffnete ich sie tief geduckt von der Seite aus. Falls jemand diese Bewegung bemerkte, würde er erwarten, dass jemand aufrecht hereinkam. War er übervorsichtig, würde er auf etwas in Kopfhöhe zielen. Aber im Haus war niemand, der in meine Richtung starrte. Niemand, der eine Schusswaffe hielt. Also trat ich ein und kontrollierte einen Raum nach dem anderen. Schaute auch in das Loch im Fußboden. Überzeugte mich davon, dass ich ganz allein im Haus war.

Ich besaß kein Auto, das mir als Deckung hätte dienen können. Im Haus selbst gab es kein geeignetes Versteck. Also ging ich wieder hinaus und verschwand in dem Waldstreifen zum Nachbargrundstück. An einer Stelle rückten die Bäume so dicht ans Haus heran, dass ich darunter sitzen und mich an die Hauswand lehnen konnte. Die belaubten Zweige waren dicht genug. Solange ich mich nicht bewegte und keinen Laut von mir gab, konnte jemand knapp an mir vorbeigehen, ohne mich zu entdecken. Falls Dendonckers Männer gleichzeitig mit mir eintreffen wollten, mussten sie binnen fünf Minuten aufkreuzen, das sagte mir die Uhr in meinem Kopf.

Fünf Minuten verstrichen, ohne dass Autos auftauchten. Niemand kam den Fußweg zur Haustür entlang. Auch Sonia meldete sich nicht. Ich wartete weitere fünf Minuten. Und noch mal fünf. Der Kerl in dem Lincoln hatte gesagt, er habe nie länger als zehn Minuten warten müssen. Ich wartete weitere zehn. Und noch mal zehn. Das machte dreißig Minuten. Eine halbe Stunde nach der indirekt genannten Zeit. Das Warten selbst störte mich nicht. Ich hätte gern den ganzen Nachmittag lang gewartet, wenn das Ergebnis entsprechend ausgefallen wäre. Sogar die ganze Nacht hindurch. Andererseits wollte ich keine Zeit vergeuden. Zwecklos, am Wasserloch auf der Lauer zu liegen, wenn das Großwild vergrämt worden ist. Ich drehte eine weitere Runde, nur um sicherzugehen. Das Haus war leer. Also machte ich mich auf den Weg zur Parallelstraße. Sonias Wagen fiel mir sofort ins Auge. Ich ging zu dem Mini, faltete mich auf dem Beifahrersitz zusammen und sagte: »Sie sind nicht gekommen.«

»Scheiße.« Sonia runzelte die Stirn. »Was nun?«

»Können sie von dieser Seite gekommen sein und dich gesehen haben?«

»Nein.« Sie schüttelte den Kopf. »Hier war die ganze Zeit nichts los.«

Ich verstand nicht, was schiefgelaufen war. Mein Plan war gut gewesen. Vielleicht hätte die SMS vom Handy des anderen Kerls kommen müssen. Oder es gab eine festgelegte Formulierung. Vielleicht hatte der Kerl einfach gelogen. Deshalb hatte ich ihn mitnehmen wollen. Aber das hatte nicht geklappt, damit musste ich mich abfinden. Wollten Dendonckers Männer nicht zu ihren Bedingungen in Erscheinung treten, wurde es Zeit, dass ich sie zu meinen herauslockte.

33

Sonia sagte: »Das funktioniert nicht. Du kommst dort nicht rein. Dazu bräuchtest du einen Transponder. Das weiß ich, weil Michael einen hatte. Als er ihn eines Tages vergessen hat, gab es einen Riesenkrach. Dort gibt es kein Türschloss, auch kein Tastenfeld. Die einzige Alternative ist die Sprechanlage. Man muss jemanden bitten, einem das Tor zu öffnen. Glaubst du, dass dir jemand aufmacht?«

»Glaubst du, dass ich auf eine Erlaubnis warte?«

Während Sonia weiter die Rückseite des Hauses beobachtete, ging ich zur Straße mit dem großen alten Wohnmobil zurück. Stieg in den Chevy und fuhr nach Westen.

Genau wie Wallwork gesagt hatte, befand sich Dendonckers Firmenzentrale allein am Ende einer geraden Straße. Ein schlichter Würfel. Eine Stahlkonstruktion mit Flachdach und Ziegelwänden. Schlicht. Funktional. Schnell errichtet und billig im Unterhalt. Solche Gebäude sieht man in Gewerbegebieten im ganzen Land. Davor gab es einen Parkplatz für zwanzig Fahrzeuge. Auf keinem der Plätze stand ein Wagen, und hinter den bodentiefen Fenstern war keine Bewegung zu erkennen. Nichts wies darauf hin, dass dieses Haus einem Mehrfachmörder gehörte. Dass es die Zentrale eines Schmuggelimperiums darstellte. Oder dass es bald dazu dienen sollte, Bomben zu verteilen. An der Mauer neben dem Eingang prangten der Firmenname – WELCOME TO PIE IN THE SKY, INC. – und eine riesige Karikatur eines Flugzeugs. Es hatte Augen statt

Cockpitfenster, ein breites Grinsen unter dem Bug und rieb sich mit einer Tragfläche die Rumpfunterseite.

Ich hielt vor dem Tor, das nur aus zwei beweglichen Sektionen des Zauns um das Gelände bestand. Starker Maschendraht, sechs Meter hoch. Die Zaunpfosten wirkten massiv. Aber dies war nur eine einzelne Barriere ohne einen zweiten inneren Zaun. Als Sicherheitsmaßnahme bestenfalls ausreichend, was jedoch nachvollziehbar war. Gesundheitsinspektoren konnten hier aufkreuzen. Kunden. Fotos der Firmenzentrale ließen sich offenbar im Internet abrufen, was Wallwork getan hatte. Wollte Dendoncker unliebsames Aufsehen vermeiden, durfte der Bau nicht aussehen wie Fort Knox.

Ich fuhr mein Fenster herunter. Neben mir ragte eine weiß gestrichene Säule mit vier Kästchen auf. Zwei befanden sich in meiner Kopfhöhe, zwei waren deutlich höher angebracht – für Lkw-Fahrer, vermutete ich. Beide Paare waren identisch. Das erste Kästchen wies einen Klingelknopf und einen kleinen Lautsprecher mit Metallgitter auf. Das zweite hatte eine ebene Fläche von der Größe eines Tastenfelds, aber ohne Tasten. Nur ein glattes weißes Rechteck, das vermutlich zu dem Transpondersystem gehörte. Aber das war nichts, was mich betraf.

Ich streckte die linke Hand aus und drückte den Klingelknopf. Rechnete nicht damit, eingelassen zu werden oder eine Antwort zu bekommen. Brauchte auch keine. Der erhoffte Effekt trat sofort ein. Eine auf einer weiteren Säule hinter dem Zaun montierte Überwachungskamera drehte sich, bis sie genau auf mich gerichtet war. Ich starrte ins Objektiv und klingelte noch mal lange.

Ich sagte: »Ich bin hier draußen. Kommt und holt mich.«

Um sicherzugehen, dass meine Aufforderung verstanden wurde, machte ich eine entsprechende Bewegung in die

Kamera. Dann stieß ich zehn Meter zurück und wendete. Ich bezweifelte, dass in dem Gebäude etwas Belastendes herumliegen würde. Oder dass dort Hinweise auf Dendonckers Schlupfwinkel zu finden sein könnten. Aber in meiner Dienstzeit bei der Militärpolizei hatte ich gelernt, dass man Dummheit nie ausschließen durfte und manchmal auch Glück hatte. Kerle, die sich unerlaubt von der Truppe entfernt hatten, wurden unter dem Bett ihrer Freundin aufgestöbert. Diebesgut wurde im Kofferraum von Zivilpersonal versteckt aufgefunden. Außerdem hatte ich mir überlegt, dass es nicht schaden könnte, Dendoncker einen weiteren Grund zu liefern, sich Sorgen zu machen.

Ich vergewisserte mich, dass das Wagenheck auf die Mitte des Tors ausgerichtet war. Dann stellte ich den Wählhebel auf R und trat das Gaspedal durch. Durch den Aufprall wurden beide Torhälften aus ihren Führungsschienen gerissen, aber in dem Chevy war kaum etwas davon zu spüren. Kein Wunder, dass dieses Modell bei der Polizei so beliebt gewesen war. Ich fuhr auf dem Parkplatz weiter. Über die in zwei Reihen angeordneten Stellplätze. Als Nächstes nahm ich den Fuß vom Gas, um mich davon zu überzeugen, dass ich mich auf Kurs befand. Dann gab ich wieder Vollgas und rammte den verglasten Haupteingang des Gebäudes.

Der Chevy brach in einer Wolke aus Glassplittern durch. Ich bremste scharf, wechselte auf D und fuhr wieder ins Freie. Dort machte ich in Richtung Tor stehend halt. Dann stieg ich aus und horchte. Um mich herum nur Stille. Natürlich war es höchst unwahrscheinlich, dass ein Gebäude wie dieses eine Alarmanlage mit direkter Leitung zur Polizei hatte. Aber ganz ausschließen ließ sich das nicht. Also musste ich mich beeilen und gleichzeitig darauf achten, ob Sirengeheul näher kam.

Ich begann mit dem Büro. An dreien der vier Wände standen Schreibtische mit jeweils einem ausgeschalteten Bildschirm. Jeder Schreibtisch wies zwei kastenförmige Unterbauten auf: einen mit gewöhnlichen Schubladen und einen tieferen für eine Hängeregistratur. Weil alle abgeschlossen waren, nahm ich zwei Büroklammern aus einer Schale und bog sie gerade. Die erste steckte ich ins Schloss einer Schublade, bewegte sie hin und her, bis die Sicherungsstifte angehoben wurden, und übte mit der zweiten Büroklammer Druck auf das Schloss aus. Als ich die erste Klammer drehte, ließ sich die Schublade mit den Hängeordnern öffnen. Sie enthielten lediglich Geschäftspapiere. Angebote, Rechnungen, Unterlagen über weitere gewöhnliche Vorgänge. Als ich sie durchblätterte, fielen mir nur die Daten auf. Hier gab es nichts, was weniger als drei Wochen alt war.

Von der Polizei war nichts zu hören und zu sehen. Auch von Dendonckers Leuten nicht. Noch nicht.

In der vorderen linken Seite des Gebäudes hatte man die Warenannahme untergebracht. Dort gab es eine Ladebucht mit großem Rolltor und erhöhter Plattform, an die Lastwagen rückwärts heranstoßen konnten. Und lange Metalltische an beiden Längsseiten des Raums. Vermutlich fand dort die Qualitätskontrolle eingehender Lieferungen statt. Die Firma würde jede Menge Zutaten für die von ihr zubereiteten Mahlzeiten brauchen. Und wie Fenton festgestellt hatte, lieferte sie reichhaltige Feinschmeckermenüs mit den dazugehörigen Getränken. An diesem Tag waren jedoch keine Lieferungen eingegangen. Die Warenannahme war völlig leer geräumt.

Kein Anzeichen von der Polizei. Auch keines von Dendonckers Leuten.

Eine Schiebetür in der linken Wand führte in einen Lager-

raum mit raumhohen Stahlregalen, die lange Zeilen bildeten. An manchen klebten Etiketten mit verschiedenen Pro-
duktnamen, an anderen nur Strichcodes. Auch hier herrschte
gähnende Leere. Ein Karton enthielt kleine Zuckertüten, wie
sie zum Kaffee gereicht werden. Zwei andere quollen von
Erdnüssen und Kartoffelchips über. Nichts davon erinnerte
auch nur entfernt an ein florierendes Catering-Unternehmen.

Die Küche befand sich in der rückwärtigen linken Ecke
des Gebäudes. Sie war überraschend klein. Blitzblank geputzt.
Steril. Auf den Arbeitsflächen stand nichts herum. Der Kühl-
und Gefrierschrank war leer. In dem Raum nebenan befanden
sich ein langer Metalltisch und Regale mit Schachteln, Plas-
tikboxen und kleinen Kartons. Allem Anschein nach wurden
die Bestellungen hier konfektioniert, bevor sie in die Trolleys
für Bordverpflegung kamen. An einer Wand hingen mehrere
Whiteboards, alle unbeschriftet. Anscheinend herrschte hier
nicht gerade Auftragsstau.

Kein Anzeichen von der Polizei. Und keines von Dendonckers Leuten.

Der Betrieb schien gut durchorganisiert zu sein. Die einzelnen Bereiche folgten logisch aufeinander, was effiziente
Arbeitsabläufe garantierte. Hier war nichts Verdächtiges zu
sehen. Nichts, was nicht hergehörte. Aber dafür hätte es auch
gar keinen Grund gegeben. Nach Fentons Schilderung liefer-
ten Dendonckers Leute die zusätzliche Schmuggelware von
außerhalb an und beluden damit gleich die Kühlwagen. Etwa
hereinkommende Ware wurde sofort sichergestellt und abtransportiert. Das Fehlen verdächtiger Gegenstände bedeutete nicht, dass dieser Betrieb harmlos war. Es zeigte nur, wie
clever Dendoncker vorging.

Die Fahrzeuge waren das Einzige, was ich noch nicht registriert hatte. Ich fand die zur Garage führende Rampe und folgte ihr in eine große rechteckige Tiefgarage. Dort standen sechs Kastenwagen, mit der Motorhaube zur Wand ordentlich aufgereiht. Handelsübliche Fahrzeuge mit einem Kühlaggregat auf dem Fahrerhaus. Diese waren weiß mit rotblauen Applikationen und einem Cartoon-Flugzeug an den Seiten. Ich wählte willkürlich einen aus und kontrollierte den Laderaum. Er war blitzblank, schien erst vor Kurzem gründlich gereinigt worden zu sein. Als gehörte der Wagen einer Cateringfirma, die strikt auf Hygiene achtete.

Oder jemandem, der es darauf anlegte, keine physischen Spuren zu hinterlassen.

Die Laderäume der Kühlwagen waren auf beiden Längsseiten mit mehreren Reihen von Halterungen ausgestattet. Unten passten Trolleys mit Schubladen hinein, wie sie das Kabinenpersonal auf Flügen durch die Gänge schob. Darüber war Platz für Behälter mit Speisen und Getränken, wie Fenton sie beschrieben hatte. Oder mit Scharfschützengewehren. Oder mit Landminen. Oder mit Sprengsätzen. Ich fragte mich, wo die Behälter aufbewahrt wurden. Und ob sie für diese Art Fracht Standardgrößen verwendeten. Vielleicht nahmen sie nur die ungefähr richtige Größe und polsterten den Leerraum aus. Oder vielleicht wurden Sonderanfertigungen hergestellt. Vielleicht mit Schaumstoffeinsätzen, damit nichts beschädigt wurde.

Dann fiel mir etwas anderes ein. Welche Art Behälter verwendet wurde, war irrelevant, wenn es keine Fahrzeuge für ihren Transport gab. Dies war das Gebäude einer Cateringfirma. Im Lagerraum hatte ich vorhin jede Menge Zucker gesehen. Ich konnte in jeden Benzintank ein Dutzend Beutel kippen. Oder ich suchte mir einen Schraubenschlüssel und beschädigte damit die Motoren. Zerschnitt die Kabel im Motorraum. Zerstach die Reifen. Aber das genügte nicht. Dieses Unternehmen gehörte Dendoncker, der zwei Männer mit DS-Gas auf mich angesetzt hatte. Es wurde Zeit, ihm Feuer unter dem Hintern zu machen. Buchstäblich.

34

Ich ging in die Küche zurück. Dort hing ein Spender für Papierhandtücher an der Wand. Mit einer großen Rolle, von der man so viele Stücke abreißen konnte, wie man gerade brauchte. Ich riss sechs Streifen von je zwei Meter Länge ab und nahm sie in die Garage mit. Dort schraubte ich alle Tankdeckel ab und stopfte in jeden Tankstutzen einen Papierstreifen, bis nur noch ein kurzes Stück heraushing. Dann stieg ich wieder ins Büro hinauf, packte den nächsten Bürostuhl und zerschlug alle Fenster dieses Raums. Ich nahm den Stuhl mit und benutzte ihn dazu, sämtliche anderen Fenster einzuschlagen. Danach ging ich wieder ins Büro, holte ungefähr zwanzig Blatt Schreibpapier aus einem Drucker, rollte sie eng zusammen und nahm sie in die Küche mit. Nachdem ich meine improvisierte Fackel am Gasherd angezündet hatte, trug ich sie in die Garage und hielt sie an den Papierstreifen, der aus dem Tankstutzen des nächsten Kühlwagens hing. Ich wartete ab, bis das Feuer übersprang, dann trabte ich eilig zum Ausgang.

Das erste Fahrzeug explodierte, als ich die Fahrertür des Chevys aufriss. Ich konnte das Zischen der in Aktion tretenden Sprinkleranlage hören. Dann flammten plötzlich Scheinwerfer auf. Sie waren auf Zaunpfosten rings um das Gebäude montiert. Als ein weiterer Kühlwagen explodierte, stieg ich hastig ein und ließ den Motor an. Ich gab Gas, überquerte den Parkplatz, rollte durch das zerstörte Tor hinaus und hielt mitten auf der Straße. Bei rasch abnehmendem Tageslicht leckten orangerote Flammenzungen aus den eingeschlagenen Fenstern. Sie ließen die Schatten der Bäume und Kakteen wild über das zerklüftete Erdreich tanzen. Ich stieg aus und ging zu dem Pfosten, auf dem die Kamera, die mich vorher erfasst hatte, montiert war. Ich musste mich anstrengen, um ihn so zu drehen, dass die Kamera das brennende Gebäude zeigte. Ich wusste nicht, was für eine Art Alarmanlage Dendoncker hatte installieren lassen, aber ich wollte sicher sein, dass er die Show nicht verpasste.

Wieder im Auto sitzend, hörte ich nach vier Minuten die erste Sirene. Im Rückspiegel sah ich die ganze rechte Seite des Gebäudes in Flammen stehen. Die Kühlwagen ließen sich auf keinen Fall mehr retten. Das wusste ich mit Sicherheit. Auch aus anderen Teilen des Gebäudes würde es nicht mehr viel zu bergen geben. Mit dieser Gewissheit schaltete ich das Fernlicht des Chevys ein. Prägte mir ein, wie weit es den Bereich rechts und links der Straße erhellte. Verdoppelte ihn, um ganz sicherzugehen. Dann bog ich rechts von der Straße ab und holperte langsam durchs felsige Ödland, bis ich sicher war, dass keiner der heranrasenden Streifenwagen oder Löschfahrzeuge mich noch sehen konnte. Ich fand eine Stelle, die mir gefiel, und schaltete die Scheinwerfer aus. Im nächsten Augenblick spürte ich ein Vibrieren in meiner Tasche: das Handy, das Sonia mir gegeben hatte. Ich zog es heraus und hielt es ans Ohr.

Sie sagte: »Kontakt. Eben ist ein Mann hinten aus dem Haus gekommen. Er ist riesig. Sogar noch größer als du. Er hatte es anscheinend sehr eilig. Hat die Garage des Nachbarhauses geöffnet und ist weggefahren. Mit einem alten Jeep, wie Michael einen hatte. Er könnte in deine Richtung unterwegs sein, denke ich.«

Ich bedankte mich und legte auf. Keine Minute später

rumpelte auf der Straße ein Notfallkonvoi vorbei. Angeführt wurde er von einem schwarz-weißen Dodge Charger mit heulender Sirene und eingeschalteten Blinkleuchten. Dahinter folgten zwei Löschfahrzeuge, die wie Museumsstücke aussahen, aber tadellos gepflegt waren. Ihr roter Lack glänzte mit den Messingarmaturen um die Wette. Alle drei fuhren durch die Lücke, die der Chevy in den Zaun gerissen hatte. Der Streifenwagen bog links ab. Zwei uniformierte Cops stiegen aus, blieben nebeneinander stehen und beobachteten die Flammen. Die Löschfahrzeuge wendeten, bis sie dem Gebäude ihre Hecks zukehrten. Feuerwehrleute sprangen heraus und rannten durcheinander. Dann setzten sie ihre Schläuche, Pumpen und Spritzen ein, was gut eingeübt wirkte.

Ich wandte den Blick ab und konzentrierte mich auf die von der Stadt heranführende Straße. Nach einigen Minuten entdeckte ich ein weiteres Scheinwerferpaar. Es leuchtete blassgelb und nicht besonders hell. Als es näher kam, erkannte ich einen Jeep – ungefähr so alt wie der von Fenton, aber sauberer und besser erhalten. Gefahren wurde er von Mansour. Ich beobachtete, wie der Jeep auf das Gelände raste und zwischen den Löschfahrzeugen hielt. Mansour stieg aus, lief auf das Gebäude zu. Ein Feuerwehrmann wollte ihn aufhalten, aber der Hüne stieß ihn beiseite und ging weiter. Die Cops ignorierten ihn. Dann zog er sich sein Hemd über den Kopf und verschwand durch die Öffnung, die einmal der Haupteingang gewesen war.

Zwei Minuten später tauchte Mansour wieder auf. Er marschierte zu dem Feuerwehrmann, den er weggestoßen hatte, und packte ihn vorn an der Uniform. Offenbar wollte er eine Auskunft von ihm. Die Cops bewegten sich auf ihn zu. Langsam. Er ließ den Mann los, wandte sich ihnen zu und blaffte weitere Fragen. Die Cops schüttelten den Kopf, zuckten mit den Schultern. Mansour ging zu seinem Jeep zurück und stieg ein. Die Cops folgten ihm zögernd, als überlegten sie, ihn vorläufig festzunehmen. Aber das war ein halbherziger Versuch, den er ignorierte. Und sie wollten ihn nicht ernsthaft am Wegfahren hindern.

Der Jeep fuhr in Richtung Stadt zurück. Als er an mir vorbeirollte, sah ich Mansour telefonieren. Vermutlich meldete er, was er beobachtet hatte. Ich wartete, bis er fünfzig Meter Vorsprung hatte. Dann fuhr ich ebenfalls los. Auf der Straße gab ich etwas mehr Gas, um die Schlussleuchten des Jeeps – nur mehr rote Lichtpunkte – nicht aus den Augen zu verlieren. Meine Scheinwerfer blieben ausgeschaltet. Die Straße vor mir verlief bis in die Stadt schnurgerade. Außer einem Wildunfall konnte mir nicht viel passieren.

Am Stadtrand bog Mansour einmal links, dann zweimal rechts ab. Um ihn nicht zu verlieren, verringerte ich den Abstand zwischen uns. Einige Minuten später sah ich ihn auf die Straße abbiegen, die nördlich des Hauses vorbeiführte. Ich fuhr weiter, nahm die nächste Straße rechts. Gleich danach vibrierte das Handy wieder. Sonia meldete sich erneut.

»Er ist wieder da. Hat den Jeep in die Garage gestellt. Nun ist er draußen, zum Haus unterwegs … Eben sperrt er die Hintertür auf … Okay, jetzt ist er drin.«

Ich legte auf, fuhr an den Straßenrand und kam im Schatten zwischen zwei Straßenlampen zum Stehen. Das Haus war keine zwanzig Meter von mir entfernt. In seinem Inneren brannte Licht, aber draußen parkten keine weiteren Autos. Mansour musste eines in einer anderen Garage haben. Ich suchte die Nachbarhäuser ab, ohne einen Hinweis darauf zu entdecken, welches infrage kam. Also zog ich die Pistole aus meinem Hosenbund und konzentrierte mich auf die Haustür. Eine halbe Minute lang geschah nichts. Dann ging plötzlich das Licht im Haus aus. Ich fuhr mein Fenster herunter, um schießen zu können, falls der Kerl zu flüchten versuchte. Aber er ließ sich nicht blicken. Die Haustür blieb geschlossen. Zehn Sekunden verstrichen. Weitere zehn. Ich klappte das Handy auf. Fand die Rückruftaste und drückte sie. Sonia meldete sich nach dem ersten Klingeln.

Ich fragte: »Irgendwas?«

»Das Licht ist aus. Ist er auf deiner Seite rausgekommen?«

»Nein. Etwa auf deiner?«

»Nein.«

»Bestimmt nicht?«

»Hundert Pro.«

»Okay. Halt weiter die Augen offen. Kommt er raus, schießt du als Erstes. Fragen stellen wir dann später.«

35

Ich klappte das Handy zu, steckte es ein und stieg aus dem Chevy. Mansour musste es also doch bemerkt haben, dass ich ihm folgte. Oder vielleicht hatte er Sonias Mini entdeckt. Jedenfalls wurde er durch etwas alarmiert. Das stand fest. Er würde im Haus bleiben, aber ich konnte hier draußen warten, bis er sich wieder zeigte. In dem Haus gab es keine Vorräte, keine Schlafgelegenheit. Und er kam mir nicht wie ein geduldiger Mensch vor. Weniger geduldig als ich. Davon war ich überzeugt, aber ich konnte mich natürlich irren. Ich wusste nicht, wie lange er sich dort einigeln würde. Jede Minute, die er im Haus blieb, war eine Minute, die Fenton nicht hatte. Und es gab keine Garantie dafür, dass er auf meiner Seite auftauchte. Um mir die Verfolgung zu erschweren, würde er vielleicht versuchen, sich hinten hinauszuschleichen. Oder er überwältigte Sonia. Um nicht zwei Geiseln befreien zu müssen, entschied ich mich für eine andere Methode.

Vom Gehsteig aus überquerte ich den verwilderten Rasen schräg bis zur vorderen rechten Hausecke. Von dort aus ging ich tief gebückt unter dem Fenster vorbei zur Haustür und bis zur anderen Seite des Hauses weiter. Ich duckte mich unter dem ersten Schlafzimmerfenster vorbei und blieb vor dem nächsten Fenster stehen. Dahinter lag das Bad – der beste Raum für einen Einbruch. Der Raum, in dem sich im Allgemeinen niemand längere Zeit aufhielt. Und falls dort drinnen jemand war, befand er sich in denkbar schlechter Position, um sich zu wehren.

Ich zog das Messer, das ich von dem Mann im Border Inn erbeutet hatte, aus der Tasche. Ließ die Hülle achtlos fallen, fand die größte Klinge und klappte sie heraus. Hörte sie klickend einrasten. Sie wirkte stabil, deshalb stieß ich sie zwischen die beiden Hälften des Schiebefensters hinein. Der Verschlussriegel war schwergängig. Ich verstärkte den Druck, bis er sich endlich so weit drehte, dass das Fenster sich öffnen ließ. Ich steckte das Messer wieder ein, nahm meine Pistole in die rechte Hand und schob die untere Fensterhälfte hoch. Nur zwei Fingerbreit. Und spähte hinein. Der Raum dahinter war dunkel, schien leer zu sein. Ich sah keine Bewegung. Hörte kein Atmen. Kein laufendes Wasser. Nur ein regelmäßiges Tropfen, das ich schon vom ersten Mal kannte.

Ich schob das Fenster ganz hoch, kletterte hinein und stand still, um zu lauschen. Ich konnte niemanden hören. Konnte auch niemandes Gegenwart spüren. So verharrte ich fünf Minuten, um meinen Augen Zeit zu geben, sich möglichst gut an die Dunkelheit zu gewöhnen. Dann schlich ich ins Wohnzimmer. Dort befand sich niemand. Ich blickte ins große Schlafzimmer, das kleine Schlafzimmer und die Küche. Alle diese Räume waren leer. Dann kontrollierte ich die ins Freie führenden Türen, die sämtlich verschlossen waren. Ich fand einen Lichtschalter, betätigte ihn und sah trotzdem nichts, was mir weitergeholfen hätte. Nun gab es nur noch einen Ort, den ich kontrollieren musste.

Ich ging ins Bad zurück und riss die Tür des Spiegelschranks über dem Waschbecken ab. Der Spiegel war alt und an den Rändern blind, aber für meine Zwecke noch immer gut genug. Ich trat damit an das Loch im Fußboden des Wohnzimmers. Machte zwei Schritte vor dem Rand halt und benutzte den Spiegel, um in den Schacht zu schauen. Ich sah den Boiler und den Wassertank, nicht jedoch Mansour. Also machte ich einen langsamen Rundgang um den Schacht. Begann links neben der Leiter und schritt den Rand im Uhrzeigersinn ab. Suchte den Boden des Lochs aus allen Winkeln ab, bis ich wieder rechts von der Leiter anlangte. Aber dort unten war niemand. Der Kerl hatte sich in Luft aufgelöst. Hier konnte ich nirgends eine Spur von ihm entdecken.

Er hatte anscheinend gehört, wie ich das Badezimmerfenster aufbrach, und diese Gelegenheit zur Flucht genutzt. Für den Fall, dass er das Haus nach hinten verlassen hatte, musste ich Sonia dringend vor ihm warnen. Als ich den Spiegel abstellte und nach meinem Handy griff, fiel mein Blick auf etwas auf dem Fußboden. Es war nur schwach erkennbar, aber definitiv vorhanden: ein riesiger Fußabdruck. Mindestens Größe fünfzig, eher Größe zweiundfünfzig. In Richtung Haustür zeigend. Ich suchte die Strecke ab, die der Besitzer dieser Schuhe gewählt haben musste, konnte jedoch keine weiteren Abdrücke finden. Den Grund dafür erkannte ich erst, als ich in die Hocke ging und den Abdruck von allen Seiten begutachtete. Der Pfad erstreckte sich in Gegenrichtung. Der Kerl war durch den Hintereingang reingekommen, um das Loch herumgegangen und bei der Leiter stehen geblieben. Hatte sich umgedreht und war hinuntergestiegen. Seine Schuhe mussten in Dendonckers Gebäude durchweicht worden sein, von all den Sprinklern oder vom Löschwasser der Feuerwehr. Jedenfalls waren sie noch feucht gewesen, als er dort hinunterstieg, und erst im Keller ganz getrocknet. Als er dann wieder heraufgeklettert war, hatte er keine Abdrücke mehr hinterlassen.

Die Sache mit dem Trocknen fand ich nachvollziehbar. Aber ich konnte nicht verstehen, weshalb er überhaupt in den Keller hinuntergestiegen war. Dort unten standen nur ein Boiler und ein Wassertank. Vielleicht hatte er beschlossen, sich zu verstecken, als er hörte, wie ich ins Haus einbrach. Doch er war mir nicht wie jemand erschienen, der dazu neigte, sich zu verstecken. Er musste irgendeinen anderen Grund gehabt haben. Die Idee, dort hinunterzusteigen, begeisterte mich nicht gerade, aber nur so ließ sich vielleicht feststellen, wohin er verschwunden war. Ich richtete mich auf, setzte einen Fuß auf die Leiter und begann den Abstieg. Dieses Mal war ich schneller. Ich ging davon aus, dass Sprossen, die sein Gewicht getragen hatten, meines erst recht halten würden.

Unten an der Leiter entdeckte ich einen weiteren großen Fußabdruck. Ich konnte erkennen, wohin der Kerl sich gewandt hatte – zu der Wand, die direkt unter der Tür zum Bad lag. Dort war er stehen geblieben. Das zeigten zwei feuchte Abdrücke nebeneinander. Aber ich konnte nicht sehen, wohin er als Nächstes gegangen war. Ich suchte den Betonboden aus allen möglichen Blickwinkeln ab. Erfolglos. Die Fährte hatte sich in Luft aufgelöst.

Ich warf mich mit schussbereit gehaltener Waffe herum, weil ich plötzlich fürchtete, der Kerl könnte hinter dem Boiler oder dem Wassertank hervorstürmen. Vielleicht hatte er diese Fußabdrücke als Köder hinterlassen, um mich von hinten anzugreifen. In Wirklichkeit kam jedoch niemand auf mich zugestürmt. Ich befand mich hier unten allein, als wäre der Kerl einfach durch die Wand verschwunden.

Ich drehte mich wieder um und klopfte mit den Fingerknöcheln an die Kellerwand. Vielleicht lag dahinter ein Versteck. Oder ein Zufluchtsraum. Aber hinter der Mauer schien kein Hohlraum zu existieren. Sie klang im Gegenteil massiv und weit solider, als ich es in einem relativ alten Haus erwartet hätte. Ich bewegte mich seitlich, bis ich unter dem kleinen Schlafzimmer stand. Hier klang die Wand heller, weniger massiv. Ich wiederholte den Vorgang unter dem großen Schlafzimmer – mit dem gleichen Ergebnis. Als Nächstes klopfte ich noch mal in der Mitte. Ich hatte mir das nicht nur eingebildet: Die mit Holz verkleidete Kellerwand klang hier massiv wie eine Burgmauer.

Ich zog mein Messer heraus, klappte die längste Klinge aus und stach damit in die Holzverkleidung. Das Holz war alt. Es sah trocken und mürbe aus. Die Messerspitze drang mühelos ein, aber nicht tief. Keine zwei Zentimeter weit. Dann stieß sie auf etwas unnachgiebig Hartes. Anscheinend auf Metall. Ich versuchte es eine Handbreit weiter rechts. Das Ergebnis blieb gleich. So endeten auch die beiden nächsten Versuche. Auf diese Art ging es weiter bis zur zehnten Stelle, an der die Messerklinge bis zum Heft im Holz versank. Ebenso eine Handbreit weiter.

Zwischen der dritten und vierten Stelle, an der ich es mit dem Messer versucht hatte, war zwischen den Paneelen ein schmaler Spalt auszumachen. Ich stieß die Klinge möglichst weit hinein und drückte sie zur Seite, um das Holz wegzuhebeln. Aus der Verkleidung brach ein gezacktes Stück heraus, doch ein Streifen Holz blieb zurück. Ein weiterer Versuch etwas tiefer lieferte das gleiche Ergebnis. Die Verkleidung war mit unglaublich starkem Klebstoff auf Stahl geklebt. Dies musste eine Tür sein. Mir fiel keine andere Erklärung ein. Aber ich konnte nirgends eine Klinke entdecken, auch kein Schlüsselloch. Oder irgendeine andere Öffnungsmethode.

Ich begann links oben und arbeitete mich systematisch nach rechts unten vor, indem ich mit den Fingerspitzen jeden Quadratzentimeter abtastete. Ich suchte nach einem versteckten Knopf. Oder nach einer Klappe, unter der ein Schloss verborgen sein konnte. Aber ich fand nichts. Ich versuchte es ohne Erfolg mit Wandabschnitten auf beiden Seiten. Dann trat ich mehrmals gegen die Mauer, die nicht im Geringsten nachgab. Sogar das Geräusch meiner Tritte wurde durch die Paneele gedämpft. Ich drehte mich um, zog das Knie an und trat wie in Fentons Hotel mit dem Absatz zu. Auch das hinterließ nicht mal eine Delle.

Ich wollte die Mauer weiter links und rechts absuchen, bremste mich aber noch rechtzeitig. Den Öffnungsmechanismus so weit entfernt anzubringen, wäre unsinnig gewesen. Ich hatte keine Erfahrung mit sicheren Räumen, vermutete aber, dass jemand wie Dendoncker ihn – falls er einen besaß – rasch erreichen wollen würde. Schließlich war er als Zuflucht in Notfällen gedacht, in denen es auf jede Sekunde ankam. Da wollte niemand in eine entfernte Kellerecke gehen, um irgendeinen komplizierten Mechanismus zu betätigen. Selbst die Eingabe einer PIN wäre zu zeitraubend gewesen. Außerdem konnten PINs erraten, entdeckt oder verraten werden. Irgendeine Art Fernbedienung wäre die bessere Lösung gewesen. Wie bei einem Garagentor. Dann fiel mir etwas anderes ein. Sonia hatte erwähnt, dass sich das Tor zu Dendonckers Betriebsgelände mit einem Transponder öffnen oder schließen lasse. Und vielleicht wurde diese Technologie auch hier verwendet, wenn Dendoncker bei einem für ihn so wichtigen Gebäude auf sie setzte?

Konnte man diese Tür mit einem Transponder öffnen, musste Mansour über einen verfügen. Wie das Gerät aussah, wusste ich nicht. Ich erinnerte mich daran, wie ich an diesem Morgen in der Leichenhalle seine Taschen durchsucht hatte. Erinnerte mich an seinen Schlüsselring. Weil Transponder wie Schlüssel funktionieren, war es nur logisch, sie dort mitzuführen. Und an Mansours Schlüsselring hatte etwas Auffälliges gehangen: ein kleiner Kunststoffwürfel, dessen Funktion sich mir nicht erschloss. Auch die Kerle im The Tree hatten welche gehabt. Ich zog die Schlüssel des Chevys aus der Tasche. An diesem Ring hing kein Würfel. Dafür war der Typ, dem ich die Schlüssel abgenommen hatte, anscheinend nicht wichtig genug gewesen.

Somit stand ich vor einem selbstzerstörerischen Paradoxon. Einen Transponder konnte ich mir nur verschaffen, indem ich ihn Mansour abnahm. Aber wenn ich so dicht an ihn herankam, dass mir das gelang, würde ich den Transponder nicht mehr brauchen. Ich rechnete mir aus, dass es vermutlich am besten war, hier zu warten, bis er wieder herauskam. Oder ihn durch einen Trick dazu zu bringen, sein Versteck zu verlassen. Oder einen anderen von Dendonckers Männern in den Keller zu locken und zu hoffen, dass er in der Hierarchie weit genug oben stand, um über einen Transponder zu verfügen.

Dann fiel mir etwas anderes ein. Konnte man das Türschloss mit einem Transponder öffnen, musste es sich elektrisch betätigen lassen. Ich ging durch den Keller zu der Wand neben dem Wassertank, wo der Sicherungskasten aus dunklem Holz hing. Verkratzt und abgeschürft, irgendwie suspekt, als könnte man schon beim Öffnen einen Schlag bekommen. Als ich die Tür aufzog, hatte ich eine senkrechte Reihe von sechs altmodischen Porzellansicherungen vor mir. Alle schienen intakt zu sein. Leider waren sie unbeschriftet und sahen exakt gleich aus. Nichts wies darauf hin, welche Stromkreise sie sicherten. Ich konnte eine nach der anderen herausschrauben, um festzustellen, was passierte. Oder den Vorgang abkürzen, indem ich den Hauptschalter über den Sicherungen umlegte. Ich griff danach, ließ meine Hand jedoch wieder sinken. In der rechten unteren Ecke des Kastens lag eine Zündholzschachtel. Ich hatte schon oft darüber gestaunt, wie häufig Leute Streichhölzer oder Stablampen in Sicherungskästen aufbewahrten. Das war unvernünftig, weil es Ursache und Wirkung auf den Kopf stellte. Der Sicherungskasten ist der Endpunkt eines Stromausfalls, nicht sein Ausgangspunkt. Ich schnappte mir die Streichhölzer, riss eines an und betätigte den Hauptschalter. Die nackten Glühbirnen im Erdgeschoss erloschen. Der Keller schrumpfte zusammen, bis er nur noch so groß war, wie das flackernde Licht zwischen meinen Fingern reichte. Viel zu sehen war nicht. Ich hätte es nicht beschwören können, aber ich glaubte, hinter mir etwas zu hören. In der Mauer unter dem Bad. Ein Klicken. Leise, aber definitiv mechanisch.

Ich nahm die Zündhölzer mit, ging zu dem Abschnitt zurück, den ich mit dem Messer sondiert hatte, riss ein neues Streichholz an, zog meine Pistole, lehnte mich an die Mauer und drückte. Als sie sich nicht rührte, warf ich mich mit einer Schulter dagegen. Und spürte, wie sie zwei Fingerbreit nachgab. Allem Anschein nach wurde nicht nur das Schloss, sondern auch die Tür elektrisch betätigt. Ihr Mechanismus war nicht dafür eingerichtet, sich ohne Strom öffnen zu lassen. Also drückte ich noch kräftiger. Die Geheimtür öffnete sich erneut ein wenig. Und noch mal.

Aus dem weiter werdenden Spalt fiel Licht. Es war nicht sehr hell und orangerot gefärbt. Doch der Raum hinter der Tür war definitiv beleuchtet. Ich ließ das Zündholz fallen, trat es aus und blieb seitlich stehen, um zu horchen. Ich vernahm keinen Laut, sah keine Bewegung, hörte keine Atemzüge. Ich wartete noch eine Minute, dann warf ich mich mit ganzem

Gewicht gegen die Tür. Der Spalt verbreiterte sich auf fünfundzwanzig Zentimeter. Ich blieb gebückt und mit schussbereiter Pistole stehen und starrte durch den Spalt.

Rechts vor mir entdeckte ich eine Wand aus Ziegelsteinen in leicht unterschiedlichen Größen. Sie waren irgendwann weiß gestrichen worden, doch die Farbe blätterte jetzt an vielen Stellen ab. Aus den Fugen bröselte Mörtel heraus. Der Fußboden war ebenso gefliest wie der Hauptraum des Kellers. Von Mansour war keine Spur. Ich machte mich darauf gefasst, dass er versuchen würde, die Tür mit Gewalt zurückzustoßen, um mich zu Fall zu bringen. Oder sie schnell aufzureißen, sodass ich ihm vor die Füße knallte. Aber das passierte nicht. Ich sah und hörte nichts. Ebenso fehlten die unterschwelligen Vibrationen, die ein anderes Lebewesen verraten hätten. Um ganz sicherzugehen, wartete ich noch zwei Minuten. Dann stieß ich die Tür so weit auf, dass ich mich hindurchzwängen konnte.

36

Der Raum hinter der Tür war leer. Ich sah weder Personen noch Dinge. Auch die Wände bestanden aus Ziegelmauerwerk, von dem weiße Farbe abblätterte. Doch die Mauer vor mir, die unter dem Badezimmerfenster liegen musste, fehlte zu großen Teilen. An ihrer Stelle gähnte ein zwei Meter hohes und eineinhalb Meter breites Loch. Seine Oberkante verlief gerade, weil dort zur Verstärkung ein Stahlträger eingesetzt worden war, der verhinderte, dass die Westfassade des Hauses absackte. Wegen der herausgebrochenen Ziegel erinnerten die Seitenkanten an eine Zeichentrickfigur mit Zahnlücken. Jemand hatte sich die Mühe gemacht, sie sorgfältig Stück für Stück herauszunehmen.

Durch das Loch waren weitere Ziegel zu erkennen. Diese hatten eine blassgelbe Farbe. Die Tunnelwand, zu der sie gehörten, verlief in leichter Kurve, sodass der Eindruck entstand, man blicke in eine gewaltige Röhre. Das unter der Decke verlaufende Kabel war in weiten Abständen mit nackten Glühbirnen besetzt, die mattes goldgelbes Licht ausstrahlten. In den Boden waren Gleise wie für Feldbahnloren eingelassen. Der leicht nach links wegkurvende Tunnel verlief ungefähr hundert Meter weit waagrecht. Dann begann er, allmählich anzusteigen, bis sein weiterer Verlauf nicht mehr zu verfolgen war. Früher hatte es hier anscheinend auch einen nach rechts führenden Tunnel gegeben, den man jedoch zugemauert hatte.

Ich musste in den Hauptteil des Kellers zurückgehen, damit mein Handy funktionierte. Dann rief ich Wallwork an.

Ich erklärte ihm:»Ich brauche einen Plan der städtischen Kanalisation.«

Wallwork schwieg einen Moment.»Vielleicht kann ich online etwas finden. Was wollen Sie genau wissen?«

»Ich bin im Keller des Hauses, von dem ich Ihnen erzählt habe, das Dendonckers Briefkastenfirma gehört. Im Keller habe ich einen Zugang zu einem gemauerten Tunnel entdeckt. Vielleicht ein Regenkanal. Oder ein ehemaliger Abwasserkanal. Der Mann, den ich verfolgt habe, ist durch diesen Tunnel geflüchtet. Ich möchte wissen, wohin er führt.«

»Okay. Dieser Kanal – sieht er alt aus? Oder neu?«

»Nicht neu, das steht fest. Das Alter ist schwer zu schätzen. Siebzig bis achtzig Jahre, würde ich sagen. Vielleicht älter. Ich bin kein Fachmann.«

»Okay, wenn er so alt ist, hat ihn vermutlich die WPA als Arbeitsbeschaffungsmaßnahme gebaut. Wie ich gelesen habe, war die WPA dort sehr aktiv. Damals in den Dreißigerjahren. Hat Straßen, Brücken und öffentliche Gebäude gebaut und vor allem Kanalisationen verbessert. Deshalb war sie ursprünglich hier. Die Stadt bestand aus zwei Teilen, zwischen denen eine Lücke klaffte. Das hatte irgendwas mit ihrer Entstehung aus einem Handelsposten zu tun. Jedenfalls liegt die Südhälfte höher. Bei jedem Gewitter ist die Kanalisation übergelaufen und hat die tiefere Nordhälfte überflutet. Das war jedes Mal ein Fiasko. Die Südhälfte gehört zu Mexiko, aber das Problem betraf die amerikanische Seite. Und unsere Regierung hat damals großzügiger gehandelt. Wenn die Vereinigten Staaten ein Problem sahen, wurde es behoben. Wo immer es auftrat. Und alle waren zufrieden.«

»Wenn die WPA hier gebaut hat, müsste es offizielle Unterlagen geben.«

»Aber sicher! Das sind die Vorteile einer Bürokratie. Irgendwer hat vermutlich festgehalten, wie viele Büroklammern verbraucht wurden. Die Frage ist nur: Wo befinden sich diese Unterlagen? Gibt es sie noch? Nur auf Papier? Oder digitalisiert und ins Netz gestellt? Ich bezweifle fast, dass jemand sich diese Mühe gemacht hat.«

»Sie müssen noch existieren. Dendoncker muss sie kennen. Sie haben gesagt, dass er mit allen Mitteln versucht hat, gerade dieses Haus zu erwerben. Dafür wird es einen Grund gegeben haben. Und der ist nicht die schöne Aussicht, das können Sie mir glauben. Er muss erkannt haben, dass ihm dieses Gebäude Zugang zu einem weitgehend unbekannten Tunnelsystem bietet.«

»Okay, das klingt plausibel. Aber es gibt keine Garantie dafür, dass er diese Informationen online gefunden hat. Das ist das eigentliche Problem. Steht alles nur auf Papier, hatte er ein Jahr lang Zeit, es aufzuspüren. Ihre vermisste Frau hingegen nicht. Er kann in Bibliotheken, in Archiven gestöbert haben. Reicht Ihre Zeit auch dafür? Und wie viele Exemplare hat es am angenommenen Fundort gegeben? Er kann sie gestohlen oder vernichtet haben, um sein Geheimnis zu schützen.«

»Soll das heißen, dass die Sache aussichtslos ist?«

»Nein, ich werd's versuchen. Aber ich warne vor allzu großen Hoffnungen.«

Ich verließ das Haus und ging neben Sonias Wagen in die Hocke. Sie fuhr ihr Fenster herunter. Ich sah, dass sie wieder gerötete Augen hatte.

Sie sagte: »Entschuldigung. Ich hatte nur die verrückte Idee, du würdest rauskommen und mir sagen, dass du Michael gefunden hast. Dass ihm weiter nichts fehlt.«

Ich schwieg.

»Aber das ist nicht so, oder?«

»Nein, leider nicht.«

»Hast du irgendwas entdeckt?«

»Den Eingang eines Tunnels. Aber ich weiß nicht, wohin er führt. Noch nicht.«

Sonia legte eine Hand auf den Türgriff. »Ich komme mit.«

»Nein. Wer diesen Tunnel erkundet, sieht vielleicht nie mehr Tageslicht.«

»Das ist mir egal.«

»Mir nicht.«

»Aber du erkundest ihn auf jeden Fall?«

Ich nickte. »Das muss ich. Am anderen Ende könnte Michaels Schwester sein.«

»Michaela?«

»Genau.«

»Hoffentlich findest du sie. Hoffentlich fehlt ihr nichts.«

»Kennst du sie?«

»Nein, nicht persönlich. Aber ich habe viel von ihr gehört und gehofft, sie würde eine Tages meine Schwägerin werden.«

Ich wartete, bis Sonias Heckleuchten um die Ecke verschwunden waren, bevor ich ins Haus zurückging. Oben an der Leiter machte ich kurz halt. Ich spürte ein Prickeln zwischen meinen Schulterblättern. Aber ich ignorierte es und stieg die Leiter hinunter. Ging durch die Geheimtür und schaute in den Tunnel. Ich hatte den Eindruck, die Schienen vereinigten sich in der Ferne. Doch das war natürlich eine optische Täuschung.

Trotzdem wollte ich herausfinden, wohin das Gleis führte. Und wozu es überhaupt diente.

Dendoncker musste veranlasst haben, dass es gebaut wurde. In einem funktionierenden Abwasserkanal hätte es keinen Zweck erfüllt. Außerdem sah es neu aus, jedenfalls neuer als die gemauerte Tunnelwand. Die stählerne Lauffläche war blitzblank. Von darauf rollenden Stahlrädern poliert. Vermutlich ein kleiner Güterzug. Vermutlich mit Dendonckers Schmuggelware. Dann musste er zu irgendeinem Lagerhaus führen. Zu einem weiteren Gebäude, das er an sich gebracht hatte. Oder zu einer ehemaligen Pumpenstation. Irgendwas in dieser Art.

Was keinen Sinn ergab. Wozu sollte er Lieferungen nicht einfach per Lkw bekommen? Wozu das Zeug in dieses Haus schaffen und durch den Tunnel transportieren? Das machte nur zusätzliche Mühe. Es kostete Zeit und bedeutete mehr Arbeit. Und das Risiko wurde dadurch nicht geringer. Unabhängig davon wollte ich herausfinden, wo der Tunnel endete. Ich wollte Mansour lieber dort auflauern, wo er sich sicher fühlte. Aus einer Richtung, die er nicht erwartete. Die Idee, ihn aus dem Tunnel heraus anzugreifen, gefiel mir ganz und gar nicht. Aber die einzige Alternative wäre gewesen, auf Wallwork zu warten. Um zu hören, ob er einen Plan gefunden hatte. Allerdings war er pessimistisch. Für Vollständigkeit konnte ohnehin niemand garantieren. Und wie lange Wallwork brauchen würde, um etwas zu finden, war völlig offen.

Ich vergewisserte mich, dass ich die Zündhölzer eingesteckt hatte. Nahm den angelaufenen Spiegel mit. Trat durch das Loch in der Wand in den Tunnel und machte mich auf den Weg.

37

Die kühle Temperatur in dem Tunnel war überraschend angenehm, doch die Qualität der Luft ließ zu wünschen übrig. Sie war abgestanden, fühlte sich beim Einatmen dicht und staubig an. Ich musste gegen den Drang ankämpfen, wieder umzukehren. Oder zu versuchen, die Strecke möglichst rasch hinter mich zu bringen. Ich zwang mich dazu, langsam zu gehen und möglichst wenig Lärm zu machen. Nach einiger Zeit fand ich einen guten Rhythmus, indem ich auf jede zweite Holzschwelle trat und im Halbschatten zwischen den Glühbirnen kurz pausierte. So legte ich die ersten hundert Meter bis zu der Stelle zurück, an der das Gleis leicht anzusteigen begann. Dort wurde mir plötzlich klar, welche Funktion die Schienen hatten.

Vom Fuß der Steigung aus konnte ich erkennen, wie weit der Tunnel führte. Vierhundert Meter. Mindestens. Er stieg stetig leicht an, verlief aber schnurgerade. Ich versuchte, mir vorzustellen, wo die Grenze im Verhältnis zu dem Haus verlief. Schätzte die Entfernung zu den Gebäuden auf der mexikanischen Seite ab, die ich gesehen hatte, als ich mit Fenton in die Stadt gefahren war. Ich dachte an die WPA-Ingenieure damals in den Dreißigerjahren und wie sie die hiesigen Verhältnisse wahrgenommen haben mussten. Sie hatten vor zwei Herausforderungen gestanden: Wasserüberschuss und Schwerkraft. Das Wasser konnten sie nicht verschwinden lassen. Es weigerte sich auch, bergauf zu fließen. Und sie wollten nicht, dass es den Nordteil der Stadt überflutete. Also mussten sie es waagrecht abgeleitet haben. Sie hatten die Schwerkraft für sich genutzt und die beiden Kanalisationen miteinander verbunden.

In den Dreißigerjahren musste den Verantwortlichen das als praktische Lösung für ein von der Natur vorgegebenes Problem erschienen sein. Sie waren Techniker, keine Politiker, keine Grenzposten. Damals war die Welt anders gewesen. Man hatte sich noch keine Sorgen wegen Drogenkartellen machen müssen. Oder wegen Grenzzäunen. Damals hatten sie zwei durch eine willkürliche Linie auf der Karte getrennte Hälften einer Stadt vorgefunden und bestimmt gedacht, ihr Projekt erhöhe die Lebensqualität der hiesigen Bürger. Jetzt sah es mehr danach aus, als hätten sie einen Schmugglertraum ermöglicht. Kein Wunder, dass Dendoncker sich für diese Stadt, dieses Haus entschieden hatte. Er war nicht dumm. Das wurde immer deutlicher.

Ich marschierte in gleichmäßigem Tempo die leichte Steigung hinauf … Je weiter ich vorankam, desto deutlicher wurde, dass Dendoncker die unterirdische Schmuggelroute erst hatte ausbauen müssen. Unterwegs entdeckte ich immer wieder neues Mauerwerk, das der Tunnelkontur angepasst war und einmündende kleinere Gänge verschloss. Dendoncker hatte seine Hausaufgaben gemacht. Er musste auf die Unterlagen gestoßen sein und einen exakten Plan gefunden haben, der alle Seitengänge zeigte, die in diesen Haupttunnel führten. Als Dendoncker die Abzweigungen hatte schließen lassen, war ihm der trockene Tunnel geblieben, durch den ich jetzt marschierte. Welche anderen Folgen das gehabt haben konnte, wusste ich nicht. Vielleicht war die Einwohnerzahl so weit geschrumpft, dass Brauchwasser kein Problem mehr darstellte. Vielleicht regnete es heutzutage weniger. Vielleicht gab es jetzt wieder Überschwemmungen. Jedenfalls war das sicher nichts, was Dendoncker Sorgen machte. Nicht solange er ungestört unter der Grenze hin- und herfahren und mit seiner Schmalspurbahn zwischen den beiden Teilen dieses verschlafenen Nests unbemerkt transportieren konnte, was immer er wollte.

Der Originaltunnel endete nach weiteren vierhundertzwanzig Metern. Oder vielleicht begann er hier, wenn dies der höchste Punkt war, ab dem das Wasser bergab floss. Ich stand vor einer Mauer aus den gleichen blassgelben Ziegeln mit dem gleichen abblätternden weißen Anstrich. Hier bog das Gleis nach links ab und verschwand durch ein weiteres Loch unter einem Stahlträger. Und die Tunnelseiten wiesen wieder zugemauerte Seitengänge und an Zahnlücken erinnernde abgebrochene Trennwände auf.

Ich blieb an die Wand gedrückt stehen und benutzte den Spiegel dazu, um um die Ecke zu blicken. Das Gleis führte nur zehn Meter weiter. Wo es an einer Laderampe aus Beton endete, stand ein flacher kleiner Güterwagen, der Platz für vier Personen hintereinander oder ziemlich viele Frachtstücke bot. Hier gab es Raum für eine Vielzahl von Trolleys und anderen Behältern, wie Dendoncker sie als Caterer an Bord von Privatflugzeugen schaffen ließ. Von einer Seite des Wagens schlängelte sich ein fast armdickes schwarzes Ladekabel, das bis zu einer grauen Wallbox reichte. Also hatte der Güterwagen einen Elektroantrieb. Das war clever. Es war viel leichter, einen Knopf zu drücken, als einen Wagen dieser Größe die Steigung hinaufzuschieben. Erst recht, einen beladenen.

Dann entdeckte ich im Spiegel eine Bewegung. Ich sah einen Mann, den ich kannte. Aber es war nicht Mansour, sondern der zweite Kerl vom Vorabend. Dem ich unter der

Straßenlampe am Grenzzaun den Knöchel gebrochen hatte. Er saß hinter einem Schreibtisch, der mich an die meiner Lehrer in der Grundschule erinnerte. Sein eingegipster Fuß ragte vorn aus dem Fußraum zwischen den beiden Unterschränken. Auf der Schreibunterlage vor ihm lag ein Klemmbrett. Daneben stand ein Schachbrett mit spielbereit aufgestellten Figuren. Der Kerl würdigte es jedoch keines Blicks. Er saß mit verschränkten Armen und nach hinten geneigtem Kopf da. Ich glaubte zu erkennen, dass seine Halssehnen hervortraten. Er wirkte angespannt. Mühsam beherrscht. Nervös.

Ich zog den Spiegel zurück, bevor er auf ihn aufmerksam wurde. Holte meine Schlüssel aus der Tasche. Wählte willkürlich einen aus und kratzte damit über die Tunnelwand. Ich begann mit einem raschen kurzen Strich. Dann folgten ein langer und noch mal zwei kurze Striche. Als von dem Kerl keine Reaktion kam, ließ ich auf den Buchstaben L die Morsezeichen für insgesamt vier Wörter folgen: LAUF UM DEIN LEBEN. Aber vielleicht war das unfair. Vielleicht wäre HUMPLE UM DEIN LEBEN angemessener gewesen.

Unabhängig davon, ob er den gemorsten Text begriff, stand er zuletzt auf, um nach der Quelle dieser Geräusche zu suchen. Ich konnte hören, wie er näher kam. Deutlich war auch zu vernehmen, dass er an Krücken ging. Dann streckte er Kopf und Oberkörper um die Ecke. Auf seinem Gesicht erschien ein überraschter Ausdruck. Aber nur eine Sekunde lang, denn bevor er zurückweichen konnte, packte ich ihn dicht unter dem Kinn am Hemd. Ich verdrehte es leicht, um besseren Halt zu haben, und knallte ihn mit dem Rücken an die Tunnelwand. Das presste ihm die Luft aus der Lunge. Nach Atem ringend sackte er nach vorn. Ließ eine Krücke fallen und hielt sich mit einer Hand den Hinterkopf.

»Lass mich los.« Er konnte nur flüstern.

Ich verdrehte das Hemd etwas mehr, verstärkte dadurch den Druck auf seine Kehle.

»Ich schreie.« Er schaffte es, etwas lauter zu reden. »Ich rufe um Hilfe. Die anderen sind in zwei Sekunden da.«

Ich fragte: »Tatsächlich? Wie viele? Letzte Nacht wart ihr zu viert. Und wie ist das ausgegangen?«

Der Kerl bemühte sich, mehr Luft zu bekommen.

»Los, mach schon! Hoffentlich kommen deine Kumpel. Hoffentlich kommt Dendoncker selbst. Was er wohl denken wird? Wie ich die Sache sehe, soll man als Wachposten Eindringlinge abwehren, statt sie reinzulassen und anschließend um Hilfe zu rufen.«

Der Mann atmete langsam aus. Er ließ ein böses Zischen hören, rief aber nicht um Hilfe.

»Gute Idee«, sagte ich. »Wir machen Folgendes: Ich stelle dir ein paar Fragen. Du beantwortest sie mir. Und Dendoncker erfährt nie, wie wertlos zu bist.«

»Niemals! Von mir erfährst du nichts.«

»Okay.« Ich hakte einen Fuß hinter das Standbein des Kerls und zog es weg. Er krachte zu Boden, blieb zwischen dem Gleis und der Tunnelwand liegen. Ich schnappte mir sein rechtes Hosenbein dicht über dem Knöchel und riss es bis in Hüfthöhe hoch. Dann zog ich mein Messer, klappte die kleine Säge heraus und schob sie unter den Gipsverband. »Zeit für einen neuen Plan. Weg mit dem Gips! Erinnerst du dich an gestern? Als die Knochen zersplittert sind? Du hast ganz schön laut geschrien. Ich wette, dass Dendoncker und seine Jungs gerannt kommen. Das spart mir die Mühe, sie suchen zu müssen.«

»Das kannst du nicht machen!«

Ich machte mich an die Arbeit. Die kleine Säge zerschnitt das pulverförmige Material mühelos. Der Kerl wirkte wie hypnotisiert. Er starrte die langsam zu Boden schwebende weiße Wolke aus Gipsstaub an.

»Stopp!« Seine Stimme klang eine halbe Oktave höher.

»Okay, was für Fragen?«

»Die Frau, die Dendoncker hat verschleppen lassen. Michaela Fenton. Ist sie hier«

»Ich denke schon.«

»Das ›denkst‹ du?«

»Ich habe sie nicht selbst gesehen, aber gehört, wie andere über sie redeten. Das hat geklungen, als wäre sie hier.«

»Wo genau?«

»Vermutlich in Dendonckers Hälfte des Gebäudes.«

»Welche Art Gebäude ist das?«

»Äußerlich sieht es einer Schule ähnlich. Einer *ehemaligen* Schule, in der es keine Kinder mehr gibt. Viel mehr weiß ich nicht. Ich bin zum ersten Mal hier. Im Tunnel war ich bisher nie.«

»Wie nutzt Dendoncker das Gebäude?«

»Als eine Art Lagerhaus, vermute ich. Für das Zeug, das mit Flugzeugen transportiert wird. Ich habe die Behälter gesehen. Ich glaube, dass es dort auch eine Werkstatt gibt. Und vermutlich Büros.«

»Was wird in der Werkstatt hergestellt?«

Der Kerl wich meinem Blick aus. Er gab keine Antwort. Ich begann, wieder zu sägen.

»Dendoncker lässt dort einen Typen für sich arbeiten. Mehr weiß ich nicht.«

Ich hörte zu sägen auf. »Als Bombenbauer?«

»Vielleicht. Wahrscheinlich. Aus diesen Dingen hab ich

mich immer bewusst rausgehalten. Manchmal ist's besser, wenn man etwas nicht weiß.«

»Okay. Wie viele Leute sind hier?«

»Na ja, erst mal Dendoncker. Und mindestens drei, vier Männer. Alles Einheimische. Vielleicht bis zu einem halben Dutzend. Ich kenne sie nicht, hab sie noch nie gesehen. Ich glaube nicht, dass Dendoncker ihnen ganz traut. Sie sind nur da, um zu kochen und Ware zu transportieren. Dazu kommen drei Kerle, die in die Stadt gefahren sind. Auf ihre Rückkehr warten wir noch immer.«

»Die Warterei könnt ihr euch sparen.« Ich klappte die Säge wieder ein, steckte das Messer weg. »Sie kommen nicht mehr zurück.«

Ich ließ das Bein des Kerls los. Er konnte gerade noch verhindern, dass sein eingegipster Fuß auf den Boden krachte. Dann wälzte er sich auf den Bauch und kämpfte darum, sich aufzurappeln. »Was ist mit ihnen?« Der Kerl hüpfte eine Minute lang herum, um seine Krücken einzusammeln.

Ich zuckte mit den Schultern. »Deine Freunde neigen leider dazu, Unfälle zu haben.«

Der Kerl bewegte sich in Richtung Ecke, als wollte er an seinen Schreibtisch zurück. Dann warf er sich herum. Riss die rechte Hand mit einer Krücke hoch und griff an. Er versuchte, mich mit seiner Krücke aufzuspießen. Ich trat einen großen Schritt zur Seite, bekam die Krücke zwischen Gummizwinge und Ellbogenstütze zu fassen und ruckte kräftig daran. Trat vor und verpasste ihm einen Kinnhaken, der ihn von den Beinen holte. Die zweite Krücke fiel scheppernd zu Boden. Er selbst landete auf dem Rücken genau zwischen den Schienen. Ich wälzte ihn auf den Bauch, fesselte seine Handgelenke mit einem Kabelbinder. Zog ihm die Pistole aus dem

Hosenbund, eine 1911. Alt, aber sehr gut erhalten. Sein unverletztes Bein knickte ich ab und fesselte es mit Kabelbindern an eine Gürtelschlaufe hinten an seinen Jeans. Zuletzt hob ich ihn hoch und warf ihn auf den kleinen Güterwagen. Seine Krücken flogen hinterher.

38

Der Schreibtisch, an dem der Mann gesessen hatte, stand am Rand eines Heizungskellers mit riesigen Abmessungen. An einer Wand standen vier gewaltige Heizkessel in einer Reihe nebeneinander, ihnen gegenüber vier gigantische Wassertanks. Die Decke verschwand unter einem Gewirr aus Rohrleitungen, die teils isoliert, teils farbig gestrichen waren. Sie führten in alle möglichen Richtungen. In der linken hinteren Ecke war eine Tür zu erkennen. Außer dem Tunnel schien dies der einzige Weg nach draußen zu sein. Ich durchquerte den Raum und öffnete sie.

Die Tür führte in ein Treppenhaus mit einer Holztreppe. Die Treppe hatte einst einen weißen Anstrich gehabt, doch jetzt waren die Stufen mittig so abgetreten, dass man das Holz sehen konnte. Dendonckers Unternehmen bedingte anscheinend mehr Verkehr, als der Architekt ursprünglich angenommen hatte. Ich stieg langsam nach oben. Trat nur am Rand auf die Stufen, damit sie nicht knarrten. Oben an der Treppe stand ich vor einer weiteren Tür. Ich lauschte, konnte jedoch nichts hören.

Ich drückte die Klinke herab. Die unversperrte Tür öffnete sich mühelos. Mit dem nächsten Schritt stand ich in der Ecke einer Küche – einer industriellen Großküche aus Edelstahl und weißen Fliesen. Hier gab es Herde, Backöfen, Mikrowellen, Arbeitsflächen mit allen möglichen Küchenmaschinen. Eine ganze Wand nahmen hohe Kühl-Gefrier-Kombinationen ein. Eine andere verschwand hinter Vorratsschränken.

Ich öffnete aufs Geratewohl einen. Er war voller Konservendosen mit gebackenen Bohnen: Hunderte von winzigen Dosen, vielleicht Einzelportionen für Kinder, die an Appetitlosigkeit litten. Ein verrückter Gegensatz zu den sonst so riesigen Abmessungen dieser Großküche.

Von dem Speisesaal war die Küche durch eine niedrige Serviertheke getrennt. Kindgerecht niedrig, vermutete ich. In der linken Hälfte gab es einen Durchgang. Dort war die Abdeckung der Theke hochgeklappt, also ging ich hindurch. Der schwach beleuchtete restliche Raum erschien mir höhlenartig. Seine Höhe betrug mindestens sechs Meter. Etwa in der Deckenmitte brannte eine einzelne nackte Glühbirne, sodass ich Mühe hatte, Einzelheiten zu erkennen. Der Fußboden bestand aus Holzpflaster in Fischgrätenmuster, auf dem nur ein einzelner runder Tisch stand. Ein weißer Plastiktisch mit sechs Plastikstühlen, die ungefähr einen Kreis bildeten. Tisch und Stühle wirkten fehl am Platz. Dieser Raum schien dafür bestimmt zu sein, statt billiger Gartenmöbel massive Refektoriumstische in ordentlichen parallelen Reihen aufzunehmen. In der rechten Seitenwand des Speisesaals befand sich eine zweiflügelige Tür. Beide Hälften waren geschlossen. Sie bestanden aus massivem Holz, sodass ich nicht sehen konnte, wohin diese Tür führte. Die restliche Wand war verglast. Schmale Metallrahmen fixierten die von der Decke bis zum Boden reichenden Glasscheiben. Weil ich glaubte, einen schmalen Lichtstreifen unter der Tür auszumachen, wollte ich sie öffnen. Dabei erstarrte ich mitten in der Bewegung.

Letztlich war die schwache Beleuchtung des Speisesaals meine Rettung. Sie verhinderte, dass die beiden Männer mich entdeckten, die Kerle in Anzügen, die Dendoncker in die Leichenhalle begleitet hatten. Sie saßen am anderen Ende des

Korridors, auf den meine nur einen Spalt weit geöffnete Tür hinausführte, auf Hockern vor einer weiteren zweiflügeligen Tür. Der zweieinhalb Meter breite und zehn Meter lange Korridor hatte Glaswände und eine Decke aus Glas mit drei Lüftungsöffnungen in regelmäßigen Abständen. Dicht unter der Decke hingen zwei lange Reihen von gleißend hellen Leuchtstoffröhren. Dieses grelle Licht stellte meine Rettung dar. Das menschliche Auge ist nicht dafür geschaffen, aus einem sehr hellen Bereich in einen viel dunkleren zu schauen. Das war mein Glück, denn jeder der beiden Kerle hatte eine Uzi, eine israelische Maschinenpistole. Eine interessante Wahl. Nicht die leichteste MP. Nicht die mit der höchsten Feuergeschwindigkeit. Nicht die mit den meisten Zügen im Lauf. Es hätte bessere Alternativen gegeben, das wusste ich. Zum Beispiel die verschiedenen Ausführungen der MP5 von Heckler & Koch. An ihrer Stelle hätte ich mich für eine MP5 entschieden. Aber an meiner Stelle? Gegen zwei Uzis? Da hätten mir meine Chancen nicht gefallen.

Der verglaste Korridor schien in ein Spiegelbild des Gebäudes zu führen, in dem ich mich befand. Jedenfalls von außen betrachtet. Innen war die Aufteilung wahrscheinlich ganz anders. Ich konnte mir nicht vorstellen, dass eine Schule zwei Küchen und zwei Speisesäle brauchte. Die Wachposten mit Uzis ließen darauf schließen, dass es sich hier ziemlich sicher um Dendonckers Hälfte handelte, von der der Kerl mit dem Knöchelbruch gesprochen hatte. Allerdings wäre es Selbstmord gewesen, auch nur zu versuchen, sie über den Korridor zu erreichen. Ich war gezwungen einen anderen Eingang zu finden. Dazu musste ich einen Rundgang um das Gebäude machen – und erst einmal ins Freie gelangen.

In der von der Küche am weitesten entfernten Rückwand

des Speisesaals entdeckte ich zwei Türen. Ein Schild auf der rechten Tür verkündete: *Maestro Principal.* Und auf der linken stand: *Deputado Maestro Principal.* Ich öffnete eine nach der anderen. Die Räume dahinter waren leer. Dort gab es keine Möbel. Nichts an den Wänden. Keine Tische oder Aktenschränke. Und auch keinen Ausgang ins Freie.

Die Wand gegenüber den Fenstern wies drei Türen auf. Ich versuchte es mit der mir am nächsten, die in einen weiteren großen Raum führte, der ebenfalls nur schwach beleuchtet war. Er wirkte so breit wie der Speisesaal, aber ein gutes Stück länger, weil sich hier keine Küche anschloss. Auf der rechten Seite gab es an die Büros grenzend ein erhöhtes Podium, eine Art Bühne. Gegenüber erhob sich wieder eine Glaswand mit bodentiefen Fenstern. In ihrer Mitte befanden sich zwei Türen, die ins Freie führten. Vor der Rückwand erkannte ich ein halbes Dutzend Kletterstangen. Von einer Deckenschiene hingen drei Kletterseile herab, die jedoch in drei Meter Höhe aufgerollt waren. Dieser Raum war anscheinend eine Kombination aus Aula, Turnhalle und Theatersaal gewesen. Ursprünglich. Jetzt diente er als Lagerraum für Dendonckers Aluminiumbehälter.

Diese Behälter gab es in allen möglichen Größen und Formen. Manche besaßen Räder, andere nicht. Die meisten standen eng zusammengeschoben an der Rückwand des Raums. Einige wenige waren auf Flächen abgestellt, die man auf dem Fußboden schraffiert hatte. Jedes dieser Rechtecke war mit einem Wort auf weißem Gewebeband gekennzeichnet. Auf dem ersten stand *Versand*, dann kam *Vorbereitung*, dann *Eingang* und zuletzt *Weiter*.

Der Versandbereich war leer. Auf der Fläche *Vorbereitung* befand sich nur ein Behälter. Und auf dem Rechteck *Weiter* waren es zwei. Ich öffnete den Container auf *Vorbereitung*. Er verfügte über Räder, war zwei Meter lang, einen Meter tief und eineinviertel Meter hoch. Und er war leer. Ich wandte mich *Weiter* zu. Diese beiden Behälter wirkten kleiner: eineinviertel Meter lang, einen Meter tief und einen halben Meter hoch. Und sie waren beide plombiert.

Die Plomben bestanden aus dünnen Spezialdrähten, die durch die Schnappverschlüsse gezogen und mit einem Bleisiegel gesichert waren. Ich riss die Plomben des nächsten Behälters ab und klappte den Deckel hoch. Der Container war bis zum Rand voller Geldscheine. Ich sah vor allem Bündel mit gebrauchten Zwanzigern. Die Scheine rochen süßlich und scharf zugleich, schienen also echt zu sein. Der zweite Behälter war dick mit blauem Schaumstoff mit schützenden Noppen ausgekleidet und mit Pappschachteln vollgepackt. Alle hatten die gleiche Form und die gleiche Größe, bestanden aus beigem Karton ohne Beschriftung. Ich nahm eine Schachtel heraus, um mir den Inhalt anzuschauen. Sie enthielt Plastikfläschchen, insgesamt zweiunddreißig Stück, weiß, mit kindersicheren Verschlüssen. Ich griff nach einer, drehte sie hin und her und studierte das in Schwarz und Purpurrot gedruckte Etikett. Unter einem Firmenzeichen und Symbolen und einem Strichcode stand darauf: Dilaudid (Hydromorphon). Sofortige Schmerzlinderung, 1 mg. 100 Tabletten.

Hier gab es nichts, was mir nützte, weshalb ich zu den Türen in der Glaswand ging und ins Freie trat. Helligkeit deutete darauf hin, dass hinter der nächsten Ecke eine beleuchtete Fläche lag: ein Parkplatz mit vierzig Stellplätzen, von denen aber nur zwei besetzt waren. Dort standen SUVs – Cadillacs Escalade. Schwarz, staubig, mit dunkel getönten Scheiben. Beide mit auffällig wenig Bodenfreiheit, was darauf schließen ließ, dass sie zumindest teilweise gepanzert waren. Hinter ihnen ragte ein sechs Meter hoher Zaun aus starkem Maschendraht auf. In zehn Meter Abstand gab es parallel dazu einen weiteren Maschendrahtzaun, der ebenso hoch und massiv war. Das bedeutete den doppelten Zeitaufwand für jeden, der hier einzudringen versuchte. Doppelt so viel Zeit für die Verteidiger. Und doppelt so viel Zeit im Abwehrfeuer für den Eindringling.

Ich sah mich nach Überwachungskameras um und fand auf jedem zweiten Zaunpfosten eine. Alle waren nach außen gerichtet. Als keine Kamera in meine Richtung schwenkte, lief ich nach links um das Gebäude herum weiter. Kurz vor der nächsten Ecke hörte ich Geräusche. Dort rannte jemand. Mehr als nur eine Person. Aber nicht stetig. Sie rannten los, bremsten ab, spurteten, wendeten und wurden erneut langsamer. Und dazu kam ein weiteres Geräusch, ein wiederholter dumpfer Aufprall. Als ich tief gebückt um die Ecke spähte, erkannte ich zwei aufgeständerte Scheinwerfer, wie man sie von Baustellen kennt. Sie beleuchteten ein langes rechteckiges Fußballfeld, das sich parallel zu den beiden Gebäudehälften und dem verglasten Verbindungsgang erstreckte. Die Geräusche kamen von Männern, Kerlen, die dort Fußball spielten. Ich schätzte sie auf Mitte zwanzig. Sie waren barfuß, trugen sackartige Shorts und spielten mit nacktem Oberkörper. Ich zog meine Pistole, hielt sie an den rechten Oberschenkel gedrückt und trat ins Licht hinaus.

Die Männer hörten zu spielen auf und starrten mich an. Einer von ihnen forderte mich mit einer Handbewegung zum Mitspielen auf. Ich reagierte mit einem Winken. *Danke, heute nicht.* Als ich nicht stehen blieb, spielten sie weiter. Ein anderer Mann versuchte einen Trick, der aber nicht klappte, sodass der Ball bis fast unter den Verbindungsgang rollte. Die Wachposten mit den Uzis reagierten nicht, als er hinlief, um ihn zu holen. Vielleicht sahen sie ihn wegen der ungünstigen Lichtverhältnisse gar nicht. Möglicherweise waren sie solche kleinen Vorfälle auch gewöhnt und machten sich nichts daraus. Aus der Vogelperspektive hätte die ehemalige Schule wie ein großes H ausgesehen. Der Flügel mit Aula und Speisesaal wäre eine der Senkrechten gewesen. Der Glaskorridor hätte als Querstrich gedient und Dendonckers Hälfte die zweite Senkrechte gebildet. Ich hoffte, sie würde zahlreiche Türen und Fenster aufweisen, und wurde nicht enttäuscht. In die Schmalseiten des Gebäudes war je eine Tür eingelassen; dazu kamen vier in der langen Seite sowie vier riesige zwei Meter hohe und sechs Meter breite Fenster, die mir aber nichts nützten, weil sie verschalt waren, und das mit dicken Stahlplatten, die kein Geschoss aus einer Handfeuerwaffe hätte durchschlagen können. Von außen waren lange Bolzen zu sehen, mit denen sie durch die Fensterrahmen hindurch festgeschraubt waren. Hier kam ich garantiert nicht hinein. Und es gab keine Möglichkeit, aufs Dach zu gelangen. Die Fallrohre der Dachrinnen hatte man in vier Metern Höhe gekappt. Es war auch nicht möglich, eine Seite des Gebäudes mit einem schweren Fahrzeug zu rammen. Auf dem Vorgelände standen überall Betonhöcker – pyramidenförmige Stahlbetonblöcke –, um genau das zu verhindern. Und zwar so dicht, dass die Abstände zwischen ihnen kaum einen Meter betrugen. Eine Bresche hätte man höchstens mit einem Panzer schlagen können. Oder mit Sprengstoff. Leider verfügte ich weder über das eine noch das andere. Also konnte ich nur durch den Verbindungsgang hineingelangen. Ich ging davon aus, dass ich meine Annäherung neu planen musste. Es wurde Zeit, etwas kreativer zu werden.

Zwischen der Längsseite des Gebäudes und dem Doppelzaun lag nichts Interessantes. Nur eine weite Fläche mit einer seltsamen, fast gummiartig nachgiebigen Asphaltdecke. Vielleicht ein ehemaliger Spielplatz, der jetzt völlig leer war. Ich überquerte ihn, gelangte zur nächsten Ecke und stieß dort auf eine Art Schuppen. Der kleine Bau aus weiß gestrichenen Hohlblocksteinen verfügte über ein Wellblechdach und eine massive mit einem Vorhängeschloss gesicherte Holztür. Das schwere Messingschloss glänzte wie neu. Das einzige Fenster dicht unter dem Dach war nicht verglast, aber mit Gitterstäben gesichert. Ich riss ein Zündholz an, stellte mich auf die Zehenspitzen, um hineinblicken zu können. Und blies die Flamme sofort wieder aus. Das Innere war gefüllt mit stehenden zylindrischen Objekten, deren Spitzen zur Decke aufragten. Artilleriegranaten. Zwanzig Reihen zu je fünfzehn Stück. Mindestens. Sie befanden sich in schlechtem Zustand. Viele der Granathülsen sahen korrodiert aus, manche eingebeult oder verkratzt. Keine Objekte, mit denen ich etwas zu tun haben wollte.

Zehn Meter weiter stieß ich auf ein seltsames Gebilde. Es war kleiner, würfelförmig. Und nicht ganz gleichmäßig. Keine Seite war länger als ein Meter. Es bestand ganz aus Stahlblech – auch das Dach. Oder der Deckel. In den oberen Rand war eine Anzahl Löcher gebohrt, mit einem Durchmesser von kaum drei Zentimetern. Der Deckel stand einen Spalt weit offen. Ich hob ihn etwas an, um hineinsehen zu können. Die Metallbox war leer, schien aber erst vor Kurzem benutzt worden zu sein, für irgendetwas. Dem Gestank nach vielleicht für Tierhaltung. Oder auch im Rahmen von Dendonckers Verhörmethoden. Ein Schreckensort, an dem niemand eingesperrt sein wollte. Vor allem nicht in der Mittagshitze.

39

Ich beendete meinen Rundgang um das Gebäude und betrat es wieder. Durchquerte erst die Aula, dann den Speisesaal. Und kauerte vor der Tür zu dem verglasten Verbindungsgang nieder. Wie früher bei der Militärpolizei klopfte ich energisch an die Tür. Ich rechnete mir aus, dass es nun drei Optionen gab: Die Kerle mit den Uzis würden mich ignorieren. Sie würden Verstärkung anfordern. Oder sie würden nachsehen, woher das Klopfen kam. Die Option Nummer eins würde mir nichts nützen. Die Nummer zwei konnte eine gute Chance sein. Aber ich hoffte auf die Nummer drei. Ich hoffte, dass einer der Kerle auf seinem Posten bleiben würde, während der andere sich mir näherte. Er würde die Tür öffnen – den aus meiner Sicht aus linken Flügel aufziehen. Dann würde seine MP oder sein Kopf verschwinden. Mir war beides recht. Ich würde packen, was sich als Erstes anbot. Würde den Kerl über die Schwelle reißen, ihm das Genick brechen, bevor die Tür wieder zufiel. Ich würde seine Uzi aufheben und durch den Türspalt schießen. War das Magazin leer, würde ich mit meiner Pistole weiterballern – falls nötig. Wenn der andere Kerl nicht schon durchsiebt war. Und dann kam es darauf an, ihm seinen Schlüssel oder Transponder abzunehmen – oder was sonst gebraucht wurde, um die zweiflügelige Tür gegenüber aufzusperren. Dann würde sich zeigen, was die beiden Kerle bewacht hatten. Oder wen. Wahrscheinlich Dendoncker. Und hoffentlich Fenton.

Als mein erstes Klopfen keine Reaktion auslöste, versuchte ich es noch mal. Im nächsten Augenblick waren Schritte zu hören. Schwere Schritte. Zielbewusst. Die Tür ging auf. Wie erwartet der linke Flügel. Dann erschien Mansour. Ihn hatte ich nicht erwartet. Er stockte keinen Moment. Er sah sich nicht erst um, kam geradewegs hereinmarschiert. Ich richtete mich auf. Die Tür schloss sich bereits wieder, aber das war meine geringste Sorge. Mansour wandte sich mir breit grinsend zu. Seine linke Gesichtshälfte war grün-blau verfärbt und geschwollen. Ein Andenken an meinen Ellbogen von diesem Morgen. Um den Schaden zu vergrößern, schlug ich blitzschnell eine Gerade. Doch er erriet meine Absicht, duckte sich weg und ging dann sofort zum Angriff über. Er war schnell. Für seine Größe unheimlich schnell. Er riss ein Knie hoch, dann schoss sein gewaltiger Fuß nach vorn. Hätte er meinen Bauch wie eine Bowlingkugel getroffen, wären meine inneren Organe zerquetscht und ich gegen die Tür geschleudert worden. Vielleicht sogar durch die Tür.

Dann hätte es sofort geheißen: Game over. Das wollte ich unbedingt vermeiden, deshalb tänzelte ich zur Seite. Trat um seinen Fuß herum und warf mich nach vorn. Bekam seinen Oberschenkel zu fassen, hielt ihn an mich gedrückt und rammte ihm einen Handballen unters Kinn. Sein Kopf flog nach hinten. Das war ein solider Treffer. Vielleicht nicht mein bester, aber er hätte die meisten Kerle von den Beinen geholt. Daran hatte ich keinen Zweifel. Ich konnte spüren, wie er nach hinten zu kippen begann, und glaubte, die Arbeit sei halb getan. Umklammerte sein Bein weniger fest und machte mich bereit, ihn zu treten, sobald er zu Boden ging. Was ein Fehler war. Der Kerl fiel tatsächlich – aber mit voller Absicht. Seine Arme schlossen sich um mich. Mansour faltete seine Hände hinter meinem Rücken und zog mich auf sich. Dagegen war ich machtlos. Er wog mindestens vierzig Kilo mehr als ich und hatte die Bewegungsenergie auf seiner Seite.

Wir prallten schwer auf, Gesicht an Gesicht, ich auf ihm liegend. Aber sobald sein Rücken den Boden berührte, stemmte der Kerl die Beine ein und verdrehte den Oberkörper. Meine Arme waren fixiert. Außer leerer Luft gab es nichts, an dem ich mich hätte abstützen können. Im nächsten Augenblick hatten unsere Positionen sich verkehrt. Nun lag ich unter ihm, und ich konnte mich nicht bewegen. Ich bekam kaum noch Luft. Meine Lage war verzweifelt, das wusste ich. Und er konnte es spüren. Er brauchte nicht mehr zu tun, als mich festzuhalten. Alles Weitere hätte sein auf mir lastendes Gewicht erledigt.

Mansour war jedoch ungeduldig. Oder er wollte angeben. Jedenfalls zog er die Arme unter meinem Rücken hervor, schob seine Knie nach vorn und richtete den Oberkörper auf. Ich holte dankbar tief Luft. Er beugte sich nach vorn, packte meinen Kopf mit beiden Händen. Ich spürte die Bewegung seiner Daumen, die nach meinen Augen zu tasten schienen. Ich wusste nicht, ob er mich blenden wollte oder etwas anderes plante. Vielleicht hatte er im Sinn, meinen Schädel zu zerdrücken. Oder meinen Kopf anzuheben und auf den Boden zu knallen. Aber das wartete ich nicht ab. Ich packte seine Handgelenke, drückte sie nach hinten und riss dabei die Arme nach unten. Gleichzeitig stemmte ich mich mit den Füßen vom Boden ab und hob die Hüften an. Jeder normale Gegner wäre dadurch über meinen Kopf geschleudert worden. Wäre verblüfft und außer Atem auf dem Rücken gelandet. Dieser Kerl bewegte sich jedoch kaum. Maximal eine Handbreit hoch. Aber das genügte.

Ich wälzte mich unter ihm hervor und war mit einem Satz auf den Beinen. Weil Mansour schon begann, sich aufzurappeln, trat ich ihn in die Rippen. Mit einem gewaltigen Tritt, der einen Fußball bis unters Stadiondach befördert hätte. Er wurde auf den Rücken geworfen, setzte sich aber sofort wieder auf. Mein nächster Tritt traf ihn seitlich am Kopf. Er wälzte sich weg, aber ich blieb an ihm dran. Er versuchte, wieder auf die Beine zu kommen. Das würde ich niemals zulassen. Das war die erste Regel: Ist dein Gegner am Boden, erledige ihn. Ohne Zögern. Ohne zweite Chance. Ohne Fehler. Ein weiterer Tritt würde genügen. Ich holte schon mit dem Fuß aus, hatte eine Stelle im Blick und hörte plötzlich eine Stimme hinter mir.

»Stopp«, sagte eine Männerstimme. Krächzend. Flüsternd. Sie gehörte Dendoncker.

Die Stimme kam näher. »Keine Bewegung, sonst stirbt sie. Und gleich danach Sie.«

Ich schaute über meine Schulter. Dort war Dendoncker, und nicht allein. Der Kerl in dem beigen Leinenanzug stand mit seiner Uzi links neben ihm. Und auf Dendonckers anderer Seite war Fenton. Um ihr Gleichgewicht zu halten, benützte sie eine altmodische unter den Arm geklemmte Holzkrücke. Das Ende ihres rechten Hosenbeins hing leer und schlaff herab. Um ihren Hals war eine Reepschnur geschlungen, deren anderes Ende Dendoncker in der rechten Hand hielt, an der drei Finger fehlten. In seiner Linken glänzte ein Messer mit langer, schmaler Klinge, wie es britische Commandos im Zweiten Weltkrieg benutzt hatten. Eine tödlich effiziente Waffe, deren Spitze er an Fentons Kehle drückte.

»Hör nicht auf ihn.« Fentons Stimme klang heiser. »Bring den Scheißkerl um.«

»Nein, das tut er nicht.« Dendonckers Augen funkelten. »Er hat sich verdammt abgestrampelt, um Sie zu finden. Er will Sie lebend haben. Und selbst wenn er sich die Sache anders überlegt haben sollte, ist er nicht dumm. Er weiß, dass er mit Füßen und Fäusten schnell ist, aber er weiß auch, dass er nicht so schnell ist wie ein Neun-Millimeter-Geschoss. Außerdem braucht hier überhaupt niemand zu sterben. Ich habe einen Vorschlag. Einen sehr einfachen, sehr geradlinigen Vorschlag. Wird er angenommen, kommen wir alle ohne einen Kratzer davon. Auch sonst wird niemand verletzt. Was sagen Sie dazu, Mr. Reacher? Möchten Sie meine Bedingungen hören?«

40

In Wirklichkeit hatte ich kein Interesse daran, Dendonckers Bedingungen zu hören. Nicht das geringste Interesse. Noch weniger interessiert war ich jedoch daran, von seinem Schergen erschossen zu werden. Und mir gefiel es nicht, Fenton hilflos und mit einem Messer an der Kehle zu sehen. Das gefiel mir ganz und gar nicht.

»Fort mit der Reepschnur«, sagte ich. »Weg mit dem Messer. Dann können Sie sagen, was Sie zu sagen haben. Mehr verspreche ich vorläufig nicht.«

Dendoncker wollte in seinem Büro mit mir reden. Um dorthin zu gelangen, mussten wir durch die zweiflügelige Tür, den verglasten Korridor entlang und durch die Tür am anderen Ende gehen. Der Kerl in dem dunklen Anzug sperrte uns auf. Er hielt seinen Schlüsselbund an ein weißes Quadrat am Türrahmen. Offensichtlich verfügte auch er über einen Transponder am Schlüsselring. Vermutlich in einem Kunststoffwürfel, der mir aufgefallen war, als ich Mansours Taschen in der Leichenhalle durchsucht hatte. Aber ich war zu weit entfernt, um mir meiner Sache sicher zu sein.

Der Kerl ging nicht durch die Tür, sondern blieb seitlich stehen und ließ Dendoncker vorbei, der den rechten Türflügel aufstieß. Er lief voraus. Ich folgte ihm, und der Kerl mit der Maschinenpistole folgte mir. Er schloss nah auf – aber nicht so nah, dass ich ihn leicht hätte erreichen können. Oder seine Uzi. Wir kamen zu einem rechtwinklig abzweigenden weiteren Korridor. Er erstreckte sich nach links und rechts über die gesamte Breite dieser Gebäudehälfte. An beiden Enden führte eine Tür ins Freie. Ihre Klinken fehlten jedoch. Vermutlich hatten sie abgeschraubt werden müssen, damit die Türen von außen mit Stahlplatten verkleidet werden konnten. Zum Speisesaal hin war eine Wand des Korridors vom Boden bis zur Decke voll verglast. In der weißen Wand gegenüber befanden sich vier Türen: je zwei links und rechts der Kreuzung mit dem Korridor, auf dem wir hereingekommen waren. Alle Türen wiesen Glaseinsätze aus Drahtglas auf, das außen mit Zeitungspapier beklebt worden war. Das Papier sah so vergilbt aus, dass ich nur mit Mühe erkennen konnte, dass es sich um mexikanische Zeitungen handelte.

Dendoncker wandte sich nach rechts. Ich hörte, wie sich hinter mir Schritte in die Gegenrichtung entfernten. Ein Blick über die Schulter zeigte mir Mansour, der Fenton an einem Ellbogen gepackt wegführte. In seiner Pranke wirkte ihr Arm erbärmlich dünn und schwach. Aber sie konnte sich anscheinend frei bewegen. Nichts wies darauf hin, dass Mansour ihr etwas antun wollte. Was nur gut war – für ihn.

Dendoncker ignorierte die erste Tür, die wir passierten, und machte erst vor der zweiten halt. Ihr Schloss sperrte er mit einem gewöhnlichen Schlüssel auf. Als er eintrat und den Lichtschalter betätigte, flammten zwölf Leuchtstoffröhren auf, die man paarweise in Deckenleuchten zusammengefasst hatte. Auf der rechten Seite des Raums war ein quadratischer Sanitärbereich abgeteilt, dessen Türen mit *Niños* und *Niñas* beschriftet waren. Geradeaus vor uns lagen ein breites Fenster und eine weitere Tür mit Glaseinsatz. Beide waren von außen mit Stahlblech beplankt. An einer Wand hing eine unbeschriftete große Tafel. Dieser Raum musste ein ehemaliges Klassenzimmer sein, das war klar. Kratzer und abgetretene Stellen auf dem Fußboden zeigten sogar noch, wo die Pulte gestanden hatten. Sie waren der Wandtafel zugewandt hufeisenförmig angeordnet gewesen. Auf beiden Seiten des Hufeisens schien es jeweils fünf Pultpaare gegeben zu haben. Nur der Schreibtisch des Lehrers hatte überlebt und stand jetzt schräg vor der linken rückwärtigen Ecke. Ein Küchenstuhl mit verchromten Metallbeinen und einer Sitzfläche aus orangerotem Kunststoff diente als Schreibtischsessel. In der Zimmermitte bildeten sechs identische Stühle einen Kreis. An der rechten Wand standen ein abgewetztes Ledersofa und ein niedriges Bücherregal. Das Regal enthielt Fachbücher über Physik, aber obenauf lagen einige französische Romane. Auf der anderen Seite schloss sich ein Feldbett mit olivgrünem Metallgestell an. Es war mit einem kleinen baumwollüberzogenen Kissen und einer dünnen Wolldecke ziemlich spartanisch ausgestattet. An seinem Fußende stand eine ziemlich ramponierte Seekiste. Hier gab es weder frische Luft noch natürliches Licht. Kein besonders gutes Schlaf- oder Arbeitszimmer.

Dendoncker deutete nach rechts. »An die Wand. Hände über den Kopf, Beine auseinander. Aber das kennen Sie bestimmt.«

»Augenblick.« Ich verschwand auf der Herrentoilette, bevor der Kerl mit der MP mich daran hindern konnte.

Drinnen gab es zwei WC-Kabinen, zwei Urinale, zwei Waschbecken. Und zwei Händetrockner. Alles war klein, abgenützt und verkratzt, aber makellos sauber. Nicht viele mögliche Verstecke. Ich verfügte über zwei Pistolen und ein Messer. Wurden sie mir abgenommen, konnte ich sie leicht wieder ersetzen. Mehr Sorgen machte mir das Handy, mit dem ich Wallwork und Sonia angerufen hatte. Ich wollte nicht, dass Dendoncker diese Nummern wählte.

Ich überlegte, ob ich das Handy zertrümmern und wegspülen sollte, doch ich war mir nicht sicher, ob der Wasserdruck dafür ausreichen würde. War er nicht hoch genug, würde ich nur darauf aufmerksam machen, dass ich etwas verbergen wollte. Deshalb entschied ich mich anders. Die Speicher aller Telefone, die ich Dendonckers Leuten abgenommen hatte, waren leer gewesen. Weil er diese Art Disziplin gewöhnt war, würde ihm nichts daran auffallen. Nachdem ich mich davon überzeugt hatte, dass das Handy stummgeschaltet war, ging ich das Menü durch, bis ich die Option *Alle Kontakte löschen* fand. Ich steckte das Handy wieder ein, hielt die Hände unter einen Trockner, damit das Gebläse einsetzte. Dann verließ ich die Toilette.

Dendoncker stand zwischen den beiden Türen. Er war unruhig wie ein Fünfjähriger. Ich legte meine Hände an die Wand und hielt still, während er mich abtastete. Das tat er durchaus kompetent. Etwas langsam, aber dafür gründlich. Als er fertig war, gab er mir meinen Reisepass und das Bargeld zurück, behielt aber meine Klappzahnbürste und die anderen Dinge.

»Kommen Sie.« Dendoncker bewegte sich auf den Stuhlkreis zu. »Setzen Sie sich.«

Ich schlenderte zu den Stühlen und nahm ihm gegenüber Platz.

Dendoncker sagte zunächst nichts. Er saß nur da und starrte mich an. Seine Knie waren aneinandergedrückt. Seine Hände lagen flach auf den Oberschenkeln. Den Kopf hielt er leicht schief. So sah er wie ein Bewohner eines Seniorenheims aus, der auf ein Begegnungsmeeting wartet und neugierig auf die Vorstellung eines Neuzugangs ist. Aber wenn er glaubte, sein Schweigen würde meinen Mitteilungsdrang wecken, hatte er sich getäuscht.

Nach zehn Minuten gab Dendoncker auf. Er fuhr sich mit der deformierten Hand durch sein schütteres Haar und befeuchtete seine Lippen mit der Zunge. »Kommen wir also zur Sache. Aber zuvor eine Frage: Für wen arbeiten Sie, Mr. Reacher?«

»Für niemanden.«

»Okay, also freiberuflich. Wer hat Sie beauftragt?«

»Niemand.«

»Jemand muss Sie engagiert haben. Und ich weiß, wer das war. Sie können mir seinen Namen ruhig nennen. Damit verraten Sie nichts, sondern bestätigen nur, was ich schon weiß.«

»Mich hat niemand engagiert.«

Dendoncker fixierte mich. »Nader Chalil. Ja? Sie können einfach nicken. Sie brauchen kein Wort zu sagen.«

»Nie von dem Mann gehört.«

Er reagierte nicht gleich. Sein Gesicht blieb ausdruckslos. Ich konnte nicht beurteilen, ob er enttäuscht oder erleichtert war.

»Also gut.« Dendoncker schüttelte den Kopf. »Kommen wir wieder zur Sache. Zu meinem Vorschlag. Er ist sehr einfach. Sehr leicht ausführbar. Niemand nimmt dabei Schaden. Ihre Freundin und Sie sind anschließend sofort frei. Na, wie klingt das?«

Ich schwieg.

»Der Job besteht nur aus ein bisschen Autofahren. Und es gibt etwas zu heben, was für einen Kerl wie Sie ein Kinderspiel ist. Die Sache dauert nur drei Tage. Ich gebe Ihnen die Route vor und zahle für Ihre Mahlzeiten und zwei Übernachtungen. In guten Motels. Sobald Sie am Ziel sind, laden Sie etwas aus. Nur einen Gegenstand. Nichts könnte einfacher sein. Sie stimmen mir doch zu?«

»Nein, das tue ich nicht.«

»Vielleicht habe ich Ihnen die Alternative nicht deutlich genug klargemacht?« Dendoncker nickte zu dem Kerl mit der Uzi hinüber. »Dort draußen gibt es viel Wüste. Und jede Menge Aasfresser. Ihre Leiche – und die Ihrer Freundin – würde nie gefunden werden.«

»Ich sage trotzdem Nein. Ich bin nicht Ihr Laufbursche. Und zwei Tote sind immer besser als fünfzig.«

»Das verstehe ich nicht.« Dendoncker spielte den Verwirrten. »Warum sollte es fünfzig Tote geben?«

»Dieser Gegenstand, den ich ausliefern soll ... ich weiß, worum es sich handelt.«

Dendoncker runzelte die Stirn. »Der ist ganz harmlos. Mein Wort darauf!«

Ich schwieg.

»Ich weiß nicht, was Sie gehört haben, aber wenn Sie glauben, das Ding sei gefährlich, sind Sie falsch informiert.« Er stand auf. »Kommen Sie. Überzeugen Sie sich selbst.«

41

Dendoncker ging in den nächsten Raum auf demselben Korridor voraus. Ein weiteres ehemaliges Klassenzimmer, in Grundriss und Größe mit seinem Büro identisch. Auch hier ein quadratischer Sanitärbereich mit zwei Türen. Dazu ein breites rechteckiges Fenster und ein Notausgang ins Freie, beide von außen mit Stahlblech beplankt. Die gleichen grellen Leuchtstoffröhren. An der Wand ein weiteres Feldbett, dieses mit einer grünen Wolldecke und zwei Kissen. Und statt des Stuhlkreises befand sich in der Mitte des Raums eine mobile Werkstatt. Ihr Kernstück war eine klappbare Werkbank, an deren Amboss eine Schweißerbrille hing. Daneben ein kleiner Wagen, auf dem mit Ketten zwei unterschiedlich große Glasflaschen befestigt waren. Ich tippte auf Sauerstoff und Acetylen. Ein Schlauchpaar führte von ihnen zum Brenner des Schweißgeräts. Außerdem gab es vier halbhohe Werkzeugschränke auf Rollen mit Fächern, Schubläden und Griffen. Ihr grau lackiertes Stahlblech sah verkratzt und verbeult aus. Dies war nicht ihr erster Einsatz, das lag auf der Hand.

Dendoncker durchquerte den Raum und blieb an der linken Wand neben der Tafel am Ende einer Reihe von Artilleriegranaten stehen. Ich zählte neun, in drei Gruppen zu je drei Granaten angeordnet. Während die mittleren Granaten senkrecht standen, waren die linken und rechten leicht nach außen geneigt. Jedes Trio befand sich auf einem niedrigen Wägelchen mit zehn Zentimeter hohen Seitenwänden und Schwerlastrollen.

»Davon rede ich.« Dendoncker zeigte auf die Granaten. »Von einem dieser Sets. Sie erzeugen Rauch, das ist alles. Nichts Schädliches. Nichts Gefährliches.«

Ich blieb in der Nähe der Tür.

Dendoncker blinzelte mehrmals, dann starrte er in die Ferne, als versuchte er, eine komplizierte Rechenaufgabe im Kopf zu lösen. »Okay, ich sehe das Problem. Ich mache Ihnen einen Vorschlag. Suchen Sie sich eine Granate aus.«

Ich machte keine Bewegung.

»Ursprünglich wollten wir drei zünden, aber dann haben wir uns überlegt, dass eine einzelne wirkungsvoller wäre. Weniger ist mehr. So heißt es doch? Suchen Sie sich also eine aus. Wir bringen sie ins Freie und zünden sie. Dann können Sie selbst sehen, dass sie harmlos ist.«

Ich überlegte mir, dass es verrückt wäre, nicht auf Dendonckers Angebot einzugehen, wenn er bereit war, eine seiner Bomben zu opfern. Damit müsste ich mir später um eine weniger Sorgen machen. Ich ging zu den Granaten und begutachtete eine nach der anderen. Alle wiesen unterhalb der Spitze mehrere fingerdicke Bohrungen auf, aus denen schwarze Gummischläuche nach unten zu einer mitten auf dem Wägelchen montierten Pumpe führten. Diese hing an einer Motorrad- oder Kleinwagenbatterie, die mit einer Digitaluhr und einem Mobiltelefon verbunden war. Die Uhren waren ein altes Modell von Casio ohne Armand. Ich erinnerte mich, dass mein Bruder Joe dieses Modell Anfang der Neunzigerjahre besessen hatte. Sie waren mit Klebeband an der linken Granate jeder Dreiergruppe befestigt. Die Mobiltelefone klebten auf den rechten Granaten. Sie verfügten noch über richtige Tasten und kleine Bildschirme. Sehr einfache Geräte. Altmodisch, aber solide und zuverlässig. Und vermutlich überflüssig, wenn die Uhren wie geplant funktionierten.

Ich hatte gehofft, mir würde irgendein kleiner Unterschied auffallen. Eine Kleinigkeit, die bewies, dass eine oder mehrere Granaten für diese Vorführung präpariert worden waren. Oder dass Dendoncker versuchen würde, mich reinzulegen wie ein Gauner, dessen Opfer eine bestimmte Karte ziehen muss. In beiden Fällen hätte ich eine andere gewählt. Aber es kam anders. Die Granaten schienen identisch zu sein. Dendoncker hielt sich schweigend im Hintergrund. Seine Körpersprache und sein Gesichtsausdruck blieben neutral.

»Worauf warten Sie noch?« Seine Handbewegung umfasste alle drei Gruppen, ohne eine Granate besonders hervorzuheben. »Sie sind alle gleich. Suchen Sie sich eine aus.«

In Zweifelsfällen lasse ich mich immer von Zahlen leiten. Von eins bis drei gibt es zwei Primzahlen. Also deutete ich auf die zweite Gruppe.

Dendoncker zog sein Handy heraus und wies den Angerufenen an, sofort in die Werkstatt zu kommen. Eine Minute später erschien Mansour an der Tür. Dendoncker wies auf die von mir ausgewählte Dreiergruppe, die er ins Freie schaffen sollte. Mansour durchquerte den Raum, baute sich vor ihr auf und begutachtete sie kurz. Dann packte er die senkrechte mittlere Granate, zog das Wägelchen von der Wand weg und lenkte es in Richtung Tür. Während er das alles tat, ignorierte er mich geflissentlich, übertrieben aktiv, wie streitende Kater vorgeben, den anderen nicht zu sehen.

Wir mussten eine eigenartige Prozession bilden. An ihrer Spitze Mansour, der das Wägelchen mit den Granaten schob. Hinter ihm Dendoncker, dann ich. Und als Nachhut der Kerl mit der Uzi, der auf reichlich Sicherheitsabstand achtete. Keiner sprach, während wir durch die erste Tür gingen. Über den Glaskorridor. Durch die zweite Tür. Durch die Aula und den Speisesaal auf den Parkplatz hinaus. Mansour machte erst halt, als er sich auf gleicher Höhe wie die beiden SUVs befand. Inzwischen war es fast ganz dunkel. Seine Silhouette begann zu verschwimmen, als er die Grenze des aus den hohen Fenstern fallenden Lichts erreichte. Der orangerote Lichtschein hinter der nächsten Ecke des Gebäudes war erloschen. Das einzige Geräusch war das leise Rattern der Schwerlastrollen auf dem Asphalt. Die Fußballspieler hatten anscheinend Schluss gemacht.

Dendoncker telefonierte erneut und gab Anweisung, das Flutlicht einzuschalten. Im nächsten Augenblick flammten rings um das gesamte Gebäude Scheinwerfer auf. Der Effekt glich dem eines Burggrabens, nur bestand dieser aus Licht statt aus Wasser. Vor uns stieß Mansour die Rollen des Wägelchens mit der Schuhspitze an. Eine nach der anderen, um sie zu arretieren. Dann kam er zu uns zurück und stellte sich neben seinen Boss.

Dendoncker wählte eine weitere Nummer, dann hielt er mir sein Smartphone hin. »Wollen Sie …?«

Ich schüttelte den Kopf.

»Okay.« Er drückte auf das grüne Icon und wartete noch einen Augenblick, bevor er das Handy einsteckte. »Passen Sie gut auf.«

Zehn Sekunden lang passierte nichts. Zwanzig. Dann hörte ich das Gerät dreimal piepsen. Ein hohes elektronisches Piepsen. Die Pumpe begann zu summen, arbeitete gleichmäßig weiter. Rauch wurde sichtbar. Erst nur dünne weiße Rauchfäden aus den Öffnungen der mittleren Granate. Sie schlossen sich zu einem breiten Strom zusammen, der an Dampf aus einem Teekessel erinnerte. Aus der rechten Granate begann, blauer Rauch aufzusteigen, der sich mit dem weißen zu einer Rauchsäule, in der beide ihre Farben beibehielten, vereinigte. Zuletzt kam auch die linke Granate ins Spiel. Aus ihr quoll roter Rauch hervor. Er war von Anfang an dicht, stieg als dritte Säule auf und erreichte rasch das Volumen der beiden anderen Farben.

»Sehen Sie? Nichts als Rauch.« Dendoncker trat nah an das Gerät heran. Er wedelte mit der linken Hand und lenkte demonstrativ etwas Rauch in sein Gesicht. Das hielt er zwanzig Sekunden lang durch, dann begann er zu husten und zog sich wieder zurück. »Er brennt ein bisschen im Hals. Das kann ich nicht leugnen. Aber er ist ungiftig. Es gibt keine Detonationen. Und keine Gefahr. Sind Sie jetzt zufrieden?«

Ich wartete noch eine Minute, bis kein Rauch mehr kam. Der blaue strömte am längsten, aber alle drei Granaten hatten ungeheure Mengen von Rauch erzeugt. Eine wabernde patriotische Wolke in den amerikanischen Farben füllte den gesamten Raum zwischen der Fassade des Gebäudes und dem Doppelzaun aus. Ich war beeindruckt. Als Sonia mir von Michaels Vorhaben erzählt hatte, war ich skeptisch gewesen. Ich hatte mir eine kleine Rauchwolke mit blassen Farben vorgestellt, die man sehr leicht übersehen konnte. Jedenfalls nichts, was ein größeres Publikum live oder im Fernsehen beeindrucken würde. Aber wenn dies hier während einer Zeremonie gezündet wurde, konnte die Menge es unmöglich übersehen.

»Zufrieden?« Dendoncker funkelte mich an. »Sie machen also mit?«

Vielleicht hatte ich mich geirrt. Vielleicht hätte ich mich doch mehr für seinen Vorschlag interessieren sollen.

Ich fragte: »Ich soll eines dieser Geräte mitnehmen, drei Tage damit herumfahren und es dann irgendwo abstellen?«

»Genau«, antwortete Dendoncker nickend. »Mehr brauchen Sie nicht zu tun.«

»Und wo soll ich es abstellen?«

»Nähere Anweisungen erhalten Sie täglich.«

Drei Tage unterwegs. Genug Zeit, um bis nach Kanada hinaufzufahren. Oder nach Mittelamerika hinunter. Realistischerweise würde das Ziel jedoch an der US-Ostküste liegen. Vielleicht in Washington, D.C. Und dort das Weiße Haus. Oder das Pentagon.

Ich sagte: »Okay. Aber wozu soll ich's irgendwo abstellen? Zu welchem Zweck?«

»Ich habe meine Gründe, die Sie nicht zu wissen brauchen. Und sie stehen nicht zur Diskussion. Die einzige Frage ist, wer den Truck fährt. Sie können's tun und anschließend Ihres Weges gehen. Oder Sie können sich dagegen entscheiden, und ich suche mir einen anderen Fahrer.«

»Und Michaela Fenton?«

»Ihr Schicksal ist Ihres. Entscheiden Sie sich fürs Weiterleben, überlebt sie auch. Entscheiden Sie sich dagegen …«

»Okay. Sie kann mitkommen. In dem Truck. Mich beim Fahren ablösen. Bei der Navigation helfen.«

Dendoncker schüttelte den Kopf. »Sie bleibt unser Gast, bis Sie Ihren Auftrag ausgeführt haben.«

»Mit anderen Worten: Sie trauen mir nicht.«

Er gab keine Antwort.

»Aber das ist in Ordnung«, sagte ich. »Ich traue Ihnen auch nicht. Woher weiß ich, dass Sie sie nicht umbringen, sobald ich außer Sicht bin?«

Dendoncker überlegte kurz. »Ein berechtigter Einwand.

Bevor Sie fahren, bekommen Sie Ihr Handy zurück. Und ich gebe Ihnen eine Nummer, die Sie jederzeit anrufen können. Um mit ihr zu reden und sich bestätigen zu lassen, dass sie wohlauf ist.«

»Sie lassen eine Gefangene den ganzen Tag mit einem Smartphone herumsitzen?«

»Natürlich nicht. Einer meiner Leute bringt es ihr, wenn Sie anrufen.«

Mir wär's lieber gewesen, wenn ich gewusst hätte, welcher seiner Leute sich am Telefon melden würde. Wenn ich die Gewissheit gehabt hätte, dass es ein spezieller Mann sein würde. Aber ich konnte mir denken, wer das sein würde. Oder zumindest, welche Rolle er spielen würde. Und unter den gegenwärtigen Umständen musste mir das genügen.

42

Meine Mutter war Französin. Ich bin in Deutschland geboren. Ich habe auf Militärstützpunkten in Dutzenden von Ländern gelebt. Ich habe Leute in allen möglichen Sprachen reden hören. Manche klingen vertraut. Aus manchen werde ich ziemlich rasch schlau. Aus anderen nicht so sehr. Was ich Dendoncker sagen hörte, klang genau wie Englisch. Nur wusste ich, dass er etwas ganz anderes meinte. Etwas, das ich mühelos verstand. Ich sollte seine Schmutzarbeit für ihn erledigen. Sein Gerät an den vorgesehenen Ort bringen. Bis dahin würde er Fenton leben lassen. Dann würde er sie liquidieren – und mich ebenfalls. Vielleicht war unter seinem Truck eine Sprengladung angebracht. Vielleicht würde mir jemand mit einem Scharfschützengewehr auflauern. Jedenfalls gab es kein Szenario, in dem er Fenton und mich am Leben lassen konnte.

Ich verstand Dendonckers Worte, als er seinen Plan erläuterte. Ob er jedoch meine verstand, als ich zustimmte, war die Frage. Die Antwort darauf würde ihm nicht gefallen.

Die Vorführung war beendet. Der auffrischende Wind zerrte an unserer Kleidung. Die Wüstennacht begann, kalt zu werden. Wir hatten keinen Grund mehr, uns im Freien aufzuhalten, also kehrten wir in das Gebäude zurück. In unveränderter Reihenfolge, aber mit zwei Änderungen. Die erste war, dass Mansour jetzt kein Wägelchen mit darauf montierten Granaten schob. Er ließ die in letzte Rauchschwaden gehüllten verbrauchten Überreste einfach auf dem Parkplatz stehen. Die zweite kam, als wir das Ende des Verbindungsgangs erreichten. Hinter der zweiflügeligen Tür wandte Mansour sich nach links, während Dendoncker rechts abbog, um in sein Arbeitszimmer zu gelangen. Ich blieb so abrupt stehen, dass der Kerl mit der Uzi fast mit mir zusammengestoßen wäre.

»Zu mir, Arschloch.« Mansour stand vor der ersten Tür und war dabei, sie aufzusperren.

Ich wartete noch einen Augenblick, dann trat ich neben ihn. Der Kerl mit der Uzi blieb hinter mir.

»Hier rein.« Mansour stieß die Tür auf.

Als ich über die Schwelle trat, schubste er mich von hinten. Mit aller Kraft. Seine Hand mit gespreizten Fingern traf mich zwischen den Schulterblättern. Er legte sein ganzes Gewicht in diesen Stoß, als versuchte er, mich durch die Wand gegenüber zu rammen. Ein kleiner Racheakt für vorhin, vermutete ich. Wahrscheinlich hoffte er, dass ich wenigstens auf dem Bauch landen und mich vor dem Typ mit der Uzi blamieren würde. In diesem Fall wurde er enttäuscht, weil sein Spiegelbild in der Türverglasung verriet, was er plante. Also stemmte ich die Füße ein, lehnte mich rechtzeitig zurück. Und kam so fast nicht aus dem Tritt.

Der Grundriss des Zimmers entsprach genau Dendonckers Büro und der Werkstatt, nur war alles spiegelbildlich angeordnet. Der Sanitärbereich lag links, die Tafel war an der rechten Wand montiert. Das einzige Möbelstück war ein mitten im Raum auf dem Boden festgeschraubtes Feldbett. Fenton saß darauf. Sie schnappte sich ihre Krücke, stand auf und kam mir einen Schritt entgegen.

Hinter mir wurde die Tür zugeknallt. Schwere Schritte entfernten sich polternd auf dem Korridor. Eine halbe Minute später kamen sie wieder zurück. Die Tür wurde einen Spalt weit geöffnet, und eine Matratze kam hereingesegelt. Ich musste zur Seite treten, um ihr auszuweichen. Sie war dünn, hellgrau-olivgrün gestreift und ziemlich fleckig. Vermutlich die Matratze aus der Werkstatt, aber ohne Bettlaken, Wolldecke und Kopfkissen.

»Schlaft gut, Arschlöcher!« Mansour knallte die Tür nochmals zu. Ich hörte, wie der Schlüssel sich drehte. Und dieses Mal entfernten sich zwei Paar Schritte.

Fenton kam um die Matratze herum, machte die letzten Schritte und schlang mir ihren freien Arm um den Hals. Sie zog mich an sich, legte ihren Kopf an meine Brust.

Sie sagte: »Ich kann nicht glauben, dass du hier bist.« Dann ließ sie mich los und trat einen Schritt zurück. »Du hättest nicht kommen dürfen. Das weißt du, nicht wahr? Was hast du dir bloß dabei gedacht?«

»Ich bin wie der sprichwörtliche falsche Penny. Mich wirst du nicht wieder los.«

»Das ist nicht witzig. Nun sitzen wir beide in der Klemme. Ehrlich gesagt gibt's vielleicht keinen Ausweg aus dieser Misere. Für keinen von uns.«

Ich schüttelte den Kopf. »Keine Sorge, alles wird gut. Nur noch drei Tage, dann haben wir's geschafft.«

Fenton hielt ihre freie Hand hoch, zeigte als Nächstes auf ihr Ohr und machte zuletzt eine Handbewegung, die den ganzen Raum umfasste. »Ich kann nur sagen, dass ich dir dankbar bin und bedaure, dich in diese Sache hineingezogen zu haben.«

»Reden wir nicht mehr davon.« Ich legte die Matratze ungefähr zwei Meter von dem Feldbett entfernt auf den Boden. »Und du brauchst dir wirklich keine Sorgen zu machen.« Ich imitierte ihre warnende Geste vor ungebetenen Zuhörern. »Ich habe eine Vereinbarung mit Dendoncker getroffen. Ich tue etwas für ihn, und dafür lässt er uns beide laufen.«

»Oh.« Fenton verdrehte die Augen. »Gut. Das ist beruhigend.«

Ich benutzte die Toilette, und als ich wieder herauskam, hatte Fenton ihre Matratze von dem Feldbett gezogen und neben meine auf dem Boden platziert. Sie hatte ihr Bettlaken so ausgebreitet, dass es gut die Hälfte beider Matratzen bedeckte, und jedem von uns ein Kopfkissen gegeben. »Machst du bitte das Licht aus?«, fragte sie.

Nachdem ich den Schalter betätigt hatte, tastete ich mich durchs Dunkel vorwärts, bis mein Fuß an die Seite meiner Matratze stieß. Ich streckte mich darauf aus, ohne aber meine Doc Martens auszuziehen. Ich wollte für alles bereit sein, was vielleicht bis zum kommenden Morgen passieren könnte. Dendoncker traute ich ohnehin nicht. Und ich konnte mir gut vorstellen, wie Mansour und seine Kumpel irgendeinen dämlichen Racheplan ausheckten, bei dem ich mich in ihrem Fadenkreuz befand.

Im nächsten Augenblick ließ Fenton sich ebenfalls nieder. Ich hörte ihre Krücke auf den Fußboden poltern und spürte, wie sie sich ausstreckte. Sie lag einen Augenblick still, dann rutschte sie zu mir herüber. Sie schmiegte sich an mich. Ich fühlte ihren Atem warm im Nacken. Dann verdrehte sie ihren Körper wie in einem Krampf. Irgendetwas landete auf meinem Kopf. Es fühlte sich kratzig an und stank übel nach einer Mischung aus Diesel und Moder. Das war ihre Wolldecke. Fenton hatte sie offenbar zusammengelegt, damit sie unsere Stimmen dämpfte.

Sie flüsterte: »Wo sind wir?«

»Das weißt du nicht?«, fragte ich ebenso leise.

»Sie haben mir eine Kapuze über den Kopf gezogen. Ich musste eine Leiter hinuntersteigen. Dann sind wir durch einen Tunnel gegangen. Mit einer Treppe am anderen Ende.«

»Wir sind in Mexiko. Der Tunnel ist ein ehemaliger Abwasserkanal. Er führt unter der Grenze hindurch.«

»Woher wusstest du, dass ich hier bin?«

»Ich bin gut darin, Leute zu finden, stimmt's?«

»Du hast gesagt, dass du gut darin bist, Leute zu schnappen. Aber diesmal scheinen sie uns geschnappt zu haben.«

»Keine Sorge, das ist nur eine vorübergehende Situation.«

»Wieso bist du gekommen?«

»Ich habe gehört, dass du in Schwierigkeiten steckst. Hab mir ausgerechnet, dass du umgekehrt ebenso handeln würdest.«

»Du bist gekommen, um mir zu helfen?«

»Und um mit Dendoncker einen Deal zu schließen.«

Fenton seufzte. »Weißt du, ich hatte gehofft ... Nein, reden wir nicht davon. Das war dumm von mir.«

»Was denn?«

»Ich hatte gehofft, du würdest gute Nachrichten bringen. Über Michael. Dass er lebt.«

Ich äußerte mich nicht dazu.

»Also«, fuhr Fenton nach kurzer Pause fort, »wie geht's weiter?«

»Dendoncker lässt mich morgen früh frei. Ich komme zurück und hole dich.«

»Glaubst du, dass er mich lange genug leben lässt?«

»Dafür garantiere ich.«

»Wieso sollte er das tun?«

»Er glaubt, dass er das muss. Um zu bekommen, was er von mir will.«

»Was für einen Deal habt ihr geschlossen?«

»Einen, der anders ausgehen wird, als er glaubt.«

»Wie das?«

»Weil ich ihn reinlegen werde.«

Fenton sagte nichts dazu. Sie ließ ihren Kopf auf meiner Schulter ruhen, aber ich wusste, dass sie nicht einschlafen würde. Ihre innere Anspannung war deutlich zu spüren.

»Reacher?« Sie hob den Kopf. »Kommst du wirklich zurück?«

»Verlass dich drauf.«

»Ich habe kein Recht, das zu verlangen, aber hilfst du mir dann bei einer weiteren Sache?«

»Bei welcher?«

»Es geht um Michaels Leiche. Hilf mir, sie zu finden. Ich will ihn mit nach Hause nehmen. Ihn anständig begraben.«

Ich antwortete nicht gleich. Das war eine verständliche Bitte. Ich wusste nicht, wie ich Nein hätte sagen können. Aber sein Leichnam konnte überall sein. Im Sand vergraben. Bis zur Unkenntlichkeit verbrannt. Durch eine Detonation in kleinste Stücke gerissen. Ich wollte mich nicht auf ein nie endendes, hoffnungsloses Unternehmen einlassen.

»Keine Sorge«, sagte sie, als könnte sie meine Gedanken lesen. »Ich weiß, wo sie zu finden ist. Der Kerl bei dem Baum hat von der ›üblichen Stelle‹ gesprochen. Wo die liegt, weiß ich.«

Unter der Wolldecke wurde die Luft stickig. Fenton hob einen Arm, um sie wegzuschieben, aber ich hinderte sie daran.

Ich flüsterte: »Warte noch. Ich muss dich etwas fragen. Wegen Michael. Stimmt es, dass er eine Vorliebe für Puzzles hatte? Für kryptische Hinweise?«

»Darauf habe ich nie besonders geachtet, weißt du? Ich denke zu analytisch. Das ist das Einzige, was wir nicht gemeinsam haben. Nehmen wir zum Beispiel Kreuzworträtsel. Michael hat sie geliebt. Ich hasse sie. Ich bin zu pedantisch. Ich kann dir immer zehn Gründe nennen, weshalb die Lösungen falsch sind. Sie machen mich verrückt.«

Fenton wartete nicht ab, ob ich weitere Fragen hatte. Sie schlug einfach die Decke zurück. Wir lagen Seite an Seite still, genossen die etwas frischere Luft. Dann drehte sie sich auf die Seite, legte den Kopf auf meine Schulter und streckte den linken Arm über meine Brust aus. Ich winkelte den Arm an, umfasste ihre Schulter mit einer Hand. Ihr Gesicht lag an meinem Hals. Ihr Haar duftete nach Lavendel. Plötzlich war mir das klumpige Kopfkissen egal. Oder die papierdünne Matratze. Oder der harte Fußboden darunter. Die Nacht hier mit Michaela Fenton zu verbringen, war eindeutig ein Upgrade im Vergleich zu der Leichenhalle und dem zerstückelten Kerl.

Noch lieber wäre ich allerdings anderswo mit ihr gewesen.

»Reacher?« Fentons Stimme klang noch leiser als zuvor. »Geht wirklich alles gut aus?«

»Hundert Pro«, antwortete ich. »Für uns.«

43

Ich spürte, wie Fentons Körper sich entspannte und ihre Atmung langsamer und tiefer wurde. Aber als ich ebenfalls zu schlafen versuchte, gelang mir das nicht. Jedenfalls nicht gleich. Durch meinen Kopf schwirrten zu viele Fragen. Und zu viele Zweifel. In Bezug auf Dendoncker. In Bezug auf die Scharade, die wir uns hier vorspielten. Ich hatte es fast geschafft, ihn zu entführen. Und ich hatte mehrere seiner Männer umgebracht. Hatte seinen Betrieb niedergebrannt, war in sein verstecktes Hauptquartier eingedrungen. Er hätte aufgebracht sein müssen. Wütend. Empört. Stattdessen hatte er mir seinen Vorschlag gemacht, als redeten wir über einen Job in einem Süßwarengeschäft. Irgendwie fehlte mir ein Teil des Gesamtbildes. Ich wusste nur nicht, wie groß dieser Teil war.

Dendoncker hätte seine Bombe von irgendeinem Kerl aus seiner gewöhnlichen Schmugglerbande transportieren lassen können. Von jemandem aus dem bewährten Team, dem Fenton zugeteilt worden war, als sie seine Organisation unterwandert hatte. Das wäre sehr einfach gewesen. Die simpelste Methode. Doch er hatte sich gegen diesen Weg entschieden und alles getan, um ihn zu meiden. Sogar zweimal. Zuerst, als er versucht hatte, Michael dafür zu gewinnen, die Bombe zu transportieren, obwohl das nicht sein Spezialgebiet war. Und jetzt bei mir. Er war darauf versessen, seine restliche Organisation von diesem einen Auftrag zu trennen. Aber zugleich war er verzweifelt bemüht, das Unternehmen zu Ende zu führen. Diese beiden Dinge lagen auf der Hand. Doch keines war damit vereinbar, dass er Michael angeblich bei einem harmlosen Protest hatte helfen wollen.

Ich vermutete, dass der Plan eine weitere Ebene aufwies. Dass irgendjemand an Dendoncker herangetreten war. Jemand, der es darauf anlegte, am Veterans Day Chaos zu erzeugen. Und jemand, der so reich war, dass er Dendoncker zum Mitmachen hatte überreden können. Oder der etwas gegen ihn in der Hand hatte und ihn damit erpresste. Dendoncker hatte bereits Michael an Bord. Fentons Informant hatte berichtet, Dendoncker habe Michael als Fachmann für die von ihm verkauften Landminen eingestellt. Zu diesem Zeitpunkt war Michael psychologisch angeschlagen, weswegen es nicht allzu schwierig war, ihm einzureden, die Sache mit dem Protest sei seine eigene Idee. Also hatte Michael die Geräte konstruiert, gebaut und erprobt. Dann war etwas geschehen. Er hatte kalte Füße bekommen und seiner Schwester eine SOS-Botschaft geschickt.

Ich kannte Michael nicht, war ihm nie begegnet. Aber ich konnte mir nicht vorstellen, dass jemand in seiner Position es darauf anlegen würde, bei einem Projekt, in das er so viel Arbeit gesteckt hatte, den Stecker zu ziehen. Nicht, wenn sich nicht etwas Grundlegendes geändert hatte. Oder wenn irgendetwas von Anfang an missverstanden worden war. Wie zum Beispiel die Bestandteile des farbigen Rauchs. Vielleicht plante Dendoncker, die endgültige Mischung durch irgendeinen Bestandteil zu ergänzen. Oder vielleicht wollte sein Geldgeber das. In dem Schuppen hinter dem Schulgebäude hatte Dendoncker zahlreiche Granaten gebunkert. Mindestens dreihundert. Manche von ihnen konnten Chemikalien enthalten, möglicherweise sogar alle von ihnen. Senfgas. Sarin. Alle erdenklichen hässlichen Dinge. Vielleicht hatte Michael das entdeckt. Vielleicht hatte es ihn zur Besinnung gebracht – und ihn letztlich das Leben gekostet.

Hatte ich recht, stand Dendoncker und seinen Leuten eine anstrengende Nacht bevor. Das Gerät würde nicht nur durch den Tunnel herantransportiert und an die Erdoberfläche gebracht, sondern auch sorgfältig präpariert werden müssen. Mit Giftgas oder Sprengstoff gefüllt oder sonst wie tödlich gemacht werden. Und das alles ohne Unterstützung durch ihren bisher zuständigen Bombenbauer. Aber was Dendoncker plante, würde bald keine Rolle mehr spielen. Nicht im Zusammenhang mit der Vorführung, die ich soeben gesehen hatte. Er hatte nicht nur zugesagt, eine weitere Bombe für den Transport bereitzustellen, sondern mir auch die Schlüssel seines Trucks versprochen. Das bedeutete, dass zwei Drittel seines Arsenals bald neutralisiert sein würden, sodass nur mehr eine Bombe unschädlich gemacht werden musste. Und dafür würde ich sorgen, sobald Fenton in Sicherheit war.

Letztlich schlief ich fünf Stunden. Punkt sieben Uhr war ich hellwach. Eine halbe Stunde später hörte ich einen Schlüssel im Schloss. Dann wurde die Tür aufgestoßen. Fenton schreckte hoch, wälzte sich auf ihre Matratze zurück. Die Leuchtstoffröhren über uns gingen flackernd an, als der Kerl in dem beigen Leinenanzug den Raum betrat. Er hielt uns mit seiner Uzi in Schach. Hinter ihm kam der Kerl in dem dunklen Anzug mit zwei kleinen Tabletts herein, die er zwischen den Toilettentüren auf den Boden stellte. Auf jedem standen ein Teller mit einer undefinierbaren orangeroten Masse und ein Becher Kaffee.

»Eine halbe Stunde«, sagte der Mann mit der Uzi. Er sprach undeutlich. Anscheinend funktionierte sein Unterkiefer noch nicht wieder einwandfrei. »Seht zu, dass ihr fertig seid. Lasst uns nicht warten.«

Die Männer verließen rückwärtsgehend den Raum und sperrten wieder ab. Während Fenton ihre Matratze auf das Feldbett zog, holte ich die Tabletts, dann tranken wir nebeneinander sitzend unseren Kaffee. Er war dünn und lauwarm, und jemand hatte in beide Becher Milch gekippt. Kein vielversprechender Start. Und das Essen war noch schlimmer. Das orangerote Zeug auf den Tellern erwies sich als gebackene Bohnen. Sie kamen vermutlich aus der Mikrowelle, waren jetzt aber kalt und mit einer Haut überzogen. Weil Fenton ihre nicht wollte, aß ich beide Portionen. Das war die goldene Regel: Iss, wenn du kannst.

Der Kerl kam nach achtundzwanzig Minuten zurück. Ich lag auf meiner Matratze und gab vor zu dösen. Fenton befand sich in der Toilette.

»Aufstehen!« Der Kerl in dem Leinenanzug hielt die Tür auf. »Mitkommen.«

Ich räkelte mich gähnend, dann erhob ich mich und schlenderte zur Tür. »Wir sehen uns in drei Tagen!«, rief ich, als ich an der Toilette vorbeikam. Dann verließ ich den Raum. Der Kerl in dem dunklen Anzug ging voraus, dann kam ich, und der Kerl mit der Uzi bildete die Nachhut. Wir gingen durch die zweiflügelige Tür, über den Verbindungsgang und durch den Speisesaal in die Großküche.

Der Typ im dunklen Anzug zeigte auf die Tür in der hinteren Ecke. »Den Weg kennst du.«

Mansour erwartete mich unten an der Treppe. Er sagte kein Wort. Setzte sich nur in Bewegung und machte mir ein Zeichen, ihm zu folgen.

Wir gingen schweigend nebeneinander durch den Tunnel, atmeten die abgestandene Luft ein. Folgten den Schienen, durchquerten hellere Bereiche unter den gelblichen Lampen und erreichten schließlich das Loch in der Tunnelwand, das in das Haus führte. Mansour stieg als Erster hindurch. In dem kleinen Vorraum war es dunkler. Die Tür mit Elektroantrieb war geschlossen. In ihrem Rahmen befand sich ein kleiner Knopf wie für eine Klingel. Als Mansour ihn drückte, begann ein Motor zu surren, und die Tür öffnete sich quietschend und knarrend langsam um neunzig Grad. So gelangten wir in den Keller. Nachdem Mansour seinen Schlüsselbund vor der hölzernen Wandverkleidung geschwenkt hatte, schloss die Tür sich wieder. Dann nickte er zu der Leiter hinüber. Ich stieg zuerst hinauf. Er folgte mir, drängte sich an mir vorbei und ging durch die Hintertür ins Freie.

Auf der Straße stand ein Kastenwagen von U-Haul – genau an der Stelle, an der Sonia am Vortag geparkt hatte. Er war normal groß. Nicht blitzblank, nicht schmutzig. Seine Seiten waren mit Szenen aus Nationalparks bemalt. Dieses Fahrzeug war gut ausgewählt: Man sah es so häufig, dass es praktisch nicht auffiel. Mansour ging darauf zu, dann griff er in eine Tasche und zog Sonias Mobiltelefon heraus.

»Hier«. Er gab es mir. »Unter Kontakte ist eine Nummer gespeichert. Die kannst du wählen, wenn du mit der Frau reden willst. Keine Angst, ihr passiert nichts. Nichts Schlimmes. Solange du dich an deine Anweisungen hältst.«

44

Ich klappte das Handy auf, das Mansour mir eben zurückgegeben hatte, und rief das Menü auf. Unter *Kontakte* war nur eine Nummer gespeichert. Als ich sie wählte, meldete sich nach dem dritten Klingeln ein Mann. Seine Stimme hatte ich bisher nie gehört.

»Was gibt's?«, fragte die neue Stimme. »Warum rufst du so bald an?«

Ich sagte: »Lass mich mit Fenton reden.«

»Jetzt schon? Soll das ein Witz sein?«

»Mir ist *jederzeit* versprochen worden. Ist das so schwer zu kapieren?«

»Okay, warte einen Augenblick.«

Ich hörte einen Stuhl über einen Holzboden scharren. Dann fünf nicht sehr hastige Schritte. Bestimmt durchschnittlich lang. Eine Tür wurde geöffnet, danach waren weitere acht Schritte zu vernehmen.

Ein Schlüsselbund klirrte.

Die nächste Tür wurde geöffnet, und der Kerl sagte laut: »Hey! Telefon für dich. Aber beeil dich, ja?«

Die Tür wurde nicht zugemacht. Der Kerl blieb stehen, wo er war. Einige Sekunden später hörte ich ein Quietschen und Hopsen, als Fenton mit ihrer Krücke herankam. Weitere zehn Sekunden später meldete sie sich: »Ja?«

Ich fragte: »Vermisst du mich schon?«

»Ich lerne, mit der Enttäuschung zu leben.«

»Klasse. Halt durch, okay? Ich rufe bald wieder an.«

Ich beendete das Gespräch und ließ das Handy in eine Tasche gleiten.

Mansour warf mir ein Bündel Zwanziger zu. »Für Essen und Benzin. Das sind fünfhundert Dollar, die locker reichen müssten. Die Motels sind schon bezahlt.«

Ich steckte das Geld ein.

Als Nächstes gab er mir ein Blatt Papier mit einer handschriftlichen Routenbeschreibung. Zuerst die Route zur I-10 nach Osten; auf der Interstate weiter zu einem Motel außerhalb von Big Spring, Texas. »Dort ist ein Zimmer auf deinen Namen gebucht. Morgen früh beim Auschecken liegt ein Fax mit den morgigen Anweisungen für dich bereit. Benimm dich unauffällig, damit's keine Schwierigkeiten gibt.« Er überreichte mir die Autoschlüssel. »Falls ich dich jemals wiedersehe …«

»Was machst du dann?« Ich ging um den Wagen herum und öffnete die Hecktür. »Hältst du still, damit ich dich in den Hintern treten kann?«

Hinten im Laderaum stand nur ein einzelner Rollbehälter aus Aluminium. Er sah genau wie die Container aus, die ich am Vortag in Dendonckers Betrieb auf der Fläche *Vorbereitung* entdeckt hatte. Zwei Meter lang, einen Meter tief und einen viertel Meter hoch. Der einzige Unterschied bestand aus der schwarzen Schablonenschrift auf beiden Längsseiten: PREMIER EVENT MANAGEMENT. Ich streckte eine Hand aus, berührte die Schrift mit einem Finger. Die Farbe war trocken.

Über dieser Aufschrift befand sich in der rechten oberen Ecke eine Zahlenkombination. In der gleichen Schrift, aber etwas kleiner. Nach sechs Ziffern kam ein Bindestrich, dann folgten vier weitere Ziffern. Vielleicht war das eine Seriennummer. Oder irgendeine Art Lagernummer.

Der Behälter war groß genug, um ein Wägelchen mit drei darauf montierten Granaten aufzunehmen. Das stand für mich fest. Aber ich konnte nicht verifizieren, dass er überhaupt etwas enthielt, denn sein Deckel war mit Vorhängeschlössern gesichert. An den dafür angeschraubten Laschen zählte ich insgesamt acht, alle schwer und glänzend und neu. Und der Container war mit gelben Spanngurten unverrückbar auf dem Boden des Laderaums fixiert. Mit sechs breiten, straff angezogenen Schwerlastgurten. Alles schien darauf angelegt zu sein, mich daran zu hindern, den Inhalt des Behälters zu kontrollieren.

»Am besten fährst du gleich los«, sagte Mansour, neben dem Fahrzeug auf und ab gehend. »Und denk daran: Wir wissen, wann du irgendwo hältst. Wir wissen, ob du von der kürzesten Route abweichst. Wir wissen, wenn du dich an dem Gerät zu schaffen machst. Für alle diese Dinge muss jemand büßen – aber nicht du, sondern die Frau. Das übernehme ich persönlich. Und ich schicke dir ein Video davon.«

Ich schloss die Hecktür und sperrte sie ab. »In diesem Fall habe ich zwei Informationen für dich. Erstens: Ich halte immer mal wieder, um einen Kaffee zu trinken. Das ist unverhandelbar. Und zweitens mache ich einen kleinen Umweg, nur zur nächsten Parallelstraße. Dort habe ich gestern mein Auto geparkt, aus dem ich etwas brauche.«

»Was?«

»Fentons Reisetasche.«

»Wozu brauchst du die?«

»Ich brauche die nicht, aber sie. Wenn ich meinen Auftrag ausgeführt habe und Dendoncker sie freilässt, wollen wir uns treffen.«

Mansour überlegte kurz. Er musste erkennen, dass er in

einer Zwickmühle steckte. Er durfte nicht eingestehen, dass Dendoncker keineswegs die Absicht hatte, Fenton freizulassen, weil ich dann nicht tun würde, was sie verlangten. Er fragte: »Auf der Parallelstraße zu dieser?«

»Richtig.«

Er ging um den Wagen herum zur Beifahrertür. »Gut, ich komme mit.«

Der Fahrersitz war schon ganz nach hinten gerückt. Auch die Spiegel passten. Die Bedienungselemente waren wie üblich angeordnet. Also ließ ich den Motor an, fuhr los und bog am Ende der Straße zweimal rechts ab und gelangte so auf die Parallelstraße. Dort hielt ich hinter dem Chevy und stieg aus. Weil Dendoncker, nachdem er mich durchsucht hatte, meine Autoschlüssel einbehalten hatte, konnte ich den Kofferraum nicht aufschließen. Deshalb öffnete ich die Fahrertür und beugte mich in den Wagen, um den Deckel zu entriegeln. Mansour öffnete ihn sofort. Als ich nach hinten kam, hatte er schon den Reißverschluss von Fentons Tasche aufgezogen. Er wühlte darin herum, brachte ihr ordentlich gepackten Dinge durcheinander, sodass einige Sachen herausfielen, und stellte dann fest, dass die Reisetasche nichts Gefährliches enthielt. Jedenfalls nichts, das mir helfen konnte, ihre Bombe zu entschärfen oder ihren Plan zu sabotieren. Er tastete sie noch mal von außen ab, zog den Reißverschluss zu, hob sie heraus und stellte sie auf den Gehsteig.

Er sagte: »Okay, du kannst sie mitnehmen. Jetzt aber los!«

Ich stieg über die Tasche hinweg und öffnete die hintere Tür rechts. »Hier ist noch etwas, das sie braucht.« Ich griff nach dem Rucksack, den ich aus dem Lincoln mitgenommen hatte, nachdem wir in den Grenzzaun gekracht waren.

»Augenblick!« Mansour funkelte mich an. »Was ist da drin?«

»Nur das hier.« Ich zog Fentons Fußprothese heraus und hielt sie ihm unter die Nase. »Ohne die kann sie kaum laufen.« Er wich unwillkürlich einen Schritt zurück. »Schon gut. Nimm sie mit, aber fahr endlich los.«

Fenton hatte recht gehabt, als sie sagte, dass die meisten Leute ausflippten, wenn sie mit etwas konfrontiert wurden, das mit Wunden oder Verletzungen zu tun hatte. Auf Mansour traf das eindeutig zu. Ihn interessierte nicht einmal mehr, was der Rucksack sonst noch enthielt.

Ich ließ Mansour allein zu dem Schulhaus zurückgehen und befolgte Dendonckers Anweisungen für die Fahrt aus der Stadt. Sie führten mich auf einigen verwinkelten Straßen aus der Stadt und auf die lange gerade Ausfallstraße an dem einsamen Baum vorbei. An der Stelle, wo ich Fenton erstmals begegnete. An diesem Tag hatte dort draußen niemand einen Hinterhalt vorbereitet. Überhaupt war dort niemand. Weder tot noch lebendig.

Ich fuhr langsam und bedächtig. Wie ein alter Krauter, der mit seinem Oldtimer die wöchentliche Ausfahrt absolviert. Dabei dachte ich an die Fracht im Laderaum hinter mir. Ich wollte nicht, dass sie hochging, wenn ich auf ein Schlagloch traf. Und ich wollte nicht von der Polizei angehalten werden, solange sie sich an Bord befand. Natürlich war es unwahrscheinlich, dass hier draußen Polizeistreifen unterwegs waren. Trotzdem konnten einem gerade solche unerwarteten Dinge in die Quere kommen.

Unterwegs behielt ich die ganze Zeit meine Rückspiegel im Auge. Ich wollte wissen, ob ich beschattet wurde, konnte aber niemanden entdecken. Keine schwarzen Lincolns. Keine klapprigen Jeeps. Also suchte ich auch den Himmel ab nach

Sportflugzeugen, Hubschraubern oder Drohnen. Wieder ergebnislos, was mich nicht überraschte. Für die von Mansour angekündigte Überwachung genügte vermutlich ein GPS-Chip an der Bombe. Oder an dem Kastenwagen. Oder an beiden. Was ich akzeptieren konnte, weil es mir absolut nicht schaden würde. Ich zählte sogar darauf.

45

Auf der langen geraden Straße fuhr ich vierzig Minuten lang zwischen niedrigem Buschwerk und Wüste bis zum Highway, auf dem nicht viel Verkehr herrschte. Ich rollte mit gleichmäßigen fünfundfünfzig Meilen in der Stunde dahin, blickte in die Spiegel und beobachtete den Himmel. Niemand beschattete mich, niemand überwachte mich. Nach zwanzig Minuten erreichte ich eine Raststätte. Nachdem ich getankt hatte, betrat ich das Kassenhäuschen, um zu zahlen und holte mir einen Kaffee – diesmal heiß, ohne Milch. Und ich ließ mir Kleingeld geben, damit ich telefonieren konnte. Der Mann an der Kasse starrte mich an, als hätte ich um ein Date mit seiner Mutter gebeten. Vermutlich hörte er diese Bitte nicht sehr oft. Vielleicht hatte er sie noch nie gehört.

Über den beiden Münztelefonen an der Außenwand des Kassenhäuschens waren tief heruntergezogene identische Dächer aus durchsichtigem Kunststoff angebracht. Vielleicht als Sonnen- und Regenschutz. Vielleicht um etwas Privatsphäre zu schaffen. Mir machte das alles keine Sorgen. Es war nicht allzu heiß. Es regnete nicht. Und hier draußen hielt sich niemand auf, der mich hätte belauschen können.

Ich verschwand unter der ersten Überdachung. Die Wand hinter dem Münztelefon hing voller Geschäftskarten, vor allem von Escort Services. Einige warben dezent, aber auf die meisten traf das nicht zu. Ich ignorierte sie, nahm den Hörer ab und wählte Wallworks Nummer. Aber das Telefon blieb tot. Also versuchte ich es mit dem anderen, mit dem ich mehr

Glück hatte. Wallwork meldete sich nach dem zweiten Klingeln.

»Sorry, Reacher«, sagte er. »Der Plan des Kanalsystems? Leider bin ich nicht fündig geworden.«

»Schon gut«, entgegnete ich. »Die Erkundungsphase ist ohnehin abgeschlossen.«

Ich schilderte ihm, wie ich zu dem Kastenwagen gekommen war, was er transportierte und wo ich übernachten würde.

»Ich komme gegen einundzwanzig Uhr an«, erklärte ich. »Können Sie sich dort mit mir treffen?«

Wallwork antwortete nicht sofort. »Das wird nicht leicht. Ich werde ein paar Leute überzeugen müssen. Aber um die Bombe sicherzustellen? Klar. Ich finde eine Möglichkeit.«

»Sie müssen fliegen?«

»Natürlich. Ich bin mitten in Tennessee. Mit dem Auto ist die Strecke nach Texas nicht zu schaffen.«

»Okay. Aber sorgen Sie dafür, dass der Hubschrauber nicht sofort zurückfliegt. Und dass der Pilot gleich wieder volltankt.«

»Wozu?«

»Er muss anschließend mich transportieren.«

»Ausgeschlossen, Reacher. Sie sind ein Zivilist. Das Bureau ist kein Taxiunternehmen.«

»Ich brauche kein Taxi. Ich muss Fenton dort rausholen, bevor Dendoncker sie beseitigen lässt.«

Wallwork verstummte wieder.

»Und ich muss Dendoncker zur Rechenschaft ziehen. Ich bin der Einzige, der das kann. Oder soll er ungeschoren davonkommen?«

»Vielleicht gibt's eine Möglichkeit«, räumte Wallwork nach langer Pause ein. »Unter einer Bedingung: Sobald Sie Dendoncker haben, übergeben Sie ihn mir. Lebend.«

»Verstanden. Nun zwei weitere Punkte: Sie dürfen den Wagen erst morgen früh abtransportieren lassen. Das ist entscheidend wichtig! Davon hängt Fentons Überleben ab. Und es gibt ein paar Dinge, die Sie mir mitbringen müssen. Insgesamt fünf.«

Wallwork notierte sich, was ich brauchte, dann legte er auf. Ich schenkte mir Kaffee nach, setzte mich wieder ans Steuer und fuhr weiter. Der Kastenwagen war weder schnell noch luxuriös ausgestattet, aber er ließ sich erstaunlich entspannt fahren. Er tat einfach, was er sollte. Fraß die Meilen in sich hinein, stundenlang, ohne Anstrengung, ohne Drama. Mit eingeschaltetem Tempomat war ich stetig und gleichmäßig unterwegs. Arizona ging in New Mexico über. Aus New Mexico wurde Texas. Vor mir erstreckte sich das Asphaltband des Highways scheinbar endlos in die Ferne. Bis auf einige Zirruswolken präsentierte sich der hohe, weite Himmel überwiegend blau. Auf beiden Seiten des Highways erstreckte sich ein Meer aus salbeigrünem Buschwerk. Das Gelände war manchmal flach, manchmal auch hügelig. Am Horizont ragten zerklüftete Gipfel auf, die scheinbar nie näher kamen und sich nie weiter entfernten.

Ich tankte jeweils, wenn die Nadel der Tankanzeige knapp unter halb stand. Unterwegs achtete ich darauf, ob irgendjemand sich zu sehr für mich interessierte. Das tat jedoch niemand. Und ich rief in unregelmäßigen Abständen Fenton an. Jedes Mal meldete sich derselbe Kerl. Brachte er ihr dann das Telefon, war der Ablauf immer gleich: Sein Stuhl wurde scharrend zurückgeschoben. Dann machte der Mann fünf Schritte, öffnete eine Tür und ging weitere acht Schritte. Als Nächstes sperrte er Fentons Tür auf. Ich rechnete mir aus, dass er aus dem Zimmer nebenan kommen musste. Aus dem Raum am Ende des Korridors, in dem ich nicht gewesen war – bisher nicht.

Das Motel erreichte ich um 21.05 Uhr. Es war das erste einer Reihe von vier Motels. Den anderen sehr ähnlich, aber an seiner Leuchtreklame mit dem Namen einer Motelkette leicht zu erkennen. Das Gebäude, ein schlichtes Rechteck mit Flachdach, hatte zwei Geschosse und kleine Fenster. Die Rezeption lag an dem der Straße zugekehrten Ende. Am anderen entdeckte ich eine Ansammlung von Klimageräten, die halb hinter spärlichen Büschen versteckt war. Entlang der Längsseite des Gebäudes gab es Parkbuchten mit einer Durchfahrt zum Parkplatz des nächsten Motels. Die weite Fläche war leer, also stellte ich den Wagen am äußersten Ende der letzten Reihe ab. Ich stieg aus, reckte mich und überzeugte mich davon, dass die Hecktür abgesperrt war. Dann machte ich mich auf den Weg zur Rezeption.

Hinter der Empfangstheke saß eine Frau, die mich aber nicht gleich bemerkte. Sie war zu sehr von dem Buch gefesselt, das sie gerade las. Ihre Konzentration ließ erst nach, als das vor ihr stehende Telefon klingelte. Ein kompliziert aussehendes Hightechgerät mit vielen Knöpfen und Lämpchen. Sie streckte eine Hand nach dem Hörer aus, nahm ihn jedoch nicht ab, als sie mich dort stehen sah.

»Sie können noch mal anrufen.« Die Frau lächelte mich an. »Oder eine Nachricht hinterlassen. Sorry, dass ich Sie habe warten lassen. Was kann ich für Sie tun?«

»Ich habe eine Reservierung. Auf den Namen Reacher.«

Die Frau schaltete ihren Computer ein und gab einige Tastenbefehle ein. »Ah, da sind Sie! Im Voraus bezahlt. Eine Onlinebuchung. Nur eine Nacht, richtig?«

Ich nickte.

»Haben Sie bitte einen Ausweis für mich?«

Ich gab ihr meinen Reisepass.

Sie blätterte darin, dann kniff sie die Augen zusammen. »Der ist abgelaufen, Sir.«

»Korrekt. Nicht mehr für Auslandsreisen gültig. Aber im Inland weiter als Ausweis anerkannt.«

»Damit kenne ich mich leider nicht aus ...«

Ich deutete auf ihren Computer. »Gehen Sie online, wenn Sie mir nicht glauben. Fragen Sie die Bundesregierung.«

Sie zögerte mit einer Hand über ihrer Tastatur. Dass sie mir nicht glaubte, war offensichtlich. Aber sie wog allem Anschein nach ab, welche Konsequenzen sich daraus ergeben würden, wenn sie mir bewies, dass ich unrecht hatte. Der bürokratische Aufwand, eine Erstattung zu veranlassen. Die Notwendigkeit, ihrem Vorgesetzten erklären zu müssen, weshalb sie einen Gast abgewiesen hatte. Die Auswirkung auf die Belegungszahlen dieses Hauses. »Nicht nötig, Mr. Reacher. Sie haben bestimmt recht.« Sie gab mir meinen Pass zurück. »Wie viele Zimmerschlüssel brauchen Sie?«

»Nur einen.«

Die Frau zog eine Schublade auf und nahm ein Plastikkärtchen von der Größe einer Kreditkarte heraus. Sie steckte es in ein vor ihr stehendes Gerät und gab am PC einen kurzen Tastenbefehl ein. Statt rot leuchtete die LED jetzt grün. Sie zog die Karte heraus und legte sie mir hin. »Zimmer 222. Soll ich Ihnen die Nummer aufschreiben?«

»Danke, nicht nötig.«

»Also gut. Das Frühstücksbüfett in der Halle ist von sechs bis acht Uhr geöffnet. Sollten Sie noch Fragen haben, brauchen Sie in Ihrem Zimmer nur die Null zu wählen. Ich hoffe, dass Sie Ihren Aufenthalt bei uns genießen und uns bald wieder besuchen.«

Die Frau griff wieder nach ihrem Buch. Ich ging zu dem Kastenwagen zurück, setzte mich auf die hintere Stoßstange, lehnte den Kopf an die Hecktür, schloss die Augen und genoss die kühle Nachtbrise auf meinem Gesicht. Zehn Minuten verstrichen. Fünfzehn. Dann hörte ich Motorengeräusche von mehr als einem Fahrzeug. Als ich die Augen öffnete, sah ich eine Kolonne aus silbergrauen Limousinen. Insgesamt fünf, alle identisch, lauter Chrysler 3000. Der erste Wagen rollte auf den Parkplatz, die anderen bildeten in einigem Abstand einen Halbkreis. Als der Fahrer der ersten Limousine ausstieg, erkannte ich Wallwork. Er kam rasch auf mich zu und übergab mir eine weiße Tragetasche, bevor er mir die Hand schüttelte.

»Reacher. Freut mich, Sie zu sehen.« Er nickte zu dem Kastenwagen hinüber. »Das Gerät ist dort drin?«

»Wie versprochen.«

»Gut gemacht!« Wallwork drehte sich um und reckte einen Daumen hoch, um seinen Männern zu signalisieren, dass alles in Ordnung war. »Ich danke Ihnen. Alles Weitere übernehmen jetzt wir.«

Ich schloss den Wagen auf, nahm meinen Rucksack heraus und übergab Wallwork die Schlüssel. »Hinten steht auch Fentons Reisetasche. Passen Sie bis morgen auf sie auf?«

»Klar.« Wallwork fasste mich am Ellbogen und führte mich von den anderen Autos weg. »Hören Sie, Reacher.« Er senkte die Stimme. »Ich denke, dass wir einander vertrauen, deshalb will ich ganz ehrlich zu Ihnen sein. Ich habe mit meinem früheren Vorgesetzten gesprochen, der jetzt im TEDAC arbeitet. Er ist hierher unterwegs. Wir sperren die Umgebung großräumig ab, während er das Gerät an Ort und Stelle untersucht. Ich weiß, dass ich versprochen habe, den Wagen bis morgen früh stehen zu lassen. Aber wenn nicht feststeht, dass das Gerät ungefährlich ist, werde ich mein Versprechen nicht halten können.«

Ich schwieg.

»Überlegen Sie selbst, Reacher. Was ist, wenn das Gerät detoniert? Wenn es Giftgas in die Atmosphäre entlässt? Oder radioaktive Gase? Auf der einen Seite haben wir diese Risiken, mit denen wir rechnen müssen, und auf der anderen eine Frau, die sich mutwillig in Gefahr begeben hat. Eine Frau, die Sie – unabhängig davon, wann wir den Wagen wegfahren – vielleicht gar nicht retten können.«

46

»Ausgeschlossen!« Der Pilot begutachtete den Punkt auf der Landkarte, auf den ich zeigte, und schüttelte den Kopf. »Nein, das kommt nicht infrage. Dort bringe ich Sie nicht hin. Ich darf nicht in den mexikanischen Luftraum einfliegen. Nicht ohne Genehmigung. Unter gar keinen Umständen! Haben Sie verstanden?«

Ich war überrascht. Und leicht enttäuscht. Aber keineswegs beunruhigt, sodass ich nicht das Bedürfnis verspürte, ihm zu antworten.

Zwei Flugzeugmechaniker beobachteten uns. Außerdem der FBI-Agent, der mich vom Motel zum Flugplatz gefahren hatte. Sie lungerten in der Nähe herum. Nicht so nahe, dass der Pilot davor zurückgeschreckt wäre, laut zu werden, aber doch nahe genug, um jedes Wort zu verstehen. Die Mechaniker gaben vor, irgendwelche auf einem Tablet angezeigten Werte zu studieren. Der Agent beschäftigte sich angelegentlich mit seinem Smartphone. Alle drei übertrieben ihr Desinteresse. Auch wenn sie angeblich beschäftigt waren, hörten sie offenbar jedes Wort mit – und genossen diese Konfrontation. Der Pilot reagierte meiner Ansicht nach unnötig aggressiv. Das hatten auch die drei anderen mitbekommen. Nun warteten sie ab, wie die Sache sich entwickelte. Ob der Pilot sich mit seiner energischen Ablehnung begnügen oder ob es eine Eskalation geben würde – vielleicht sogar mit Tätlichkeiten, die ihren eintönigen Nachtdienst aufpeppen würden.

»Ich bringe Sie so dicht an die Grenze heran, wie Sie wollen«, sagte der Pilot. »Meinetwegen setze ich Sie direkt am Grenzzaun ab, aber wir bleiben auf unserer Seite. Ein illegaler Grenzübertritt kommt für mich nicht infrage. Fangen Sie also nicht wieder davon an. Ist das klar?«

Ich sagte: »Okay, dann nach Los Gemelos. Das liegt auf der amerikanischen Seite. Und jetzt los!«

Bei der Ausarbeitung meines Plans hatte ich damit gerechnet, bis mindestens acht Uhr morgens Zeit zu haben. Mit etwas Glück sogar bis neun Uhr. Also hätte ich für mein Vorhaben genügend Zeit gehabt. Aber wenn Wallworks Mann darauf bestand, den Kastenwagen noch nachts abtransportieren zu lassen, würde Dendoncker davon erfahren. Das stand für mich fest. Also würde er wissen, dass ich unsere Vereinbarung aufgekündigt hatte. Kein Problem für mich, aber ein Todesurteil für Michaela Fenton. Also durfte ich keine Sekunde mehr verlieren.

Die Mechaniker schalteten ihr Tablet aus und schlenderten zu dem einzigen Hangar mit offenem Tor zurück. Der FBI-Agent steckte sein Mobiltelefon ein, setzte sich in seinen silbergrauen Chrysler und fuhr davon. Der Pilot stieg links ins Cockpit des bereitstehenden Hubschraubers, dessen Silhouette mir vertraut war. Vor mir stand eine Sikorsky UH-60M, die Zivilversion des Kampfhubschraubers Black Hawk der U.S. Army. Diese Maschine schien über ungewöhnlich viele Antennen zu verfügen. Und sie war nicht matt olivgrün, sondern glänzend schwarz lackiert: rank und schlank und bedrohlich wie ein elegantes Raubtier. Am Leitwerk befand sich eine Seriennummer, aber kein Hinweis darauf, von welcher Behörde diese UH-60M betrieben wurde. Auf dem Rumpf stand in diskreter grauer Schrift lediglich UNITED STATES. Ich hievte meinen Rucksack in die rückwärtige Kabine, stieg ein, schloss die Schiebetür und ließ mich auf einen der Segeltuchsitze fallen. Dann schnallte ich mich an und setzte mein Headset auf.

Der Pilot war noch mit den Vorflugkontrollen beschäftigt, aber sobald die Rotorblätter sich drehten und die UH-60M mit heulenden Triebwerken kurz vor dem Abheben war, hörte ich seine Stimme über die Bordsprechanlage.

Er sagte: »Entschuldigen Sie die kleine Show von vorhin, Major. Aber ich musste dafür sorgen, dass diese Leute sich daran erinnern, dass ich mich geweigert habe, über die Grenze zu fliegen. Für alle Fälle.«

»Für welchen Fall?«

»Dass Sie geschnappt werden. Die Sache läuft folgendermaßen ab: Wie ich gesagt habe, versuche ich, direkt am Grenzzaun zu landen. Aber dort befinden wir uns in der Wüste. Der Wind ist unberechenbar. So kann es passieren, dass ich im letzten Augenblick vom Kurs abkomme. Dass ich ein paar Dutzend Meter nach Süden versetzt werde. Und in der Thermik kann die Maschine sehr leicht durchsacken, bis ich sie dicht über dem Boden abfange – ungefähr einen Meter über Grund. So berührt mein Fahrwerk nie mexikanischen Boden. Nichts weiter passiert. Aber wenn Sie sich ohne mein Wissen und ohne meine Einwilligung spontan dazu entschließen, die Situation zu nutzen und aus der Maschine zu springen, kann ich nichts dagegen machen.«

»Klappt das auch?«

»Natürlich. So machen wir's immer.«

Rechnete man den Anmarsch durch den Tunnel mit, hatte es etwas über zwölf Stunden gedauert, um von Dendonckers Zentrale im alten Schulgebäude in das Motel in Big Spring zu gelangen. Mit dem zwei Meilen langen Fußmarsch von dem illegalen Absetzpunkt dauerte meine Rückkehr etwas über fünf Stunden. Der Flug verlief ohne besondere Vorkommnisse. Der Pilot verstand sein Handwerk: Er flog gleichmäßig schnell auf direktem Kurs nach Los Gemelos. Und ich döste, so gut ich bei dem metallischen Rattern und Klappern des Rumpfs und dem Röhren der Triebwerke konnte.

Ich schreckte auf, als die Maschine jäh auf weniger als zehn Meter über Grund durchsackte. Der Pilot hielt anscheinend viel von Method Acting. Für mich war das mein Stichwort, mich loszuschnallen, das Headset abzusetzen, nach meinem Rucksack zu greifen und die Kabinentür zu öffnen. Der Triebwerkslärm war unbeschreiblich. Der Rotorenabwind riss mich fast aus der Tür. Den Erdboden konnte ich nicht erkennen. Bis auf einen Meter über Grund, hatte der Pilot gesagt. Unabhängig von unserer Höhe war der Sprung ins Dunkel nicht verlockend. Dann spürte ich, dass der Hubschrauber gleich wieder steigen würde. Nun war keine Zeit mehr zu verlieren. Ich sprang hinaus, kam mit beiden Füßen auf und ging in die Hocke. In dieser Stellung verharrte ich, bis der Triebwerkslärm und der Abwind nicht mehr direkt von oben kamen.

Als Nächstes blickte ich auf mein Handy. Keine Nachricht von Wallwork. Also schienen sie den Kastenwagen nicht abtransportiert zu haben.

Noch nicht.

Aus dem Rucksack holte ich einen schwarzen Kapuzenpullover – den ersten der Gegenstände, die ich mir von Wallwork hatte besorgen lassen – und zog ihn an. Teils zur Tarnung, teils als Schutz vor der Nachtkälte in der Wüste. Dann marschierte ich los – schnell, aber vorsichtig. Der Wüstenboden war mit Sand, Geröll und kleinen Felsbrocken bedeckt.

Sich auf diesem Untergrund möglichst lautlos zu bewegen, fiel mir nicht leicht. Außerdem war die Nacht stockfinster, und das unebene, stark gegliederte Gelände war von Rissen und Spalten durchzogen. Hier konnte man sich sehr leicht einen Knöchel brechen. Und ich wusste nicht, welche Art Gesellschaft mich hier draußen erwartete. Schlangen. Skorpione. Spinnen. Lauter Tiere, mit denen ich lieber nicht in Berührung kommen wollte.

Bei meiner Annäherung aus Westen lag der Lichtschein der amerikanischen Stadthälfte anfangs weit links vor mir. Ich marschierte, bis ich dem äußeren Sicherheitszaun des Schulgebäudes so nahe war, wie ich es wegen der Überwachungskameras riskieren durfte. Beide Gebäudehälften lagen im Dunkel. Auch das Schulgelände war unbeleuchtet – bis auf die Einfahrt zwischen den Toren, die gleißend hell ausgeleuchtet war. Dort kam niemand unbeobachtet hinein, das war offensichtlich. Und es gab keinen anderen Zugang zu Dendonckers Gebäudehälfte.

Ich schaute auf mein Handy. Keine Nachricht von Wallwork.

Noch nicht.

Inzwischen war es 1.55 Uhr. Normalerweise hätte ich es vorgezogen, mich irgendwo zu verkriechen und ein paar Stunden zu warten, um gegen vier Uhr anzugreifen. Zu dieser Zeit hatte der KGB immer zugeschlagen. Wenn die Menschen psychologisch am verwundbarsten waren – eine auf vielen Beobachtungen basierende wissenschaftliche Erkenntnis. Doch ich konnte mir den Luxus, bis vier Uhr zu warten, nicht leisten. Ich konnte nicht warten, bis jede Einzelheit ideal war. In diesen zwei Stunden konnte der TEDAC-Kerl jederzeit veranlassen, dass der Wagen mit der Bombe abtransportiert wurde.

Genug Zeit und Gelegenheit für Dendoncker, sich an Fenton zu rächen.

Ich zog mein Handy heraus und wählte die einzige gespeicherte Nummer.

Der mir schon bekannte Kerl meldete sich. Seine Stimme klang heiser und verschlafen. »Nein«, blaffte er nur.

Ich sagte: »Ich habe noch nichts verlangt.«

»Du willst mit der Frau reden. Schon wieder.«

»Korrekt. Bring ihr das Handy.«

»Nein.«

»Bring. Ihr. Das. Handy.«

»Du spinnst wohl? Du kannst nicht mitten in der Nacht anrufen. Schlaf weiter und ruf morgen früh wieder an.«

»*Jederzeit*, hast du das vergessen? Ist dieses Wort in den letzten vierundzwanzig Stunden neu definiert worden? Muss ich Dendoncker wecken, damit er ihr das Handy bringt?«

Der Kerl grunzte, und ich hörte ein schwer definierbares Geräusch, als eine Bettdecke zurückgeschlagen wurde. Danach Schritte. Dieses Mal waren es sieben, nicht fünf. Dann wurde eine Tür geöffnet.

Ich bewegte mich weiter, bis ich den Zaun erreichte. Dort machte ich am Fuß eines Pfostens halt, auf dem eine Kamera montiert war, und stellte meinen Rucksack vor mir auf den Boden.

Der Kerl ging den Korridor entlang. Weitere acht Schritte. Er sperrte eine Tür auf und rief Fenton zu, sie solle kommen und sich das Handy holen. Eine halbe Minute später meldete sie sich.

»Reacher? Wieso schläfst du nicht? Ist was passiert?«

»Alles gut«, sagte ich. »Aber ich möchte, dass du etwas sehr Wichtiges tust. Ich lege mein Handy jetzt weg, aber ohne es

auszuschalten. Du musst wie bei einem ganz normalen Gespräch weiterreden. Ich melde mich dann gleich wieder.
Traust du dir das zu?«

»Ich denke schon. Wieso?«

»Keine Sorge, das wird dir bald klar sein.«

47

Ich legte das Handy auf meinen Rucksack und machte mich daran, den Kameramast hinaufzuklettern. Das Stahlrohr ließ sich leicht mit den Händen umfassen, sodass ich mich gut hochziehen konnte. Doch mit meinen Füßen sah es anders aus. Die rautenförmigen Öffnungen des Maschendrahtzauns waren nicht groß genug für meine Zehen und die Stiefelkappen eine Idee zu breit, was ein Problem darstellte. Ich begann mit dem rechten Fuß, rutschte ab und stand wieder mit beiden Füßen auf dem Boden. Der nächste Versuch endete genauso. Dann stellte ich fest, dass ich etwas Halt fand, wenn ich den Fuß besonders fest hineindrückte, während ich auf den Zehenspitzen zu stehen versuchte. Diesen Vorgang wiederholte ich mit dem linken Fuß. Dann mit dem rechten. Ich rutschte nicht wieder ab, kam aber nur quälend langsam voran. Kostbare Sekunden verstrichen. Ich hatte keine Ahnung, wie lange Fenton das imaginäre Telefongespräch durchhalten konnte. Aber wenn ich den Kerl, der ihr das Handy gebracht hatte, falsch einschätzte, war ohnehin alles zu spät.

Ich kletterte weiter, bis meine Brust sich auf Höhe des oberen Spanndrahts befand. Meine Waden brannten, weil sie mein Körpergewicht in einer ganz unnatürlichen Stellung tragen mussten. Ich packte den Draht mit der linken Hand und reckte den rechten Arm nach oben. Bekam die Kamera zu fassen und versuchte, sie entgegen dem Uhrzeigersinn zu drehen. Aber sie bewegte sich kein bisschen. Ihre Halterung war anscheinend korrodiert. Als ich mich noch mehr anstrengte, rutschte mein linker Fuß ab. Der rechte folgte eine Sekunde später, sodass ich nur noch an meiner linken Hand hing. Ich bekam den Spanndraht mit der rechten Hand zu fassen, rammte meine Stiefelkappen wieder in die Öffnungen und richtete mich auf. Beim zweiten Versuch spürte ich, wie die Kamera sich ein kleines Stück weit bewegte. Nur ein ganz kleines Stück weit. Aber sie hatte sich bewegt ...

Ich verstärkte den ausgeübten Druck. Die Kamera bewegte sich um drei Millimeter. Und noch mal um drei. Ich strengte mich weiter an, bis ich die Kamera um zwanzig Grad zur Seite gedreht hatte. Dann kletterte ich langsam hinunter und erreichte den Boden, ohne zwischendurch auszurutschen. Als ich nach meinem Handy griff und es ans Ohr hielt, hörte ich Fentons Stimme. Sie war mitten in einer Anekdote, in der es um ihre Tante, ein Glas Marmelade und einen TSA-Agenten ging. Ich ging bis zur Mitte des nächsten Zaunfelds nach links. Stellte dort meinen Rucksack ab, legte das Handy darauf, lief zum nächsten Pfosten weiter und begann wieder zu klettern.

Dieser Aufstieg war so mühsam wie der erste. Mein rechter Fuß rutschte zweimal ab, bevor ich hoch genug war, mein linker Fuß einmal. Dann packte ich die Überwachungskamera, um sie zu drehen. Diese ließ sich leichter bewegen. Ich drehte sie zwanzig Grad weit nach rechts. Dann kletterte ich wieder hinunter, ging zu meinem Rucksack, schnappte mir das Handy, hielt es ans Ohr. Und hörte niemanden. Nicht Fenton. Nicht den Kerl. Nur Schweigen.

Ich steckte mein Handy ein und horchte auf irgendwelche Geräusche aus dem alten Schulgebäude. Vielleicht hatte der Kerl Fentons Scharade durchschaut, oder er war nur müde gewesen und hatte ihr das Handy weggenommen, um sich aufs Ohr zu legen. Die wichtige Frage lautete jedoch: *Wann?* Vor wie langer Zeit war er in sein Zimmer zurückgekehrt? Hatte er es erreicht, bevor ich mit den Kameras fertig war, würden bald trampelnde Schritte zu vernehmen sein. Von Kerlen, die mit ihren Uzis in Stellung gingen. Dann würden Scheinwerfer aufflammen und mich vor dem dunklen Hintergrund wie eine Mannscheibe auf dem Schießstand anstrahlen. Ich blieb mit angespannten Muskeln geduckt und fluchtbereit stehen.

Nichts passierte.

Ich zog mein Handy heraus, um zu sehen, ob Nachrichten eingegangen waren. Wallwork hatte sich nicht gemeldet. Noch nicht.

Vermutete ich richtig, befand ich mich jetzt in einer toten Zone zwischen den zur Seite gedrehten Überwachungskameras. Jedoch unter der Voraussetzung, dass niemand auf die Monitore geachtet hatte, als ich die Kameras drehte. Oder dass ihr leicht veränderter Erfassungswinkel niemandem auffallen würde. Ich blieb in der Hocke, als ich Wallworks zweiten Gegenstand aus dem Rucksack zog: einen Bolzenschneider. Damit schnitt ich ein Loch in den Maschendrahtzaun. Ein Quadrat, nur wenig breiter als meine Schultern. Aber ich schlüpfte nicht gleich hindurch, sondern streckte mich am Boden aus, um das Gelände zwischen dem inneren und dem äußeren Zaun zu begutachten. Ich wollte sehen, ob es flach oder mit verräterischen kleinen Erhebungen übersät war. Dendoncker hatte mit Landminen gehandelt. Hatte er ein paar für sich selbst behalten, hätten sie unbedingt hier verlegt sein müssen.

Der Befund war nicht eindeutig, das Gelände war keineswegs eben. Nicht im Entferntesten. Aber nichts wies darauf hin, dass die Erhebungen nicht natürlich oder zufällig waren. Vom Wüstenwind geschaffen. Oder von Arbeitern, die das Schulhaus gebaut hatten. Also zog ich Wallworks dritten Gegenstand aus dem Rucksack: ein Messer mit langer breiter Klinge. Fünfundzwanzig mal fünf Zentimeter an der breitesten Stelle. Damit sondierte ich den Sand vor mir, während ich langsam vorwärts kroch. Ich achtete darauf, die Klinge fast waagrecht zu halten, damit sie höchstens ein paar Zentimeter weit in den Boden eindrang. Als sie auf kein Hindernis stieß, zog ich sie heraus und wiederholte den Vorgang an anderer Stelle. Das ging so weiter, bis ich einen sicheren Bereich von einem halben Meter Breite vor mir ausgemacht hatte. Ich kroch weiter, kniete mich auf die Sondierungslöcher und stieß die Messerklinge erneut in den lockeren Sandboden.

Das war ein zeitraubendes Verfahren. So schaffte ich kaum mehr als einen Viertelmeter in der Minute. Ich bewegte mich fünfzentausendmal langsamer als zuvor mit dem Hubschrauber. Dabei musste ich jeden Augenblick mit einer SMS von Wallwork rechnen. Und ich war in diesem Niemandsland zwischen zwei Zäunen gefährlich exponiert, jeder Fußstreife auf Gedeih und Verderb ausgeliefert. Erfreulich war nur, dass hier keine Landminen verlegt zu sein schienen. Ich fing an, mich für übervorsichtig zu halten. Vor mir lagen noch gut fünf Meter. Dann traf die Messerspitze auf etwas Hartes, auf etwas Metallisches. Ich erstarrte. Hielt sogar die Luft an, zog das Messer vorsichtig ein wenig zurück. Nach jedem Kontakt waren die ersten Millimeter am kritischsten, wenn der Kontakt abriss. Falls es sich bei dem Ding um eine Mine handelte.

Was es auch sein mochte, es detonierte nicht. Aber ich war noch nicht gerettet. Das Messer musste erst ganz herausgezogen werden. Dabei konnten sich Schockwellen durch den Sand fortpflanzen und eine Detonation auslösen. Die geringste Erschütterung konnte tödlich sein.

Das Ding ging nicht hoch.

Ich zwang mich zum Weiteratmen und machte den nächsten Versuch einen Viertelmeter weiter rechts. Danach bewegte ich mich noch langsamer und vorsichtiger. So fand ich drei weitere Landminen. Aber ich erreichte den inneren Zaun, ohne in Stücke gerissen zu werden, schnitt ein Loch hinein und kroch hindurch. Dann trabte ich zu der langen Wand auf der Rückseite von Dendonckers Hälfte des alten Gebäudes. Dort blieb ich erst unter dem mit Brettern verschalten Fenster von Fentons Zimmer stehen. Ich bezweifelte, dass sich jemand bei ihr im Zimmer aufhielt, und verließ mich darauf, dass sie keinen Alarm schlagen würde, wenn sie mich hier draußen hörte.

Nun wurde es Zeit, Wallworks vierten Gegenstand aus dem Rucksack zu ziehen: einen schweren Eisenhaken, dessen vier Zinken mit Gummi überzogen waren. Befestigt war er an einem zehn Meter langen dünnen Nylonseil. Ich trat einige Schritte zurück, packte das Seil ungefähr einen Meter von dem Haken entfernt und wirbelte ihn ein halbes Dutzend Mal im Kreis herum, um ein Gefühl dafür zu bekommen, wie er fliegen würde. Dann drehte ich mich wie ein Hammerwerfer im Kreis und ließ den Haken in Richtung Dach fliegen. Er segelte über die niedrige Dachbrüstung, verschwand außer Sicht und landete mit einem dumpfen Aufprall. Ich zog das Seil straff und ruckte leicht daran. Als der Haken in Richtung Dachbrüstung gezogen wurde, gab es weiter nach. Dann verfing es sich irgendwo. Ich zog fester daran. Der Haken hielt, also begann ich meinen Aufstieg – mit beiden Händen am Seil, die Füße flach gegen die Hausmauer gestemmt. Wie Abseilen, aber in Gegenrichtung. Ich erreichte die Brüstung, wälzte mich darüber und blieb sekundenlang keuchend auf dem Flachdach liegen. Nachdem ich das Seil heraufgeholt hatte, machte ich mich auf den Weg zur anderen Seite des Gebäudes. Zu der Seite, in die der Glaskorridor mündete.

48

Die mit Uzis bewaffneten Männer in Anzügen waren beide auf ihrem Posten. Das bedeutete vermutlich, dass Dendoncker sich in seinem Arbeitszimmer aufhielt. Hoffentlich glichen die beiden dem Banner des englischen Königs, das als Zeichen seiner Anwesenheit über jedem Palast, Schloss oder Landsitz weht, in dem er sich gerade aufhält. Ich bin ein großer Fan von Effizienz. Zwei Fliegen mit einer Klappe wären mir sehr recht.

Durchs Glasdach konnte ich die Köpfe der beiden Männer sehen. Sie saßen unbeweglich auf ihren Hockern, lehnten mit dem Rücken an der zweiflügeligen Tür. Vielleicht waren sie in eine Art erschöpfter Trance verfallen. Wenn ich sehr viel Glück hatte, schliefen sie vielleicht sogar. In meinem Rucksack befand sich eine Pistole. Tatsächlich sogar zwei: die Berettas, die ich im Hotel Border Inn erbeutet hatte. Es wäre praktisch gewesen, die beiden Kerle einfach zu erschießen. Doch das wäre eine hochriskante Strategie gewesen, denn die beiden saßen unter einer doppelten Isolierglasscheibe. Mein erster Schuss würde sie vermutlich durchschlagen, aber dabei abgelenkt werden und wahrscheinlich danebengehen – und mich das Überraschungsmoment kosten. Damit würde ich nur erreichen, dass zwei mit Uzis bewaffnete Männer mich bemerkten. War ich schnell genug, könnte ich vielleicht einen von ihnen erledigen, aber der andere brächte vermutlich mich zur Strecke.

Das war kein Risiko, das man gern einging. Also holte ich

Wallworks letzten Gegenstand – einen Seitenschneider – aus meinem Rucksack. Ich nahm die Griffe zwischen die Zähne, glitt von der Brüstung auf das Glasdach hinunter und blieb erst einmal völlig unbeweglich stehen. Beobachtete weiter die beiden Männer. Als keiner sich bewegte, schlich ich bis zu der Lüftungsöffnung im Dach weiter. Nachdem ich das feste Fliegengitter aufgeschnitten hatte, kontrollierte ich die Kerle erneut. Dann kramte ich die Gasmaske aus meinem Rucksack, setzte sie auf, nahm den Behälter mit DS-Gas in die linke Hand und zog den Sicherungsstift heraus.

Als ich den Hebel losließ, schnellte er nach oben. Der Metallbehälter begann erst warm, dann heiß zu werden. Das Ding diente nicht nur zu Übungszwecken, sondern funktionierte tatsächlich. Was unter den Umständen ein glücklicher Zufall war. Aber ich zögerte noch. Ich wusste nicht, wie schnell diese Kerle reagieren, wie schnell sie auf den Beinen sein würden. Schafften sie's, durch die Tür zu flüchten, stand ich vor einem Riesenproblem.

Fünf Sekunden verstrichen. Dann begannen dünne weiße Gasschwaden zu entweichen. Ich ließ den Behälter durch die Lüftungsöffnung fallen. Er schlug scheppernd auf und rollte in Richtung Tür weiter. Die Männer schraken hoch. Sprangen erschrocken auf. Im nächsten Augenblick husteten sie würgend und versuchten, ihre Augen zu schützen. Einer wollte weglaufen. Aber er war desorientiert, krachte gegen eine Glaswand und fiel auf den Rücken. Der andere Mann wand sich schreiend in Krämpfen. Ich ließ den Seitenschneider fallen und zog wieder den Bolzenschneider heraus. Damit kappte ich die vier Stützen der Lüftungsöffnung, zog sie ab und warf sie beiseite. Dann beugte ich mich in das Loch und schoss beide Kerle in den Kopf. Zweimal, um ganz sicherzugehen.

Ich steckte die Beretta hinten in meinen Hosenbund, rutschte über den Rand in die Tiefe und hing einen Augenblick an ausgestreckten Armen einen Meter über dem Boden. Dann ließ ich los, kam mit beiden Füßen auf und ging zu einem der Männer. Nahm ihm die MP und seine Schlüssel ab. Die Uzi des zweiten Kerls hängte ich mir über die Schulter. Dann benutzte ich den Transponder, um die Tür zu öffnen. Ich stieß sie auf, schlüpfte hindurch, schloss sie sofort wieder und schob meine Gasmaske auf die Stirn hoch.

Seit meinem ersten Schuss waren höchstens zehn, zwölf Sekunden verstrichen. Nicht viel Zeit für eine Reaktion. Und trotzdem tauchte Mansour im nächsten Korridor auf. Vor Dendonckers Tür stand einer der orangeroten Stühle, auf dem Mansour wie ein Leibwächter gesessen haben musste. Aber jetzt kam er wie ein Bulle auf mich zugestampft. Tief geduckt, mit gesenktem Kopf und ausgebreiteten Armen. Überraschend schnell und schon so nah, dass ich die Uzi nicht mehr einsetzen konnte. Also ging ich einen Schritt auf ihn zu. Ich wollte ihn irgendwie zu fassen bekommen, mich zur Seite drehen und seine Bewegungsenergie gegen ihn selbst verwenden. Ihn gegen das Fenster oder eine Wand laufen lassen. Oder ihn wenigstens von den Beinen zu holen. Aber dafür war hier nicht genug Platz. Und der Mann war zu breit. Seine Schulter traf meine Brust. Mit einem Aufprall, als hätte mich eine Kanonenkugel getroffen.

Eine der Uzis flog an das Fenster, ohne dass die Scheibe zersplitterte. Wo die zweite landete, bekam ich nicht mehr mit. Der Zusammenprall hatte mir die Luft aus der Lunge gepresst. Es kostete mich große Mühe zu atmen, denn meine Rippen brannten wie nach einem Stromstoß mit einer Million Volt. Ich wusste nur, dass ich schnellstens wieder auf die

Beine kommen musste, bevor der Kerl seine Füße oder seine Fäuste, seine gewaltige Masse einsetzte. Als ich mich aufrappelte, sah ich Dendoncker die Tür zu dem Verbindungsgang aufreißen. Er trug eine Gasmaske. Meine, wie mir erst jetzt auffiel. Sie musste mir bei meinem Sturz vom Kopf gefallen sein. Mansour folgte ihm – ohne Maske. Dendoncker verstand es, die Loyalität seiner Leute einzufordern, das musste man ihm lassen.

Ich schnappte mir die Uzis und wollte die beiden verfolgen. Doch als ich die wieder geschlossene Tür erreichte, hörte ich hinter mir ein Geräusch. Aus dem Zimmer, das hinter Fentons lag, war ein Kerl gekommen, den ich bisher noch nie gesehen hatte. Vermutlich der Kerl, der sich bei meinen Anrufen am Telefon gemeldet hatte. Er stand bereits vor Fentons Tür. Anscheinend war er auf Zehenspitzen hingeschlichen, als ich nach dem Zusammenprall mit Mansour außer Gefecht gesetzt war. Das Geräusch gehörte zum Klirren seines Schlüsselbunds, als er die Zimmertür aufschloss. Er öffnete sie und trat mit einer Pistole in der Hand ein. Ich warf mich herum, rannte zurück. Die Tür fiel zu. Durch den mit Zeitungspapier zugeklebten Glaseinsatz war nichts zu erkennen. Aber ich hörte besorgniserregende Geräusche: Einen Schrei. Einen schweren Aufprall. Und einen Schuss.

Dann Stille.

Ich stieß die Tür auf, trat über die Schwelle und war bereit, das Magazin der Uzi auf den dort eingedrungenen Mann leerzuschießen. Und sah mich Michaela Fenton gegenüber, die ohne ihre Krücke neben dem Feldbett stand. Sie zielte mit der Pistole des Mannes auf mich. Der Mann selbst lag vor ihr: halb auf dem Fußboden, halb auf der Matratze, auf der ich geschlafen hatte. Sein rechtes Handgelenk sah auf unnatürliche

Weise verdreht aus. Es war anscheinend gebrochen. Und seine Schädeldecke fehlte.

»Für heute Nacht brauchen wir eine andere, denke ich.« Fenton ließ die Pistole sinken.

»Das stimmt wohl.« Ich trat auf sie zu. »Alles in Ordnung mit dir?«

Sie nickte, dann sank sie aufs Bett. »Mehr oder weniger.«

Ich nahm meinen Rucksack ab, öffnete ihn und gab Fenton ihre Fußprothese, die Dendonckers Kerl ins Café mitgebracht hatte. Dann machte ich kehrt und ging zur Tür.

»Danke«, sagte sie. »Hey, wohin willst du?«

»Dendoncker schnappen. Falls er noch hier ist.«

49

Vor der zweiflügeligen Tür zum Verbindungskorridor machte ich kurz halt, um mehrmals tief durchzuatmen. Dann stieß ich die Tür auf, rannte den Gang entlang und stürmte in den Speisesaal. Über das Glasdach strich ein leichter Wind, der mithalf, das CD-Gas durch die Lüftungsöffnung abzusaugen. Aber Dendonckers speziell entwickeltes Reizgas war potent. Selbst nach so kurzer Einwirkungszeit brannten meine Augen wie verrückt, doch ich widerstand dem Drang, sie kräftig zu reiben. Stattdessen zwang ich mich zum Stillhalten, bis ich die Welt weniger verschwommen sah.

Dann begann ich meine Suche. Mit der Küche und den Büros gab ich mich gar nicht erst ab. Ich rechnete mir aus, dass Dendoncker sich nicht verstecken, sondern versuchen würde, aus dem Gebäude zu entkommen. Dafür standen ihm zwei Wege offen: der Tunnel oder die SUVs. Ich durchquerte die Aula und schaute aus dem Fenster. Der Parkplatz war leer. Die Cadillacs waren verschwunden. Auch von Dendoncker oder Mansour war keine Spur. Ich lief hinaus, um die Tore zu kontrollieren. Beide waren intakt, geschlossen und abgesperrt. Aber auf der wegführenden Straße konnte ich vier rote Lichtpunkte erkennen. In zwei identischen Paaren angeordnet. Die Heckleuchten der Cadillacs.

Das vordere Fahrzeug schien etwas tiefer auf der Straße zu liegen, als wäre es mit etwas Schwerem beladen. Aber das war nur mein persönlicher Eindruck. Bestimmt sagen ließ sich das nicht. Nicht aus dieser Entfernung. Nicht bei dem Tempo, mit dem die beiden SUVs durch die Nacht bretterten. Aber darauf kam es ohnehin nicht an. Dendoncker und Mansour waren zur Grenze unterwegs, und ich konnte nichts, absolut nichts tun, um sie aufzuhalten.

Bei meiner Rückkehr in die andere Gebäudehälfte begegnete ich Michaela Fenton auf dem Korridor. Sie bewegte sich zögerlich, als bereitete die Fußprothese, die sie nun wieder trug, ihr Schmerzen. Sie hatte bereits die nächsten Zimmertür passiert und blieb dann stehen, als sie hörte, dass ich zu ihr aufschloss.

»Hier ist noch jemand.« Ihre Stimme sank zu einem Flüstern herab. »Ein weiterer Gefangener. In keinem guten Zustand, fürchte ich.«

Ich fragte: »Woher weißt du das?«

»Bei deinen Anrufen hat der Kerl, der mir das Handy brachte, immer auf der Schwelle gestanden, während wir geredet haben. Immer bei offener Tür. Als ich ihm mal nach einem Gespräch das Handy zurückbrachte, habe ich auf dem Gang zwei Leute gesehen, die nebeneinander gehend von rechts gekommen sind. Einer war Dendonckers Leibwächter, dieser riesenhafte Kerl, der andere ein Unbekannter mit einer abgewetzten schwarzen Ledertasche, wie sie früher Ärzte besaßen. Er hat Spanisch gesprochen, aber ich habe ungefähr mitbekommen, was er gesagt hat: ›Ihr müsst vorsichtiger mit ihm umgehen. Viel mehr hält er nicht aus. Lasst ihn eine Zeit lang in Ruhe. Achtundvierzig Stunden. Mindestens.‹«

»Von wem hat er gesprochen?«

»Das weiß ich nicht.«

»Wie hat Dendonckers Mann darauf reagiert?«

»Hörbar verärgert. Er sagte, Dendoncker dulde keine weiteren Verzögerungen. Er müsse schnellstens erfahren, wo es sei, weil die Zeit dränge.«

»*Es?*«

Fenton zuckte mit den Schultern. »Keine Ahnung, was er damit meinte.«

»Und wo ist dieser andere Kerl eingesperrt?«

»Ich dachte, er befände sich in dem Zimmer neben meinem. Aber dort ist niemand – ich habe gerade nachgesehen. Nur ein Feldbett, ein Stuhl und ein Tisch mit Monitoren von Überwachungskameras. Nirgends Platz für einen Gefangenen. Also muss er woanders untergebracht sein.«

Fenton setzte sich wieder in Bewegung. Ich hatte Mühe, mit ihrem Tempo mitzuhalten. Diese Suche erschien mir zwecklos. Der Korridor musste eine Sackgasse sein – wie jenseits von Dendonckers Arbeitszimmer. Der Ausgang war mit dicken Brettern verschalt. Das hatte ich gesehen, als ich einen weiteren Zugang zu dem Gebäude suchte. Wenig später merkte ich jedoch, dass es einen Unterschied gab. Die Wand des ersten Klassenzimmers verlief nicht gerade, nicht bis zur Rückwand des Raums. So entstand ganz am Ende eine nicht sehr tiefe Nische. Dort gab es auch eine unauffällige Tür, eine Holztür mit einem Schild, auf dem *Conserje* – Hausmeister – stand.

Die Tür war abgesperrt. Aber nicht sehr ernsthaft. Ein einziger kräftiger Tritt genügte, um sie auffliegen zu lassen. Hinter ihr führte eine Holztreppe in einen weiteren Keller hinunter. Ihre weiß gestrichenen Stufen waren nicht so stark abgetreten wie die der Treppe, die aus der Küche in den Tunnel führte. Ich fand den Lichtschalter, machte Licht und begann den Abstieg. Fenton folgte mir dichtauf. Die Fläche am Fuß der Treppe war zweigeteilt. Ein Drittel diente als Lagerraum für Putzzeug und Reinigungsmittel, die anderen zwei

Drittel als Werkstatt für Reparaturen und Wartungsarbeiten. Zumindest muss das früher so gewesen sein. Jetzt waren die Werkbank und alle Schränke an der Rückwand zusammengeschoben. In dem so geschaffenen Raum vor ihnen stand ein weiteres Feldbett, neben dem sich ein Ständer für einen intravenösen Tropf befand. Von einem Beutel mit einer klaren Flüssigkeit führte ein dünner Schlauch zum rechten Arm des auf dem Bett liegenden Mannes. Sein Körper, die Beine und der linke Arm verschwanden unter einer dünnen Decke, aber sein Kopf war sichtbar. Sein Gesicht war geschwollen und mit Prellungen, Schnitten und verschorften Wunden übersät. Auf der Stirn hatte er eine große Beule. Von seinem Haar fehlten ganze Büschel. Fenton schrie laut auf. Sie drängte sich an mir vorbei. War mit wenigen Schritten neben dem Bett. Sie schien den Liegenden in die Arme nehmen zu wollen, ließ es dann aber bleiben. Stattdessen ergriff sie seine Hand und sagte ein einziges Wort. Halblaut. Mit Reue und Schmerz in der Stimme.

»Michael.«

50

Ich trat ebenfalls an das Bett, befürchtete, der Mann sei vielleicht tot, und machte mir Sorgen darüber, wie ich Fenton von hier wegbekommen würde, wenn das der Fall war. Doch nach einigen Sekunden öffnete er ein Auge.

»Mickey.« Seine leise Stimme klang rau und kratzig. »Du hast meine Warnung erhalten. Du bist gekommen?« Dann schloss das Auge sich wieder, und sein Kopf rollte zur Seite.

Fenton ertastete seinen Puls. »Er lebt noch. Hilf mir, ihn nach oben zu schaffen.«

Das war ein ambitioniertes Vorhaben. Michael machte nicht den Eindruck, als wäre er ohne Weiteres transportfähig. Ich hätte es vorgezogen, ein Notarztteam für ihn zu rufen. Aber Dendoncker bereitete mir Sorgen. Er konnte nicht wissen, dass Fenton ihren Bruder gefunden hatte. Und Michael besaß offenbar Informationen, an denen ihm dringend gelegen war. Also würde Dendoncker zurückkommen, um ihn weiter zu bedrängen. Oder er würde ein paar Leute schicken. In beiden Fällen würden wir diesen Keller nicht verteidigen können. Jedenfalls nicht sehr lange. Folglich war eine Evakuierung das kleinere Übel.

Ich hob Michael in seine Decke gewickelt hoch und trug ihn nach oben, wobei Fenton uns mit dem Beutel für den Tropf folgte. Wir bewegten uns langsam und bedächtig, um ihn möglichst zu schonen, und legten eine Pause ein, als wir den Korridor erreichten. Wir machten einen Umweg über das Zimmer, in dem man sie gefangen gehalten hatte, und legten Michael dort aufs Bett. Fenton blieb bei ihm, während ich in den Verbindungsgang zurückkehrte. Ich benützte eine der Uzis, um die Fenster herauszuschießen. Jeweils ein halbes Magazin pro Seite, damit das restliche Gas sich schneller verflüchtigen konnte.

Dann ging ich in das Zimmer zurück und rief Wallwork an. Er meldete sich sofort. Seine Stimme klang nicht im Geringsten verschlafen. Ich hatte schon vermutet, dass er gemeinsam mit den TEDAC-Leuten die Nacht durcharbeiten würde, und berichtete ihm, Fenton sei in Sicherheit, sodass sie den Kastenwagen jederzeit abtransportieren konnten. Ich schilderte ihm kurz, dass wir einen Verletzten aufgefunden hatten, und fragte ihn, wie schnell er einige Agenten ins Klinikum hier in Los Gemelos schicken könne. Sobald Dendoncker merkte, dass Michael verschwunden war, würde er eine Suchmannschaft losschicken, und weil er Michaels schlechten Zustand kannte, würde die Suche logischerweise im hiesigen Krankenhaus beginnen.

Wallwork brauchte eine Minute, um sich ein Bild von den Zeiten und Entfernungen zu machen. Dann erklärte er: »Ich muss erst rumtelefonieren. Wenn alles klappt, könnten einige Agenten binnen vier Stunden dort sein. Sind Sie in der Lage, bis dahin auf den Mann aufzupassen? Inoffiziell?«

»Das müsste sich machen lassen.« Vielleicht hast du diesmal Glück, sagte ich mir. Vielleicht würde Dendoncker auf der Suche nach Michael persönlich aufkreuzen. Mansour ebenfalls. Mir gefiel nicht, dass die beiden weiter frei herumliefen. »Wie kommen Sie voran?«

»Sehr gut. Erst vorhin habe ich mit Quantico telefoniert. Auf meine Veranlassung hin unternimmt das Bureau jetzt alle Anstrengungen, Dendoncker aufzuspüren und festzunehmen. Mit sämtlichen Mitteln. Notfalls weltweit.«

»Und die Bombe?«

»Mein Kollege hat sie inzwischen untersucht. Jetzt bereitet er sie für den Abtransport vor. Als Nächstes wird sie ausgeflogen.«

»Hat er sich darüber beschwert, dass er nach Texas kommen musste?«

»Nein, ganz im Gegenteil. Er ist ganz begeistert. Macht dauernd Fotos und Videos und schickt sie seinem Labor. Seiner Aussage nach ist dies der interessanteste Fund, den er seit Jahren zu Gesicht bekommen hat.«

»Wegen des Gases?«

»Nein. Darüber hat er sich noch keine definitive Meinung gebildet. Er sagt, dass es viel zu gefährlich wäre, die Granaten im Freien untersuchen zu wollen.«

»Er hält sie nicht für harmlos?«

»Er weiß, dass sie das nicht sind. Weil an ihnen Spuren des Nervengifts VX nachgewiesen werden konnten.«

VX – der giftigste jemals entwickelte Kampfstoff. In den Fünfzigerjahren in Großbritannien entdeckt. Über seine chemische Zusammensetzung wusste ich nichts, aber ich erinnerte mich sofort an einen Vorfall vom Februar 2017. Damals hatten zwei Frauen etwas davon Kim Jong-nam ins Gesicht gerieben, als er auf dem Flughafen von Kuala Lumpur in einer Warteschlange stand. Er war der Halbbruder des nordkoreanischen Staatschefs Kim Jong-un. Vielleicht hatte er hinter den Kulissen rebelliert oder war zu Unrecht verdächtigt worden. Jedenfalls starb er, bevor er ins Krankenhaus eingeliefert wurde.

Ich fragte: »Glaubt er, dass Dendoncker den Rauch mit VX versetzt hat?«

»Das lässt sich erst im Labor feststellen. Aber alle Granaten weisen Spuren von Eingriffen auf. Und VX ist nicht wie Sarin. Es ist kein Gas, sondern eine Flüssigkeit wie Öl oder Honig, die leicht einzufüllen gewesen wäre. Später braucht es eine Wärmequelle, die es zum Verdampfen bringt. Diese Wärme würde die chemische Reaktion liefern, die den Rauch erzeugt. Und der Rauch würde dann mithelfen, das VX zu verteilen. Man könnte ein Leben lang forschen, ohne ein besseres System für die Verbreitung von VX finden zu können. Ob das ein Zufall ist?«

»Unwahrscheinlich. Kein Wunder, dass Ihr Kollege das aufregend findet.«

»Ich kann sehen, wie die Zahnräder sich in seinem Kopf drehen. Er denkt an die Artikel, die er für Fachzeitschriften schreiben, an die Kongresse, auf denen er sprechen wird. Aber das sind nicht die einzigen Gründe für seine Begeisterung. In der Elektronik hat er eine dritte Methode entdeckt, die Bombe zu zünden. Zusätzlich zu der Zeituhr und der Zündung per Handy.«

»Welche dritte Methode ist das?«

»Per Transponder. Anscheinend ein ziemlich gängiges Gerät, das aber nicht oft für solche Zwecke verwendet wird. Ich weiß, dass der Bombenbauer ein Arschloch ist, aber wie Dendoncker muss er verdammt erfinderisch sein. Und gründlich. Eine Schutzschicht aus VX und drei Zündsysteme für die Bombe? Da bleibt nichts dem Zufall überlassen.«

Wallwork legte auf und ließ mich mit leicht schlechtem Gewissen zurück, weil ich ihm nicht gesagt hatte, dass nicht Dendoncker die Bombe gebaut hatte. Das war Michael Fenton gewesen. Der gründliche, kreative Erfinder. Normalerweise hätten die TEDAC-Leute das herausgefunden, wenn sie die Details mit ihren gespeicherten Daten abgeglichen hätten. Abgesehen von dem zuletzt hinzugefügten Kampfstoff VX waren die Komponenten und die ganze Konstruktion identisch mit Michaels erster Bombe. Auch die hatte einen Transponder enthalten – mit Michaels Fingerabdruck. Aber das TEDAC würde diesmal nicht zu der richtigen Schlussfolgerung gelangen, weil Fenton die älteren Beweismittel vernichtet hatte. Dass ich dazu geschwiegen hatte, machte mich vermutlich zum Komplizen eines Kapitalverbrechens. Michaels Karriere als Bombenbauer war vorüber. Und wenn das FBI am Ball blieb, würden sie auch Dendoncker bald schnappen.

Fenton hatte es eilig, von hier wegzukommen, aber ich überzeugte sie davon, noch etwas zu warten, während ich ein weiteres Telefongespräch führte. Mit Dr. Houllier, den ich auf seinem Handy anrief. Ich wusste nicht, ob die Klinik Tag und Nacht dienstbereit war, und wollte dort nicht mit Michael aufkreuzen, ohne dass ein Arzt ihn versorgen konnte. Dr. Houllier versprach mir, dafür zu sorgen, dass jemand für ihn bereitstand. Als ich nachfragte, stellte sich heraus, dass er ihn selbst behandeln würde. Er bot sogar an, Michael mit einem Krankenwagen abzuholen. Diese Idee war verlockend, aber ich musste die möglichen Folgen bedenken. Irgendwer würde ihn sehen und bei Dendoncker anschwärzen. Das könnte Vergeltungsmaßnahmen nach sich ziehen, deren Umfang davon abhing, wie lange sich Dendoncker noch auf freiem Fuß befand. Andererseits standen wir vor dem Problem, über kein eigenes Fahrzeug zu verfügen. Nur den Chevy, der noch vor dem Haus stehen musste – und für den ich keinen Schlüssel besaß. Also erklärte ich Dr. Houllier, wo wir uns aufhielten. Gab ihm die Adresse und meinte, wir würden noch mal anrufen, wenn wir so weit waren.

Dr. Houllier brachte uns in der kinderärztlichen Abteilung unter, was ein geschickter Schachzug war. Statt normalen Krankenzimmern gab es hier eine Reihe von kleinen Suiten, damit Eltern bei ihren kranken Kindern bleiben konnten. Zwei Krankenschwestern halfen ihm, Michael in ein Krankenbett zu legen. Verbanden ihn mit einem weiteren Tropf. Maßen seine Temperatur, seinen Blutdruck. Untersuchten seine Augen und Ohren mit speziellen Instrumenten. Massierten Salben und Lotionen ein. Drückten und kneteten ihn an allen möglichen Stellen.

Irgendwann war Dr. Houllier zufrieden. Er sagte, Michael wurde wohl einige Zeit brauchen, um sich zu erholen, aber bestimmt wieder ganz genesen. Er warnte uns, jede Stunde werde jemand vorbeikommen, um nach ihm zu schauen. Dann verließ er uns, damit wir's uns bequem machen konnten. Fenton entschied sich für einen Sessel. Sie schob ihn an Michaels Bett und rollte sich mit den Knien unter dem Kinn darauf zusammen. Ich bekam das zweite Bett. Inzwischen war es kurz vor fünf Uhr morgens und ich seit zweiundzwanzig Stunden wach und dementsprechend erledigt. Doch ich empfand ein Gefühl stiller Befriedigung. Fenton war in Sicherheit. Michael war nicht tot. Die Bombe war entschärft und wurde abtransportiert, um von Fachleuten untersucht zu werden. Ich fand, auf der Welt sei wieder alles im Lot.

Seltsam, wie sehr man sich täuschen kann.

51

Eine Minute vor sieben wurde ich geweckt. Von meinem Handy. Eben noch hatte ich tief geschlafen. Im nächsten Augenblick war ich hellwach, als wäre ein Schalter umgelegt worden. Irgendeine instinktive Reaktion auf etwas Ungewöhnliches. Oder Bedrohliches.

Das elektronische Schrillen habe etwas von beidem an sich. Ich nahm den Anruf an. Er kam vom FBI. Von der Führerin der Special Agents, die Wallwork zusammengeholt hatte, damit sie Michael bewachten. Ihr Team hatte den Stadtrand erreicht, und sie wollte wissen, wohin es kommen sollte. Ich gab ihr genaue Anweisungen. Dann streckte ich mich wieder aus und schloss die Augen. In meinem Kopf entstand eine kleine Debatte. Auf der einen Seite der Gedanke, unter die Dusche zu gehen, auf der anderen die Versuchung, noch etwas länger im Bett zu bleiben. Beide waren verlockend, aber an diesem Tag hatte keins von beiden eine Chance, sich durchzusetzen, denn mein Handy klingelte erneut. Diesmal rief Wallwork an.

»Neuigkeiten«, sagte er. »Sensationelle. Die Fotos und Bauteile, die mein Kollege eingeschickt hat? Einer hat bereits den Jackpot geknackt. Der Transponder? An dem haben sie einen Fingerabdruck gefunden, der sich identifizieren ließ. Mein Kollege sagt, dass er absolut deutlich ist. Deutlich genug, um vor jedem Gericht zu bestehen.«

Ich fragte: »Von Michael Curtis, richtig?« Ich rechnete mir aus, dass dieser Tag sich für Fenton und ihren Bruder rasch fatal entwickeln würde. Sogar verdammt schnell. Ich konnte nur versuchen, dieser Entwicklung zuvorzukommen.

»Von wem? Nein. Der Abdruck ist von Nader Chalil.«

»Wer das ist, weiß ich nicht.« Das stimmte, obwohl ich seinen Namen schon einmal gehört hatte. Dendoncker hatte mich beschuldigt, für den Mann zu arbeiten.

»Chalil ist ein dicker Fisch. Sehr dick. Wie ich höre, haben sämtliche Alarmglocken geschrillt, als das System seinen Namen ausgespuckt hat. Er ist ein Terrorist. Ursprünglich aus Beirut, aus einer Familie von Terroristen. Schon sein Vater war einer, bis er von der Polizei erschossen wurde. Und sein Bruder ist bei einem Selbstmordanschlag umgekommen, als er vor der Unterkunft amerikanischer Marines in Beirut eine Autobombe zündete, Nader selbst wird mit einem Dutzend Terroranschläge in Verbindung gebracht. Aber bisher hat es nie einen Beweis gegeben. Bis heute.«

Ein merkwürdiges Detail aus der Vergangenheit. Dass Chalils Bruder den Lastwagen gefahren hatte, bei dessen Detonation ich schwer verwundet worden war. Er musste ganz in meiner Nähe gestorben sein. Aber ein anderes Detail aus der Gegenwart stimmte irgendwie nicht. Ich konnte mir nicht erklären, wie ein fremder Fingerabdruck auf die Bombe gekommen sein sollte, wenn Michael Curtis sie gebaut hatte.

Aber Wallwork war noch nicht fertig. »Jetzt wird weltweit nach ihm gefahndet. Mit unbegrenzten Mitteln. Der Mann ist praktisch erledigt. Die Frage ist nur, wann man ihn schnappt.«

Vielleicht hat Chalil Bauteile geliefert, die Michael verwendete, dachte ich. Das könnte seinen Fingerabdruck erklären.

Wallwork sprach weiter. »Die Fahndung ist angelaufen. Aber es gibt eine weitere Sorge. Die TEDAC-Männer befürchten, Chalil könnte sich noch in den Staaten aufhalten.«

Oder vielleicht hat Dendoncker die Teile stehlen lassen, überlegte ich mir. Oder er hatte die Bezahlung verweigert. Oder Chalil sonst wie reingelegt. Das würde erklären, weshalb er mit Vergeltungsmaßnahmen rechnete.

Wallwork fuhr fort. »Die TEDAC-Leute sorgen sich, dass Chalil weitere Bombenanschläge vorbereiten könnte. Hier in den Staaten. Und sie vermuten, dass Dendoncker ihm dabei hilft. Schließlich stammt auch seine Familie aus Beirut. Zumindest seine Mutter.«

»Das glauben sie wegen eines einzigen Fingerabdrucks und einer vagen Verbindung zu einer Stadt im Nahen Osten?«

»Nein, sondern weil dies die zweite von Chalils Bomben ist, die sie entdeckt haben.«

»Wann ist die erste entdeckt worden?«

»Das weiß ich nicht genau. Sie war ein Blindgänger. Das TEDAC hat ihn vor einigen Wochen genau untersucht. Und die beiden Bomben sind so weitgehend identisch, dass sie von demselben Bombenbauer stammen müssen.«

»War in der anderen auch ein Transponder verbaut?«

»Nein. Und sie hat auch kein Gas ausgestoßen. Aber ihre Komponenten stammen aus derselben Quelle. Die Verdrahtungstechnik ist identisch, die Bombenarchitektur ebenso. Die Gemeinsamkeiten sind überzeugend. Über jeden Zweifel erhaben.«

Das Problem war, dass Lügen wachsen, wenn sie zu viel Sauerstoff bekommen. Selbst Lügen durch Auslassen. Die Rauchbombe war von Michael Curtis gebaut worden. Brachten die TEDAC-Leute sie mit einer anderen desselben Bombenbauers in Verbindung, musste das die letzte Bombe sein, an der Fenton gearbeitet hatte. Die Michael ihr als stummen Hilferuf geschickt hatte. Nur wussten die TEDAC-Männer nicht, dass auch sie einen Transponder enthalten oder Fenton ihn vernichtet hatte. Wegen Michaels Fingerabdruck. Hätten sie das gewusst, wären sie zu anderen Schlussfolgerungen gelangt. Das stand für mich fest.

Ich war im Begriff, das Wallwork mitzuteilen, damit er die TEDAC-Leute informieren konnte. Aber irgendetwas hielt mich davon ab. Eine warnende Stimme im Hintergrund meines Bewusstseins. Erstmals gehört hatte ich sie, als Fenton erzählte, wie sie Michaels Nachricht erhalten hatte. Von der Geschäftskarte und dem Kondom. Lauter geworden war sie bei Dendonckers seltsamen Antworten. Bei all dem Gerede über diesen Chalil war sie jetzt fast ohrenbetäubend laut.

Auch Wallwork schwieg einen Augenblick. Dann sagte er: »Sie machen sich also Sorgen wegen etwaiger Anschlagspläne Chalils. Sie glauben, dass Dendoncker ihm hilft. Und Sie sind der Einzige, der Kontakt mit Dendoncker hatte, Reacher. Deshalb sage ich Ihnen gleich jetzt, dass die TEDAC-Bosse mit Ihnen reden wollen.«

Diesen Kooperationswunsch nahm ich ihm nicht ab. Nicht, wenn Dendoncker zu glauben schien, Chalil könnte mich mit dem Auftrag losgeschickt haben, ihn zu liquidieren. Aber es gab eine Verbindung zwischen den beiden, die nichts Gutes verhieß. Das stand fest. Und ich kannte Dendoncker persönlich. Wusste, wie er arbeitete, wo er sich aufhielt. Wie dringend ihm das Handwerk gelegt werden musste. Daher sagte ich: »Also gut, sie sollen mich anrufen.«

»Sie wollen nicht mit Ihnen telefonieren, Reacher. Sie wollen persönlich mit Ihnen reden.«

Ich schwieg.

»Überlegen Sie doch selbst. Geht diese Sache schief, kann es viele Tote geben. Katastrophal viele. Käme es dazu, und

Sie wären an der Stelle dieser Leute … müssten Sie sich dann nicht vorwerfen, den einzigen Mann mit Informationen aus erster Hand nicht ausreichend befragt zu haben?«

Wo er recht hatte, hatte er recht.

»Sie werden nur für eine Stunde gebraucht. Maximal für zwei. Was sagen Sie also?«

»Ich weiß nicht recht. Wann?«

»Heute.«

»Wo?«

»TEDAC im Redstone Arsenal. Bei Huntsville, Alabama.«

»Wie soll ich da in einem Tag hinkomme? Das sind bestimmt mehr als fünfzehnhundert Meilen!«

»Sie schicken ein Flugzeug, das Sie abholt. Ich will ehrlich sein: Sie haben es schon geschickt. Es steht für Sie bereit. Auf einem Flugplatz eine Autostunde von Los Gemelos entfernt. Vier Agenten sind unterwegs, um den von Ihnen geretteten Mann zu beschützen. Einer von ihnen fährt Sie zum Flugplatz.«

Ich fragte mich, ob dies einer der Flugplätze war, die Dendonckers Crew für seine Schmuggelunternehmen genutzt hatte. »Und danach?«

»Danach können Sie sich ein Ziel aussuchen. Innerhalb der Vereinigten Staaten.«

»San Francisco?«

»Klar, wenn Sie da hinwollen.«

»Das will ich.«

»Okay, wird arrangiert. Und noch etwas, das Sie vielleicht amüsieren wird. Im Motel ist um 0.24 Uhr ein Fax für Sie eingegangen. Von Dendoncker, der Ihnen mitteilen wollte, das Unternehmen sei vorübergehend gestoppt. Sie sollten bleiben, wo Sie sind. Und *das Objekt* keine Sekunde aus den Augen lassen.«

Unser Telefongespräch hatte Fenton geweckt. Sie hockte noch in dem Sessel neben Michaels Bett, deshalb ging ich zu ihr, setzte mich auf die Bettkante und berichtete ihr von den neuesten Entwicklungen.

»Gratuliere«, sagte sie, als ich fertig war. »Nun schaffst du's also doch ans Meer. In einem vom Staat gestellten Privatjet. Damit hievst du Reisen per Anhalter auf eine ganz neue Ebene.«

Ich sagte: »Ich hoffe, dass Michael durchkommt. Und ich lege ein gutes Wort für euch beide ein.«

Sie schüttelte den Kopf. »Nur für Michael. Ich habe mit Absicht gehandelt. Ich akzeptiere, was mich jetzt dafür erwartet.«

»Kannst du dir eine Telefonnummer merken?«

»Du behältst dieses Handy?«

»Nein. Die Nummer gehört einer Frau. Sie heißt Sonia. Ich habe sie auf der Suche nach dir kennengelernt. Sie hat mir geholfen. Und sie steht Michael nahe. Du solltest sie anrufen. Ihr sagen, dass er lebt.«

»Sie steht Michael nahe? Wie nahe?«

Ich zuckte mit den Schultern. »Sehr, vermute ich. Sie haben sich in Deutschland im Lazarett kennengelernt. Anscheinend sind sie seit damals zusammen.«

Ich konnte sehen, wie Fenton im Kopf rechnete. Von dieser Frau hatte sie bisher nichts gewusst. Das war klar. Und ihr eigenes Verhältnis zu ihrem Bruder hatte sich ungefähr ab dem Augenblick verschlechtert, in dem die beiden ein Paar geworden waren.

Sie fragte: »Wie ist sie, diese Sonia? Werde ich sie mögen?«

»Das hoffe ich. Vielleicht reden wir von deiner zukünftigen Schwägerin.«

52

Die Maschine war abflugbereit, als ich den Flugplatz erreichte. Sie stand am Ende der Startbahn: allein und abseits von den wenigen Sprühflugzeugen und zweisitzigen Schulflugzeugen dort. Eine Gulfstream oder irgendein anderer zweistrahliger Businessjet. Stromlinienförmig und glänzend schwarz lackiert, sodass die Maschine selbst am Boden schnell wirkte. Sie trug eine Nummer am Leitwerk, aber wie bei der Sikorski, die mich aus Texas hergebracht hatte, gab es keinen Hinweis auf den Betreiber. Auf dem Rumpf stand nur UNITED STATES.

Die Agentin hielt ihren Dienstausweis in die Videokamera am Tor und fuhr mich direkt zum Flugzeug. Seine Triebwerke liefen schon, und als wir unter dem Heck hindurch auf die andere Seite gingen, war die Fluggasttreppe ausgeklappt. Dreißig Sekunden später war ich an Bord und saß angeschnallt in einem bequemen Ledersessel. Wenige Minuten später befanden wir uns in der Luft. Ohne Sicherheitsbelehrung. Ohne Warteschlange beim Start. Und ohne weitere Passagiere.

Die Inneneinrichtung hatte eher die Anmutung eines mobilen Büros als eines Country Clubs. Hier konnte man viel helles Holz sehen, mit allen möglichen Steckern, Steckdosen und Anschlüssen für Computer. Die zwölf dunkelblauen Ledersitze ließen sich drehen. Unter den Fenstern gab es herausklappbare Tische, und unter der Decke hing ein Beamer, dessen Leinwand jetzt aufgerollt war. Am meisten interessierte mich die Kaffeemaschine. Ich goss mir einen Becher ein und ließ mich in meinen Sessel fallen, um zu dösen. Der Flug verlief angenehm ruhig. Die Piloten flogen hoch und schnell. Wir waren weniger als drei Stunden in der Luft. Ich wachte auf, als wir uns im Endanflug befanden. Nach glatter Landung rollte die Maschine nur ein kurzes Stück weit. Als ich ausstieg, wartete eine Limousine auf mich.

Der Flugplatz der U. S. Army liegt in der Nordwestecke des weitläufigen Geländes des Redstone Arsenals. Die TEDAC-Gebäude stehen über eine Meile weit entfernt im Südosten. Der FBI-Fahrer, der mich abholte, sagte kein Wort, während er durch das Labyrinth aus NASA-Labors, Einrichtungen der Army und FBI-Dienststellen fuhr. Ich konnte mir vorstellen, dass er nicht scharf darauf war, leicht ungepflegt wirkende Zivilisten herumkutschieren zu müssen. Zuletzt hielt er vor einer Reihe kniehoher Sicherheitspoller aus Edelstahl und deutete auf ein kleines Gebäude aus Stahl und Glas.

Er sagte: »Dort rein. Nach Agent Lane fragen.«

Drinnen erwarteten mich drei Personen, alle in der Uniform eines privaten Sicherheitsdienstes. Die hinter einer Theke sitzende Frau bat mich um meinem Ausweis. Als ich ihr meinen Reisepass gab, sagte sie nicht, er sei abgelaufen, sondern legte ihn nur auf einen Scanner. Eine Minute später spuckte ein anderes Gerät einen zwei Stunden gültigen laminierten Besucherausweis mit meinem Foto aus. Ich befestigte ihn an meinem Hemd, und der nächste Typ hielt mir ein Tablett für meine Habseligkeiten hin. Ich leerte meine Taschen und verfolgte, wie sie in dem Röntgengerät verschwanden. Dann verlangte er meine Stiefel. Ich zog sie aus und stellte sie aufs Band. Der dritte Mann forderte mich auf, durch den Metalldetektor zu gehen. Das Gerät blieb stumm, und bis ich meine Stiefel wieder angezogen und meine Sachen eingesteckt hatte, tauchte ein vierter Mann auf. Er schien Anfang vierzig zu sein, trug einen dunkelgrauen Anzug mit Krawatte und hatte seinen FBI-Dienstausweis an einer dünnen Kette um den Hals hängen.

Er sagte: »Ich bin Supervisory Special Agent James Lane.« Er streckte mir die Hand hin. »Klingt ziemlich hochtrabend, was? Ich leite das Team, das wir zusammenstellen, um auf diese neuen Entwicklungen angemessen zu reagieren. Ich bin Ihnen dankbar, dass Sie sich die Zeit nehmen, mit mir zu reden, und hoffe, dass Sie uns helfen können. Bitte kommen Sie mit. Ich zeige Ihnen, was wir hier machen.«

Hinter dem Sicherheitsgebäude führte ein mit Natursteinen gepflasterter Weg mit zwei identischen Treppen zu einer großen Terrasse mit hölzernen Picknicktischen und grauen Sonnenschirmen hinauf. Begrenzt wurde sie von zwei Gebäuden. Lane deutete auf den linken Bau, der riesig, grau, rechtwinklig und kaum gegliedert war.

Er sagte: »Diesen Bau nennen wir *The Building*. Erzählen Sie mir bloß nicht, dass G-Men keine Fantasie haben. Kennen Sie den Indiana-Jones-Film *Der Jäger des verlorenen Schatzes*? Die Schlussszene, wo sie die Schatzkiste in einem Lagerhaus verstecken? Genauso sieht's dort drinnen aus. Regale vom Boden bis zur Decke, von einem Ende bis zum anderen. Mit über hunderttausend Behältern. Alle Teile sämtlicher Gegenstände, die wir in den letzten achtzehn Jahren untersucht haben. Seine Kapazität ist fast erschöpft, und wir bauen bereits ein neues Lager. Aber dorthin wollen wir nicht.«

Lane hielt auf das rechte Gebäude zu, das aus zwei sehr unterschiedlichen Teilen bestand. Der vordere Teil war ein ebenerdiges Gebäude mit Flachdach, Sichtbetonwänden und bodentiefen Fenstern. Dahinter ragte ein fensterloses höheres Gebäude mit Pultdach und weiß gestrichenen Wänden auf. Weil die beiden ineinander übergingen, entstand der Eindruck, die zweite Hälfte versuche, sich die erste einzuverleiben.

»Hier findet die Action statt.« Lane blieb am Eingang stehen. »Hier liegen unsere Labors. Und weniger interessante Dinge wie die Verwaltung. Und die Konferenzräume. Dorthin sind wir unterwegs. Sorry.«

Lane benutzte seinen Dienstausweis, um die Tür zu öffnen, und führte mich dann auf dem Hauptkorridor weiter, bis wir eine Tür erreichten, an der *Conference One* stand. Dahinter lag ein ungefähr fünf mal sieben Meter großer Raum. In seiner Mitte stand ein großer rechteckiger Konferenztisch mit elf Stühlen. Alle standen der reinweißen Rückwand des Raums zugekehrt leicht schräg. Anscheinend diente sie als Projektionsfläche. Die rechte Seitenwand nahmen drei Einbauschränke ein. Links gab es nur bodentiefe Fenster. Auffällig war der große Teppich, der wie eine farblich gedämpfte Textilversion eines Gemäldes von Jackson Pollock aussah.

Lane bot mir einen Platz an und setzte sich der Rückwand gegenüber ans Kopfende des langen Tisches.

Er sagte: »Sie müssen entschuldigen, dass ich Sie wie einen gewöhnlichen Besucher behandle. Ich habe Ihre Personalakte gelesen und weiß alles über Ihre Dienstzeit. Ich würde Sie gern überall herumführen, aber die Vorschriften ... Für eine Sicherheitsüberprüfung war die Zeit zu kurz. Letztlich arbeiten hier über zweihundert Leute, wissen Sie, und viele unserer Geräte wären äußerst schwierig zu ersetzen. Außerdem verfügen wir über Beweismaterial, das für den Krieg gegen den Terror entscheidend wichtig ist. Unsere Einrichtung ist nicht besonders glamourös, aber strategisch ungeheuer wichtig. Stünde ich auf der anderen Seite, wäre sie mein Primärziel. Deshalb müssen wir Vorsichtsmaßnahmen treffen und können keine Ausnahmen machen. Das verstehen Sie hoffentlich.«

»Natürlich.«

»Schön, kommen wir also zur Sache: Chalils Fingerabdruck. Seine Entdeckung ist ein zweischneidiges Schwert. Gut ist natürlich, dass wir ihn jetzt verhaften können. Falls er sich aufspüren lässt. Schlecht ist, dass wir ihn unbedingt stoppen müssen, wenn er gegenwärtig hier aktiv ist. Schnellstens. Das Problem ist nur, wo wir nach ihm fahnden sollen. Es gibt so viele potenzielle Anschlagsziele, dass wir eine Auswahl treffen müssen. Die Bombe, die wir mit Ihrer Hilfe sichergestellt haben, müsste in ungefähr einer halben Stunde eintreffen. Sie kann uns Hinweise liefern. Oder auch nicht. Das wissen wir erst, wenn wir sie untersuchen, was einige Zeit dauern wird. Bis dahin sind wir auf der Suche nach jeglicher Hilfe, die wir bekommen können. Anfangen möchte ich mit der Methode, mit der die Bombe ans Ziel gebracht werden soll. Chalil könnte beispielsweise an einer arbeiten, die in einem Auto transportiert wird. Oder auf einem Lastwagen. Oder mit einem Flugzeug. Oder sie könnte als Weste getragen oder sogar als Paket verschickt werden. Hat Ihnen irgendwas, das Sie gehört oder gesehen haben, einen Hinweis gegeben?«

»Dendonckers Schmuggelunternehmen hat nur funktioniert, weil seine Firma für Bordverpflegung Privatjets auf kleinen Flugplätzen beliefert hat. Damit ist jetzt weitgehend Schluss. Aber das scheint ihn seltsamerweise kaum gestört zu haben. Als hätte er schon etwas anderes in Planung. Die Frage ist nur: Was? Ich bezweifle sehr, dass Dendoncker mit Chalil zusammenarbeitet. Ich glaube im Gegenteil, dass er eine Heidenangst vor ihm hat.«

»Diese Kerle … fast alle sind seltsam, die meisten sogar paranoid. Sie beginnen als Eigenbrötler und sind ihr ganzes Leben lang verzweifelt bemüht, keine Aufmerksamkeit auf sich zu lenken. Sie versuchen häufig, nicht allzu oft im selben Elektronikshop einzukaufen. Oder immer wieder auf denselben Webseiten. Zuletzt laufen sie vor Schatten davon. Wahrscheinlich steckt nichts dahinter. Aber selbst wenn sie sich inzwischen zerstritten haben, könnte es nützliche Hinweise aus der Zeit ihrer früheren Zusammenarbeit geben.«

»Die Flugsache ist alles, was mir einfällt.«

»Okay, dann geht's in zweiter Linie um das Material. Verwendet er beispielsweise Vorprodukte? Stoffe wie Ammoniumnitrat, Flammöl oder Nitromethan? Oder spezielle Verbindungen wie TATP oder Triacetontriperoxid? Möglicherweise sogar beim Militär verwendete Sprengstoffe wie C-4?« Lane unterbrach sich und schaute mich an. »Übrigens hat die damals in Beirut gezündete Autobombe Vorprodukte enthalten. Sie waren dort. Nun, kürzlich haben wir nach all diesen Jahren neues Beweismaterial sichergestellt. In dieser Sache sollte es bald gute Nachrichten geben.«

Lanes Worte hatten einen eigenartigen Klang. Wie er *Sie waren dort* sagte. Das klang halb wie eine Frage, halb wie eine Feststellung. In meinem Hinterkopf erzeugte das ein Echo. Irgendwo hatte ich in letzter Zeit etwas Ähnliches gehört, aber ich konnte mich nicht mehr daran erinnern.

Lane fragte: »Mr. Reacher? Materialien?«

»Artilleriegranaten«, antwortete ich. »Dendoncker verfügte über ein ganzes Arsenal. Mindestens dreihundert Stück. Sie waren in einem Schuppen gelagert. Auf dem Gelände der ehemaligen Schule, seiner Zentrale.«

»Wissen Sie, womit sie gefüllt waren?«

»Nein.«

»Sie haben kein Codebuch gesehen? Stammen sie aus einem feindlichen Land, sind sie oft absichtlich falsch bezeichnet. Das Codebuch wird gebraucht, um den Inhalt zu verifizieren.«

Ich schüttelte den Kopf.

»Okay. Schreiben Sie mir die genaue Adresse auf, dann lasse ich sie abtransportieren. Der dritte Punkt betrifft die Zündmethode. Wir wissen, dass Chalil bei seiner ersten Bombe zwei Systeme verwendet hat: eine Zeituhr und eine Zündung per Handy. Das ist ziemlich normal. Aber drei für eine einzige Bombe ist sehr ungewöhnlich. Zeituhr, Mobiltelefon und Transponder. Interessant! Aber ich weiß nicht, ob er mehr Redundanz erzielen oder uns nur ein Rätsel aufgeben wollte. Das müssen wir noch herausfinden.«

Ich sagte nichts.

»Sie wissen, wie Transponder funktionieren?«

»Ich weiß ungefähr, was sie können. Aber nicht so sehr, wie sie's tun.«

»Ein gutes Beispiel ist eine Autozündung. Versucht man, den Motor anzulassen, sendet ein Chip ein Funksignal. Der Transponder im Zündschlüssel sendet eine Antwort. Ist sie korrekt, wird der Stromkreis geschlossen. Deshalb kann man moderne Autos nicht mehr kurzschließen. Selbst wenn man die richtigen Drähte miteinander verbindet, bleibt der Stromkreis ohne Transpondersignal offen.«

»Und so könnte es auch bei dieser Bombe sein?«

»Das vermute ich, ohne sie schon gesehen zu haben. Um

Gewissheit zu haben, müsste ich sie erst untersuchen. Handelt es sich jedoch um eine Methode, die Chalil perfektioniert hat, haben wir ein massives Problem. Nehmen wir mal an, Sie hätten eine Zielperson mit sehr unregelmäßigem Tagesablauf. Sie verstecken einen Sprengsatz irgendwo entlang seiner üblichen Route und schaffen es, einen Transponder an seinen Schlüsselbund zu hängen oder in seiner Kleidung zu verbergen. Jeder andere könnte die Stelle ungefährdet passieren. Aber sobald Ihr Mann dort auftaucht – rums!«

»Okay. Aber Sie haben gesagt, der Transponder befinde sich in dem Schlüssel. Nicht im Auto.«

»Korrekt. Der Chip im Auto sendet eine Anfrage. Der Schlüssel antwortet.«

»Der Chip in der Bombe entspräche also dem im Auto?«

»Richtig. Verifizieren lässt sich das erst, wenn die Bombe hier ist, aber ich wüsste nicht, wie sie sonst funktionieren sollte.«

»Welche Reichweite haben diese Dinger?«

»Die schwankt je nach Anwendungszweck stark. Flugzeuge nutzen sie zur automatischen Identifizierung über weite Entfernungen hinweg. Will man damit einen Schlüssel ersetzen, um Türen aufzusperren, genügt eine Reichweite von wenigen Zentimetern. Baut man einen in eine Bombe ein, will man eine ähnliche Reichweite, denke ich, sonst ist die Zielperson unter Umständen schon außerhalb des Wirkungsbereichs, wenn der Sprengsatz detoniert. Außer man baut eine riesige Bombe, weil einem Kollateralschäden egal sind.«

Lane hatte sich schon wieder ziemlich eigenartig ausgedrückt. Ich wurde nicht recht aus ihm schlau. »Baut man einen in eine Bombe ein« konnte eine Frage oder auch eine Feststellung sein. Und ich wusste plötzlich, an wen er mich erinnerte: Michael Curtis, als er kurz mit Fenton sprach, nachdem wir ihn entdeckt hatten. Er hatte »Du bist gekommen« geflüstert. Oder: »Du bist gekommen?« Und unmittelbar davor hatte er noch etwas Seltsames gesagt. »Du hast meine Warnung erhalten.«

Fenton hatte das als Hilferuf verstanden. Als ein SOS. Das war nicht unbedingt das Gleiche. Ich überlegte, was sie gefunden hatte, worauf ihre Schlussfolgerungen basierten, und stand auf.

Ich sagte: »Entschuldigung, ich muss mal telefonieren.«

»Jetzt?« Lane schaute auf seine Uhr. »Die Bombe wird demnächst angeliefert. Dann muss ich weg. Können Sie nicht später telefonieren?«

»Nein.« Ich trat in eine Ecke des Konferenzraums und wählte Dr. Houlliers Nummer. »Dieser Anruf kann nicht warten.«

Als er sich meldete, verlangte ich Michael.

Er sagte: »Das geht nicht. Sorry. Er ist wieder bewusstlos.«

»Wieder?«

»Korrekt. Vorhin war er einige Zeit wach, ohne viel zu reden. Jedenfalls nichts Zusammenhängendes. Hat nur davon fantasiert, ein Ziel oder so ähnlich zu finden.«

Ich bedankte mich bei Dr. Houllier und legte auf. Dann rief ich ihn sofort noch mal an und verlangte Fenton.

Ich sagte: »Bitte beeilen Sie sich. Die Sache ist wichtig.«

Eine halbe Minute später war Fenton am Apparat. »Was ist los? Mach's kurz. Ich muss wieder zu Michael.«

Ich sagte: »Ich möchte, dass du sehr gründlich über eine Frage nachdenkst. Bitte nicht raten! Antworte nur, wenn du dir deiner Sache hundertprozentig sicher bist. Okay?«

»Klar. Schieß los.«

»Das Kondom, das Michaels Nachricht beigelegt war. Weißt du die Marke noch?«

»Trojaner.«

»Ganz sicher?«

»Hundertprozentig.«

53

Ein Kondom. Eine Geschäftskarte. Ein Trojaner. Und das Red Roan.

Michael hatte seiner Schwester mitzuteilen versucht, der Sprengsatz, den sie im TEDAC untersucht hatte, sei ein Trojanisches Pferd. Aber Fenton hatte ihn von Anfang an missverstanden. Sie war von zwei falschen Annahmen ausgegangen: Die Bombe, die Michaels Nachricht enthielt, sei dazu bestimmt gewesen, zu detonieren. Und der eingebaute Transponder habe als Zünder dienen sollen.

Ich wäre jede Wette darauf eingegangen, dass beides nicht zutraf. Die Bombe stellte nur ein Vehikel dar. Ihr einziger Zweck war, den Transponder anzuliefern. An einen Ort, an den nur eine Bombe gelangen würde. Und der Transponder sollte keineswegs die Bombe zünden, in die er eingebaut war. Er sollte etwas ganz anderes auslösen, zu dem es jedoch nicht gekommen war, weil Fenton sich ganz auf Michaels Fingerabdruck konzentriert hatte. Sie hatte nicht erkannt, dass er sicherstellen sollte, dass die Bombe in ihren Zuständigkeitsbereich gelangte. Oder dass er zugleich dazu diente, seine Warnung zu signieren. Schließlich hasste sie Puzzles. Sie war zu pedantisch. Sie hatte den Fingerabdruck für bare Münze genommen, als gefährliches Beweisstück, und ihn in bester Absicht vernichtet.

Den ersten Transponder hatte Fenton vernichtet, doch jetzt war ein weiterer hierher unterwegs – in der Rauchbombe. Er würde in wenigen Minuten eintreffen. In dem Gebäude, in dem ich mich jetzt befand. In dem zweihundert Personen arbeiteten. Das voll unersetzlicher Geräte und unbezahlbarem Beweismaterial war. Kein Wunder, dass Dendoncker sich so verzweifelt bemüht hatte, mich zu dem Bombentransport zu bewegen. Ihm war es von Anfang an darum gegangen, seinen Sprengsatz ins TEDAC zu schmuggeln.

Lane machte ein finsteres Gesicht. »Sie haben unsere Besprechung unterbrochen, um über Kondome zu reden? Mann, was ist los mit Ihnen?«

Michaels Originalbombe war – ursprünglich mit intaktem Transponder – vor Wochen ins TEDAC gelangt. Aber das Gebäude war nicht in die Luft geflogen. Also war das Ding, das er hatte zünden sollen, noch nicht eingetroffen. Es musste später seinen Weg hierher gefunden haben.

Ich fragte: »Sind hier in den letzten drei Wochen neue Objekte angekommen?«

Lane sah noch mal auf seine Uhr. »Selbstverständlich.«

»Irgendein besonders großes?«

»Solche Informationen darf ich nicht weitergeben. Die sind streng geheim.«

»Kommen Sie, Lane, diese Sache ist wichtig.«

»Weshalb?«

»Das ist eine lange Geschichte. Ein Kerl mit einer Vorliebe für kryptische Mitteilungen hat eine Warnung geschickt, dass der Transponder in der demnächst eintreffenden Bombe etwas anderes zünden soll, statt selbst gezündet zu werden.«

Lane schüttelte lächelnd den Kopf. »Nein, Ihre Theorie ist nicht stichhaltig. Damit sie zutrifft, müsste das schon hier befindliche Gerät den dazu passenden Transponder enthalten. Und bei uns ist kein entsprechendes Objekt angekommen. Tatsache.«

»Wissen Sie das bestimmt? Sie haben selbst gesagt, dass manche Gegenstände einige Zeit warten müssen, bis Sie sich mit ihnen befassen können.«

»Wir setzen Prioritäten. Manche Objekte müssen auf eine gründliche Untersuchung warten, das stimmt. Aber wir bringen sie nicht einfach ins Lager, wenn sie angeliefert werden. Bei uns rutscht nichts hinters Sofa. Jedes zurückgestellte Objekt durchläuft die Eingangskontrolle. Es wird fotografiert. Seine Bestandteile werden in eine Liste aufgenommen. Transponder sind höchst selten. Wäre in letzter Zeit einer entdeckt worden, wüsste ich davon.«

»Diese Inspektionen finden lückenlos statt?«

»Priorisierte Objekte kommen sofort zur für Dokumentation und Protokollierung zuständigen Analyseplanung. Das ist ein integraler Bestandteil des gesamten Prozesses. Alles andere durchläuft die Eingangskontrolle. Ohne Ausnahme.« Lane machte eine kurze Pause. »Tatsächlich hat es eine Ausnahme gegeben. Eine monströse Lkw-Bombe, eine Stadtvernichterin, die eine ganze Stadt verwüsten könnte. Sie ist aus Übersee gekommen. Das Fahrzeug war viel zu groß für unsere Abstellplätze, deshalb haben wir es gleich zu unserem alten Dienstgebäude in Quantico weitergeschickt. Mit einer riesigen Tiefgarage für Dutzende von Lastwagen.«

»Und wenn etwas eingetroffen wäre, während wir hier geredet haben?«

»Das könnte sein.« Lane zog sein Handy heraus und telefonierte kurz. »Nein. Heute ist nichts angeliefert worden.«

Das Prickeln in meinem Genick wurde stärker. »Sie sollten Chalils Bombe aufhalten, wenn sie hier eintrifft. Lassen Sie sie nicht aufs Gelände.«

»Unmöglich!«

»Wieso? Die Lkw-Bombe haben Sie auch abgewiesen.«

»Richtig. Aber die ist auf der Straße angekommen. Sie hatte schon eine Eskorte. Chalils Bombe kommt mit dem Flugzeug. Sie hat keine Eskorte, ohne die sie nicht auf öffentlichen Straßen transportiert werden kann. Was wäre, wenn ein Unfall passieren würde? Und sie voller hochgiftiger Kampfstoffe wäre? Und Menschen zu Tode kämen? Weil wir sie entgegen aller Vorschriften und ohne vernünftigen Grund weggeschickt haben. Nur auf Ihren Rat hin.«

»Das ist …«

In diesem Augenblick wurde angeklopft, dann trat ein weiterer Agent ein. Ein viel jüngerer Mann. Er wirkte frisch und eifrig. »Es ist da, Sir. Das Gerät aus Texas.«

»Ausgezeichnet.« Lane stand auf ging zur Tür. »Sie bleiben hier und leisten Mr. Reacher Gesellschaft. Ich komme zurück, sobald das Gerät die Eingangskontrolle passiert hat.«

Ich dachte über die Lkw-Bombe nach, die Lane als Stadtvernichterin bezeichnet hatte. Das klang nicht gut. Überhaupt nicht gut. Ich war froh, dass sie sich nicht mehr hier befand. Und ich vermutete, dass sie die Bombe sein musste, die Michaels Sprengsatz hatte zünden sollen. Das schien mir nur logisch. Sie war das einzige Objekt, das nicht inspiziert worden war, und keines der anderen hatte einen Transponder enthalten. Dass der Lkw weitergeschickt worden war, konnte Dendonckers plötzliches Umdenken erklären. Weshalb er mich aufgefordert hatte, mit der Rauchbombe in dem Motel zu bleiben. Wenn er über jemanden verfügte, der das TEDAC beobachtete, würde er wissen, dass es zwecklos gewesen wäre, einen zweiten Transponder hinzuschicken.

Ich wandte mich an den neuen Agenten. »Die Monsterbombe, für die hier kein Platz war, wann ist sie zurückgewiesen worden? Das muss ich genau wissen. Auf die Minute genau.«

»Augenblick, ich frage gleich mal nach.« Der Agent rief jemanden an. Ich beobachtete, wie er mehrmals nickte, viel gestikulierte und häufig den Gesichtsausdruck wechselte, bevor er wieder auflegte. »Die Riesenbombe befindet sich noch hier, Sir. Tatsächlich ist sie nie abtransportiert worden. Eines ihrer Begleitfahrzeuge ist defekt, und bisher ist kein Ersatz dafür eingetroffen.«

»Wo ist sie genau?«

»Zwischen diesem Gebäude und The Building geparkt.«

»Wann ist sie eingetroffen?«

»Gestern gegen Mitternacht, glaube ich.«

»Okay. Rufen Sie bitte Agent Lane an. Sagen Sie ihm, dass er die neue Bombe nicht auf das Gelände bringen lassen darf. Unter keinen Umständen!«

»Macht Ihnen Sorgen, dass die Riesenbombe hier ist, kann ich Sie beruhigen, Sir. Man hat sie genau nach Vorschrift entschärft. Sie verfügte über drei Zündsysteme, die alle ausgebaut wurden.«

»War eines davon ein Transponder?«

»Nein, Sir. Die Zündung wäre per Handy, magnetisch oder über eine Fotozelle erfolgt.«

»Rufen Sie Lane an. Sofort! Keine Zeit für lange Erklärungen.«

Der Agent wählte eine Nummer, hielt sein Handy ans Ohr und schüttelte den Kopf. »Er telefoniert gerade.«

»Rufen Sie den Fahrer an.«

»Okay. Seine Nummer?«

»Keine Ahnung.«

»Sein Name?«

Ich zuckte mit den Schultern.

»Kein Problem.« Der Agent tippte auf dem Display seines Mobiltelefons herum. »Ich gehe ins Intranet. Vielleicht finde ich einen Schichtplan.«

»Keine Zeit. Auf welchem Fahrzeug ist die Riesenbombe verladen?«

»Auf einem ehemaligen Militärlaster. Ein Zweieinhalbtonner M35, glaube ich.«

»Wohin ist's weiter? Zum Tor oder zum Lastwagen?«

»Zum Tor.«

»Dann übernehmen Sie das Tor. Los, rennen Sie schon! Versuchen Sie unterwegs noch mal, Lane zu erreichen. Sie müssen ihn unbedingt aufhalten.«

54

Ich stürmte auf den Korridor hinaus. Spurtete zum Ausgang, rannte ins Freie, suchte die Fläche zwischen den beiden Gebäuden ab. Und entdeckte das Fahrzeug. Ich versuchte, nicht an seine Ladung zu denken, als ich zur Fahrertür hastete. Dann zog ich am Türgriff, aber die Tür ließ sich nicht öffnen, was seltsam war, weil diese Trucks keine abschließbaren Türen hatten. Im nächsten Augenblick erkannte ich das Problem: Die Tür war mit einem Vorhängeschloss gesichert, das man durch zwei aufgeschweißte Laschen gezogen hatte.

Ich sah mich um. Ein breiter Streifen entlang des Gebäudesockels war mit Felsbrocken bedeckt. Irgendein dekoratives weißes Gestein. Ich schnappte mir den größten, den ich finden konnte, und schlug damit auf das Vorhängeschloss. Zwei, drei kräftige Schläge genügten, um es aufspringen zu lassen. Ich hängte es aus, warf es weg, riss die Lkw-Tür auf, kletterte hinauf und zwängte mich hinters Lenkrad. Was nicht einfach war, weil es keine Sitzverstellung gab. Ich trat die Kupplung und versuchte, mich daran zu erinnern, wie man den Motor anließ. Ich hatte viele Jahre lang in keinem M35 mehr gesessen. Aber ich wusste noch, dass es keinen Zündschlüssel gab. Stattdessen erfolgte das Anlassen in drei Schritten.

Ich suchte alle Knöpfe, Schalter und Anzeigen ab. Die meisten waren unmarkiert, einige waren auf Arabisch beschriftet, was mir nichts nützte. Ziemlich in der Mitte des Instrumentenbretts saß ein Hebel, der mir bekannt vorkam. Ich drehte ihn ungefähr zwanzig Grad bis zum Anschlag nach links. Etwas links davon ragte ein Kippschalter heraus, den ich nach unten umlegte. Zuletzt drückte ich den roten Knopf rechts unten. Der große alte Diesel drehte durch und erwachte röhrend zum Leben. Ich fand den ersten Gang, wo sich bei anderen Schaltgetrieben der zweite befindet, löste die Handbremse und ließ die Kupplung kommen. Und der Truck setzte sich rumpelnd in Bewegung.

Vor mir lag eine Zufahrt, die zu einem Rolltor in der Rückseite des Laborgebäudes führte. Sie durfte ich auf keinen Fall nehmen, sonst war ich dem Fahrzeug, das ich zu meiden versuchte, am Ende noch näher. Daher bog ich am Ende der Zufahrt links ab, fuhr um The Building herum weiter, bog erneut links ab und erreichte so den Picknickbereich. Er stand voller Tische, Stühle und Sonnenschirme, zwischen denen ich mich nicht hindurchschlängeln konnte. Also walzte ich sie nieder und hinterließ eine Schneise der Verwüstung. Vor mir tauchte eine nach rechts verlaufende unbefestigte Straße auf, die neben dem TEDAC-Gelände an der Rückseite von acht großen Neubauten vorbeiführte. Diese völlig leere Straße war vermutlich ein Überbleibsel aus der Bauphase. Sie lag hinter einem Maschendrahtzaun, den mein M35 mühelos durchbrach. Sobald ich die Fahrbahn erreichte, gab ich wieder Gas.

Hinter mir hörte ich jetzt Sirenen. In dem stark vibrierenden Rückspiegel konnte ich nur zwei schwarze Limousinen mit eingeschalteten Blinkleuchten auf dem Dach erkennen. Sie würden mich leicht einholen. Aber das würde ihnen nichts nützen – sie mussten mich stoppen. Wie sie das schaffen wollten, wusste ich nicht. War ihnen klar, was der M35 transportierte? Und wenn, wie skrupellos würden sie vorgehen? Oder wie dumm? Inzwischen befand ich mich ungefähr dreihundert Meter von dem Laborgebäude entfernt. Das entsprach etwa der doppelten Breite des gesamten TEDAC-Geländes. Damit war ich vermutlich außer Reichweite des Transponders der Rauchbombe. Die Limousinen hatten mich fast eingeholt. Eine verschwand aus dem Rückspiegel, als sie sich rechts neben mich zu setzen versuchte. Dann tauchten in einiger Entfernung direkt vor mir zwei weitere Limousinen auf. Es wurde allmählich Zeit aufzugeben. Ich nahm den Fuß vom Gas, schaltete herunter, bremste und brachte den Truck so sanft wie möglich zum Stehen. Dann zog ich mein Hemd über den Kopf und hielt es aus dem Fenster. Es war nicht weiß, aber ich hoffte, dass die Kerle trotzdem erkennen würden, dass ich mich ergab.

Die folgende Stunde verbrachte ich in Conference One mit zwei bewaffneten Männern. Keiner von ihnen sprach, was mir nur recht war. Ich saß auf demselben Stuhl wie zuvor, beugte mich nach vorn und legte den Kopf auf die Arme. Hörte mir in Gedanken ein paar Songs von Magic Slim an und ließ einige von Shawn Holt & the Teardrops folgen.

Ich setzte mich erst auf, als Lane hereinkam. Er ging ans Kopfende des Tisches und stellte ein kleines Kästchen ab. Es war schwarz und staubig. Aus einer Ecke ragten mehrere farbige Litzen.

»Mr. Reacher, ich schulde Ihnen Dank und eine Bitte um Entschuldigung. Ihretwegen war heute ein schlechter Tag für Terroristen.« Er wies auf das schwarze Kästchen. »Das haben wir in der Monsterbombe gefunden. Es empfängt und sendet und ist für den Transponder in der Rauchbombe codiert. Wäre die kritische Entfernung unterschritten worden, gäbe es kein Redstone Arsenal mehr. Auch uns nicht – und vielleicht ein paar Hundert weitere Opfer.«

Ich sagte nichts.

»Noch eine Frage.« Lane nahm wieder Platz. »Woher haben Sie das gewusst?«

Michaels Warnung war der Schlüssel gewesen. Sie und Dendonckers verzweifelte Anstrengungen, mich als Fahrer zu gewinnen. Aber das waren alles Dinge, über die ich nicht reden wollte. Sie hätten bestimmt weitere Fragen aufgeworfen, die ich erst recht nicht beantworten wollte. Also sagte ich: »Kein Thema. Hab nur gut geraten.«

»Und das Motiv? Wollte Chalil Beweismaterial vernichten, das hier gelagert ist?«

»Beweismaterial sollte vernichtet werden, ja. Von Chalil, nein.« Beweise hatte ich keine, sondern nur Vermutungen. Was bedeutete, dass die Westküste weiter würde warten müssen.

55

»Er kommt nicht«, sagte Michaela Fenton. Noch mal.

Das sagte sie erstmals, als wir uns auf dem kleinen Flugplatz eine Stunde von Los Gemelos entfernt trafen.

Das sagte sie, sobald sie am Steuer von Dr. Houlliers Cadillac saß.

Das sagte sie noch dreimal, während der Straßenkreuzer auf der langen geraden Straße behäbig in die Stadt rollte.

Das sagte sie, als sie vor dem Haus parkte.

Das sagte sie, während wir durch den Tunnel gingen.

Das sagte sie, als wir uns davon überzeugten, dass das Geld und die Drogen noch da waren.

Das sagte sie, als wir feststellten, dass die letzte Rauchbombe aus Michaels Werkstatt verschwunden war.

Das sagte sie, als wir uns an die Außenwand der Aula der ehemaligen Schule setzten.

Und ich gab immer dieselbe Antwort: »Er kommt.«

»Woher willst du das wissen?«

»Ihm bleibt keine andere Wahl. Sein Plan ist fehlgeschlagen. Das bedeutet, dass er nicht in den USA bleiben kann. Nach Beirut kann er auch nicht zurück. Außerdem steht er auf den Fahndungslisten vieler Staaten. Also muss er untertauchen. Für immer. Dafür braucht er jeden Cent, den er kriegen kann. Und alles Wertvolle, das sich zu Geld machen lässt.«

»Was ist, wenn das FBI ihn bereits geschnappt hat? Immerhin hat er versucht, das TEDAC in die Luft zu jagen. Du kannst dir nicht vorstellen, wie versessen sie hinter ihm her sein werden.«

»Das Bureau will ihn aufspüren, klar. Aber es weiß nicht, wo es suchen soll.«

»Du hast es ihnen nicht gesagt?«

Ich gab keine Antwort.

»Ausgezeichnet! Dafür gibt's einen Goldstern. Aber was ist, wenn sie's selbst rausgekriegt haben? Oder wenn du seinen Plan falsch einschätzt? Was ist, wenn du etwas falsch mitbekommen hast? Wenn sein Plan nicht fehlgeschlagen ist?«

»Dann kommt er nicht.«

Fenton stieß mir einen Ellbogen in die Rippen, und wir richteten uns auf längeres Warten ein.

Inzwischen war es fast neunzehn Uhr. Zwölf Stunden seit dem Anruf, der mich geweckt hatte. Sechs Stunden, seit ich den Truck mit der Monsterbombe aufgebrochen und weggefahren hatte. Die untergehende Sonne stand tief. Was ihre letzten Strahlen berührten, leuchtete rosa und orangerot auf. Die Aussicht war herrlich. Wäre sie ein Jahrhundertereignis gewesen, hätten die Leute sich versammelt, um sie zu bewundern. Die Farben änderten sich mit jeder Minute. Die Schatten wanderten, wurden stetig länger. Der Himmel begann endgültig grau zu werden. Dann erschienen zwei hellere Lichtpunkte, in niedriger Höhe über dem Gelände. Unstet, aber größer werdend. Näherkommend.

Autoscheinwerfer.

Fenton und ich zogen uns in den Speisesaal zurück. Die Tür blieb einen kleinen Spalt weit offen, durch den wir blicken konnten. Fünf Minuten verstrichen. Zehn. Dann erstrahlten die hohen Fenster wie riesige Spiegel. Im nächsten Augenblick waren sie wieder dunkel. Die Eingangstür wurde geöffnet. Mansour erschien als Erster, Dendoncker folgte ihm gleich dahinter. Die beiden hielten sofort auf die Aluminiumbehälter voller Geld und Drogen zu.

Fenton ging voran. Sie hielt eine der erbeuteten Uzis. Damit zielte sie auf Dendonckers Brust.

Sie sagte: »Sie! Hände hoch. An die Wand stellen.«

Dendoncker zögerte keine Sekunde lang. Er war ein cleverer Mann. Er gehorchte aufs Wort.

Ich trat einen Schritt auf Mansour zu. Er grinste, hob eine Hand und bedeutete mir, näher zu kommen.

Ich sagte: »Das brauchst du dir nicht anzutun. Du weißt, dass du doch verlierst. Du solltest rausgehen und im Auto warten. Ich schicke deinen Boss raus, wenn wir mit ihm geredet haben. Wenn er dann noch laufen kann.«

Mansour streckte beide Arme senkrecht in die Höhe, dann ließ er sie in einem großen Kreis seitlich ausgestreckt herabsinken. Seine Finger blieben dabei gestreckt. Das sah wie der Beginn irgendeines Kampfsportrituals aus. Vielleicht sollte es irgendetwas symbolisieren. Vielleicht sollte es mich beeindrucken. Oder einschüchtern. Unabhängig davon sah ich keinen Vorteil darin, ihn seinen Hokuspokus beenden zu lassen, sondern war mit einem großen Schritt ganz heran und trat ihn ans rechte Knie. Kräftig. Mit solcher Gewalt, dass die Kniescheibe der meisten Leute gebrochen wäre. Er grunzte und holte zu einem gewaltigen Rundschlag aus, der über meinen Kopf hinwegging. Ich duckte mich darunter weg und versetzte ihm einen Nierenhaken. Meine andere Faust traf sein Kinn mit einem Uppercut, in den ich meine ganze Kraft legte, wobei ich mich im richtigen Moment auf die Zehenspitzen stellte.

Mein Timing war perfekt. Für die meisten anderen Menschen wäre der Kampf damit zu Ende gewesen. Auch bei

Mansour war das beinahe der Fall. Sein Kopf flog nach hinten. Er wurde zurückgeworfen, begann zu stürzen. Wäre er zu Boden gegangen, wäre er erledigt gewesen. Ich hätte ihn nie mehr auf die Beine kommen lassen. Aber die Wand rettete ihn. Oder vielmehr die vor ihr montierten Klettergerüste. Er krachte mit dem Rücken mittig gegen eines der drei Meter hohen und zwei Meter breiten Felder aus Holzstangen. Die Stangen waren elastisch, was den Aufprall so abmilderte, dass er sich auf den Beinen halten konnte. Er stolperte vorwärts. Die rechts mit Scharnieren befestigten Holzstangen klappten hinter ihm heraus. Der Aufprall hatte sie aus ihrer Verankerung gelöst. Sie machten erst halt, als sie senkrecht von der Wand abstanden. Vermutlich gehörten sie zu einem Hindernisparcours, den die Schulkinder manchmal hatten bewältigen müssen.

Der Kerl hob die Hände, um sich zu ergeben. »Okay, du hast gewonnen. Ich bin erledigt.«

Er machte einen Schritt auf mich zu. Seine Beine trugen ihn kaum. Sein Atem ging unregelmäßig. Ein weiterer langsamer Schritt. Dann ein schneller. Er ballte die Hände zu Fäusten und versuchte, mein Gesicht mit einer rechten Geraden zu treffen. Ich lenkte den Schlag ab und tänzelte zur Seite. Darauf hatte er nur gewartet. Ich sah seine Linke zu spät kommen, konnte mich aber noch etwas wegdrehen und wurde an der Schulter getroffen. Das fühlte sich an, als hätte mich ein Zug gerammt. Bevor er wieder zu einer rechten Geraden ausholen konnte, hakte ich einen Fuß hinter sein linkes Bein und ruckte kräftig daran. Riss gleichzeitig den Arm hoch und traf seinen Kopf seitlich mit einem Ellbogenstoß. Davon wären die meisten Kerle zu Boden gegangen. Sein Mund öffnete sich. Seine Arme hingen schlaff herab. Ich warf mich herum und schlug eine Gerade, die seine linke Schläfe traf. Mansour stolperte zur Seite. Seine Knie wurden weich. Dieses Mal wirklich. Das war meine Chance. Ich hatte nicht die Absicht, sie ungenutzt zu lassen. Hier gab es niemanden, der mich bremsen konnte.

Ich traf sein Gesicht mit drei rasch nacheinander geschlagenen linken Geraden. Mansour torkelte rückwärts. Ich wechselte zur Rechten und verpasste ihm einen gewaltigen Magenhaken. Als er sich zusammenkrümmte, richtete ich ihn mit einem Knie ins Gesicht wieder auf. Er stolperte weiter rückwärts. Ich blieb dran und rammte ihm den rechten Handballen unters Kinn. Sein Hinterkopf knallte an die Wand. Er verdrehte die Augen. Seine Knie gaben endgültig nach. Er konnte sich noch einige Sekunden kniend halten, bis ich seinen Kopf mit dem linken Fuß traf. Dann ging er mit einer Drehbewegung zu Boden und blieb mit ausgestreckten Armen auf dem Bauch liegen. Sein Kopf befand sich fast unter dem Rahmen des Klettergerüsts. Höchstwahrscheinlich war er k. o., aber dieser Eindruck konnte täuschen. Ich kam mit zwei raschen Schritten heran. Nach einem weiteren Tritt gegen seinen Kopf blieb er endlich still liegen.

56

Dendoncker stand weiter wie gelähmt da, starrte seinen bewusstlosen Leibwächter an. Sein blasses Gesicht war völlig ausdruckslos.

Fenton hielt ihn weiter mit der Uzi in Schach. Ich stellte mich vor ihn und tastete ihn ab. In einer Jackentasche fand ich einen winzigen Revolver. Einen weiteren NAA-22, den ich hinten in meinen Hosenbund steckte.

Ich erklärte: »Ich habe Mansour die Chance gegeben, hier unbehelligt rauszugehen. Die biete ich jetzt auch Ihnen. Unter einer Bedingung.«

»Die wäre?«

»Sie sagen mir die Wahrheit.«

Dendoncker fuhr sich mit der Zungenspitze über die Lippen. »Was wollen Sie also wissen?«

»Wie sind Sie zu einem Transponder mit Nader Chalils Fingerabdruck gekommen?«

»Gar nicht. Michael und Chalil haben mich reingelegt. Sie haben zusammengearbeitet, aber das wusste ich nicht. Ich habe Michaels Story geglaubt, er wolle lediglich mit einer Rauchbombe protestieren. Ich hatte keine Ahnung, dass viel mehr geplant war.«

Fenton hob die Uzi. »Soll ich ihn erschießen?«

Dendoncker schlang die Arme um seinen Oberkörper, als könnten sie ihn vor ihren Geschossen beschützen. Ich packte ihn am Handgelenk und zerrte ihn auf die andere Seite des

Klettergerüsts. Dann drückte ich mit der freien Hand seinen Kopf tiefer, bis er Mansour dicht vor Augen hatte.

Ich sagte: »Überlegen Sie sich das gut. Wollen Sie enden wie er?«

»Den Fingerabdruck habe ich gekauft.« Dendoncker versuchte, sich mir zu entwinden. »Das hat Jahre gedauert. Und einen Haufen Geld gekostet. Aber zuletzt habe ich jemanden gefunden, der bereit war, Chalil zu verraten.«

Ich ließ zu, dass er sich aufrichtete. »Wie haben Sie ihn sich verschafft?«

»Dafür habe ich eine der Frauen in meiner Cateringfirma eingesetzt und sie mit dem Geld nach Beirut geschickt. Sie ist mit dem Fingerabdruck zurückgekommen. Der war von einem Trinkglas abgenommen und auf einem Stück Klebstreifen fixiert. Ihn auf den Transponder zu übertragen, war nicht weiter schwierig.«

»Wann war das?«

»Vor ein paar Wochen.« Dendoncker zeigte auf Fenton. »Dafür habe ich sie eingestellt. Tatsächlich musste ich sogar zwei Frauen hinschicken. Eine ist dann in Beirut geblieben. Das hat mit zu dem Deal gehört.«

»Hat sie vorher Bescheid gewusst? Die eine, die in Beirut geblieben ist?«

»Natürlich nicht. So wenig wie die Rückkehrerin. Die hat geglaubt, ihre Kollegin sei tödlich verunglückt.«

»Was ist aus den übrigen Frauen geworden? Meines Wissens haben Sie sechs beschäftigt. Fünf, wenn man Fenton nicht mitrechnet.«

»Eine hat gemeinsame Sache mit Michael gemacht. Sie ist abgehauen. Zwei kommen mit mir. Die beiden anderen … treten in den Ruhestand.«

Aus dem Augenwinkel heraus nahm ich eine Bewegung wahr. Das war Fenton, die sich wie vereinbart Richtung Ausgang bewegte.

Ich sagte: »Sie haben den Fingerabdruck benutzt, um Chalil anzuschwärzen. In Wirklichkeit hatte er nichts mit diesem Anschlag zu tun, richtig?«

Dendoncker nickte.

»Er wollte Sie umbringen. Wegen einer Fehde.«

Dendoncker nickte erneut.

»Weswegen Sie jedes Mal die Leichen der Leute überprüft haben, die Sie umbringen wollten. Sie sind also nicht bloß paranoid.«

»Worum ging's bei der Fehde?«

Dendoncker leckte sich die Lippen. »Chalils Vater hat mir die Schuld am Tod seines anderen Sohnes gegeben. Und Chalil hat den Rachefeldzug weitergeführt, nachdem sein Vater gestorben war.«

»Chalils Bruder wurde getötet. Er lenkte eine Lkw-Bombe.«

»Sein Vater und ich, wir waren Konkurrenten. Ich war jung. Ehrgeizig. Auf der Suche nach dem kürzesten Weg an die Spitze unserer Gruppe. Er hinderte mich daran. Ich dachte, wenn er seinen Sohn verliert, bricht das seinen Willen, und er verschwindet in den Hintergrund. Dann könnte ich die Lücke füllen.« Dendoncker zuckte mit den Achseln. »Ich habe mich getäuscht. Es hat ihn nur noch stärker gemacht. Härter.«

»Sie haben dafür gesorgt, dass sein Sohn die Lkw-Bombe fährt?«

»Nicht dafür gesorgt. Ich habe ihn an die Entscheidung herangeführt.«

»Ein feiner Unterschied, der seinen Vater vermutlich wenig beeindruckte.«

Dendoncker schüttelte den Kopf.

»Sie haben also eine Gelegenheit gesehen, Chalil loszuwerden. Darum ging's die ganze Zeit?«

»Genau. Nur so konnte ich mir meine Freiheit erkaufen.«

»Schätze, Sie haben die Sache in drei Schritten geplant. Zuerst haben Sie Michael eine Bombe für Sie bauen lassen. Eine Attrappe. Die wurde deponiert, wo man sie finden würde. In ihr war ein GPS-Chip angebracht, damit Sie sicher sein konnten, dass sie bei TEDAC landete. Und sie hatte einen Transponder. Sie wussten, dass die Bestandteile überprüft, die Details aufgezeichnet und die Einzelteile aufbewahrt wurden.«

Dendoncker nickte.

»Schritt zwei war die Monsterbombe. Mit dem Transponder von Michaels Rauchbombe als Zünder sollte sie das TEDAC verwüsten.«

Ich spürte das Handy in meiner Tasche vibrieren. Das war ein Signal von Fenton, dass sie in Dendonckers SUV gefunden hatte, was sie suchte.

Er nickte erneut.

»Noch eine Frage: Wie sind Sie in den Besitz einer Monsterbombe gekommen?«

Dendoncker zuckte mit den Schultern. »Die Methode bleibt immer gleich. Geld.«

»Die Monsterbombe detoniert also. Legt das TEDAC in Schutt und Asche. Dann folgt Schritt drei: Die Rauchbombe wird gefunden. Ihre Konstruktion ist identisch. Und sie enthält einen Fingerabdruck Chalils.«

»Genauso war's geplant.«

»Aber der erste Transponder hat die Riesenbombe nicht gezündet.«

»Richtig. Das hätte er tun sollen. Ich weiß nicht, warum er versagt hat.«

Ich grinste und war versucht, ihm zu erzählen, dass der Transponder nicht versagt hatte. Dass er nicht hatte funktionieren können, weil er schon vor Wochen von Fenton vernichtet worden war. Aber ich widerstand der Versuchung. Er sollte konzentriert bleiben, weil ich noch ein paar wichtige Fragen stellen wollte. Also fragte ich stattdessen: »Wieso haben Sie dann versucht, die Rauchbombe aufzuhalten? Warum haben Sie nicht dafür gesorgt, dass sie das TEDAC erreicht, damit ihr Transponder die Autobombe zünden konnte?«

»Ja, ihr Transponder hätte sie gezündet. Aber ich wollte nicht riskieren, den Fingerabdruck zu vergeuden.«

»Vergeuden?«

»Richtig. Er war verdammt teuer. Zwei Millionen Dollar und eine attraktive Mitarbeiterin. Vielleicht wäre er erhalten geblieben, aber bei einer Detonation dieser Größenordnung? Er hätte leicht vernichtet werden können. Und stellen Sie sich die Szenerie vor. Dort lagern schon hunderttausend Beweisstücke. Der erhalten gebliebene Abdruck hätte mit dem restlichen Material vermengt werden können. Und wäre verloren gewesen.«

»Okay. Erzählen Sie mir, was Sie nach der für mich veranstalteten Vorführung gemacht haben. Was Sie in die Rauchbombe praktiziert haben, bevor sie in meinen Kastenwagen geladen wurde.«

»Ich habe nichts hinzugefügt. Wozu denn auch?«

»Weil der Fingerabdruck nicht vergeudet sein sollte. Das ›T‹ in TEDAC steht für Terroristen. Nicht für Demonstranten. Oder für Selbstdarsteller. Diese Agenten sind Spezialisten. Sie kümmern sich nicht weiter um farbige Rauchwolken. Hätten

Sie die Bombe nicht etwas aufgemotzt, wäre sie bestenfalls zu irgendeiner Außenstelle gekarrt worden. Vielleicht nur zur Polizei, wo sie bis lange nach Ihrem Tod in einer Asservatenkammer Staub angesetzt hätte.«

»Das stimmt nicht. Das TEDAC hätte sie holen lassen. Schon wegen der Berichterstattung in den Medien. Ich habe nichts hinzugefügt.«

»Sie haben die Granaten nicht mit etwas VX bestrichen?«

»Wie sollte ich an VX herankommen?«

»Sie haben keine Granaten damit gefüllt?« Fenton kam von draußen zurück. Sie blieb an der Tür stehen, streifte ihre Latexhandschuhe ab und steckte sie ein.

Dendoncker sagte: »VX ist ein Massenvernichtungsmittel. Ich würde das Zeug niemals anfassen.«

»Und die dritte Rauchbombe? Die noch in Ihrer Werkstatt gestanden hat. Die haben Sie auch nicht mit VX gefüllt?«

»Ich weiß nicht mal, wo sie ist.« Dendoncker deutete auf Mansour. »Er hat sie entsorgt. Wie oder wo hat er mir nicht gesagt.«

»Sie haben keine der ersten Bomben mit irgendwas versetzt. Sie wissen auch nicht, wo sich die dritte Bombe befindet. Ist das die Story, bei der Sie bleiben wollen?«

»Das ist keine Story.«

Ich machte eine kurze Pause, um ihm eine letzte Chance zu geben, reinen Tisch zu machen. Er nutzte sie jedoch nicht. Also sagte ich: »Okay, ich habe beschlossen, Ihnen zu glauben.«

»Dann kann ich gehen?«

»Moment. Es gibt noch etwas, das ich nicht verstehe. Sie wollten etwas in die Luft jagen und Chalil als den Schuldigen hinstellen. Aber wieso musste es das TEDAC sein? Für einen Anschlag gibt es dort draußen massenhaft leichtere Ziele.«

Dendoncker antwortete nicht gleich. »Einen Anschlag auf eine FBI-Dienststelle würden sie persönlich nehmen, dachte ich. Sich bei den Ermittlungen wirklich reinhängen. Dabei würde der Fingerabdruck gefunden werden und …«

»Nein.« Ich schüttelte den Kopf. »Ich will Ihnen sagen, was ich denke. Sie haben erfahren, dass im TEDAC Beweismaterial gegen Sie liegt. Etwas, das noch nicht ans Tageslicht gekommen war, aber bald entdeckt werden würde. Dann ist Ihnen Chalils Fingerabdruck angeboten worden. Und Sie haben Ihre Chance gesehen. Zwei Fliegen, eine Klappe. Oder vielmehr eine Bombe.«

Er gab keine Antwort.

»Ich weiß, um welches Beweismaterial es sich handelt. Ich habe eins und eins zusammengezählt. Aber ich möchte hören, wie Sie das selbst zugeben. Und Sie sollen sich dafür entschuldigen. Sobald Sie beides getan haben, können Sie gehen.«

Dendoncker schwieg weiter.

»Dies ist Ihre letzte Chance! Ich zähle bis drei, dann …«

Er holte tief Luft. »Okay. Diese Autobombe damals in Beirut, die habe nicht ich gebaut. Aber ich habe die Bombenbauer angelernt. Dummerweise haben sie Teile eingebaut, die ich angefasst hatte.«

»Sie waren ein Ausbilder? Deshalb konnten Sie den Fahrer bestimmen?«

»Korrekt. Und daher habe ich Ihren Namen gekannt, als wir uns in der Leichenhalle begegnet sind. An dem bewussten Tag haben Sie sich ein Purple Heart verdient. Das habe ich später gelesen.«

»Oh! Und?«

»Und es tut mir leid. Ich bitte um Entschuldigung. Für alle, die verletzt wurden. Für alle, die umgekommen sind.«

Ich blickte zu Fenton. Sie nickte.

»Okay.« Ich entfernte mich zwei Schritte von ihm. »Sie können gehen.«

Dendoncker blieb jedoch wie angewurzelt stehen. Er sah sich hektisch nach allen Seiten um, als witterte er eine Falle. So verharrte er mindestens zwanzig Sekunden. Dann bewegte er sich zum Ausgang. Erst im Schritttempo, dann so schnell er laufen konnte. Im Freien machte er erst halt, als er seinen Cadillac erreichte. Er sprang hinein. Ließ den Motor an und verschwand in Richtung Tor.

Ich zog mein Handy heraus. Es meldete einen verpassten Anruf. Die Nummer kannte ich nicht, aber ich wusste genau, von wem der Anruf gekommen war. Oder vielmehr, was dahintersteckte. Dieses Wissen verdankte ich Fentons Aufklärungsvorstoß von vorhin.

Ich drückte auf das Rückrufsymbol.

Fenton fragte: »Willst du das wirklich machen?«

»Warum nicht? Hat Dendoncker die Wahrheit gesagt, passiert ihm nichts.«

»Dass er nicht weiß, wo die dritte Bombe ist, war gelogen. Und ich bezweifle, dass er in Bezug auf das VX die Wahrheit gesagt hat.«

»Das ist dann sein Problem. Er bekommt trotzdem eine bessere Chance, als er den hunderteinundvierzig Marines in Beirut gegeben hat.«

Dendonckers Cadillac hielt am inneren Tor. Mein Handy zeigte an, dass mein Anruf beantwortet worden war. Das Tor fing an, langsam zur Seite zu rollen. Bald war die Lücke breit genug für einen SUV. Der Cadillac blieb jedoch stehen. Das Tor öffnete sich ganz. Der SUV bewegte sich nicht. Dann erloschen seine Bremslichter. Es rollte mit wenig mehr als

Schritttempo weiter. Seine Hupe plärrte. Es kam nach links vom Asphalt ab und rammte einen Zaunpfosten.

Die Hupe plärrte weiter.

Fenton fragte: »Willst du nachsehen? Um sicherzugehen, dass er den Rauch mit VX versetzt hat?«

Ich schüttelte den Kopf. »Kommt nicht infrage. Kein Auto ist luftdicht. Dendoncker hat bekommen, was er verdient. Und ich habe keine Lust, mich zu ihm zu gesellen.«

57

Zum letzten Mal begegnete ich Michaela Fenton einen halben Tag später. Wir trafen uns auf der aus der Stadt führenden Straße. Ich war zu Fuß unterwegs, sie mit ihrem Jeep. Sie röhrte an mir vorbei, dann lenkte sie den Wagen scharf nach links. Damit blockierte sie meinen Weg. Ihre vordere Stoßstange berührte fast den Stamm eines Baums. Ein kümmerliches, verdrehtes, hässliches Ding fast ohne Blätter. Aber die einzige über kniehohe Pflanze im Umkreis von vielen Meilen.

Fenton sagte: »Du bist abgehauen, ohne dich zu verabschieden.«

Ich zuckte mit den Schultern. »Alle haben geschlafen.«

»Ich habe versucht, dich anzurufen.«

»Das Handy ist weg. Ich hab's in einem Abfallkorb entsorgt.«

»Das dachte ich mir. Darum habe ich mich auf die Suche nach dir gemacht und war davon überzeugt, dich auf dieser Straße zu finden.«

»Sie führt als einzige aus der Stadt hinaus.«

»Du willst immer noch ans Meer?«

»Ich gebe nicht auf, bevor ich dort bin.«

»Umstimmen lässt du dich wohl nicht?«

Ich schüttelte den Kopf.

»Dann möchte ich mich bei dir bedanken. Auch in Michaels Namen.«

»Er ist wach?«

»Ja. Er ist ziemlich schwach, aber er redet.«

»Hat er erzählt, was Dendoncker so unbedingt von ihm haben wollte?«

»Er spricht von seiner Lebensversicherung. Das Codebuch mit allen Angaben über die von Dendoncker gehorteten Granaten. Das hätte er gebraucht, um sie mit maximalem Gewinn weiterverkaufen zu können.«

»Wo war es versteckt?«

»Michael hat es zusammengerollt in die röhrenförmige Querlatte des alten Fußballtors der Schule gesteckt.«

»Gut gemacht.«

»Übrigens noch etwas. Ich habe Sonia angerufen. Sie ist zurückgekommen. Und weißt du was? Ich mag sie wirklich. Vielleicht wird sie meine Schwägerin. Das wäre mir nur recht.«

Ich schwieg.

Fenton legte den Kopf leicht schief. »Du willst nicht wenigstens einen Tag anhängen?«

»Zwecklos. Du hättest mich nach zehn Minuten satt. Du würdest mich bitten, endlich abzuhauen.«

»Das bezweifle ich.«

»Klar doch.« Ich wandte mich ab, um weiterzugehen. »Vermutlich würdest du mich gleich erschießen.«

Wenn die Natur zurückschlägt ...

608 Seiten. ISBN 978-3-7341-1094-8

Im Kongo wird ein humanitäres Hilfscamp von Tieren ange-
griffen. Doch nicht nur von einer einzigen Spezies, sondern
von allen auf einmal. Alle Tiere der Wildnis haben sich gegen
die Menschen verbündet. Commander Grayson Pierce und
sein Team vom wissenschatlichen Geheimdienst Sigma
Force werden zur Hilfe gerufen. Doch auch korrupte Militär-
angehörige sowie der skrupellose Multimilliardär Nolan De
Coster sind bereits vor Ort. Was kann diesen Amoklauf der
Natur ausgelöst haben? Und wie kann man es aufhalten?
Die Antwort findet sich im Königreich der Knochen ...

Die ganze Welt des
CLIVE CUSSLER

Isaac Bell:
Der beste Detektiv
seiner Zeit

Sam & Remi Fargo:
Auf der Jagd nach den Schätzen der Welt

Dirk Pitt:

Abenteuer auf
allen Weltmeeren

Kurt Austin:

Action unter
Wasser

Juan Cabrillo:

Mit Hightech gegen Superschurken

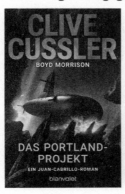

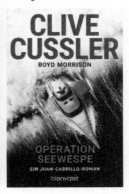

Lesen Sie mehr unter: **www.blanvalet.de**